幽魂岛

A HAUNTED ISLAND

〔美〕亨利·詹姆斯 等 著　　刘文荣 编选

人民文学出版社
PEOPLE'S LITERATURE PUBLISHING HOUSE

A Haunted Island

图书在版编目(CIP)数据

幽魂岛 /(美)亨利·詹姆斯等著;刘文荣编选.
—北京:人民文学出版社,2016
　(域外聊斋)
　ISBN 978 - 7 - 02 - 011978 - 3

　Ⅰ.①幽…　Ⅱ.①亨…　②刘…　Ⅲ.①小说集-世界
Ⅳ.①I14

中国版本图书馆 CIP 数据核字(2016)第 197026 号

责任编辑:马爱农
特约策划:邱小群　骆玉龙
封面插画:杨　猛
封面设计:高静芳

出版发行　人民文学出版社
社　　址　北京市朝内大街 166 号
邮政编码　100705
网　　址　http://www.rw-cn.com

印　　刷　山东德州新华印务有限责任公司
经　　销　全国新华书店等

开　　本　890 毫米×1240 毫米　1/32
印　　张　9.625
字　　数　296 千字
版　　次　2016 年 11 月北京第 1 版
印　　次　2016 年 11 月第 1 次印刷

书　　号　978-7-02-011978-3
定　　价　39.00 元

如有印装质量问题,请与本社图书销售中心调换。电话:010 - 65233595

目　录

生与死之间：欧美灵异小说简论

（代序）

在欧洲人接受基督教之前，人们一直相信在自然秩序之外还存在着一个超自然的世界，而且相信这个超自然世界是现实生活的延续。基督教固然反对异教的鬼神崇拜，但其自身也保留着原始的超自然信仰。譬如，《圣经》里就有许多有关幽灵显现的记载。此外，即便是耶稣基督本人也可以说是历史上最出名的"幽灵"，因为据《圣经》记载，耶稣蒙难后曾不止一次向他的门徒显灵。

不过，虽然关于幽灵的传说历来就有，但作为一种文学类型的"灵异小说"，在欧美却要晚至十九世纪初才正式出现。其原因可能与小说这一体裁固有的世俗性有关，所以直到十九世纪初，由于受浪漫主义思潮的强烈影响，幽灵才被引入小说。

尽管如此，灵异小说也不是突如其来的。追溯其渊源，我们甚至可以在古罗马的文献中找到它的雏形，而且历代都有其先行形式。下面，我们来简单回顾一下欧美灵异小说产生前后的情况，并对其美学意义作一简要探讨。

一、欧美灵异小说的历史渊源

在十九世纪之前，欧洲有关幽灵的记载都属异闻奇事。譬如，在古罗马作家小普林尼（Pliny the Younger，约61—114）的《书信集》里，就较详细地记述了一些幽灵显现的传闻。其中有一个传闻说，有人在非洲的一所古宅里遇见一个自称是"非洲精灵"的女人鬼魂，这鬼魂还给他算命，说他将来会如何如何。那人起先不相信，但过了几十年后，那鬼魂预言的事情竟然都一一应验了。

和小普林尼记述的故事大不相同的，是古老的北欧传说中有关英雄格雷特驱鬼的故事。故事说，索赫尔庄园有个牧羊人的阴魂作祟，于是就请来英雄格雷特。格雷特英勇善战，跟鬼魂展开一场恶战之后，用宝剑砍下了鬼魂的头颅。

这样的传说流传于中世纪初期。到中世纪后期，有关幽灵的传说则与此不同。譬如，在乔叟的《坎特伯雷故事集》里就有这样两个鬼魂托梦的故事。第一个故事说，有两个人结伴外出，到了一个小镇上，因客栈已住满，他们一个睡在客栈的牛棚里，一个住在别处；到了夜里，那个住在别处的人在睡梦中被他伙伴的鬼魂唤醒，说他已被人谋害；那鬼魂还把他带到镇外的荒野里，让他的伙伴看自己的尸体。后来，经过一番周折，终于查明凶手是谋财害命的客栈老板。第二个故事是说，两人计划出海，在出发前一天夜里，一人在梦中听到有鬼魂在他床边低语，告诫他不要出海，否则将大祸临头。这人于是便不出海了，可他的伙伴不相信什么鬼魂，独自出海去，结果船沉身亡。

以上四则是欧洲早期文献中具有代表性的幽灵故事，代表四种最基本的幽灵故事类型，即：预言型、作恶型、申冤型和警示型。可以说，这四种类型的幽灵传说已为十九世纪的灵异小说定下了故事的基本框架，尽管灵异小说的内涵要比这些传说丰富得多，也深刻得多。

文艺复兴时期，随着基督教势力的减弱，民间对各种超自然事物的兴趣开始复苏，学术界也有不少人，甚至包括像罗杰·培根这样的大学者，都致力于研究所谓的"心灵学"。受此影响，当时的戏剧界也出现了"幽灵热"，有众多剧作家将幽灵当作某种"角色"写入剧本，其中最有名的就是莎士比亚的某些剧本，如《哈姆雷特》《麦克白》等。

如果说，文艺复兴期间戏剧中的幽灵对后来的欧美灵异小说带来的仅仅是一种间接影响的话，那么，对十九世纪灵异小说的产生具有直接影响的，则是十八世纪在全欧流行的所谓"哥特式传奇故事"。

哥特式传奇故事起源于英、德两国，由中世纪传奇演化而来，绝大多数以中世纪城堡为背景，讲述一个神秘而恐怖的故事，其间往往有幽灵时隐时现。如英国哥特式传奇的始作俑者华尔浦尔（Walpole，1717—1799）的《奥特朗托堡》一书，问世后影响甚大，带出了一大批哥特式传奇作家。德国的哥特式传奇也称作"恐怖故事"，且带有感伤情调，一度在欧洲大为流行。法国虽没有正式的哥特式传奇，但英、德两国的哥特式传奇对法国作家的影响却是显而易见的，譬如，在巴尔扎克、梅里美、戈蒂耶和莫泊桑的某些作品中，就分明带有哥特式传奇的痕迹。最后，哥特式传奇还远远地传到美国。在那儿，作家米切尔（Michell，1758—1811）因创作哥特式传奇而享有声誉，被认为是美国第一位学者的查尔斯·布朗（Charles Brown，1771—1810），也写有好几部哥特式传奇，而且被认为对后来的美国作家如霍桑和爱伦·坡等影响很大。

总之，哥特式传奇直接为灵异小说的出现铺平了道路。因为，哥特式传奇在十八世纪后半叶的四五十年间在欧美各国培养了这样一大批读者：他们已习惯于看到在叙述故事时有超自然事物出现，而且也已经学会如何从故事的恐怖气氛中寻求阅读的乐趣。

此外，十八世纪末、十九世纪初的欧洲社会气氛也有利于灵异小说的出现。当时在各个文化领域都盛行求变、求新和求异的风气，而这种风气在文学界尤盛，因为统治欧洲文坛两百年之久的古典主义此时已穷途末路，新思潮正在崛起。这新的思潮就是浪漫主义。

浪漫主义除了自身就具有追求怪异的倾向外，还唤起了人们对民间文学的兴趣，而民间文学中是充满着神怪事物的，其中就包括对幽灵的津津乐道。

二、欧美灵异小说的产生与发展

现代意义上的欧美灵异小说最初出现在德国。一般认为，十八世纪末的两位浪漫派作家，即克莱斯特（Kleist，1777—1811）和霍夫曼（E.T.A.Hoffmann，1776—1822），是欧美灵异小说的创始人。他们俩在十九世纪初分别发表的两篇短篇小说，即《卢卡诺的乞妇》（1810）和

《祖传旧宅》（1817），是欧洲最早的灵异小说。但是，尽管最初写出灵异小说的是德国作家，他们成就卓著的后继者却是英国作家。在现存的欧美灵异小说总量中，百分之九十以上是英、美作家的作品，其中又有百分之九十是英国作家创作的；可见，在这方面英国作家一枝独秀。

一般认为，浪漫主义小说家瓦尔特·司各特是最早创作灵异小说的英国作家。在司各特于一八二四年出版的长篇小说《雷德贡特雷特》里，有一个相对独立的"鬼故事"，即"流浪汉威利的故事"。这个故事可以看作是一篇独立的短篇小说，其中是用幽灵来解决人物矛盾的。在司各特于一八二七年出版的长篇小说《纪念品》里，也包括两个可以独立成篇的幽灵故事，即《有挂毯的房间》和《我的姐姐玛格丽特的镜子》。上述三个"鬼故事"，后来都作为短篇小说独立发表。

继司各特之后，对灵异小说做出卓越贡献的英国作家是狄更斯。狄更斯和其他作家有一个明显的不同之处，那就是他喜欢把自己的灵异小说和圣诞节联系在一起。其实，在圣诞夜讲鬼故事是英国民间的一种古老习俗，狄更斯只不过在某种程度上恢复了这一习俗而已。

《圣诞故事集》和《圣诞小说集》是狄更斯的两部重要的中、短篇小说集，其中包括大量的灵异小说，如《圣诞故事集》收有五个中篇小说，其中至少有三个是灵异小说，即《圣诞欢歌》《古教堂的钟声》和《炉边蟋蟀》。

狄更斯除自己写作灵异小说外，还在他主编的杂志《家常话》和《一年四季》里设专栏，征集"圣诞小说"，即用"鬼故事"写的短篇小说。当时有诸多作家的灵异小说，最初就是发表在狄更斯主编的杂志上的，如科林斯（Collins，1824—1889）和盖斯凯尔夫人等。科林斯是狄更斯的好友，也是个擅长写灵异小说的多产作家，出版过三部灵异小说集，即《天黑以后及其他》《红桃皇后》和《小长篇集》；盖斯凯尔夫人最出色的灵异小说则是《老保姆的故事》。

从一八五四年起，英国的灵异小说创作不仅数量增多，小说结构也越来越精巧，譬如萨克雷的《玛丽·安瑟尔》和奥利芬特夫人（Mrs. Oliphant，1828—1897）的《废墟空门》便是构思巧妙、情节生动的灵异小说杰作。当然，这一时期最出名的、被人誉为"第一流灵异小说家"的是谢里丹·勒·法努（Sheridan Le Fanu，1814—1873）。

勒·法努可以说是欧美后期灵异小说的开创者，因为在他之前，灵异小说总离不开道德规劝这一总的主题，而他却使灵异小说带上了心理分析的色彩。他笔下的幽灵往往是主人公内心恐惧的外部象征，而他的主人公则往往是宗教和法律的代表，并且往往被以幽灵为象征的内心罪恶和恐惧所毁灭。在勒·法努为数众多的灵异小说中，最出名的是《法官哈勃特先生》、《绿茶》、《熟人》、《酒鬼的梦》以及《卡米拉》等，其中又以《绿茶》最具代表性。在这篇小说中，有关无意识心理的描写可以说在弗洛伊德尚未提出无意识理论之前，就提出了无意识心理的具体例证。

继勒·法努之后，心理灵异小说便开始大量出现，其中有不少是著名作家，如吉卜林、史蒂文森和亨利·詹姆斯等人的作品。当然，这方面成就最大的是亨利·詹姆斯。

亨利·詹姆斯有许多脍炙人口的灵异小说，如《欧文·温格雷夫》《艾德蒙先生》《快活角》和《螺丝在拧紧》等，无不具有深邃的心理学含义。在他的作品中，幽灵似有似无，阴森而神秘，与其说是一种超自然事物，不如说是人物异常心理状态的一种投射物。此外，亨利·詹姆斯还有意识地让作品蒙上一层扑朔迷离的色彩，使读者感受到生活内在的神秘性和混沌感。

也许，就内容与形式的和谐而言，亨利·詹姆斯的作品可以说是心理灵异小说这一领域中的最高成就，与他同时代的英国作家中无人能跟他相比。但是，作为亨利·詹姆斯的文学先驱的美国作家中，却有一位同样擅长心理灵异小说的大师。那就是艾德加·爱伦·坡。

爱伦·坡对欧洲作家的影响直到十九世纪五十年代才开始，但影响却很大。在爱伦·坡写的灵异小说中，最好的、也是最出名的两篇是收在他的短篇集《述异集》里的《丽姬娅》和《厄榭府邸的倒塌》。尤其是后者，已被列为世界最杰出的短篇小说之一。

爱伦·坡的小说以阴森恐怖见称。他喜欢写死亡，但又写得别出心裁。他着笔最多的就是生与死之间的那个神秘地带，而且往往是写人与鬼之间的那种有点类似于乱伦的关系，如《丽姬娅》里丽姬娅与她丈夫、《厄榭府邸的倒塌》里罗德里克和他的孪生妹妹玛德琳，还有《椭圆画像》里画家和他妻子等，都是一生一死，但两者之间却仍然有某种沟通。这是因为，爱伦·坡常把美女之死看作最富有诗意的小说题材。他认为美是生命的最高表现，写美女之死，也就是写生与死之间最惊心动魄的搏斗。所以，他在小说中常常写到死者阴魂不散，而且会从棺材里爬出来与生者发生一种强烈的、然而是绝望的关系。正是这种美女阴魂的绝望挣扎，使爱伦·坡的小说让人读来心惊胆战，然而又为之神往。

在美国作家中，除爱伦·坡外，还有比尔斯、欧·亨利和华顿夫人等也为灵异小说做出过贡献。尤其是华顿夫人，她曾出版过两部灵异小说集，即《人与鬼的故事》和《幽灵集》。在风格上，华顿夫人深受亨利·詹姆斯的影响：作品中出现的幽灵往往是被当作主人公精神迷乱时的一种外部投射物处理的。

我们在前面说过，灵异小说绝大多数是由英、美作家创作的，欧洲大陆作家很少写这类作品。尽管如此，欧洲大陆作家并非绝对不写灵异小说，有些大作家还是偶尔会涉足于此的。譬如，一般认为十九世纪俄罗斯作家是不写灵异小说的，但我们还是能找到像普希金的《黑桃皇后》这样的作品。《黑桃皇后》完全可以看作是灵异小说，因为小说中老伯爵夫人的幽灵在推进小说情节时起着关键作用。在法国也一样，我们可以在十九世纪大作家的作品中找到很精彩的灵异小说，尽管数量不多。譬如，莫泊桑就至少写过四篇灵异小说，即《霍拉》《这是个梦？》《一次显灵》和《谁知道？》；还有左拉，也写过一篇意义非常深刻的灵异小说，即《昂什琳娜，或闹鬼的屋子》。

二十世纪初，灵异小说创作在英国仍然很繁荣，最重要的灵异小说家是蒙塔古·詹姆斯（M.R.James，1862 — 1936），他的系列灵异小说集《古文物专家的鬼故事》和《古文物专家的鬼故事续集》不仅拥有大量读者，而且对后来的小说创作也影响深远；两次世界大战期间，灵异小说即便在英国也显示出衰败的迹象，因为战时残酷的现实已使公众万分惊恐，又有谁还愿意去沉溺于小说虚构的恐怖之中呢？

然而，二十世纪五十年代以后，灵异小说在欧美又重新复苏，这可以从英国作家金斯利·艾米斯（K.Amis，1922 — 1995）的长篇灵异小说《绿人》的大获成功中得到佐证。实际上，《绿人》只是对蒙塔古·詹姆斯的灵异小说的一种巧妙的模仿。此外，二十世纪中期的灵异小说还具有与十九世纪灵异小说不同的特点，那就是更具现代意味。譬如，英国作家 A.S. 拜厄特（A.S.Byatt，1936 — ）在二十世纪八十年代发表的灵异小说《七月幽灵》，就很有代表性。小说中写幽灵，但不像过去众多的灵异小说那样写幽灵如何骚扰活人，而是写活人如何渴望能见到已故亲人的幽灵。遗憾的是，就如小说中的那位母亲一样，现代人不信幽灵，所以即便真有亲人的幽灵出现在他面前，他也不愿相信会是真的。

三、欧美灵异小说的美学意义

从总体上说，欧美灵异小说从产生之时起就有两种不同的倾向：一种倾向于道德规劝；一种倾向于心理探索。如果说，像狄更斯、奥利芬特夫人和蒙塔古·詹姆斯等人的作品是第一种倾向的代表的话，那么，像勒·法努、爱伦·坡和亨利·詹姆斯等人的作品则是第二种倾向的代表。如果说，第一种倾向是对十八世纪启蒙小说的一种继承的话，那么，第二种倾向则是十九世纪心理小说的一种特殊表现（像亨利·詹姆斯，他本以心理小说家著称）。

心理小说后来盛行于二十世纪，还出现了超现实主义和"意识流小说"等流派，但二十世纪心理小说和十九世纪心理小说的关键性区别是：二十世纪的心理小说更注重人物无意识心理的发掘。这种对无意识领域的兴趣，固然与二十世纪的现实生活以及弗洛伊德心理学的影响有关，但我认为，它与十九世纪的灵异小说尤其是心理灵异小说是有直接联系的。

灵异小说中的心理内容毫无疑问是与无意识有关的，也就是说，灵异小说常常是把幽灵当作一种小说"道具"，用它来表现特殊心理状态下的人物内心世界。实际情况也确实如此，因为不论是十九世纪还是二十世纪，凡出自严肃认真的作家之手的灵异小说，实际上都是以幽灵作为表现形式的心理小说。

那么，灵异小说和一般心理小说的区别是什么呢？那就是，灵异小说从本质上说首先要唤起读者的恐惧感，借助于这种恐惧感，它才能达到心理探索或者道德规劝的目的。那么，灵异小说唤起的又是怎样的恐惧感呢？ 为什么从恐惧感这样否定性的情感中又会产生艺术美感呢？换句话也就是说，灵异小说的美学含义何在？

从心理学上说，有两种不同的恐惧感：一种是亲身体验到的，是"自然的恐惧"，直接与生活有关，并造成痛苦的经验；另一种是非亲身体验到的，而是通过其他途径如阅读等感受到的，是"人为的恐惧"。后者只会使人受到惊吓，却不会造成痛苦的经验。灵异小说唤起的恐惧感，显然属于后者。

但是，像幽灵这样一种超自然事物，我们现代人从理智上说可能并不相信它的存在，那又怎么会在阅读中产生恐惧感的呢？ 对此，弗洛伊德曾做过专题研究，他在《论恐惧》一文中这样写道："死者还魂……我们，或者我们的原始祖先，曾经相信这类事情可能发生；或者深信，这类事真的发生过。现在，我们不再相信这些事了。我们超越了这种思维方式，但是我们还不能确信我们的新信念。老观点仍然存在于我们心中，随时准备抓住一切机会来证明自己正确。"

为什么原始人类普遍信仰的万物有灵论观念，依然会留存在现代人内心深处呢？ 按弗洛伊德的看法，我们每个人在幼年时代都有一个类似于原始人类的万物有灵阶段，而且后者就是前者的基础。这就是说，儿童思维方式与原始思维方式是密切相关的，只是到了后来，成熟的理性思维方式抑制了原始思维方式，使其成为潜伏在我们内心深处的"情结"。但是，当这种受到抑制的幼时情结在某些印象的作用下恢复活力时，或者当我们自以为已经放弃了的原始经验似乎再次得到证实时，我们便产生了恐惧感。

灵异小说就是利用这种心理机制来制造效果的。因此，对于灵异小说作家来说，关键的一点就是要使自己的作品具有"真实性"，即调动种种艺术手法来制造"真实的"幻觉。一旦读者放松了理性的监视，他就会对小说中的一切都信以为真。

不过，这只是暂时的，就如英国浪漫主义诗人柯勒律治所说，当我们内心深处的意念被形象地表现出来时，不管从理智上说有多么荒诞，我们都会"自愿地暂时中断怀疑"，而就是这种"自愿地暂时中断怀疑"，构成了艺术真实性的基础。

"自愿地暂时中断怀疑"即表明，灵异小说只能当作艺术品欣赏，而不可能改变我们的基本观念。换言之，灵异小说不存在是否"宣扬迷信"之类的问题。

最后，阅读灵异小说而产生的恐惧感又何以会带来美感呢？我们已经知道，由阅读产生的恐惧感并不造成痛苦的经验。现在，我们进一步说，它不仅不会带来痛苦，反而会带来愉悦。为什么呢？因为当你沉溺于一篇灵异小说时，你固然是由于"自愿地暂时中断怀疑"而产生了恐惧感，但是当你读完小说而回复到日常心境时，你等于是做了一次小小的探险旅行，或者说，你有了一次返回幼时心态的经验，从而使你产生一种得意的感觉。这种得意感也就是灵异小说带给你的美感。

从另一方面讲，灵异小说虽然没有普通意义上的"美"的意味，甚至可以说是"丑"的，但是正因为它是"丑"的，它仍然属于美学的范畴。

美学中的两大范畴是"美"与"崇高"。所谓"崇高"，就是指能引起我们敬畏感的东西，一种对我们构成精神压力、因而我们意欲摆脱的东西。"丑"就是其中之一；"恐惧"也是其中之一。可以说，"崇高"感往往是由恐惧感引起的。这一点，柏克在其著名论文《论崇高与美》里做过精辟的论述，而继柏克之后，康德又进一步论证了恐惧感是如何经由崇高感而转化为快感的。康德在《判断力批判》一书里写道："……对于一个叫人认真感到恐怖的东西，是不可能发生快感的。所以，从一个重压里解放出来的轻松会是一种愉悦。"

灵异小说，因为仅仅是小说，不可能属于"叫人认真感到恐怖的东西"。它固然暂时给人造成了某种"重压"——这也要以读者"自愿中断怀疑"为条件——但却很容易从中得到"解放"，因而也就会给人以"一种愉悦"。

当然，以上所述仅仅是灵异小说的美学意义，并不包括每一篇灵异小说特有的道德含义或者心理含义。但是，作为小说，具有上述美学意义是一种最起码的条件，否则它就会沦为纯粹的道德说教或者心理学个案了。

刘文荣

二〇〇七年四月于上海

卢卡诺的乞妇

[德]亨利希·冯·克莱斯特   著

　　在阿尔卑斯山脚下，意大利北部靠近卢卡诺的地方，曾经耸立着一座属于一位意大利侯爵的古城堡。现在你要是来自圣戈特哈特山口方向，则会看到这座城堡已倒塌而成了废墟。城堡里曾有许多高敞空荡的房间。有一天，城堡的女主人出于对一个在大门口乞讨的老病妇的怜悯，让她躺在其中一个房间的地板上，事先还给她铺了些干草。正巧，侯爵这时打猎回来，照例要到那房间里去放猎枪，于是便愤怒地命令那个躺在角落里的老妇人爬起来，要她躺到壁炉后面去。老妇人爬起来时，拐杖在打过蜡的地板上一滑，仰天摔倒在地，后脑勺伤得非常严重。后来，她虽然万分艰难地移动脚步，穿过房间，从一边走到了另一边那个指定的地方，但她呻吟着、喘息着瘫倒在壁炉后面，死了。

　　过了好多年，由于战争和连年歉收，侯爵发现自己的财政情况很拮据。这时有一位佛罗伦萨的爵爷来拜访他，想购买他的城堡，因为城堡的位置很好。侯爵很想做成这笔交易，于是就吩咐妻子将客人安顿在上面讲到的那个房间里过夜，因为那房间一直空着，而且布置得也很豪华。然而，到了半夜，却使侯爵夫妇大吃一惊，那位爵爷脸色苍白、慌慌张张地跑下楼来找他们，一口咬定说那房间里有鬼：有什么人好像躺在角落里的干草堆上，发出窸窸窣窣的声音爬了起来，随后又发出脚步声，笃笃笃，慢慢地、费力地穿过房间从一边到了另一边，还呻吟着、喘息着瘫倒在壁炉后面。

　　侯爵听了大为震惊，但为了消解客人的恐惧，他不露声色地假装哈哈一笑，说绝不会有这种事，他可以立即上楼和客人一起到那房间里去，在那里睡到天亮。但是那位爵爷却乞求侯爵，让他睡在侯爵卧室里的一张安乐椅上，而且天一亮就招呼自己的马车，告辞主人，走了。

这事引起了非同寻常的紧张不安，而且使侯爵极为恼火的是，吓退了好些买主。后来，连仆人们也经常提到那令人难以置信的流言，说那个房间每到半夜就会闹鬼。侯爵便决定第二天夜里亲自去试一试，查个水落石出以杜绝那种流言。于是，到了晚上，他便在那个房间里铺好了床，躺着不睡着，一直等到半夜。果然，到了那阴森森的时刻，他在恐惧中听到了那种令人难以置信的声响：好像有人窸窸窣窣地从干草堆上爬起来，穿过房间从一边走到另一边，又发出死一般痛苦的呻吟声瘫倒在壁炉后面。第二天一早，他下楼来，侯爵夫人忙问他情况怎样，他慌乱地四下张望一下，关上房门对她说，那房间里真的有鬼。侯爵夫人听了害怕得要命，求他先不要让别人知道，她要和他一起再去试一试，要冷静一点。然而，事情很清楚，第二天夜里，夫妇俩和一个陪着他们的忠实仆人都听到了那令人难以置信的、鬼气森森的声响，只是出于要以好价钱出售城堡的急切愿望，侯爵夫妇才没有在仆人面前显得惊恐万状，而是推说这声响一定是由什么不相干的原因引起的，而且一定会弄明白的。到了第三天晚上，夫妇俩决心要探个究竟，再次上楼，心怦怦地跳着，向那个房间走去。在门口碰巧遇到没被上链子的看家狗，也不知为什么，也许仅仅是出于本能希望有第三个活物伴随他俩，他们二话没说，便带着那只狗进了房间。大约在十一点，他们俩各自坐在床上，桌上燃着两支蜡烛，侯爵夫人一件衣服也不脱，侯爵则从柜子里拿出一把剑和一把手枪，放在身边备用。为了壮胆，他们不停地说着话，那只狗却趴在房间中央，头枕在前脚上睡着了。不久，到了午夜十二点，那可怕的声响又出现了：看不见有人，只听到房间角落里好像有人拄着拐杖站起来，干草窸窸窣窣地响，然后是笃、笃、笃的脚步声——这时，那只狗醒了，耸起耳朵，站起来"汪汪"地叫，好像看见有人从它面前走过似的，而且是朝壁炉那边走过去。侯爵夫人见此，顿时毛骨悚然，猛地冲出了房间。这时，侯爵抓起剑，大喝一声："谁！"但没有人回答。侯爵像发了疯似的向四周大声吼叫，而侯爵夫人已备好马车，决定马上离开城堡到城里去。然而，还没等她收拾好随身物品跳上马车驶出大门，她就看见整座城堡都着了火。因为侯爵害怕得发了疯，抓起一支蜡烛将四处都点着了，而整座城堡的地板都是木头的。他活不下去了。等到侯爵夫人派仆人去救她不幸的丈夫时，已经晚了——他已遭到严厉的惩罚。后来，附近的农夫把他的白骨捡到一起，至今仍埋在那个房间的那个角落里，而就在那里，他曾命令过那个卢卡诺的乞妇从干草上爬起来。

（刘文荣　译）

黑桃皇后

[俄] 亚历山大·普希金　著

1

在阴冷的日子里，
他们聚在一起。
打纸牌——天哪！
有人赢，有人输，
数字用粉笔抹去；
他们聚在一起，
在阴冷的日子里。

在近卫军骑兵军官纳罗莫夫家里，一些人在打纸牌。漫长的冬夜已不知不觉地过去，当这些人坐下来吃夜宵时，已经是清晨五点了。赌赢的人吃得津津有味；其他的人却丧魂落魄似的面对着空空的碗碟。不过，等到香槟酒送来时，谈话又变得活跃起来，而且比较心平气和了。

"打得怎么样，苏林？"主人问。

"输啦，跟从前一样。只好承认自己运气不好：我没加注，没激动，也没糊涂，可我就是打不赢。"

"您是说，您一次也不想翻本？我真佩服您的耐心。'

"你们看赫尔曼，"有人指着一个年轻的工兵军官说，"他从未摸过牌，从来不赌，可他一直坐到五点钟看着我们打牌。"

"我对打牌很感兴趣，"赫尔曼说，"可我不能为了赢钱把我的生活费当赌注啊。"

"赫尔曼是德国人，生性节俭，就这么回事！"托姆斯基说，"不过，有一个人却让我不可理解，那就是我祖母安娜·费多托夫娜伯爵夫人。"

"为什么？"客人们大声问。

"我弄不懂，她为什么不再打牌了。"

"可一个八十岁的老太太不再赌钱，并不使人奇怪呀？"纳罗莫夫说。

"这么说，你们对她一点也不了解？"

"是呀，一点也不了解！"

"那就听我说。你们知道，大约六十年前，我祖母去过巴黎，在那里大出风头。许多人追逐她，想一睹这位来自莫斯科的大美人的风采，连黎塞琉¹也狂热地追求她；我祖母还坚持说黎塞琉差一点自杀，因为我祖母对他铁石心肠。那时，贵妇人们都玩'法罗'²。一天晚上，我祖母在宫廷里打牌，输给奥尔良公爵很大一笔钱。回到家，她一边从脸上揭下美人斑³，脱下撑裙，一边把自己输钱的事告诉了我祖父，并要他为她付账。在我的记忆中，我祖父好像本是我祖母家的管家。他很怕她，但一听她输了那么大一笔钱，也惊呆了。他拿来账本指给她看，半年来他们已经花掉了五十万卢布，而在巴黎，他们又不像在莫斯科或者在萨拉托夫那样有家产，所以拒绝为她付账。我祖母打了他一记耳光，独自上床睡了，以此表示她很不高兴。第二天一早，她把我祖父叫来，指望昨天的惩罚已起了作用，但她却发现他还是不肯让步。她破天荒第一次不得不跟他说道理，向他解释；她想让他明白，债务是各种各样的，欠亲王的债和欠马车夫的债是不一样的。但一点用也没有——我祖父就是不听，'不行就是不行！'我祖母不知怎么办了。在她的熟人中有一个很出名的人。你们都听说过圣日尔曼伯爵这个人，听说过有关他的许多

1　黎塞琉（1585—1642），法国贵族，天主教枢机主教，曾任法王路易十三的首相。
2　一种牌戏。
3　当时在上流社会流行的一种化妆品。

神奇的故事。你们都知道，他以流浪的犹太人自居，还宣称他发明了长命水和点石金等等。大家都嘲笑他是招摇撞骗，卡桑诺瓦在他的《回忆录》里还说他是个奸细。不过，尽管圣日尔曼这个人鬼得很，却长得仪表堂堂，在社交界很招人喜爱。我祖母至今还迷恋着他。只要听到有人讲他的坏话就会大发脾气。她知道圣日尔曼手里有大笔的钱，就决定找他帮忙。她写了一张便条，请圣日尔曼马上到她那里去。那个老怪人立刻就去了，发现我祖母惶惶不安。我祖母呢，用最恶毒的话把她丈夫的冷酷无情描述了一通之后，便说她现在只能寄希望于他的友情和仁慈了。圣日尔曼沉吟了一会儿。'我是非常愿意借这笔钱给您的，'他说，'不过，我知道，在您没有还清这笔钱之前，您是不会安心的，所以我不想让您愁上加愁。有一个办法——您可以把这笔钱赢回来。''可是，亲爱的伯爵，'我祖母回答说，'我对您说，我现在一点钱也没有了。''那没关系，'圣日尔曼说，'请您听我说就是了。'于是，他就向她透露了一个秘密，这个秘密是我们这儿每个人都非常想知道的……"

年轻的赌徒们加倍注意地听着。托姆斯基点燃了烟斗，吸了几口之后才继续说下去：

"当天晚上，我祖母便出现在凡尔赛宫里，在皇后那里打牌。奥尔良公爵坐庄。我祖母轻声对他表示歉意，说没有把上次欠的钱带来，还为此编了一些谎言作为借口，随后便坐在他对面开始打牌。她挑了三张牌，一张接一张打出去。三张牌都赢了，上次输的钱全都赢了回来。"

"运气真好！"有人说。

"简直是神话！"赫尔曼说。

"大概，牌上有记号。"第三个人说。

"我想都不是。"托姆斯基郑重其事地回答。

"怎么！"纳罗莫夫说，"您有个祖母，她能连续三次打出妙牌，而您现在还没有从她那里学到这一手？"

"那有什么办法！"托姆斯基回答说，"她有四个儿子，我父亲是其中之一；四个人全是不顾死活的赌徒，可是她却从未向其中任何一个透露过这一绝招，虽然这样对他们来说并非坏事，对我也一样。不过，我叔叔伊凡·伊里奇伯爵曾说过一件事，还用人格担保说，那件事是真的。恰普利茨基——你们知道这个人，他把万贯家产挥霍一空后死于贫困潦倒——要是我没记错的话，他年轻时曾一次输给佐里奇三十万卢布。他彻底绝望了。我祖母对年轻人的荒唐行为虽然一向很憎恨，但不知为何，这一次她竟然可怜起恰普利茨基来了。她教给他打那三张牌，要他一张接一张打出去，同时又要他保证，从此以后永远不再摸一下牌。恰普利茨基到了佐里奇那里，他们坐下来打牌。恰普利茨基打第一张牌时就下注五万卢布，结果赢了；加倍打第二张牌，又赢了；第三张也一样。最后，他翻了本，口袋里装满了……不过，我说现在该睡觉了，已经六点差一刻了。"

确实，天都快亮了。这些年轻人喝完杯里的酒，便回家去了。

2

"看来您更喜欢的是使女。"

"有什么办法呢，太太？她们更艳丽动人啊。"

——引自一次社交闲谈

年老的某伯爵夫人坐在梳妆室里的镜子前，三个使女站在她旁边，一个捧着胭脂盒，一个端着发针匣，还有一个拿着一顶饰有红带子的高发帽。伯爵夫人其实并不想梳妆打扮——她已人老色衰了——但她仍保持着年轻时的习惯，严格遵守七十年代的时尚，像六十年前一样每天要在梳妆室里待上很长时间。靠窗坐着一个年轻姑娘，正在刺绣。她是伯爵夫人的养女。

"早上好，祖母。"一个年轻军官说着走进了房间。"您好，丽莎小姐。祖母，我想请求你一件事。"

"什么事，保罗[1]？"

"我想把一个朋友介绍给你，星期五我把他带到你的舞会上来。"

"那就直接把他带到舞厅里，在那儿介绍吧。昨晚你去了亲王那里吗？"

1　保罗即巴威尔的法语叫法。巴威尔是托姆斯基的教名。

"当然去了！非常快活，舞一直跳到清晨五点。叶丽茨卡娅小姐可真漂亮啊！"

"是吗，亲爱的！她有多漂亮？是不是和她祖母达丽娅·彼得罗芙娜公爵夫人一样漂亮？说到公爵夫人，我想她一定有把年纪了吧？"

"什么有把年纪？"托姆斯基心不在焉地回答，"她死了七年了。"

坐在窗边的姑娘抬起头来，对年轻人使了个眼色。他这才想起，他们一直对伯爵夫人隐瞒着她的同年女友的死讯，便咬了咬自己的嘴唇。然而，伯爵夫人听到这个消息却无动于衷。

"死了！我一点都不知道，"她说，"我们是一起封为宫廷女官的，那时我们去晋见女皇……"

于是，伯爵夫人便第一百次地向她的孙子重复了那个老故事。

"好吧，保罗，"她最后说，"现在扶我起来。丽莎，我的鼻烟壶在哪儿？"

随后，伯爵夫人带着她的使女到屏风后面去更衣。托姆斯基和丽莎小姐留在原处。

"您要介绍的是谁？"丽莎维塔·伊凡诺芙娜轻声问。

"纳罗莫夫。您认识他吗？"

"不认识。他是军人？"

"是的。"

"工兵？"

"不，骑兵。为什么您会认为他是工兵？"

姑娘笑了笑，什么也没回答。

"保罗！"伯爵夫人在屏风后面大声说，"给我送本新出的小说来读读，只是不要那种现代小说。"

"那你要怎样的，祖母？"

"我要一本小说，里面的主人公既不掐死他父亲，也不掐死他母亲；也不要有淹死的尸体。我很害怕淹死的人。"

"眼下可没这样的小说啦。你要不要俄国小说？"

"俄国还有小说？……好，送来吧，亲爱的，请送来吧！"

"请原谅，祖母，我得赶紧……再见，丽莎维塔·伊凡诺芙娜！您怎么会认为纳罗莫夫是工兵？"

托姆斯基说着走出了梳妆室。

剩下丽莎维塔·伊凡诺芙娜独自一人。她放下手里的活儿，眼睛直望着窗外。不一会儿，在街对面一幢房子的拐角处出现了一个年轻的军官。她脸上泛起了红晕，重新拿起活儿，低下头绣起花来。这时，伯爵夫人已穿好衣服，走了进来。

"吩咐套马车，丽莎，"她说，"我们出去走走。"

丽莎维塔·伊凡诺芙娜从绣架旁站起身，开始收拾她的活儿。

"真要命！你怎么啦，是聋了吗？"伯爵夫人大声说，"快去吩咐套马车。"

"这就去！"小姐平静地回答，随即跑到前厅去了。

一个仆人进来，把几本从巴维尔·亚历山大罗维奇那里借来的书交给伯爵夫人。

"很好！告诉他，我很感谢他，"伯爵夫人说，"丽莎，丽莎！你跑到哪儿去？"

"去换衣服。"

"还不急哪，真要命。快坐到这儿来，把第一卷打开，给我念……"

姑娘拿起书，读了几行。

"响一点！"伯爵夫人说，"真要命，你怎么啦？嗓子哑了，还是怎么的？等一等……把垫脚凳给我拿来。拿近点……可以了！"

丽莎维塔·伊凡诺芙娜又读了两页。伯爵夫人打起哈欠来。

"把书放下，"她说，"什么乱七八糟的！把它还给巴维尔公爵，不过要谢谢他……马车怎么样了？"

"已经套好了。"丽莎维塔·伊凡诺芙娜说，同时朝街上望了望。

"你怎么没换衣服？"伯爵夫人说，"总要别人等你，真是受不了！"

丽莎跑进自己房间。不到两分钟，伯爵夫人又没命地按起铃来。三个使女同时从一扇门里奔进来，还有一个男仆从另一扇门里奔进来。

"我叫你们，为什么来得这么慢？"伯爵夫人对他们说，"快去告诉丽莎维塔·伊凡诺芙娜，说我在等她。"

丽莎维塔·伊凡诺芙娜走了过来，穿着早礼服，戴着帽子。

"总算好了，真要命！"伯爵夫人说，"怎么穿这身衣服？这干吗？……穿给谁看？……天气怎么样？刮风，是不是？"

"不，夫人，"那个男仆回答说，"一点风也没有。"

"你就知道随口乱说！把窗打开。你们看，有风，还很冷呢！把马车卸了，丽莎，我们不出去了，真要命！——你用不着再换衣服了。"

"我过的就是这种日子！"丽莎维塔·伊凡诺芙娜心里想。

确实，丽莎维塔·伊凡诺芙娜是个很不幸的人。但丁[1]说，吃他人的面包味苦，走他人的楼梯脚痛。有谁比一个老贵妇的可怜的养女更懂得寄人篱下的苦楚呢？伯爵夫人固然不是心肠狠毒的人，但她和所有不再热爱生活而且和周围世界格格不入的老年人一样吝啬而自私，像任何一个养尊处优的女人一样反复无常。上流社会的一切娱乐活动她都要去参加，还颤颤巍巍地去舞厅，但在那里，她只是坐在角落里，脸上搽着胭脂，身上穿着过时的服装，就像一件丑陋却又必不可少的古董摆设；客人们来到时会在她跟前深深鞠躬，好像在履行一种固有的礼仪，但这之后就再也没有人来理睬她了。她在家里接待全城的贵客，彬彬有礼，但记不得任何人的面孔。她的一大群婢女和男仆全在前厅和下房里悠闲度日，养得肥肥胖胖，想干什么就干什么，还争相盗窃这个行将就木的老夫人的财产。最倒霉的是丽莎维塔·伊凡诺芙娜，她为伯爵夫人倒水沏茶，每每要受斥责，说她放了太多的糖；她为伯爵夫人朗诵小说，作者写错的地方也都怪她读错；她陪伯爵夫人外出，天气不好或者道路不平也要她负责。她虽然有固定薪俸，却从来没有全部拿到过，而伯爵夫人却要求她穿着漂亮，就像那些真正的有钱人那样。在交际场上，她是个可怜至极的角色。人人都认识她，却没有一个人理会她。在舞会上，只有当舞伴不够时才轮得到她跳，而当太太们需要到梳妆室里去打扮时，却每次都要她在旁边侍候。她并不愚钝，完全知道自己的处境，而且急迫地指望有人来解救她；但是，那些一味追求虚荣的年轻人却宁愿拜倒在满脸皱纹、冷若冰霜的女继承人脚下，也不愿垂青胜过她们一百倍的丽莎维塔·伊凡诺芙娜。所以，她时常会从豪华而冷漠的客厅里溜出来，悄悄躲在自己简陋的房间里默默哭泣。在她的房间里，只有一个糊墙纸做的屏风、一个衣柜、一面小镜子和一张油漆木床，烛台上只有一支蜡烛，发出一点点幽暗的

1　但丁（1265—1321），意大利诗人，《神曲》作者。

亮光。

　　一天早晨，也就是小说开头所写到的那个晚上的两天之后，丽莎维塔·伊凡诺芙娜坐在窗下刺绣，无意间朝街上看了一眼，只见一个年轻的工兵军官站在窗下呆呆地朝她望着。她低下头，继续做自己的针线活。过了五分钟，她又朝街上看了看，那年轻的军官还站在那儿。她向来不和过路的军官调情，便不再朝街上看，自顾自埋头绣了两个小时。午饭的时间到了，她放下活，从绣架旁站起身来；偶尔朝街上一瞥，又看见了那个军官。她觉得有点奇怪。饭后，她怀着不安的心情走到窗边，但那个军官却已经走了，于是她也就把他忘了……

　　大约过了一两天，正当她陪着伯爵夫人上马车时，突然又看见了那个年轻的军官。他正站在大门口，竖起的海狸皮领子遮着脸，一双眼睛在皮帽下闪闪发光。丽莎维塔·伊凡诺芙娜自己也不知道，为什么心里感到一阵紧张。她坐进马车，莫名其妙地觉得很害怕。

　　回到家，她走到窗边——那个军官正站在老地方，眼睛盯着她。她从窗边走开，心里万分惊异，同时又感到一种从未有过的激动。

　　从那以后，那个年轻人每天都在某一个时间出现在她窗下，以至于他们俩似乎变得有点熟悉了。她一坐下来刺绣，就会觉得他就在近处，会抬起头来看看他，而且目光停留在他身上的时间也一天比一天长。对此，那年轻人似乎很感激：因为她以少女敏锐的目光看到，每当他们目光相遇时，他苍白的脸颊立即会泛红。这样过了一个星期，她已经开始对他微笑了……

　　当托姆斯基要求伯爵夫人允许他把一个朋友介绍给她时，这可怜的姑娘，心怦怦乱跳。然而，当听到纳罗莫夫是近卫军骑兵而不是工兵时，她又为自己唐突的提问感到后悔，因为她把自己的秘密泄露给了不可靠的托姆斯基。

　　赫尔曼是一个定居俄国的德国人的儿子，他父亲只留给他一点点资产。赫尔曼坚信他自己的独立能力，所以连遗产的利息也不去动它，仅靠自己的薪俸过日子，不愿有半点奢侈。不过，由于他既自重又自尊，他的伙伴们几乎找不到什么机会来嘲笑他的过分节俭。他有强烈的欲望和想入非非的幻想，但他的坚毅性格使他没有犯年轻人常犯的那些错误。譬如，他骨子里是个赌徒，却从不打牌，因为他认为他的财产不允许（就如他所说的）"为了赢钱而把生活费当赌注"。然而，他却整夜坐在牌桌旁热切地注视着牌局的千变万化。关于三张牌的奇闻，强烈触动了他的幻想，他整夜都在想着那个奇闻。"假如，"他第二天傍晚在彼得堡散步时心里想，"假如那老伯爵夫人肯把她的秘密透露给我，或者告诉我那三张必胜的牌，那就好了！为什么我不去碰碰运气呢？……去认识她，赢得她的好感——也许，成为她的情人也值得。不过，这需要时间，而她已经八十七岁了。她可能下个星期就会死掉，甚至就在后天也说不定……可是，那个奇闻又怎么样呢？难道是真的？不，节省、简朴和勤奋才是我的三张必胜的牌。靠这三张牌，我才能使自己的财产倍增——增加六倍，才能为我带来舒适的、自由自在的生活！"

他这样想着，不知不觉走到了彼得堡的一条大街上。面前是一座老式楼房；街上马车成行，正一辆接一辆驶到那灯火辉煌的大门口。从一辆辆的马车上时而跨下美貌女郎秀丽的纤足，时而跨下带马刺的军靴，时而又跨下外交官的条纹袜子和搭扣鞋。皮大衣和斗篷在毕恭毕敬的门卫面前一闪而过。赫尔曼停了下来。

"这是谁的府邸？"他问一个站在墙角边小亭子里的警卫。

"伯爵夫人的，"警卫告诉他。伯爵夫人就是托姆斯基的祖母。

赫尔曼一阵震惊。那三张牌的奇闻一下子从他脑海里蹦了出来。他开始在那座楼房前踱来踱去，心里想着楼房的主人和她那神奇的秘密。这一天，他很晚才回到自己简陋的居处；他久久无法入睡，而等他睡着时，又梦见了纸牌、那绿色的牌桌、一叠叠的钞票和一堆堆的金币。他梦见自己在打牌，打出一张又一张牌，每次都是他赢，忙着把金币搂到胸前，把钞票塞入口袋。第二天，他很晚才醒来。梦中的财富消失了，他长长地叹了口气。随后，他又出去了。在城里游荡了一阵之后，他又来到了伯爵夫人的府邸面前。那里似乎有一种魔力在吸引着他。他站在那儿，抬头望着那些窗户。在一个窗里，他看见一个黑魆魆的头低垂着，好像在看书，或者在做针线活。那头抬起来了。赫尔曼看见一张红润的脸和一对黑色的眼睛。这一刻，就决定了他的命运。

3

我的小天使，您这么快就写了
这四页的信，我读也来不及。

　　　　　　　——引自一次通信

　　丽莎维塔·伊凡诺芙娜刚脱下帽子和披风，伯爵夫人就派人来叫她，又要她备好马车。她们走出门准备上车。正当两个仆人扶着老夫人帮她钻进车门时，丽莎维塔·伊凡诺芙娜发现那个工兵军官就站在车轮旁边。他抓住她的手；她一阵惊慌，但在她还没弄清怎么回事之前，那年轻人已消失不见了，只在她手里留下了一封信。她把信藏在手套里，一路上什么也看不到，什么也听不见。伯爵夫人有个习惯，坐在马车上总喜欢东问西问："那人是谁？"——"那是座什么楼？"——"那招牌上写着什么？"这一回，丽莎维塔·伊凡诺芙娜心不在焉，总是答非所问，弄得伯爵夫人大为恼火。

　　"真要命，你到底怎么啦？是不是灵魂出了窍？是没听我在说呢，还是没听懂？……上帝保佑，我还没老得连话也说不清楚哪！"

　　丽莎维塔·伊凡诺芙娜仍然心不在焉。一回到家，她赶紧跑进自己的房间，从手套里抽出那封信来。信没有封口，丽莎维塔·伊凡诺芙娜一口气就把信读完了。这是一封求爱信，写得情意绵绵又彬彬有礼，是从一本德国小说里逐字逐句抄来的。但丽莎维塔·伊凡诺芙娜不懂德文，没读过任何德国小说，读完信后兴奋不已。

　　然而，这封信也使她坐立不安。和一个年轻男子发生秘密的亲昵关系，这在她的生活中还是第一次。他的大胆举动使她害怕。她责备自己太不谨慎，但又不知如何是好：她是不是不该再坐在窗边？是不是应该冷淡他，使他不再继续追求她？要不要把他的信退还给他？或者，冷冰冰地、斩钉截铁地回绝他？她没有人可以商量：她既无朋友，也无师长。最后，丽莎维塔·伊凡诺芙娜决定写一封回信。

　　她拿来笔和纸，坐在她那张小小的写字台前沉思起来。好几次，她开了个头又把纸撕了：不是觉得语气太亲昵，就是觉得态度太冷酷。最后，她总算写了几行自己觉得还算满意的话。"我相信，"她写道，"您是有诚意的，您并不想以任何轻率的举动来伤害我，但是我们的相识不应该用这种方式开始。我把您的信还给您，同时希望您以后不要再让我有理由抱怨自己没受到尊重。"

第二天，当她一看见赫尔曼走来时便从绣架旁站起来，走到前厅，打开小气窗把信扔到街上。赫尔曼当然注意到了。他跑上前，捡起信，走进了一家糖果店。他拆开信封，发现了自己的信和丽莎维塔·伊凡诺芙娜的回信。这是他预料中的事。他回到住处，精心设计对策。

三天以后，有个目光灵活的年轻姑娘给丽莎维塔·伊凡诺芙娜送来一张裁缝铺里的便条。丽莎维塔·伊凡诺芙娜以为这是来讨钱的，提心吊胆地打开了便条，但一眼便认出了赫尔曼的笔迹。

"哦，亲爱的，您一定是弄错了，"她说，"这便条不是给我的。"

"这是给您的！"那姑娘很有把握地说，同时毫不掩饰地露出了会心的微笑。"请您看一看。"

丽莎维塔·伊凡诺芙娜草草看了一下。赫尔曼要她和他见面。

"不可能！"她大声说，对赫尔曼这么迫不及待地以这种方式提出这样的要求大为吃惊。"我说这便条不是给我的！"她说着把便条撕得粉碎。

"既然不是给您的，您为什么要撕呢？"那姑娘说，"您可以让我还给写便条的人呀？""别说了，亲爱的，"丽莎维塔·伊凡诺芙娜脸涨得通红，说："以后再也不要送什么便条了。去告诉那个叫您来的人，说他应该知道羞耻……"

然而赫尔曼没有罢休。丽莎维塔·伊凡诺芙娜每天都收到他用这种方法送来的信。这些信不再是从德文翻译过来的，而是赫尔曼怀着热情以他自己的方式写的：信中既表达了他坚定不移的意愿，也显露出某种不着边际的胡思乱想。丽莎维塔·伊凡诺芙娜不想再把信退回去了：她如饥似渴地读这些信而且写回信——她的信越写越长而且越来越情意缠绵。终于有一天，她从窗口扔给他这样一封信：

"今晚在公使馆有舞会，伯爵夫人将去那儿。我们要在那里逗留到两点。这样您就有机会和我单独见面了。伯爵夫人一走，仆人们肯定会回他们自己的房间，前厅里只留下一个看门人，但他通常也会溜回自己的房间。您十一点半来，直接上楼。要是在客厅里遇到人，就问伯爵夫人是否在家。他们会说'不在'，这样就没办法了，您只好回去——不过，很可能您不会遇到什么人。使女们全都聚在一个房间里。从前厅往左转，一直走，您就到了伯爵夫人的卧室。在卧室里的一道屏风后面，您会看到两扇小门：右边的一扇通书房，那里伯爵夫人是从来不去的；左边的一扇通走廊，那里有道螺旋小楼梯通到我的房间。"

赫尔曼像饥饿的老虎等待着猎物一样等待着约定的时间。晚上十点，他已经站在伯爵夫人府邸前。这天夜里天气恶劣：狂风呼啸，卷着大片大片的湿雪；街灯昏黄幽暗，街上空旷无人。偶尔有一辆由一匹可怜巴巴的瘦马拖着的雪橇驶过，车夫伸长脖子在张望有没有晚归的乘客。赫尔曼没有穿大衣，只穿了一件常礼服，但他站在那儿既没感觉到狂风，也没感觉到大雪。伯爵夫人的马车终于到了门前。赫尔曼看见一个裹在貂皮大衣里的老夫人由两个仆人搀扶着上了马车；接着，身披斗篷、头插鲜花的丽莎一闪而过。车门"砰"的一声关上了。马车笨重地在雪地上滚动。门卫关上了大门。窗户里的灯光熄灭了。赫尔曼开始在沉寂的府邸前踱来踱去。他走到一盏路灯下，看看手表——时间是十一点二十分。他站在路灯柱旁边，凝视着表上的指针。一到十一点半，他便踏上府邸的台阶，走进灯火通明的门廊。门卫不在那儿。赫尔曼登上楼梯，打开前厅的门，看见一个仆人坐在灯下的一把老式破围椅里睡着了。他果断而轻捷地从那人身边走过。大厅和客厅里一片昏暗，只有前厅里的那盏灯投进一缕幽光。赫尔曼走进伯爵夫人的卧室。神龛里塞满了古老的神像，前面点着一盏金黄色的神灯。几把缎面已褪了色的椅子和几只斑斑驳驳的软垫沙发对称地靠墙摆着，墙上裱着中国糊墙纸。在一面墙上，挂着勒勒朗夫人[1]在巴黎画的两幅肖像：一幅画的是一个大约四十岁的男子，身体肥胖，面色红润，穿着浅绿制服，胸前有一枚勋

1　勒勒朗夫人（1755—1842），法国女画家。

章；另一幅画的是一个美貌的年轻女子，长着鹰钩鼻子，两束鬈发向后梳着，扑过粉的头发上戴着一朵玫瑰花。卧室的四角都摆满了陶瓷牧女像、名匠勒鲁瓦制作的台钟、小盒子、转轮、扇子以及各种各样上世纪末与热气球和催眠术同时问世的女人玩具。赫尔曼走到屏风后面，那儿有一张小铁床。右边是书房的门；左边是通走廊的门。赫尔曼拉开左边的门，看见一道螺旋小楼梯，楼梯尽头便是那可怜的养女的房间。但是，他却转过身，走进了漆黑一团的书房。

时间慢慢地过去，万籁俱寂。客厅里的钟敲了十二下，其他房间里的钟也一个接着一个敲了十二下。接着，一切又陷入沉寂。赫尔曼靠在冰冷的炉子上站着。他非常镇静：心脏平稳地跳着，像所有为了事业不得不冒险的人一样。时钟敲了一下，后来又敲了两下。这时他听到远处有马车的辚辚声。他不由得紧张起来。马车到了府邸门前，停下了。他听到马车踏板放下的"咔嗒"声。府邸里顿时忙乱起来。仆人们跑来跑去，慌慌张张地喊叫，所有的灯都点亮了。三个老使女急速走进卧室，后面是伯爵夫人，她疲惫不堪地瘫倒在一张高靠背椅里。赫尔曼从门缝里张望。丽莎维塔·伊凡诺芙娜就从他旁边走过；他听见她上楼到自己房间里去的脚步声，很急促。这时，他忽然觉得自己好像内心有愧，但一会儿就恢复了铁石心肠。

伯爵夫人开始在镜子前卸妆。使女们为她脱下饰有玫瑰的帽子，然后从她灰沉沉的头上取下满是粉香的假发。别针从她身上一根根地取下来。绣着银边的黄色衣裙落到她浮肿的脚上。赫尔曼窥视着，甚至看到了她解便的隐秘。终于，伯爵夫人穿上了睡衣，戴上了睡帽；这打扮还算适合她的年龄，看上去不那么可怕和丑陋了。

像多数老年人一样，伯爵夫人患有失眠症。她脱了衣服，在靠窗的一张高背椅上坐下，就打发使女们出去。她们带走了蜡烛，只留下神龛前的一盏灯朦朦胧胧地亮着。伯爵夫人坐在那儿，脸色焦黄，耷拉的嘴唇微微颤动，身体前后摇晃着。她混浊的眼睛黯然无光。看上去真让人觉得这个可怕的老太婆不是出于她自己的意愿，而是由某些隐秘的电流在驱动她前后摇晃的身体。

突然，她的死人般的面孔变得难以辨认了。嘴唇不再颤动，眼睛却发出光来：一个陌生的年轻人站在她面前。

"不要紧张，看在上帝份上，请不要紧张！"他用低沉而清晰的声音说，"我一点也不想伤害您，我是来请求您帮助的。"

老太婆一声不响地瞪着他，好像没听见似的。赫尔曼以为她聋了，弯下身在她耳边又重复了一遍他刚才说的话。老太婆依然默不作声。

"您可以使我终身幸福，"赫尔曼接着说，"这在您是轻而易举的。我知道您能连续猜中三张牌……"

赫尔曼顿住了。伯爵夫人显然明白了他的意思，正在斟酌着怎样回答他。

"开玩笑，"她终于说，"我说你一定在开玩笑。"

"不，夫人，"赫尔曼愤然回答说，"您还记得恰普里茨基吧？是您帮助他反输为赢的。"

伯爵夫人显然受到了刺激。她脸上显露出极度不安的神色，但一会儿她又恢复了先前的那种麻木。

"您能告诉我那三张必胜的牌吗？"赫尔曼问。

伯爵夫人默不作声。赫尔曼接着说：

"您还要为谁保守秘密？为您的孙子吗？他们已经够有钱了，他们不在乎钱。您的三张牌不能用来助长挥霍无度的人，一个不爱惜祖辈遗产的人，即使有鬼神相助也难免死于贫困。我不是挥霍无度的人，我懂得金钱的价值。您的三张牌在我手里是不会白白糟蹋的。啊？……"

他打住了，急切地等待着她的回答。她一言不发。赫尔曼跪了下来。

"要是您还有爱心，要是您还记得爱的狂喜，要是您还会对新生儿的啼哭发出温柔的微笑，要是您胸中还搏动着人之常情，那么我就像请求妻子、情人和母亲一样请求您，以世上所有神圣事物的名义请求您，不要拒绝我的祈求，把您的秘密告诉我吧！它对您还有什么用呢？它说不定会制造可怕的罪恶，会使人失去永恒的救赎，会和魔鬼同流合污……想一想吧，您已经老了；您不会再活很久，而我愿意用自己的灵魂为您赎罪。只要您把秘密告诉我。要知道，您手里掌握着一个人的幸福；不仅是我，还有我的孩子，孩子的孩子，都会对您感恩戴德，永世不忘……"

然而，老太婆还是一声不吭。

赫尔曼站起身来。

"你这个老妖婆!"他咬牙切齿地说,"看来要我逼你开口了……"

他说着从口袋里抽出一支手枪。

伯爵夫人一见手枪,顿时惊恐万状。她摇摇头,举起一只手,好像要挡住子弹似的……接着仰面倒下……不动了。

"好了,不要像小孩一样胡闹了!"赫尔曼一边抓住她的手臂,一边说,"我最后一次问你:你到底想不想把那三张牌告诉我?"

伯爵夫人什么也没有回答。赫尔曼发现她已经死了。

4

18** 年 5 月 7 日

人啊,缺德而无信!

——引自一次通信

丽莎维塔·伊凡诺芙娜坐在自己的房间里,身上仍穿着舞会服饰,陷入了沉思。她一回到家,就把那个睡眼惺忪、老大不愿意来服侍她的使女打发走,说她要自己卸妆,随后便战战兢兢地走向自己的房间,既希望在那里能见到赫尔曼,又希望不要见到他。一进房间她就断定他没有来。她感谢命运阻止了他们的幽会。她没脱衣服就坐下了,开始回想在如此短的时间内竟使她如此痴情的种种情景。自从她第一次从窗口看到那年轻人,至今还不到三个星期——然而,她现在却在和他通信,他还成功地使她答应在夜间和他幽会!她只知道他的名字,因为在几封信里有他的签名;她既未和他说过话,也未听到过他的声音,甚至从未听人说起过他……直到那天夜里。说来奇怪,就在那天夜里的舞会上,托姆斯基因为年轻的鲍琳娜公爵小姐不跟他撒娇而去和其他人调情,便决定对她表示冷淡,以此来报复她。他请丽莎维塔·伊凡若芙娜做他的舞伴并和她一起跳那没完没了的玛祖卡舞。在跳舞时,托姆斯基一直和她开玩笑,说她对工兵军官好像有偏爱,还对她说,他知道的事情比她想象的要多,而他的有些俏皮话说得好像真有所指似的,以至于丽莎维塔·伊凡诺芙娜有好几次觉得他一定知道了她的秘密。

"这些都是谁告诉您的？"她笑着问。

"一个您大概也认识的朋友，"托姆斯基回答说，"一个与众不同的人。"

"这个与众不同的人是谁？"

"他叫赫尔曼。"

丽莎维塔·伊凡诺芙娜不作声了，但她的手脚却变得冰冷。

"这个赫尔曼，"托姆斯基接着说，"真是个小说中的人物，他的侧影像拿破仑，而他的灵魂像靡非斯特[1]。我想他心里至少有三种罪恶……您的脸色怎么这么白！"

"我头痛……那么，这个赫尔曼——您说他叫赫尔曼——对您说过什么？"

"赫尔曼对他的朋友总感到不满。他说要是换了他，就会有完全不同的做法……说真的，我怀疑他好像老在打您的主意；不管怎么说，他总是很冷静地听着他的朋友谈论任何热烈的话题。"

"但他在哪里见过我？"

"也许在教堂，也许在您散步时，天晓得在哪里！……也许在您房间里，在您睡着时，因为没有什么事情他……"

三个女士走到托姆斯基跟前问他"遗忘还是惋惜"[2]，因而打断了使丽莎维塔·伊凡诺芙娜极感兴趣的谈话。

托姆斯基选中的女士就是鲍琳娜公爵小姐。他们跳了好几圈舞之后，托姆斯基才把她送回座席，而在此期间，鲍琳娜公爵小姐已设法和托姆斯基言归于好了。所以，当托姆斯基回到自己的座位时，已经不再想到什么赫尔曼或者丽莎维塔·伊凡诺芙娜了。丽莎维塔·伊凡诺芙娜很想使中断的谈话继续下去，但这时玛祖卡舞已经结束，伯爵夫人随即就招呼她准备走了。

托姆斯基的话不过是舞会上的信口开河，但却深深地印入了这个年轻而怀着恋情的姑娘心里。托姆斯基所说的那个人很像她心里所想的那

1　即歌德长诗《浮士德》中的魔鬼。
2　原文为法语，邀请跳舞的用语。

个人；由于她刚刚听到的那些事情，这个样子很平常的人既让她害怕，又使她神往。她抱着两条赤裸裸的手臂坐着，仍然插着鲜花的头低垂在裸露着的胸前……突然，门开了，赫尔曼走了进来……她震颤了一下。

"您刚才在哪儿？"她惊恐地低声问。

"在伯爵夫人卧室里，"赫尔曼说，"我刚刚离开她。伯爵夫人死了。"

"您说什么？……天哪！"

"我想，"赫尔曼接着说，"是我把她吓死的。"

丽莎维塔·伊凡诺芙娜直瞪着他，心里回响着托姆斯基所说的话："……他心里至少有三种罪恶。"赫尔曼在她旁边的窗台上坐下，把事情一一讲了。

丽莎维塔·伊凡诺芙娜听得吓呆了。这么说，所有那些充满激情的信，所有那些炽热的愿望、大胆而果断的追求，都不是出于爱情！而是为了钱！——钱才是他所渴求的东西！能满足他的愿望，能使他幸福的，根本不是她！可怜的姑娘，她只不过是一个窃贼、一个杀死她的年迈女恩人的凶手的盲目的工具！……她后悔莫及，痛哭流涕。赫尔曼默默地看着她；他也痛苦不堪。但是，无论是可怜的姑娘的眼泪，还是她那悲痛时的难以形容的魅力，都没有触动他的铁石心肠。对于老夫人的死，他一点也不感到良心不安。唯一使他惊恐不安的是，那可以使他发财的秘密，现在已无可挽救地失去了。

"你真是个魔鬼！"丽莎维塔·伊凡诺芙娜终于开口了。

"我并不想害死她，"赫尔曼回答说，"手枪里根本没装子弹。"

两人都沉默不语了。

天亮了。丽莎维塔·伊凡诺芙娜吹灭将要燃尽的蜡烛，一缕白光照进房间。她擦擦满是泪痕的双眼，抬头看看赫尔曼。他正抱臂坐在窗台上，恶狠狠地皱着眉，样子真和肖像上的拿破仑一模一样。这种相像连丽莎维塔·伊凡诺芙娜也明显感觉到了。

"您怎么出去呢？"她最后说，"我本想带您从外楼梯出去，但那要经过伯爵夫人的房间，我很害怕。"

"告诉我那楼梯在哪里就行了，我自己会找到。"

丽莎维塔·伊凡诺芙娜站起身，从抽屉里拿出一把钥匙交给赫尔曼，并详细告诉他怎么找到那道楼梯。赫尔曼握了一下她的冰冷而麻木的手，吻了吻她的低垂的头，就走了出去。

他从螺旋楼梯下去，再次走进伯爵夫人的卧室。那死去的老妇人已经僵硬，但仍然坐着。她的脸显得非常安详。赫尔曼站在她面前久久地凝视着她，好像在竭力使自己相信这可怕的事实。随后，他走进书房，摸到糊墙纸后面的那扇门，便怀着一种古怪的心情沿着黑咕隆咚的楼梯往下走。"大概就在六十年前的这个时候，"他想，"有个幸运的年轻人，就是从这楼梯上偷偷地走上来，溜进那间卧室的。这个年轻人当时也许穿着绣花长袍，梳着仙鹤式发型，三角帽拿在手里，紧紧贴在胸口上……如今，这个人早已化为尘土……"

在楼梯脚边，赫尔曼看到有一扇门，他用同一把钥匙打开门，眼前是一条直通大街的过道。

5

那天夜里，已故冯·W.男爵夫人出现在我面前，
她穿着一身白色衣服，对我说：
"别来无恙，顾问先生？"

——史威登堡[1]

在那决定命运的夜晚之后的第三天，上午九点，赫尔曼到修道院去，那里将举行已故伯爵夫人的葬礼。他虽然毫无悔恨之意，但却不能全然压制良心的呼声。那声音反复在他心里响着："是你杀死了老夫人！"他几乎没有什么宗教信念，但非常迷信。他相信已故伯爵夫人一定会在他未来的生活中作祟，于是便决定去参加她的葬礼，以求她的宽恕。

教堂里全是人。赫尔曼费了很大的劲才从人群里挤过去。灵柩停放在铺有天鹅绒的灵台上，显得富丽堂皇。死者头戴一顶花边帽，身穿一

---

[1] 史威登堡（1688—1772），瑞典哲学家。

件白缎长裙，双手放在胸前躺着。她的家人侍立在灵柩周围；仆人们身穿黑衣，肩上斜挂着绶带，手里捧着点燃的蜡烛；亲属——儿子、孙子和曾孙——都披麻戴孝。没有人哭，眼泪已成了虚情假意。伯爵夫人太老了，她的死并不令人震惊，况且她的亲人早已不把她当活人看待了。一位受人尊敬的主教开始致悼词。他简要而感人地说到这位年高德劭的女信徒的安然谢世，说到她在漫长的一生中一直准备着接受一个基督徒的归宿。"这位死去的天使，"他庄严地说，"现在已在虔诚的静思中守候着基督在半夜的降临。"葬礼在充满悲伤的气氛中结束。亲属们首先向遗体告别，接着是一长串前来致哀的人，他们向这个多年来一直和他们一起寻欢作乐的人表示最后的敬意。然后是伯爵夫人的婢仆们，他们中最后向前行礼的是一个与死者同年的老使女。她由两个年轻姑娘搀扶着。她连鞠躬的力气也没有了，但却是唯一流泪的人，还吻了吻死者冰冷的手。赫尔曼决定在她之后走到灵柩前去。他跪倒在撒满松枝的冰冷的石板上，而且这样跪了好几分钟；最后，他站起身，脸色苍白得和死者一样，登上灵台的台阶，俯身看了看死者的遗容……这时，他似乎觉得死者正用讥讽的眼光看着他，还向他眨了眨眼。他不由得后退，脚一踩空，仰面朝天跌倒在地上。人们把他扶了起来。这时，丽莎维塔·伊凡诺芙娜突然晕了过去，被人从教堂里抬了出去。这意外事件使庄严的葬礼出现了短暂的混乱。吊丧的人开始窃窃私语。一个又高又瘦、穿着宫廷侍官制服的男子——他是死者的近亲——凑到一个站在他旁边的英国人耳边低声说，那个摔倒的青年军官是伯爵夫人的私生子。英国人听了冷冷地回答说："噢？"

　　赫尔曼一整天都觉得心烦意乱。他跑到一家僻静的小饭馆，一反往常喝了许多酒，想借此消除内心的不安。然而，酒仅仅激起了他的胡思乱想。他回到住处，衣服也不脱，一头扑倒在床上，而且马上就睡着了。

　　当他醒来时，已是深夜，月光正照在他的房间里。他看看表：两点三刻。他已毫无睡意，便坐在床上开始回想老伯爵夫人的葬礼。

　　正在这时，好像有人在街上朝他的窗户里张望，随即又走了。赫尔曼没加注意。过了一会儿，他听到前室的门响了一下。他以为是他的勤务兵像往常一样在外面喝醉了酒回来了。但是，他马上听出那是陌生人的脚步声：有人正轻轻地在走，好像还穿着拖鞋。门开了，一个身穿白衣的女人走进来。赫尔曼以为是他的老女佣，心里觉得纳闷，为什么她这时到这里来？但是，那白衣女人蹒跚地穿过房间，到了他面前——赫尔曼一看，竟是伯爵夫人！

"我并不愿意到你这儿来，"她语调平稳地说，"但我有义务满足你的要求。只要你在二十四小时后不再打牌，而且永远不再打牌，那我告诉你，连续打哪三张牌必定会赢。那三张牌是，3、7 和 A。我原谅你吓死了我，但有一个条件，你要和我的养女丽莎维塔·伊凡诺芙娜结婚。"

说完这些话，她便慢慢转过身，移动脚下的拖鞋向门那边飘忽而去，转眼就不见了。赫尔曼听到前室的门又响了一下，接着，他似乎觉得有人在窗外朝他张望了一阵。

过了很久，赫尔曼才定下神来，走进隔壁房间。他的勤务兵正睡在地板上。他费了很大劲才把他叫醒。那勤务兵像往常一样，已喝得烂醉：对什么都一无所知。外面的大门紧锁着。赫尔曼回到自己房间，点燃蜡烛，把刚才所见到的一切都记了下来。

6

> "等一等！"
>
> "你怎么敢对我说等一等！"
>
> "大人，我说，等一等！"

正如两个物体不能同时存在于同一空间，两种强烈的思想也不可能同时存在于一个人的头脑。"3、7、A"很快就把已故伯爵夫人从赫尔曼心里赶走了。"3、7、A"牢牢占据着他的头脑，而且一直在他嘴边默念着。他看到一个年轻姑娘，就会说："多好看，像红桃3！"有人问时间，他会回答："7点缺5分。"一看到胖子，他心里就想到"爱司"——A。"3、7、A"还在他梦中出现，变成各种各样的形状：3就像一朵石榴花在他眼前盛开；7就像一座哥特式门廊；爱司则像一只硕大无比的蝴蝶。他的注意力全都集中在一个想法上：怎样利用那无比珍贵的秘密。他开始考虑，是否辞职到国外去旅行，是否要到巴黎的赌场里去用那三张牌赢得大笔钱财。但是，他不必费神了，机会就在眼前。

在莫斯科有一群富有的赌徒，为首的是有名望的切卡林斯基，他一生都在牌桌旁度过而且腰缠万贯。他赢人家时收期票，而输给人家时付现金。他的丰富经验博得了牌友们的信任，而他宽敞的府邸、著名的厨师和快活而友善的态度更博得了人们的普遍尊敬。他来到彼得堡，京城里的年轻人便聚在他的房间里。他们为了打牌而放弃舞会，为了赌钱的刺激而忘却了女人的媚眼。纳罗莫夫把赫尔曼带到了切卡林斯基那里。

他们穿过一间豪华的房间。房间里有许多殷勤的仆人。那里人很多。几位将军和几个三级文官在打惠斯特牌；花缎沙发上坐着几个年轻人，正在抽长烟斗。在客厅里，大约有二十个赌徒围着一张长桌赌牌，坐庄的是主人。这位切卡林斯基是个约莫六十岁的人，仪表端庄：一头银发，一张丰满、生动而和善的脸，一双永远带着微笑的眼睛炯炯有神。纳罗莫夫介绍了赫尔曼。切卡林斯基友好地和他握了握手，同时告诉他不必拘礼，说完就忙着发牌了。

牌局持续了好久。桌上摊着三十几张牌。切卡林斯基每发一张牌，都要等一等，让牌友有时间理理牌，记一下自己输多少，然后还彬彬有礼地问牌友有何见教，而且更为彬彬有礼地抹平被人不当心弄皱的纸牌。一局牌终于打完了，切卡林斯基洗好牌，准备再次发牌。

"等一等，我能押张牌吗？"赫尔曼说，同时从一个胖胖的绅士背后把手伸了出去。

切卡林斯基微微一笑，优雅地欠了欠身，表示默许。纳罗莫夫笑着祝贺赫尔曼终于开了赌戒，并希望他一开始就有好运。

"好了！"赫尔曼在牌背面用粉笔写了几个数字后说。

"多少？"庄家眯起眼睛问，"请原谅，我看不清楚。"

"四万七。"赫尔曼回答。

听到这个数字，所有的头都一下子转了过来，所有的眼睛都注视着赫尔曼。

"他一定发疯了！"纳罗莫夫心里想。

"请允许我告诉您，"切卡林斯基仍然微笑着说，'您下的注可真不小，这儿还没有人下过超出两万零七十五的注。"

"是吗？"赫尔曼回答说，"那您接不接我的牌？"

切卡林斯基以同样谦逊的神情欠了欠身。

"我只有一事相告，"他说，"我虽然有幸得到朋友们的信任，但我只能和付现金的人打牌。当然，我个人是完全相信您的，但是按照规矩，也为了方便，我还是要求您把钱放在您的牌上。"

赫尔曼从口袋里掏出钱，交给切卡林斯基。切卡林斯基惊异地看了一下，就把钱放在赫尔曼的牌上。

他开始发牌。右边出了 9 点，左边是 3 点。

"我赢了！"赫尔曼翻出他自己的牌。

牌桌上一阵激动的低语。切卡林斯基皱起了眉头，但一会儿微笑又出现在他脸上。

"您要不要现在就付清？"他问赫尔曼。

"好吧。"

切卡林斯基从口袋里掏出一大把钱，当场付给赫尔曼。赫尔曼拿起钱就离开了牌桌。纳罗莫夫简直不敢相信自己的眼睛。赫尔曼喝完一杯柠檬水，就回去了。

第二天晚上，他又到切卡林斯基那里去。主人正在发牌。赫尔曼走到桌旁；牌友们立即为他让出一个位置。切卡林斯基优雅地欠欠身体。赫尔曼等到下一局，押了一张牌，把他原先的四万七和昨天赢到的四万七全部放在自己的牌上。切卡林斯基开始发牌。右边翻出的是 J，左边是 7。

赫尔曼翻开自己押的那张牌，也是 7。

旁边的人都惊呼起来。切卡林斯基显然很狼狈，数了九万四给赫尔曼。赫尔曼镇静自若地接过钱，转身走了。

第二天晚上，赫尔曼再次出现在牌桌旁。人人都在等他，那几个将军和三等文官也放下手里的惠斯特牌来看这场非同寻常的牌局。年轻的军官们从沙发上跳起来，所有的仆人也都聚到了客厅里。人人都想挤到赫尔曼身旁。其他的牌友都不押牌了，迫不及待地等着看这场赌博的结果如何。赫尔曼站在桌边，准备独自和脸色苍白但仍然微笑着的切卡林斯基决一胜负。两人各自拆开一副新牌。切卡林斯基洗牌。赫尔曼拿了一张牌，在上面放上一大叠钱。简直就像一场决斗。房间里鸦雀无声。

切卡林斯基开始发牌，他的手颤抖着。一张"皇后"——Q落在右边，一张"爱司"——A落在左边。

"'爱司'赢了！"赫尔曼说着，亮出自己的牌来。

"您是一张'皇后'，输了！"切卡林斯基彬彬有礼地说。

赫尔曼惊呆了。在他面前摆着的不是"爱司"，真是一张"黑桃皇后"！他简直不能相信自己的眼睛，不能相信自己竟会拿错牌。

这时，他仿佛看到那纸牌上的黑桃皇后正在眨眼，讥讽地对他微笑。他忽然想到，他曾经见过这不同寻常的微笑……

"那老太婆！"他惊恐地喊出声来。

切卡林斯基收起了他所赢得的钱。赫尔曼站着，呆若木鸡。直到他离开牌桌，人们才发出一阵闹哄哄的交谈声。

"这一局，真够意思！"赌徒们说。

切卡林斯基重新洗牌，牌局照常进行。

尾　声

赫尔曼疯了。他现在正住在奥布霍夫医院的十七号病房里。别人问他任何问题他都不回答，只是像发连珠炮似的反反复复念叨着："3、7、爱司！3、7、皇后！……"

丽莎维塔·伊凡诺芙娜嫁给了一个非常快活的年轻人，他在某地的内务部供职而且收入不错。他是老伯爵夫人前管家的儿子。丽莎维塔·伊凡诺芙娜现在成了女主人，也收养了一个穷亲戚的女儿。

至于托姆斯基，他已晋升为骑兵上尉，而且娶了鲍琳娜公爵小姐为妻。

（刘文荣　译）

流浪汉威利的故事

［英］瓦尔特·司各特　著

　　雷贡利府上的罗伯特·雷贡利爵士您一定听说过吧，在买东西越来越贵的那些年以前，他就住在这一带。这里的人可不会忘记他，老一辈的人只要听到他的名字就会倒抽一口冷气。他在蒙特罗斯[1]时代参加过高地军；一六五二年又和格伦凯恩[2]一起待在山里；所以查尔斯二世国王回来后，有谁比雷贡利老爷更受恩宠？国王在伦敦的宫殿里用自己的佩剑把他封为爵士。他是个狂热的国教派，带着中尉委任状（我看是中邪委任状，反正差不多），像一只发了疯的狮子来了，跑到乡下来收管辉格党和誓约派的人。他们可不买账，因为辉格党的人和骑士派的人一样蛮横，蛮横对蛮横就不好办了。雷贡利向来心狠手辣；他在乡下的名气可不比克瓦利斯或者汤姆·戴耶尔[3]差，只要他雷贡利吹起猎号、带着猎狗出马，那些山里的清教徒不论是躲进山里还是钻到山洞里，都像獐子似的一个个被逮着。逮到以后也像山里人对待獐子一样——就差问一句："你信不信国教？"要是说不，那就"准备——举枪——放！"——一个个都完蛋。

　　远近的人对这位罗伯特爵士是又恨又怕。大伙都以为他是个和魔鬼合伙的人——说他刀枪不入——说子弹打到他的皮外套上会骨碌碌滚下来，像冰粒子落在火炉上一样——还说他有一匹母马，跑到卡里弗拉冈山崖那边就会变成一只野兔——说法可多哩，说也说不完。大伙说到

1　蒙特罗斯侯爵，1642 年英国内战中的苏格兰高地军总指挥。

2　格伦凯恩，苏格兰贵族，曾为流亡的查尔斯二世招募过苏格兰高地军。

3　克瓦利斯和汤姆·戴耶尔是詹姆士二世时代以镇压苏格兰清教徒而著名的军事首领，凶残暴虐。

他，最好的话是："让雷贡利见鬼去！"不过，他对本地的老乡倒不坏，
他的佃户们还很喜欢他哩。还有他的那些随从啦，骑兵啦，他们老跟
着他干那些杀人的勾当，就是辉格党说的"宗教迫害"；他们没事就喝
酒，一个个喝得醉醺醺的，还要为老爷的健康干杯。

您是知道的，我爷爷是靠种雷贡利的地过活的——他们管那块地叫
樱草坡。很久以前，那时还没分区，我们就靠种那块地过活的，归雷贡
利家管。那是个叫人快活的地方，我觉得那里的空气比这一带什么地方
的都新鲜。现在那里已没人住了。三天前我去过，坐在那个破门槛上，
幸亏我眼睛瞎了，要不，看见那景象可惨啦。不过，这些都是题外话。
回头说我爷爷，他叫斯蒂尼·斯蒂生，住在那里；他年轻的时候是个好
忙乎的快活人，吹笛子可棒得很；他吹《箍桶匠》那曲子是远近有名
的——吹《杰基·拉丁》那曲子连康伯兰也没法比——吹快活人小调，
他的手指灵活得没人能比，不管里贝里克还是卡里尔都比不上他。像我
爷爷斯蒂尔这种人，他们是不会让他当辉格党的。他没办法，就当了托
利党，那时是这么叫的，现在叫雅各宾党，因为他总得跟这边，或者跟
那边。他和那些辉格党人无冤无仇，也不喜欢看别人流血，可是他也不
得不跟着罗伯特老爷出去抓人，跟着他埋伏啦，搜查啦，追赶啦，看到
过许多为非作歹的事情，说不定他自己也干过，那是躲不了的。

那时候，我爷爷斯蒂尔也算是老爷喜欢的人，认识老爷城堡里的那
些人，他们有什么快活的事，就会叫他去吹笛子。罗伯特老爷有个贴身
仆人，叫老杜格尔·麦卡勒姆，他勤勤恳恳伺候主人，什么难事也不
怕，总是跟在主人身后。他特别喜欢听笛子，常常替我爷爷在主人面前
说几句好话，因为这个杜格尔能使主人绕着他的手指转。

后来，就来了那次革命[1]，这可使杜格尔和他的主人伤透了心。不
过，没像他们担心的那样，也不像别人巴望的那样，有什么大变化。辉
格党大喊大叫，说要怎样对付他们的老冤家，特别是罗伯特·雷贡利爵
士。可干过那种事的人太多了，没法子一下子扫得干干净净，所以议会
也就马马虎虎。罗伯特老爷呢，除了不能再去抓誓约派的人而只能去抓
狐狸，还是罗伯特老爷。他还是大吃大喝，大厅里还是灯火通明，像过

---

1 指英国历史上 1688 年的"光荣革命"。

去一样；只是，过去抓了人来罚款，他的地窖里装满了钱，现在就没有了；这样一来，他就加紧逼租，佃户们也就觉得老爷比过去抠了许多，到时候不交租钱，老爷就会不高兴。老爷是个脾气很坏的人，没人敢惹他生气；因为他会咒人，还会破口大骂，那样子有时真会叫人想到他是恶魔变的。

我爷爷不知勤俭，他说不上是败家子，可总是存不住钱，结果就欠了两季的租钱。第一次收租是在降圣节，那次他说了好多求饶的话，又靠他的那支笛子，总算没事。可到了圣马丁节，账房传来话说，要他到期去交租，交不齐的话就要撵他走。他东借西借，总算因为他熟人多，把租钱给凑齐了——一千摩克[1]。这些钱大多是向一个叫劳利·拉普雷克的邻居借的。劳利是只狡猾的狐狸，他有钱，还是个老滑头——他会跟着猎狗追赶兔子，也会跟着兔子逃避猎狗——一会是托利党，一会是辉格党；一会儿当圣徒，一会儿当罪人，见风使舵。他在革命后是新王朝的良民，可又喜欢说新王朝的坏话，偶尔也爱听人吹笛子。他肯借钱，是因为他觉得保险，因为我爷爷在樱草坡养着牲口，可以用来抵押。

我爷爷到雷贡利城堡去，钱袋沉甸甸的，心里乐滋滋的，庆幸自己不会在老爷那里犯难了。可是，他到了城堡，第一件事就是听说老爷大发脾气后痛风病又犯了，因为我爷爷没有在十二点之前交租。听杜格尔说，老爷发火倒不是为了要租钱，而是他不愿意看到我爷爷被撵走。杜格尔见了我爷爷很高兴，忙把他带进橡木大客厅。老爷一个人坐在客厅里，身边只有一只又大又丑的猴子，它是老爷的宠物，一只很难伺候的畜生，特别招人讨厌——它很少有高兴的时候，却常常大发脾气，还在城堡里到处乱窜，又是抓又是叫，见了人就咬，特别是到了天气不好的时候，或者国家要出什么乱子的时候，它更是成天不安宁。罗伯特老爷叫它"韦尔少校"，这名字原是属于一个巫师的。这巫师后来被烧死了。很少有人喜欢这只畜生在城堡里的地位——他们觉得事情好像有点怪——当客厅的门在我爷爷身后关上时，他心里还很踏实，可当他看见屋里除了老爷、杜格尔和那只猴子没有别人时，心里觉得奇怪，因为他过去从来没有遇到过这种情形。

---

1 摩克，苏格兰货币。

罗伯特老爷坐在——哦，该说躺在——一张大靠椅上，穿着华贵的丝绒长袍，两只脚搁在凳子上。他害着痛风病和尿砂病，面色灰沉沉的，像鬼一样。"韦尔少校"蹲在他对面，穿着一件镶边的红外衣，老爷的假发也戴在它头上。罗伯特老爷正痛得龇牙咧嘴，那猴子也龇牙咧嘴，就像一只羊的头被火钳夹着在火上燎毛——两张面孔都难看得要死，正好成了一对。老爷的牛皮外套就挂在他身后的衣钩上，手边放着腰刀和手枪；这是老规矩了，刀枪不离身；还有一匹马不管白天黑夜都拴在门口，只要他想出去，马上就能跳上马背到山里去抓那些山民。有人说，他现在还这样是因为害怕辉格党来报仇，不过我看只是他的老习惯——他可是天不怕地不怕的。那本收租簿，黑封面的，还有铜扣，就放在他身旁；簿子翻开着，正翻到樱草坡收租账目那一页，上面还压了一本下流民谣书。罗伯特老爷瞪了我爷爷一眼，好像要用这一眼来吓得他心惊胆战似的。您是知道的，罗伯特老爷皱起眉毛买和别人不一样，前额上会有一个马蹄印，很深的，好像真的被马踩过。

"你这个狗娘养的，空着手来的吗？"罗伯特老爷说，"王八蛋！要是你……"

我爷爷忙赔着笑脸上前行礼，又手脚利索地把钱袋往桌上一放。老爷一把抓过钱袋："齐了吗？斯蒂尼，嗯？"

"老爷您请数一数，都齐了。"我爷爷说。

"过来，杜格尔，"老爷说，"把斯蒂尼带到楼下去喝杯白兰地，等我数完钱会给他写收据。"

没想到，他们刚走到门口，罗伯特老爷就"哇"的一声大叫，叫声响得整座城堡都震动了。杜格尔转身回去——仆人们奔进来——只见老爷一个劲地大叫，一声比一声叫得可怕。我爷爷不知道是站着好呢，还是走开好。他大着胆又走进客厅，那里已乱得一团糟——已没有人来说"进来"或者"出去"了。老爷"哇哇"惨叫，要人拿酒来给他清嗓咙；他嘴里不停地喊着："地狱！地狱！啊呀，还有火！"仆人端来水，可刚把他那红胀的脚按到盆里，他就大喊水烫死了；仆人们后来说，那盆水真的又有气又有泡，像滚烫的开水。罗伯特老爷还抓起酒杯往杜格尔头上扔，大喊大叫说他拿来的是血，不是葡萄酒。真的，第二天女仆洗地毯时洗出来的是血块。那只叫"韦尔少校"的猴子呢，也在"咿哩哇啦"地大叫，好像在戏弄它的主子。我爷爷吓得脑袋里嗡嗡响，把租钱和收据的事儿全给忘了，慌慌张张地跑下了楼。而就在他跑下楼时，老爷的惨叫声越来越低，越来越低，最后发出一声又沉又长、抖抖颤颤的呻吟，接着城堡里便传出消息说，老爷死了。

我爷爷咬着手指走了，他最大的希望是，杜格尔看见了他把钱袋交给老爷，而且也听到了老爷说过要写收据。现在少爷从爱丁堡回来了，他成了约翰爵士，在清理家产。约翰爵士从小就自有主张，和他老子合不来；他学法律，后来又在苏格兰末代议会里弄了个议员的头衔，有人说他捞了一大笔钱，就在议会里投票赞成合并[1]。他老子要是能从坟墓里爬出来，就为这件事也会把他的脑袋给砸扁。有不少人觉得，比起粗声大气的老爵爷，这个知书达理的新爵爷更难弄——不过，这话还是放在后面说吧。

可怜虫杜格尔·麦卡勒姆，不哭不喊，只是在老爵爷府里走来走去，就像个活死人；不过，他还是做了他的份内事，吩咐仆人为老爷准备隆重的葬礼。杜格尔现在脸越来越灰白，到了晚上天一黑，他的脸就更加发白。他不敢上床，总要拖到大伙睡了之后才敢睡，因为他睡的那个小房间就在老爷睡的大房间对面，现在老爷的尸体就停放在那个大房间里，他们管这叫"好日"。要举行葬礼前的那天晚上，杜格尔再也沉不住气了。他只好放下架子，低声请求老郝奇翁到他房间里来陪他坐上个把小时。他们进了房间，杜格尔给自己倒了一杯白兰地，又给郝奇翁倒了一杯，还祝他健康长寿，又说他自己是活不了几天了，因为罗伯特爵士活着的时候每天晚上都要吹银哨叫他去帮他在床上翻身，而自从罗伯特爵士死后，他每天晚上都听见那个大房间里有吹银哨的声音。杜格尔说，没有人肯为罗伯特·雷贡利爵士守灵，所以一层楼里只有他一个人守着死人，听到银哨声叫唤他，他也不敢答应，因为他没有尽到做仆人的责任，觉得良心不安。"虽然人死了不用再伺候，"杜格尔说，"可我要一辈子伺候罗伯特老爷。郝奇翁，下次他再吹银哨，我要答应他。我想你会和我一起去的。"

郝奇翁心里不愿意，但杜格尔和他是把兄弟，在这节骨眼上他不能

---

[1] 指苏格兰与英格兰合并，此后苏格兰便成了英国的一部分。

不管。于是，他们坐下来喝了一瓶白兰地。郝奇翁做过一点文书什么的事，他想先读一段《圣经》再去，可杜格尔什么也不想听，只想听大卫·杜塞[1]的几段诗，说这样才能避邪。

到了半夜，城堡里静得像座坟墓，果然银哨声响了，声音又尖又脆，好像罗伯特老爷亲自在吹。两个老仆人站起身，摇摇晃晃地走进停放着死尸的房间。郝奇翁一眼看到，房间里点着火把，火光里只见一个恶鬼露着一副吓人的样子，而且就坐在老爷的棺材上！郝奇翁吓呆了，像死了一样。也不知过了多久，他一直躺在房门口，而当他醒过来时，他大声叫杜格尔，可没人答应。他把城堡里的人都叫醒，这才发现杜格尔已经死了，就躺在老爷的棺材旁边，离棺材只有两步远。那银哨声呢，也听不见了；不过，有时在屋顶上，在他楼顶上，有时在破烟囱和角塔中间猫头鹰做窝的地方，还能听到。约翰爵士把这些事都瞒了起来，葬礼上也没有闹神闹鬼。

办完丧事，少爷就开始办他的事，要每家佃户还清旧债，要我爷爷也缴齐收租簿上的租钱。我爷爷忙赶到城堡去，要把事说说清。他在城堡里见到了约翰爵士，爵士正坐在他老子的那张椅子上，身上穿着孝衣，袖口扎了黑纱，脖子上系着黑领带，身边没有放那把足有一百一十二磅重的旧腰刀，而是放了一把像剑一样的短手杖。那时我还没生出来哩，可这事我听我爷爷讲过好多次，听得熟了，好像我那时就在旁边一样。

"恭喜少爷，"我爷爷说，"接了家产，又接了爵位。老爷在世时，对朋友、对下人，都很厚道；少爷您，也一定会像老爷一样，会跟着他老人家的鞋印儿——哦，该说靴印儿，老爷是不穿鞋子的，只有犯了痛风病才穿上拖鞋。"

"唉——斯蒂尼，"少爷深深地叹口气，用手巾擦擦眼睛说，"他去得太突然了，这一带的人都会想念他的。他没来得及把家里的事情安排好——当然啰，他是听从了上帝的召唤，这是最根本的——不过，他留下的事情像一团乱麻啊，斯蒂尼——唉！唉！还是谈正事吧，斯蒂尼，事情太多了，我都忙不过来。"

1　大卫·林塞，12 世纪苏格兰民间诗人。

他说着就打开了那本催命的簿子。听说那时他们管这簿子叫"末日簿"[1]——我知道这就是收佃户租钱的记账簿子。

"斯蒂芬[2]，"约翰爵士说，声音甜滋滋的，叫人发腻，"斯蒂芬·斯蒂文森，或者斯蒂森，这儿记着你欠的一年租钱，应该是上个季度缴清的。"

斯蒂芬："约翰少爷，您听我说，我已经交给您父亲了。"

约翰爵士："那么你一定拿到了收据，斯蒂芬，能给我看看吗？"

斯蒂芬："少爷，我没有来得及拿收据，真的；因为我刚把钱放下，罗伯特老爷刚拿过钱，正要数钱写收据，突然发病了，后来他就去世了。"

"真不巧，"约翰爵士停了一下说，"那你交钱的时候一定有别人在场吧？只要有证人，也行，斯蒂芬，我是从不和穷人斤斤计较的。"

斯蒂芬："约翰少爷，我对天发誓，那时没有别人，只有杜格尔·麦卡勒姆一个人在旁边。可是，您知道，他也跟随老爷去了。"

"又是那么不巧，斯蒂芬，"约翰爵士还是用同样的声调说，"收到你钱的人死了——看到你交钱的人也死了——那笔钱，本该在这里的，可账房里没有这笔钱，也没有人说起过，我怎么能相信呢？"

斯蒂芬："我不知道啊，少爷，可这里有这笔钱的借条；因为，上帝保佑我吧！这笔钱我是跑了二十户人家借来的，我可以保证，借钱给我的那些人都是愿意为我作证的，证明我是借了钱交租的。"

约翰爵士："我不怀疑你借过钱，斯蒂芬，只是你总得有证据来证明你把这笔钱交给了我父亲。"

斯蒂芬："钱一定在这屋子里的，约翰少爷，您没拿到，老爷他也不会带走，那家里说不定有人见过。"

约翰爵士："你说得有道理，斯蒂芬，我们来问问家里的佣人吧。"

可是，不管是听差、女佣，还是马夫、干杂活的，都一口咬定说他们从来没有见过我爷爷说的那个钱袋。更糟糕的事情是，我爷爷当时来城堡时没有和人说过他是来交租的；有个女佣人看见他夹着一包东西，

1　原文为 Doomsday Book，即"结账簿"，但 Doomsday 又有"世界末日"之义。
2　斯蒂芬就是斯蒂尼的正式称呼。

可她还以为是一支风笛哩。

约翰·雷贡利爵士命令佣人们都出去，随后便对我爷爷说："好了，斯蒂尼，你看我对你够公正了吧。现在只有你自己知道钱在哪里，你还是聪明点，别再耍滑头了。我老实跟你说，斯蒂芬，你要么交钱，要么马上交还土地，离开这儿！"

"上帝饶恕吧，您怎么能这么说，"我爷爷没法子了，只好说，"我可是个规矩人啊！"

"我也是个规矩人呀，斯蒂芬，"少爷说，"我希望这屋里的人都是规矩人，可是这里头竟出了坏人，拿不出证据，尽说瞎话。"他歇了口气，铁板着脸接着说："我知道你耍滑头，你是不是听到有人在说我们家的坏话，特别是有人对我父亲的突然死去说三道四，就想趁机不交租钱？说不定，你还说我的坏话，说我收了你的钱，还想问你要——钱到底在哪里，你说呀？——我非要知道不可！"

我爷爷见事情一塌糊涂，简直急疯了——可是，他仍然站着，只是两只脚来回在地上蹭着，眼睛朝这边瞧瞧，那边瞧瞧，一声不吭。

"说话呀！"少爷发火了，眉头皱起来，眉心里像他老子一样有一个叫人害怕的马蹄印。"说呀，老兄！我知道你在想什么——是不是认为是我吞了这笔钱？"

"我可不敢这么想。"我爷爷说。

"那就是说，是我家里有人吞了这笔钱？"

"我可不敢冤枉好人，"我爷爷说，"就算有人做了坏事，我也没有证据。"

"你说的如果是实话，那钱就一定在什么地方，"约翰爵士说，"我要知道，钱到底在哪里？你老实说！"

"您要我说，我说，在地狱里！"我爷爷被逼得急了，就这么说，"在地狱里！和您父亲，他的猴子，还有他的银哨子在一起。"

他说完这些话，在客厅里再也待不住了，转身跑下楼去，只听见少爷在他身后破口大骂，骂得像罗伯特爵士一样凶狠，还大声喊叫着要去叫县长和巡捕来。

我爷爷骑马去找他的大债主（就是那个叫劳利·拉普雷克的人），想让他出出主意。可是，等他把事情一说，他得到的也是一顿臭骂——

劳利骂他是贼、叫花子、无赖，还说了好多难听的话。骂了还不算，劳利又算起旧账来，说我爷爷手上沾着圣徒的血，意思是说他帮过老爷抓人，可像罗伯特·雷贡利爵士这样的老爷，哪个佃户敢不听他的？我爷爷这回再也忍不住了，就和劳利对骂起来。他骂得也够狠的，把劳利和他那个教派一块儿全都骂了进去，骂出来的话也叫人心惊肉跳——他是气昏了；再说，和他来往的也都是些粗人。

最后，他们分手了。我爷爷骑着马穿过树林子回家，那树林子叫庇默基树林，听说里面都是黑枞树——我知道那树林，不过那些枞树是黑的还是白的，我就说不清了——树林边上有一片荒地，荒地边上有一家孤零零的小客店，是一个骡马夫的老婆开的，大伙叫她蒂比·福。我爷爷可怜巴巴，一整天没吃过饭，到了那里就要了一品脱白兰地。蒂比倒好心叫他吃点肉，可他不想吃，连马也不下，就骑在马上大口大口喝酒，还喝一口罚一次咒。第一口酒，我爷爷罚咒说，要是罗伯特·雷贡利爵士不给他这个可怜的佃户澄清冤情，那就让他在坟墓里也不得安宁；第二口酒，他罚咒说，要是事情弄不清楚，那就只有请魔鬼帮他找到那袋钱，或者把那袋钱的下落告诉他也行。我爷爷想起这一带的人会把他看成骗子，心里难过得要命，宁愿家破人亡也不愿背这黑锅。

他骑着马一路走，也不知走到哪里去。那天夜里天特别黑，树林子里更加黑咕隆咚，他让马自个儿在树林子里寻路；忽然，那匹早就没有力气的马猛地惊跳起来，险些把他从马背上摔下来。正在这时，有个人骑着马来到我爷爷身边，说："朋友，你的马挺不错，卖不卖？"说着，用马鞭碰了一下那马的脖子，那马就不再惊跳了。"我看，它没力气了，"那陌生人接着说，"有些人也一样，本来挺带劲的，可到了紧要关头就觉得自己不行了。"

我爷爷没心思听他啰嗦，说了声："朋友，祝你好运！"就踢踢马走了。

可是，那陌生人好像挺古怪的，不管我爷爷骑得多快，总是挨在他旁边，不快也不慢。最后，我爷爷有点发火了——说实话，他是有点害怕了。

"朋友，你为啥老跟着我？"他说，"你要是个强盗，我可没钱让你抢；你要是个老实人，要和我做伴，我可没有心思陪你聊天；你要是想问路，我自个儿也不知道东南西北。"

"你要是把你的心事告诉我，"那陌生人说，"我是很愿意帮朋友一把的，因为我在这世上一直很不快活。"

我爷爷并不想有谁来帮忙，但他觉得把心里的事讲出来也许会痛快一点，于是就把自己的事情原原本本告诉了他。

"这事很难办，"那陌生人说，"不过，我可以帮你。"

"伙计，你要是肯借钱给我，不急着要我还，那你就帮了我的大忙。"我爷爷说。

"我看，地底下大概有人能帮你这个忙，"那陌生人说，"这样吧，我跟你直说了，只要你答应我的条件，我就能让你借到钱。现在，我可以告诉你，你的老爷在坟墓里被你的咒骂和你家里人的哭喊闹得不得安宁，你只要敢去见他，他就会把那张收据给你。"

我爷爷听他这么说，吓得头发都竖了起来，但他又想，这家伙大概爱开玩笑，只是想吓唬吓唬他，说不准最后会借钱给他的。再说，他喝了不少白兰地，酒后胆子壮了许多，于是他就说，他有胆量到地狱门口去，还敢走进去拿那张收据——那陌生人听了哈哈大笑。

就这样，他们俩骑着马穿过树林子那个最暗的地方。忽然，他们的马在一座大屋子的门前停住了。我爷爷觉得，这好像就是雷贡利城堡，可他心里又知道，真正的雷贡利城堡远在十里地以外哪。他们骑着马进了那扇大门，钻过那道老吊闸，就到了大院里。整座屋子都点着灯，还传来风笛和提琴的声音，好像里面有人在跳舞，就像过去罗伯特老爷家里过节时那样。他们下了马，我爷爷把马拴在马桩上，心里觉得他今天一早去见约翰爵士时，好像也是把马拴在这根马桩上的。

"上帝啊！"我爷爷说，"难道是我在做梦，罗伯特老爷没死？"

像过去一样，他敲敲大厅的门，他的老相识杜格尔·麦卡勒姆也像过去一样出来开门，还说："吹笛子的斯蒂尼，是你来了？罗伯特老爷正要叫你哪。"

我爷爷真的像是在做梦——他想起了那个陌生人，可是那人早已不见了。他犹犹豫豫，最后说："啊！杜格尔，你这家伙，你还活着？我还以为你死了。"

"别管我，"杜格尔说，"管你自己吧，你要当心，这里不管谁给你什么东西，不管给你吃的、喝的，还是给你钱，你都不能要，只有那张收据才是你的。”

说着，他就带着我爷爷走过大厅小厅，那些地方都是我爷爷熟悉的。他们走进那间老橡木客厅，那里像过去一样热闹，有人在大杯大杯喝红酒，有人在哇啦哇啦唱小调，有人在叽叽咕咕讲闲话。

可是，愿主保佑我们！那些坐在桌边吃喝的人，一个个都是那么阴森森的，那么可怕！我爷爷因为常在雷贡利城堡里吹笛子，他们当中的许多人他都认识，他们已经死了许多年了。现在他们都在这儿，那个暴躁鬼米德尔登，那个放荡鬼鲁索斯，那个机灵鬼劳德代尔，都在；还有戴耶尔，仍然秃着头，胸前垂着一把大胡子；厄歇尔，手上仍留着卡麦伦的血；野蛮的邦肖也在，他曾把大善人卡吉尔先生捆绑得手脚直流血；还有邓巴登·道格拉斯，他曾两次背叛国家，背叛国王。那个恶毒的麦卡尼法官也在这儿，这个人因为诡计多端，别人都怕他怕得不得了；还有那个克赖弗豪斯，像他活着时一样漂亮，又黑又长的鬈发披到镶花边的皮大衣上，左手还捂着右肩上那个被银弹打出来的伤口——他坐得离别人比较远，样子很伤心，又像瞧不起人似的看着别人在那里唱啊，叫啊，笑啊，把整个屋子弄得轰轰响。可是，他们的笑脸时不时会扭动，好像很痛苦；他们的笑声呢，听起来就像撒野似的干嚎，吓得我爷爷浑身的骨头都打颤，两手的指甲也冷得发青。

在一边伺候着他们的是那些活着的时候就跟着他们一起干坏事的仆人和小兵：有那个奈特镇的兰·赖德，他和他们一起去抓过阿杰尔；有那个主教传令兵，大伙叫他“魔鬼号子”；有那些凶狠的卫兵，一个个都穿着镶边大衣；有那些野蛮的高地阿莫尔人，他们像喝水一样喝人血；还有许多蛮横的随从兵，这些家伙活着的时候专门为非作歹，对阔人低声下气，对穷人恶毒透顶——阔人压断了穷人的骨头，他们就把穷人的骨头磨成粉。还有许多人在走来走去，都忙着干他们活着时候的老行当。

在这样可怕的吵闹声里，罗伯特·雷贡利爵士的吼叫声更像打雷一样——他在叫吹笛子的斯蒂尼到他跟前去。他坐在长桌的上首，叉开着两条腿，腿上裹着纱布，身边放着套在枪套里的手枪，椅子旁边斜靠着一把大腰刀，情形就像我爷爷最后一次见到他时一模一样。那只猴子坐的软垫子也在他身边，只是那只猴子不在那里——大概是它的时辰还没到，因为当我爷爷走过去时，听他们在说："怎么'少校'还没来?"有人回答说："明天上午就来了。"我爷爷走到桌子跟前，罗伯特老爷，或者说罗伯特老爷的鬼魂，要不就是变成罗伯特老爷样子的魔鬼，对他说："喂，吹笛子的，你把去年的租钱和我儿子清算了吗?"

我爷爷费了好大的劲才喘过一口气来，说没有老爷的收据，约翰少爷不肯认账。

"你吹个曲子，斯蒂尼，我就给你收据，"那个样子像罗伯特老爷的鬼魂说，"给我们吹《勒基摇啊摇》那个曲子。"

这曲子是我爷爷从一个巫师那里学来的，他听到巫师们在朝拜魔鬼时就吹这个曲子。后来，我爷爷有几次在雷贡利城堡里，在闹哄哄的酒宴上吹过这曲子，不过每次都不大愿意。现在，他一听要他吹这曲子，吓得浑身冰凉，借口说他没有带笛子。

"麦卡勒姆，你这个鬼样的跑腿，"那罗伯特老爷的鬼魂说，"还不快去给斯蒂尼拿笛子!"

麦卡勒姆拿来了笛子。那笛子大概是赫布里底岛上的唐纳德[1]家里的笛子手用过的。他把笛子递给我爷爷，又用胳膊轻轻撞他一下。我爷爷定神一看，只见笛子上的钢键都烧得通红通红，吓得他连碰也不敢碰一下，便又借口说，他头晕，害怕，没有力气吹笛子。

"那就吃点喝点吧，斯蒂尼，"那鬼魂说，"我们在这儿就是吃喝，别的什么都不干；你吃饱了，就能和我们说话了。"

最后这句话，正是杀人成性的道格拉斯伯爵在斯雷去城堡里接见国王的使者时说的。他让使者大吃大喝，拖延时间，暗地里马上派人去砍掉了蓬比的麦克兰仑的头。所以，我爷爷一听这话，就越发当心了。他大着胆子说起话来，说他到这儿来不是为了吃喝，也不是来吹笛子的，只为了一件事，就是要知道他交的租钱在哪里，还要得到一张收据。这时，他的胆子已经很壮了，要罗伯特老爷问问良心（他还不敢说出上帝），要他为了自己灵魂的安宁，不要再做亏心事了，马上就把那张收据给他。

1　苏格兰 15 世纪时的地方首领。

那个鬼魂咬着牙怪笑，但他还是从一本大账册里抽出了那张收据。他把收据递给我爷爷，一边说："把你的收据拿去吧，你这个狗杂种！再去告诉我的狗崽子儿子，他要那笔钱，到猫窝里去找！"

我爷爷说了好几声谢谢，刚转身要走，只听见罗伯特老爷大声吼了起来："慢！你这个王八蛋！事情还没完。我们这里是不兴白给人帮忙的，你每年今天都得到这儿来，要来感谢你的主人！"

我爷爷的舌头忽然灵巧起来，大声回答说："我要感谢上帝，不是你！"

他刚说完这句话，周围一下子变得漆黑一团了；他好像被猛地甩到地上，昏了过去。

我爷爷躺在那里，也不知过了多长时间。等他醒来时，他发现自己就躺在雷贡利家的坟地里，头上还悬挂着罗伯特老爷的纹章牌哩。在他周围的草地和墓碑上，到处是浓浓的晨雾，他的马正在牧师家的两头母牛身边吃草。他还以为自己做了一场梦，可是他手里却明明拿着一张收据，上面还有老爷的签字，只是最后一个字母有点写歪了，好像写到这儿时手一下子被什么东西刺痛了似的。

他恍恍惚惚离开了那个鬼气森森的地方，骑着马，冒着浓雾到了雷贡利城堡，费了好大的劲才见到了少爷。

少爷一见他就问："好啊，你这个无赖，把租钱带来了吗？"

"没有，"我爷爷回答说，"我没有带钱来，可我带来了老爷的收据。"

"这是怎么回事？老爷的收据！你不是说他根本就没有给过你吗？"

"少爷，请您看看收据，是不是真的。"

约翰爵士接过收据，仔仔细细地看，最后看到了日期——这日期我爷爷没想到先看一下。"本年十一月二十五日，"约翰爵士念出了声，"于我长眠之处。""怎么！——那是昨天！你这个混蛋，你这张收据一定是到地狱里去搞来的！"

"这是从您父亲那里拿到的——他是在天堂呢，还是在地狱，那我可不知道，"我爷爷说。

"我要到枢密院去告你！"约翰爵士说，"我要让你身上涂满柏油，被活活烧死，送你去见你的主子，去见魔鬼！"

"我自己会到长老会去的，"我爷爷说，"我要把我昨天晚上听到见到的事情统统告诉他们，让他们说说这是怎么回事，这总比我这个乡下人强。"

约翰爵士顿住了。他耐着性子要我爷爷把事情讲给他听。我爷爷一五一十地说了，就像我刚才跟您说的一样——一字不差，不多也不少。

约翰爵士闷了好长一会儿，最后他耐着性子说："斯蒂尼，你讲的事不仅关系到我一家，还关系到许多贵族家庭的名声；要是你刚才说的都是胡编乱造的，是因为怕我向你要债，那就该用烙铁烫烂你的舌头！我想烫烂舌头不见得比让通红的笛子烫焦指头更好受吧？不过，斯蒂尼，你说的话也可能是真的。要是真能找到钱，那连我也想不通了——可是，'猫窝'又在哪里呢？在这座老房子里，猫倒是很多，可我想它们生小猫时是没有什么窝的。"

"最好去问问郝奇翁，"我爷爷说，"他很熟悉这屋子；还有一个仆人也熟悉，不过他已经死了，我也就不说他的名字了。"

果真，当问到郝奇翁时，他告诉他们说，钟楼旁边有一个长年不用的破阁楼，过去就叫"猫窝"，这阁楼的门是悬空开的，不用梯子进不去。

"我去看看，"约翰爵士说。他马上就到客厅里拿了一把他老子的手枪（天知道，他要带手枪干什么），那把手枪从老爷死后一直没人动过。他就拿着枪，爬到阁楼上去。

那地方爬起来很危险，因为那把梯子是坏的，中间还掉了几级。但约翰爵士还是爬到了阁楼的门口。那门是阁楼上唯一透光的地方，约翰爵士爬进去时，他的身体就把光给挡住了。忽然，有什么东西猛扑上来，险些把他撞得翻滚下来——只听见"砰"一声，约翰爵士手里的枪响了。郝奇翁这时正扶着梯子，我爷爷站在他旁边，又听到阁楼里传来一声尖叫。过了不一会儿，约翰爵士把一只猴子的尸体扔下来，一边大声喊叫，说钱找到了，要他们上去帮忙。那袋钱果真在阁楼里，还有其他一些早先以为再也找不到的东西，也在那里。约翰爵士仔细检查完阁楼后，把我爷爷带到厨房里，很客气地拉着他的手说，他起先不相信他的话，现在觉得有点对不起他，还说他今后要做一个好主人，要补偿他。

"是这样的，斯蒂尼，"约翰爵士说，"你昨天夜里看见的事情，虽说并没有给我父亲抹黑，还表明他是个诚实的人，就是死后也很公正地对待像你这样的穷人；但是，你是知道的，有些不怀好意的家伙会用这件事情来说三道四，弄得我父亲在地下也不得安宁。所以，我想，我们最好还是把这件叫人摸不着头脑的事情推到那个老爱捣乱的家伙身上，说是那只猴子——'韦尔少校'干的；至于你在庇默基树林子做的那个梦，往后就再也不要提了。你那天一定是白兰地喝多了，做了一场怪梦；还有那张收据嘛——"（他拿出那张收据，手抖得厉害）"斯蒂尼，实在是太奇怪了，所以我想，我们最好还是悄悄地把它烧了吧。"

"管他奇怪不奇怪，它可证明我已经交过租钱了！"我爷爷赶紧说，因为他怕老爷的收据烧了以后，事情又会说不清。

"你别着急，我会在账册上给你销账，还要亲手给你另开一张收据，"约翰爵士说，"马上就开。还有，斯蒂尼，只要你闭口不谈这件事，从这一季开始，我就给你减租。"

"多谢少爷，"我爷爷说，因为他一下子明白了少爷的意思，"我一定听您少爷的吩咐。只是，我想找个有道行的牧师把事情给他说一说，因为我害怕老爷跟我说的那个时间，他的鬼魂会缠着我……"

"你怎么可以把我父亲叫做鬼魂！"约翰爵士打断他说。

"那，那好，就叫那个很像他的东西，"我爷爷说，"他说每年那时我要到他那里去，这真叫我担惊受怕啊。"

"好吧，"约翰爵士说，"要是你真的害怕，就去找我们教区的牧师说吧，他是个可靠的人，不会把事情张扬出去，让我们家出丑；再说，他也有事要我帮忙。"

这样，我爷爷才答应把那张收据烧掉，少爷亲手把它扔进了火炉。可是，那张收据在火炉里好像烧不着似的，霍地钻进烟囱，飞了出去，后面还拖着一串长长的火星，还像放鞭炮似的噼啪作响。

我爷爷去找那个牧师。牧师听他说完后对他说，他遇到的是一件很危险的事，差一点就没办法了，好在我爷爷没有收鬼魂的定钱（吃了那里的肉，喝了那里的酒，就算收了鬼魂的定钱），也没有听鬼魂的吩咐，没有在那里吹笛子。他说这都是他的心里话。他还说，我爷爷往后只要多加小心，鬼魂就不会再来缠他。所以，从那以后，我爷爷就再也不喝酒了，也不再吹笛子了，一直到第二年的那一天过后，他才稍稍吹几下笛子，喝一点点威士忌或者一小杯啤酒。

约翰爵士呢，他编了一大套猴子捣乱的故事，这故事直到今天还有人相信，以为那真是畜生捣乱弄出来的事情。真的，说起来您大概会不相信，有人还说杜格尔和郝奇翁那天夜里在停放老爷棺材的屋里看到的不是鬼，而是那只倒霉的猴子"韦尔少校"，是它在老爷的棺材上跳来跳去。还说老爷死后有人听到吹银哨的声音，也不是鬼干的，还是那只畜生在捣乱——那只猴子确实会吹哨子，吹得还和老爷一样好。可是，老天爷是知道真情的，这事后来到了约翰爵士和那个牧师都入了土之后，牧师的老婆才把它讲了出来。那时我爷爷的手脚虽说不好使了，可他的脑子还清楚，没什么毛病。他要留下好名声，就把事情老老实实全告诉了他的朋友。要不，别人说不准会把他当作弄神弄鬼的巫师抓起来烧死哩。

夜幕降下了。我的向导讲完他的长长的故事后，用一种教训人的口吻说："在荒野里找你不认识的人做向导是不太吉利的，年轻人！"

"你得出这样的结论，我不能同意，"我说，"你爷爷遇到的事说明他很幸运，因为他避免了破产，至于他的东家呢，发生了这样的事也算他的福气，因为他总算没有冤枉好人。"

"是啊，可他们是迟早要得到报应的，"流浪汉威利说，"当时虽说没什么应验，到头来还是逃不了。约翰爵士刚过六十岁就得急病死了。我爷爷呢，虽说他活得很长寿，可我爹只活了四十五岁就死了，那天他忽然倒在犁耙下，从此就再也起不来了，抛下我这个孤儿，又是个瞎子，什么也不能干，多可怜哪！我起先日子还算过得去，因为约翰爵士有个独生子，就是罗伯特爵士的孙子。这个雷伍德·雷贡利爵士可是这一家的最后一代了。他把我们家的田地收了回去，见我可怜就让我住在他家里。我就在他那里过了好多年，日子还很快活，可惜啊，到了一七四五年，那年他和一些英雄好汉一起去打仗……后来呢，后来就不用说了。我没有了主人，只好到处流浪，脑子里也常是乱哄哄的。好了，不讲了，再讲下去，今晚就不会有兴致吹笛子了……"接着，他就换了一种语调说："先生，您现在大概可以看到灯光了吧？那里就是布鲁坎伯恩峡谷。"

（刘文荣　译）

老保姆的故事

［英］伊丽莎白·盖斯凯尔　著

　　你们知道吧，我的小宝贝们，我这个老保姆，你们的保姆妈妈，是个孤儿，没有父母，也没有兄弟姐妹。你们都听说过你们的外公是北方威斯特摩兰郡的牧师吧，我也是从那地方来的。那时候，我还是乡村学校的学生。一天，你们的外婆来学校找我们老师，问有没有人能做保姆。我就大胆说，我行。老师喊我起来，说我针线做得不错，人又忠厚老实，家境虽不怎样，可父母都是本分人。那位太太（你们的外婆）说，她快要生孩子了，有些事要我做，说的时候脸涨得和我一样红。我看着她，心里想，能服侍这样的太太真是太好了！看来，你们更想听后面的故事。好吧，我马上就会说到的。在罗萨蒙德小姐（就是你们的妈妈）出生前，我就这样被雇佣，在你们外婆家住下了。当然，孩子一出生，我也没怎么能照顾她，因为你们的外婆一天到晚抱着她，整夜都和她一块睡。有时，她让我帮忙照看一下你们的妈妈，我就很高兴。我从来没见过这么漂亮的宝宝，虽说你们小时候也都挺可爱的，可你们都长得没有她那么漂亮！她长得很像你们的外婆。你们的外婆可是个天生的美人，是诺桑伯兰郡弗尼瓦尔爵士的孙女。我猜想，她没有兄弟姐妹，就这样在弗尼瓦尔家族中长大，直到嫁给了你们的外公。你们的外公那时只是个助理牧师，卡莱尔区一个小店主的儿子，但他聪明能干，知书达理，在教区里又踏踏实实，勤奋肯干——这教区可大啦，包括了所有韦斯特摩兰郡的丘陵地带。但是，当你们的妈妈罗萨蒙德小姐还只有四五岁时，在两星期里就死了父母。哎，那真是些难熬的日子啊！那时，漂亮的女主人（你们的外婆）快生第二胎了，可你们的外公在一次出远门时被雨淋了，浑身湿透，加上劳累，回家就发高烧死了。这之后，你们的外婆一病不起，苦苦撑到把孩子生了下来，可那孩子在肚子里就死了。她把死孩子抱在胸前，没过几天也死了。她临死前要我照顾好你们的妈妈罗萨蒙德小姐，其实就算她不说，我这辈子也不会离开小姐的。

接下来，我们的眼泪还没擦干，遗嘱执行人和监护人就来处理事情了。他们是你们外婆的表哥弗尼瓦尔爵士和你们外公的弟弟埃斯维特先生，他在曼彻斯特开了一家小店，生意一直不太好，家里人倒挺多。不知道是他们商量出来的呢，还是女主人临死前嘱咐她表弟的，反正他们要把我和罗萨蒙德小姐送到诺桑伯兰郡的弗尼瓦尔庄园去住。弗尼瓦尔爵士说，这是女主人临死时的意思，说她曾对他说，他的庄园很大，多一两个人算不了什么，所以他同意了。我其实不想去，可我舍不得小姐，她现在是我的小主人，又那么聪明伶俐，到哪儿都像阳光一样惹人喜爱。还有，别的仆人都羡慕我，说我有福气，可以和小姐一起到弗尼瓦尔庄园去住，我也很高兴。

后来我知道，我们不是和弗尼瓦尔爵士住在一起。弗尼瓦尔家族的人早在五十多年前就搬出去了，不住在弗尼瓦尔庄园。我想也是，我那死去的女主人就是在这个家里长大的，可我从没听她说在那儿住过。我本想，罗萨蒙德小姐到她母亲住过的地方去住，倒也不错，听他们这么一说，我心里有点冷。

弗尼瓦尔爵士的随从还对我说——这是我大着胆子问出来的——那座庄园挺大的，在坎伯兰郡的一座荒山脚下，有一个年老的弗尼瓦尔小姐，就是我那死去的女主人的姑妈，还有几个仆人，住在那儿。弗尼瓦尔爵士说，那儿环境很好，挺适合罗萨蒙德小姐在那儿住上几年的，还说罗萨蒙德小姐住在那儿，说不准还会让她那个上了年纪的姑奶奶高兴起来。

弗尼瓦尔爵士还对我说，要隔天把罗萨蒙德小姐的行李收拾好。他话少，说话时的样子又很凶，听说弗尼瓦尔家的男人都这样。我听说，弗尼瓦尔爵士过去很喜欢他表妹，就是我那死去的女主人，还想娶她，只是后来知道他父亲不同意，她不管弗尼瓦尔爵士怎么求她，最后还是嫁给了埃斯维特先生（就是你们的外公）。其实，整件事我也不很清楚，只知道弗尼瓦尔爵士后来一直没结婚。我本想，他要是喜欢过罗萨蒙德小姐的母亲，那一定会很关心小姐的，可他没有。他让他的随从送我们去那个庄园，还要他当晚就赶到纽卡斯尔去见他。这样，那个随从送我们到了那里，就匆匆走了，没时间把我们介绍给庄园里的那些人。而我们两个可怜人呢（我那时也没到十八岁），就这样被留在了那个又老又大的庄园里。我现在想起来，还觉得那好像是昨天的事儿。我们一大早离开自家的宅子，心里很不好受，坐的是爵士的马车（我盼望了好久，还是第一次坐），可我们还是哭得心都要碎了。那是个九月里的下午，我们在一个小镇上停了下来，那里雾蒙蒙的，他们最后一次给车换马。那个镇子上住满了挖煤的矿工。罗萨蒙德小姐那时睡着了，那个随从（我们叫他亨利先生）要我叫醒她，说要让小姐一到那儿就看到庄园和那里的房子。后来，小姐又睡着了，我不想再叫醒她，可我害怕亨利先生会到爵士那里去告状，还是把小姐叫醒了。马车走啊走啊，我再也没有看到小镇，连村庄也没有了。后来，马车进了一扇大门，里面是一个一眼看不到边的大庄园，到处是一堆堆乱石头，一片片野草地，一棵棵老得已褪了皮的老橡树，还有一条小河，样子一点也不像是北方的庄园。

马车在庄园里又走了两英里多路，这才看到一座大屋子。屋子的两边种满了树。树干都快贴着墙了，风一吹过，枝条都蹭到墙上，有些枝条断了，有些树枝就挂在那里，看上去好像没人打理似的。只有屋前那块地方看上去干净一点，那里有一条很宽的、弯弯的马车道，上面没有一根杂草。屋子很宽，墙上有好多窗子，可窗前没有树，也没有草地。那屋子真是很荒凉，可要比我想的大。屋后有座山，好像是座荒山。我接着在屋子的左面看到有个老式花园，不很大。屋子西边黑乎乎的树丛里好像有一扇门，听说是特意为那个老弗尼瓦尔小姐开的，可那扇门好像全被树枝挡住了，不知道人是怎么进出的。还有，我在那里没有看到一朵花，听说那地方种花大多是种不活的。

我们进了屋子的大门，到了大厅里，我想我们大概要迷路了——屋子真是很大很大，人在里面觉得空荡荡的——那些大吊灯高高地挂在你头上，好像全是铜的。这样的大吊灯，我从来没有见过，很好看。大厅的一头有个大壁炉，大得比我们村子里的屋子还大，旁边有一大堆柴，还有一群狗守着。大壁炉旁边有个老式的大沙发。大厅的另一头，就是你进门的左边——西边——有一架管风琴靠墙放着，那管风琴大得差不多把整个一堵墙都挡住了。

就是在这一头，在管风琴边上，有一扇门。大厅的那一头呢，那大壁炉的两边都有门，是通往东边屋子的。我虽说在那屋子里住了蛮长时间，但一次也没进过那两扇门，所以那里面到底有什么，我也没法告诉你们。

已经是黄昏了，大厅里还没点灯，黑乎乎、阴森森的。好在我们在大厅里没待多久，那个为我们开大门的老仆人来了，他向亨利先生鞠了一躬，就领着我们进了管风琴边上的那扇门。我们穿过几个小一些的厅堂和几条过道后，到了西边的画室门口，那个老仆人说，老弗尼瓦尔小姐就在里面。可怜的罗萨蒙德小姐这时紧紧抱住我，好像很害怕。那一定是这地方吓着她了，我要她别怕，可我自己也好不了多少。那间画室里面倒是挺漂亮的，有许多一看就很值钱的家具和摆设，还烧着暖烘烘的炉火。老弗尼瓦尔小姐看上去很老，我猜她快八十了——到底有多老，其实我也说不准。她又高又瘦，脸上密密麻麻的皱纹像是用针刻上去的。她眼神很好，我猜这大概是她的耳朵聋得一塌糊涂，眼神自然就好了。老弗尼瓦尔小姐坐在那里，正在一块大画布上织画，坐在她旁边的是她的贴身女仆，年纪和老弗尼瓦尔小姐差不多，叫斯达克夫人。她年轻时就开始服侍老弗尼瓦尔小姐了，所以说她是小姐的女仆，不如说她是小姐的女伴。她的样子冷冰冰的，老阴沉着脸，好像从来没有爱过谁，也从来没有关心过什么人。我想她除了老弗尼瓦尔小姐对谁都是满不在乎的，就是对待老弗尼瓦尔小姐，因为她耳朵不好使，她也是把她当作小孩一样哄着的。亨利先生把弗尼瓦尔爵士的话捎到后，行了个礼就走了——连可怜的罗萨蒙德小姐向他伸出手，他都没吻一下，更不用说我了——他就这样把我们丢在那儿了，让那两个老女人戴着眼镜上上下下打量我们。

等我听到她们打铃叫那个领我们进来的老仆人带我们去自己的房间时，我才松了口气。我们走出那个画室，进了一个客厅，出了那个客厅，又进了一个很大的房间——那房间好像是办公用的，一边摆满了书橱，一边是窗户和书桌——房间里有一座很大的楼梯，我们就上了那座楼梯，到了我们自己的房间。听那个老仆人说，我们的房间下面就是厨房，我听了也不觉得什么，我倒是担心我们在这么大的屋子里会迷路。我们住的房间是个育儿室，是很久以前这里的少爷和小姐小时候住过的地方。壁炉里生着火，房间里暖洋洋的，茶炊架上烧着茶，桌上还有茶具。卧室在里面，有一张小床，是给罗萨蒙德小姐睡的，我的床就紧挨着那张小床。那老仆人叫詹姆斯，他把他老婆朵洛西也喊上楼来了，说欢迎我们。他俩都很好，很热心的，罗萨蒙德小姐和我一不会儿就觉得很自在了，等到茶烧好后，罗萨蒙德小姐都已经坐在朵洛西膝上，和她叽叽喳喳地说话了。后来，我得知朵洛西也是从威斯特摩兰郡来的，我俩就更加要好了。他们夫妻俩可是我碰到的最好的好人。老詹姆斯差不多一辈子都在这庄园里做仆人，他觉得他的主人很了不起，对自己的老婆倒有点看不起，总嫌她嫁给他前一直住在村庄里，没见过世面。不过，他还是蛮喜欢他老婆朵洛西的。

他们有个女佣，是帮他们做粗活的，他们叫她埃格妮。庄园里大概就这么几个人，埃格妮、我、詹姆斯和朵洛西、弗尼瓦尔小姐和斯达克夫人——哦，差点忘了，还有我那可爱的罗萨蒙德小姐。我刚到那儿时常想，罗萨蒙德小姐没来前他们都干些什么呢？现在你们看，他们都在围着她转。厨房和画室虽说是不会变的，可满脸皱纹的老弗尼瓦尔小姐和那个冷冰冰的斯达克夫人却变了。她们看到罗萨蒙德小姐像只小鸟一样飞进飞出，听到她嘴里一刻不停地哼着小曲，也开心了起来。我敢打赌，有好几次她们看到小姐转身跑向厨房时，心里是很不想让她走开的，只是她们不好意思说出口，要她留在她们身边。还有，小姐那么懂礼貌，她们也没想到。斯达克夫人说小姐是受了父亲的影响才那么懂礼貌的，可我觉得小姐天生就是这样的。那座又大又空的大屋子可是小姐玩耍的好地方。小姐常拉着我的手，摆动着她那双小脚东跑西跑，东看西看——只有屋子的东边我们没去过，那里常年都锁着，我们也没想要进去看看。屋子的西边，还有北边，看上去还很不错，那里的东西虽说见过世面的人看了也算不了什么，可我们都觉得很新鲜。窗子外面的树枝和常春藤把光挡住了，屋子里不很亮，可我们还是看到那里有褪了色的老瓷罐、雕着花的像牙盒、好多又厚又重的书，还有好些旧得发黄的画像，这我记得最清楚了。

记得有一次，我那可爱的小姐拉着朵洛西和我们一起去看那些旧画像，要她说那些画像里都画着什么人。朵洛西说，那都是弗尼瓦尔家族里的人，只是她说不全他们的名字。我们差不多看遍了整个屋子后，进了大厅那边的一间老画室。那里有一张老弗尼瓦尔小姐的画像——哦，那时她叫格雷丝小姐，她姐姐才叫弗尼瓦尔小姐。那时她还长得真美！可就是一脸看不起人的样子，那双漂亮眼睛直瞪着你，眉毛有点翘，好像在说，谁敢这样看着我！可我们正看着她，觉得她那张嘴好像也撅起来了。她穿的那种衣服式样我从没见过，可我知道一定是那个时候很流行的。她头上的那顶白色软帽像是海狸皮做的，帽檐把她的前额全遮住了，一边还插了一撮漂亮的羽毛。她穿着蓝缎裙，领口敞开着，露出了里面白白的棉胸衣。

看着那画像，我叹口气说："哎呀，俗话说得还真不错！草木会黄人会老。看看今天的弗尼瓦尔小姐，谁会想到她以前这么漂亮！"

朵洛西回答说："是啊，人活着，总有伤心事的。听我主人的父亲说，我主人的姐姐，就是从前的那个弗尼瓦尔小姐，比我主人——她那时叫格雷丝小姐——还要漂亮。她的画像也在这儿，一会儿我就让你们看。不过，你们可不能告诉詹姆斯……"她悄悄问我："你家小姐会保守秘密吗？"

我说不准，我想罗萨蒙德小姐是个可爱的孩子，很老实的，她大概会想说什么就说什么的。我没办法，就对我的小姐说，咱们来捉迷藏好不好，你先藏起来，我来找你。等她一走开，朵洛西就要我帮她把一幅靠在墙上的画像翻过来。那画像很大，面朝里靠在墙上，不知道为什么，他们不把它挂在墙上。我一看，果真不错，画像里的那个女人比格雷丝小姐还要漂亮，只是她的神情和格雷丝小姐没什么两样，也是一副看不起人的样子。要不是朵洛西忙着要把那画像翻回去，我准会盯着它看上一个小时。可朵洛西好像很害怕，要我赶紧去把罗萨蒙德小姐找回来。她说这屋子里有些地方不太干净，小孩子最好不要去。我那时胆子大，脑子也简单，再说我过去是常和小孩们玩捉迷藏的，从来就没事，所以我没多想那老女人的话到底是什么意思，很快就把可爱的罗萨蒙德小姐找了回来。

这样到了冬天，夜长日短了。这时，说真的，我常听到好像有人在大厅里弹那架大管风琴。声音不是每晚都有，可过几天总能听到。通常是在我把小姐安顿上床后，坐在她床边歇一阵时，那声音就来了，一会儿响，一会儿轻，好像就在楼下，又好像是从很远的地方传来的。第一个晚上，我就在下楼吃晚饭时问朵洛西，是不是有人弹琴，詹姆斯赶紧说，那是风吹过树枝发出的声音，哪有什么人弹琴。可我看到朵洛西好像很害怕，朝詹姆斯看了一眼，厨娘贝茜的脸一下子变得煞白，嘴里还嘀咕着什么。我看他们都不想说这事，也就不好再问了。我想等我和朵洛西单独在一起时再问，到时候我准能从她嘴里掏出不少话来的。第二天，我找好了时间，一次次问她，想从她嘴里知道那到底是谁在弹琴，因为我敢肯定，那声音是从管风琴里传出来的，根本不像詹姆斯说的，是风声。可我马上就明白了，已有人要她什么都别说。从朵洛西那儿问不出什么名堂，我就只好去问厨娘贝茜了，不过我在问她的时候是把头抬得高高的——要是问詹姆斯和朵洛西，就不能这样了，可贝茜是厨娘，我是保姆，总比她强吧！她求我千万别告诉别人，就是不小心说漏了嘴，也不能说是她说的。她说那声音很奇怪，她已听到过好多回了，大多是在冬天晚上，特别是快要下雪的时候。她说，她也是听来的，那是从前的老爵士在大厅里弹管风琴，他活着的时候就常在那儿弹。可是，那老爵士到底是谁，他为什么死了还要来弹琴，为什么偏偏要在冬天夜里快要下雪的时候才弹，贝茜都没说，不知道她是真的不知道呢，还是不想说。嗨！不说就不说，我那时胆子可真大，我想这么大的屋子里有点音乐也挺好的，管它是谁弹的！再说，那音乐听起来也蛮动人的，一会儿很伤心，一会儿很快活，直到最后才慢慢地、轻轻地结束。这怎么会是风声呢？我一开始还猜是老弗尼瓦尔小姐在弹，贝茜不知道，就对我瞎说。可是有一天，我一个人在大厅里，我就像过去在克罗斯维特教堂里一样，偷偷掀开管风琴的盖子看了看。一看才知道，那管风琴看上去挺好的，里面早就坏了，哪里还能弹！那时是大白天，可我还是吓出了一身冷汗，"砰"地关上盖子就没命地逃回育儿室去了。从那以后，我比詹姆斯和朵洛西更害怕听到那声音，好在罗萨蒙德小姐在那段时间里变得越来越讨人喜欢了，两个老太太都喜欢和小姐一块儿吃午饭。她们吃饭时，詹姆斯总站在老弗尼瓦尔小姐的椅子后面，我呢，就站在罗萨蒙德小姐后面。吃完饭，老弗尼瓦尔小姐要去午睡，我到厨房去吃饭，罗萨蒙德小姐就在那间大画室的角落里玩一会儿。可她在那里总安静得像只小老鼠，等着我把她带回到育儿室里去玩，还说老弗尼瓦尔小姐老不说话，斯达克夫人不和她玩，只有和我一起玩，她才开心。就这样，虽说那奇怪的音乐声有时还会传来，可我慢慢地好像也习惯了。反正谁也不知道它是从哪里来的，也没碍着谁，那就随它去吧！

那年冬天很冷，十月中旬就下霜了，接下来有好多天都一直这样。我记得有一天吃饭时，老弗尼瓦尔小姐抬起头，看看斯达克夫人，心事重重地说："今年冬天，恐怕要倒霉了。"这话听起来很奇怪，斯达克夫人呢，又好像没听见似的，大声说着其他事情。我和我家小姐才不会怕霜冻呢，当然不怕！只要不下雨，不下雪，我们还常到屋后的那座山上去，一直爬到山顶，那儿什么也没有，我们就冒着寒风下山。有一次，我们走一条新路下山，那条路旁边有两棵很大的冬青树，就在屋子东边的半路上。那时，白天越来越短，那个老爵士——要是真是他在弹琴的话，那他弹出来的琴声也越来越叫人伤心了。一个星期天的下午，大概是十一月底的那个星期天吧，老弗尼瓦尔小姐午睡后，我像往常一样要把小姐从画室里接回育儿室，可那天我想去教堂，带小姐一起去我又怕天太冷，就要朵洛西帮我照看一下小姐。朵洛西一口答应了，她喜欢小姐，我没什么不放心的。那时，天阴沉沉的，好像从昨天晚上起就一直这样，风不大，可就是冷得要命。我不管它，还是和贝茜一起到教堂去了。

贝茜出门时就说："要下雪了。"真像她说的，我们还在教堂里时，天上就飘起了大雪，那雪也下得真大，差点把教堂的窗子都封住了。我们从教堂出来时，雪已经停了，可回家的路上，雪积得又软又厚。等我们回到家时，连月亮也出来了。这时的天，比下午我们去教堂时反而亮了些，一半是有月亮，一半是有雪的反光。哦，我大概没说过吧，老弗尼瓦尔小姐和斯达克夫人是从不去教堂的，她们只是在家里一声不吭地做祷告。那个星期天，老弗尼瓦尔小姐没织画，所以当我去厨房想从朵洛西那儿把小姐带上楼时，朵洛西说小姐没来厨房，大概是主人把她留在画室里了。听她这么说，我也不觉得奇怪，放下东西后就到画室去找她，打算带她到育儿室去吃晚饭。可是，我走进那间大画室，只看见两个老太太坐在那儿说着话，没看见罗萨蒙德小姐在她们身边。我想，小姐大概又在和我捉迷藏了，这是她常玩的把戏，这次还说服了两个老太太也装出不知道她在哪儿的样子。我这么想着，就朝椅子后面看看，沙发底下看看，还做出一副找人找不到的样子。

这时，斯达克夫人转过头来，大声问我："你在找什么，海丝特？"我不知道老弗尼瓦尔小姐有没有看到我进来。我说过，她耳朵很聋，眼神还是很好的，可这时她正呆坐在那里，眼睛直愣愣地看着壁炉里的火，看她脸上的表情，好像在为什么事情担忧。"我在找小姐。"我一边回答斯达克夫人，一边仍在找，我想这孩子躲不到哪里去，马上就会找到的。

没想到，斯达克夫人说："罗萨蒙德小姐不在这儿，她一个多小时前就走了，说要到朵洛西那儿去。"说完，她就转过头去，也直愣愣地看着壁炉里的火。

听她这么一说，我着急了。我真后悔，我不该去教堂的，要是把小姐丢了，那可闯大祸了！我赶紧回到厨房，跟朵洛西说，小姐不见了！那天詹姆斯正好出门去了，只有朵洛西和贝茜帮我一起找。我们点着灯，慌慌张张地到处找，先是去了楼上的婴儿室，后来又把整个屋子都找了个遍，一边找，一边还喊，想让小姐从躲着的地方出来。真是急死人了！可就是不见小姐的人影，也没听到一丁点儿声音。

找到后来，我说："噢！她会不会跑到东边屋子里去了，躲在那儿？"

朵洛西说，不会的，那儿连她也没去过，还说那儿的门是一直锁着的，钥匙听说在管家那里，管家呢，她说她和詹姆斯也从来没有见过。听她这么说，我就说，那我再到画室去看看，说不准小姐真的躲在那里，还不让两个老太太知道。我还说，真是这样的话，我得狠狠教训教训她，谁叫她把我急成这个样子！可那是我急糊涂了才说的，我怎么敢教训小姐？我奔回到西边的画室，对斯达克夫人说，罗萨蒙德小姐不见了，我们正在到处找她，没找到，我想再到画室里来找一找。我说，她没准在哪个角落里睡着了。可是，我找遍了画室，还是没找到。我们又找了一遍，连老弗尼瓦尔小姐也颤抖着身体站起来帮着找，可就是找不到。后来，全屋子的人都叫来了，大伙把我们找过的地方又找了一遍，还是没找到小姐。老弗尼瓦尔小姐抖得厉害，斯达克夫人说要扶她回画室去，那儿暖和一点，她们还要我保证，一找到小姐马上把她带到画室去。真是该死的一天！我急得人都要发呆了，可就在这时，我猛地想到，该看看屋外有没有动静！我人在楼上，伸头往窗外一望，外面月光很亮，雪地上真有一串小小的脚印！是从大厅门口出去的，一直到屋子东边的转弯角上。我不记得我是怎么下楼的，只记得一推开又大又沉的大厅门，我就把裙子往头上一兜，冲了出去。我直冲到屋子东边的转弯角上，那儿很暗，什么也看不清，可我朝前走了一段后，又在月光下看到了那串小小的脚印。天哪，是往山上去的！天很冷，我只顾往山上跑，一边跑，一边哭，也顾不得我的脸快要被风撕开了，心里只想着我那可怜的小宝贝一定被冻坏了。就在我快要跑到那两棵冬青树跟前时，我看到有个放羊的人正从山上下来，怀里还抱着什么东西，是用毯子裹着的。他看到我，朝我直喊，问我是不是在找孩子。这时，我已经累得走不动了，哭得连话也说不出来。他见我动不了，就朝我跑了过来。我看见我那小姐正躺在他怀里，一动也不动，脸色白得像死了一样。那放羊的说，他是在天黑前到山上去赶羊的，走过那两棵冬青树时（那山上最显眼的就是那两棵冬青树），看见我家小姐——我的小绵羊——我的小女王——我的小可爱——躺在雪地里，都冻僵了。哦，天哪！我得怎么感激他呀！我的眼泪又哗哗地流了出来。我不能再让他抱着她了，我把小姐和毯子一起接了过来，紧紧地抱在怀里，贴我的脖子，贴着我的心，觉得她的小手臂有点热了起来，鼻子里也有点呼出气来。可等我把她抱回大厅时，她还没醒来，我也连说话的力气都没了。

"快把暖炉拿来！"我只说了一句，就把小姐抱到了楼上。贝茜帮我脱掉她身上的衣服，我还一边用我想得出来的好听名字喊着我的小宝贝——就是眼泪模糊了双眼，我还是不停地喊着。最后，哦！她总算睁开了她那双蓝蓝的眼睛！我马上把她放进暖和的被窝，又马上叫朵洛西到楼下去报告老弗尼瓦尔小姐，我自己呢，就要整晚守在她旁边，一步也不离开。可她一碰到枕头就睡着了，我就在她床边一直坐到天亮。等她醒来，还是那么聪明伶俐——说真的，那时我才知道她有多么聪明伶俐——还有你们，我的小宝贝们，我说你们也一样聪明伶俐。

她说，昨天下午她在画室里，见两个老太太都睡着了，本是想到朵洛西那儿去的，可当她穿过西边大厅时，看见窗外下起了大雪，雪花飘啊飘啊，那么可爱，就想到去看雪。她说她走到大厅窗前，看见外面空地上铺了厚厚一层雪，又白又软，很好看，可就在她那么站着看时，她看见外面雪地里也站着个小女孩，岁数比她还小，"可她多漂亮啊，"我的小宝贝就是这么说的，"她招招手，要我出去。噢，她多漂亮，多可爱，我没办法，就出去了。"她说她出去后，那小女孩就牵着她的手，两人一起走到屋子的东边去了。

我不相信，说："看，你又淘气了，还想骗人。你妈妈可一辈子没骗过人，她现在去了天国，要是她听到你刚才说的，也会说：小罗萨蒙德，你可不能骗人啊！"

小宝贝哭了，她说："不，海丝特，我没骗你，真的没骗你！"

"好了，别说了！"我还是不相信，"我昨天是跟着你的脚印上山的，可雪地里只有你的脚印啊，要是有个小女孩和你手牵着手上山，她怎么没脚印啊？"

"我不知道啊，亲爱的，亲爱的海丝特，"她听我这么说，哭得更起劲了，"我不知道她怎么会没有脚印，我没低头看她的脚，可她是用小手紧紧牵着我的手的，是她带着我上山，走到冬青树那儿去的，我看到有个太太在那里哭，可她一看到我就不哭了，还很高兴地笑了。就是那个太太，她抱着我，轻轻唱着歌，哄我睡……就是这样，海丝特，后来……后来我就睡着了——我说的是真的，妈妈也知道，我说的是真的……"她一边说，一边哭。我想这孩子大概是发烧说胡话了，就装作相信她，可她把这事说了一遍又一遍，直到朵洛西来敲门，说是给罗萨蒙德小姐送早饭来了。朵洛西还说，两位老太太正在楼下吃早饭，要我去和她们谈谈。其实她们昨天夜里就来过育儿室，那时罗萨蒙德小姐睡着了，她们只看了看小姐，没问我什么就走了。

"知道了。"我回答朵洛西说，一边就朝楼下走。在穿过屋子北边的走廊时，我心里想："小姐走丢也不能全怪我呀，我去教堂了，她们也该管好小姐的，怎么可以全怪我呢？"我大着胆子走进餐厅。行过礼后，我就把嘴凑到老弗尼瓦尔小姐耳边，把昨天的事情一五一十地说起来。当我说到昨天有个小女孩把小姐叫到雪地里，还把小姐领到那两棵冬青树下去见那个漂亮太太时，老弗尼瓦尔小姐忽然张开两条又老又干瘪又在发抖的手臂，大声喊起来："哦！上帝啊！原谅我，原谅我吧！"

斯达克夫人忙过来拉她，好像不让她喊，可她挣开斯达克夫人，仍冲着我喊叫。她那样子真叫人害怕，可我还是听得清清楚楚，她喊着："海丝特！快把那个小女孩赶走！不要让她靠近小姐！她会害死她的！她是个坏孩子！告诉小姐，那小妖精要害死她！"

斯达克夫人急急忙忙把我赶出了餐厅。说实话，我也不想待在那里。可我在餐厅门外仍听到老弗尼瓦尔小姐在大声喊叫："哦！原谅我吧！这么多年了，你还不原谅……"

自那以后，我就安不下心来了。不管白天夜里，我都不敢离开罗萨蒙德小姐半步，就怕她再溜出去，怕她出什么事。特别是我看到老弗尼瓦尔小姐那副样子，我看她快要发疯了，心里特别害怕。我害怕有什么东西找上我家小姐，天天都发愁。（你们知道，就是在家里，有时也会有这种东西。）每到夜里，只要雪下得比平常大一些，只要有风，我们总会听到风声中有那个老爵士的琴声——那是不是老爵士在弹，其实我也说不清。反正，不管罗萨蒙德小姐到哪里，我就跟到哪里——那怪声音我倒是不怎么怕，我怕的是小姐出什么事儿，她没爹没娘了，那么可怜，还那么可爱，我随便怎样都是舍不得的。再说，看着她玩，看着她笑，我自己也觉得是件开心事儿。就这样，我老陪着她，和她一起玩，有时也在大屋子里四处转转，不过就是在屋子里，我也不敢把她给弄丢了。这样快到圣诞节的时候，有一天下午，我和小姐一起在大厅里的一张台球桌上玩球。（我俩都不懂怎么个玩法，小姐只知道用手去抓那些象牙小球，让它们在桌子上滚来滚去，好像很喜欢。我嘛，只要她喜欢，我也喜欢。）我们玩着玩着，屋外好像还亮，屋子里慢慢暗了下来，我想带小姐回育儿室去。刚想走，小姐忽然喊了起来：

"看，海丝特！那个小姑娘又在那里了！在雪地里！看！"

我从那扇又高又窄的窗户里望出去，是啊！就在那儿，真有一个小女孩！看上去比小姐小一点，可奇怪啊！她身上穿的不是冬天的衣服——她好像在哭，很伤心的样子，一边还拍着那边的窗户，好像在求屋里的人放她进屋来。看她这副样子，罗萨蒙德小姐忍不住了，转身要去开门，可就在刹那间，我们身边的那架大大的管风琴猛地响了起来，一下子把我惊呆了。我不知道发生了什么事，只记得我那时一阵头晕，眼睛直愣愣地看着窗外灰蒙蒙的天，虽说那小女孩还在使劲拍着窗户，可我一点声音也听不到，连她哭喊的声音也没有了——什么声音都没有了——就是有，我也不记得了。我只记得那架管风琴里发出来的声音把我吓坏了，只记得我那时一把抓住罗萨蒙德小姐，不让她去开门——不管她怎么叫，怎么踢我，我一把抱起她就往厨房跑。我一头冲进厨房，把朵洛西和埃格妮吓了一跳。她们正在那里做馅饼。

朵洛西看见罗萨蒙德小姐在我怀里挣扎，大声问："哎呀，小姐怎么了？"

没等我开口——我正喘着气啊——小姐先说了："她不让我开门！不让那小姑娘进来！那小姑娘在山上会冻死的！坏海丝特，坏海丝特！"她骂我，打我，打得还真不轻。这时，我看见朵洛西的脸色一下子变白了，我浑身的血也一下子冻住了。

"快把厨房门关了，锁上！"我听见她对埃格妮说。随后，她也没多说什么，只是给了我一点葡萄干和杏仁，要我哄哄罗萨蒙德小姐。可回到育儿室，小姐什么都不肯吃，就是吵个没完，非要把那小女孩放进来。后来，她哭着哭着睡着了，我才松了口气。我轻轻下楼，对朵洛西说，我要带小姐离开这庄园，到艾波斯维特我父亲家里去住，那里日子虽说要过得清苦许多，可是太太平平的，不像在这里。我说，那老爵士弹琴的声音已经够吓人了，我还看到了那个哭着要进来的小女孩，她穿的衣服那么怪，拍窗户时一点声音也没有，右边肩上还有个乌黑的伤口，真是太吓人了——这些倒也算了，我说，我实在受不了的是罗萨蒙德小姐差点被那小鬼魂害死。

我说着，看见朵洛西的脸色变了好几回。等我说完，她对我说，我可以走，但不能把罗萨蒙德小姐带走，因为罗萨蒙德小姐的监护人是弗尼瓦尔爵士，他现在也是我的主人，没有他的同意，我不能带走罗萨蒙德小姐，不管什么地方都不行。她又问我，真的很害怕那声音和那件事吗？就为了这些，真的舍得离开我那么喜欢的小姐？她还说，他们对那声音和那件事都慢慢习惯了，觉得也没什么。我听了有点生气，我说你们都知道那声音和那件事的底细，说不准还认识那小女孩，可我什么都不知道，叫我怎么习惯？我这么说，她觉得不好意思，就答应把事情讲给我听，可我听完就后悔了，因为听她这么一讲，我觉得更加害怕了。

　　她说，她也是从邻居那儿听来的。她和詹姆斯刚结婚那会儿，周围的老邻居还都活着，那时庄园里还没出事，老邻居还常来串门。她说邻居们说的事没准是胡编的，也没准是真的。

　　那个弹琴的老爵士，就是老弗尼瓦尔小姐的父亲。那时，格雷丝小姐不叫弗尼瓦尔小姐，她的姐姐莫德小姐才叫弗尼瓦尔小姐。老爵士从来就看不起人，脾气又很不好，他的两个女儿呢，也和他差不多。附近有许多年轻人看中她们，她们却一个也看不上。那时，她们可是这地方少见的美女，比我在画像上看到的还要漂亮，可俗话说，"漂亮的姑娘会惹事"，真是一点不错。两个小姐眼睛长在头顶上，却偏偏喜欢上了同一个男人。那个男人是个外国乐师，是老爵士从伦敦请来弹管风琴的。老爵士脾气坏，对音乐倒是挺喜欢的，奇怪的是他喜欢音乐，脾气还是那么坏。有人说，可怜的老爵士夫人就是被老爵士活活气死的。老爵士喜欢音乐可是喜欢得不得了，不管花多少钱都愿意，他请来的那个外国乐师呢，听说弹起琴来连树上的鸟儿听了也不再叫了。老爵士就是喜欢听那个外国乐师弹琴，别的音乐他都不想听，所以他要那外国乐师每年都到他家里来。那外国乐师还从荷兰带来了一架管风琴，就是放在大厅里的那架，后来谁也没有动过它。那乐师为老爵士弹琴，还教老爵士弹琴。老爵士迷上了弹琴，成天想着那架管风琴，对别的事全都没了心思。这样，连那个脸色黑黑的乐师常和他的两个女儿——有时是莫德小姐，有时是格雷丝小姐——在小树林里散步，他也不知道。

　　后来，不用说，是莫德小姐和那乐师好上了，两人还瞒着家里人偷偷结了婚。这样到第二年，那乐师再到老爵士的庄园里来时，莫德小姐已经偷偷生下了一个女儿——她怀上孩子后就骗老爵士和格雷丝小姐说，她要到堂卡斯特瑞斯去住，其实呢，一直躲在屋后山上的一间空屋子里，让一个农妇照顾着她。孩子生下来后，她把孩子留在那间空屋子里，自己就回到家里，她父亲和她妹妹还以为她从堂卡斯特瑞斯回来了，一点也不知道她生孩子的事。这时，莫德小姐虽说做了母亲，可坏脾气一点没改，还是和从前一样动不动发脾气，特别是那乐师第二年来庄园时，她的脾气更坏了，因为她看到那乐师（她丈夫）老盯着她妹妹格雷丝小姐，好像很有意思，把她倒给忘了。她跟那乐师发脾气，那乐师对她说那是做给家里人看看的，好不让他们怀疑他和她的事，可莫德小姐还是受不了她妹妹的那副得意的样子，老缠着那乐师吵，还缠着妹妹吵。那乐师大概也受不了了，想撒手不管——他本是外国人，往外国一躲，什么事也没了——所以，那年夏季他提早一个星期就走了，临走前还生气地说，他再也不会来了。那乐师走了，那个小女孩就一直藏在山上的那间屋子里，她母亲对那地方又是爱，又是恨，只能每星期骑着马上山来看她一两次。那老爵士呢，还是只管弹他的琴，脾气还是那样坏，连家里的仆人都说，他再怎么弹琴，脾气也好不起来。老爵士的身体越来越糟，连走路也得拄拐杖，他的两个儿子呢，一个就是现在那个弗尼瓦尔爵士的父亲，那时正在美国当兵，另一个儿子也出海去了，所以莫德小姐就成了家里的老大，什么都要她说了算，还常常和格雷丝小姐大吵大闹，要不是老爵士朝她们瞪眼睛，发脾气，她们就会吵个没完。第二年夏天，那乐师还是来了，可那真成了最后一次。他看到姐妹俩整天争风吃醋，吵个不停，实在烦死了，就一走了之，再也没了音信。莫德小姐本来还想等父亲死了就让邻居们知道她结婚的事儿，现在好了，她一下子变成了活寡妇——丈夫明明活着，可没了——还有个女儿，可她不敢说是她生的——她喜欢那孩子，想把她领回家来，可又害怕父亲会大发脾气，妹妹会朝她冷笑，还会说出很难听的话来。这样又过了一年，那乐师再也没来，莫德小姐和格雷丝小姐也越来越发愁——虽说姐妹俩仍像从前一样漂亮，可脸色越来越不好。慢慢地，莫德小姐的脸色有点好了起来，因为她看到老爵士的身体一天天不行了，整天只知道弹琴，不管家里的事，心里有点高兴。那时，姐妹俩已经分开住了，格雷丝小姐住在屋子的西边，莫德小姐住在屋子的东边——就是现在常年锁着的那个地方。她们住在一个屋子里，可从不往来，再说，屋子又那么大，莫德小姐就想，这下可以把女儿领回来了，反正父亲和妹妹不会知道，家里的仆人知道了也不敢说，就算有人问，她说那是附近农家的孩子，她喜欢就领回来了，他们也不敢不相信……事情就是这样，朵洛西说，家里的仆人知道的也就是这些。接下来究竟发生了什么，她说，那只有格雷丝小姐和斯达克夫人才知道，别人都不太清楚。斯达克夫人那时就是格雷丝小姐的女伴，和格雷丝小姐很亲近，比她的姐姐亲近多了。从她嘴里漏出来的几句话，仆人们猜想她大概看出了那个乐师一开始就喜欢莫德小姐，对格雷丝小姐只是逢场作戏。她一定和格雷丝小姐说过那乐师是假装喜欢她，其实已经和莫德小姐结了婚，说不定还生了孩子，因为从那以后，仆人们没看到格雷丝小姐脸上有过一点笑容，时常还偷听到她和斯达克夫人在算计着什么，有时还听到她说，她总有一天要报复东边的那个小姐。

新年刚过后的一天夜里，朵洛西说，家里发生了一件可怕的事情。那天夜里，雪下得很大，冷得要命，屋外到处是厚厚的雪，天上漆黑一片，什么也看不见。这时，只听见屋里"砰"的一声响，把仆人们都惊呆了，接着就听到老爵士像拼了老命一样在大声叫骂。他好像气得发疯了，叫骂声响得整个屋子里都能听到，中间还夹着一个女孩的哭声，还有一个女人的声音，也在大喊大叫，好像又气又恨，接着是"啪"一声，像是木棍打在人身上的声音，接着就没什么声音了，只听见哭声越来越远，慢慢消失在屋后的那座山上……接着，老爵士把屋里的仆人全都叫了出来，当着仆人的面，他大发脾气，喘着气、咬着牙说，他的女儿把他的脸面都丢尽了，现在他把她——还有那个女孩——赶出了家门，再也不许她们回来——要是有人敢去帮她们——不管是给她们送吃的，还是偷偷放她们进来——他发誓说，他要叫那人一辈子倒霉！这时，格雷丝小姐站在一边，一声不响，脸像石头一样沉着。等老爵士讲完了，她长长地舒了口气，好像是说，她早就等着这一天了，这下她可称心了。可那天以后，老爵士就再也没有弹过那架管风琴，还没等到第二年，他就死了。说来也不奇怪，他把母女俩赶出家门后，第二天就从山上下来的放羊人那里听说，莫德小姐坐在那两棵冬青树下，在疯疯癫癫地傻笑，怀里还抱着个死孩子——那女孩的右肩上有道可怕的伤口。"可那孩子不是受伤死的，"朵洛西说，"她是在大冷天里活活冻死的！哎，山上的野兽还有山洞，家里牲畜还有窝棚，可母女俩穿着单衣，被赶到了山上……现在你全知道了，大概不再害怕了吧？"

我说是的，不再害怕了，可心里更加害怕。想到罗萨蒙德小姐，我真想马上带她离开这座屋子，可我不能带她走，更舍不得丢下她。天哪！我该怎么办？我得怎样保护她呀？我没办法，只好每天在天黑前一个多小时就把门窗关得紧紧的，不像从前那样到天黑后才关门窗，那时我觉得太晚了。可罗萨蒙德小姐还是老听到那小女孩呜呜的哭声。不管我和朵洛西怎么劝她，她就是想出去找那个小女孩，要不，就要把那小女孩放进屋里来，说外面雪太大了，她会冻坏的。真拿她没办法！在那段时间里，我总不想见到老弗尼瓦尔小姐和斯达克夫人。我一看到她们，看到她们沉沉的脸、呆呆的眼神，就想到她们不是好人，想到朵洛西说的那个可怕的夜晚。不过，我还是觉得老弗尼瓦尔小姐有点可怜。我看到她脸上的那种表情，心里就想，她大概也不好过。后来，我都有点为她难过了——她从不说话，要有人问她，才说一两句——上帝啊！宽恕她吧！我有时为她祈祷。我还教罗萨蒙德小姐为有罪过的人祈祷，可她低头祈祷时，常会抬起头来，仔细听，然后说："我听到那小姑娘在哭，很可怜的——哦，让她进来吧，她会死的！"

又是新年刚过后的一天夜里——冬天总算过去了，天气开始回暖——我在楼下忙着什么事，听到西边画室里的大钟敲了三下，我猛地想到，这时候我不能让小姐一个人在楼上睡觉。那天夜里老爵士弹琴的声音特别响，我担心小姐会被吵醒，醒来后又会听到那小鬼魂的哭声。我上楼一看，还好，她睡得还安稳，门窗也都关着。可我总不放心，就随手找了几件衣服把她裹住，连衣服带人把她抱到了楼下，进了西边的画室。两个老太太还在那里织画，见我进去，斯达克夫人觉得奇怪，问我："小姐睡得好好的，怎么把她抱到这儿来？"我压着嗓子说："这会儿我还有事，我怕她醒来，外面那个小鬼魂……"说到这儿，我看她朝我直摇手，还朝旁边的老弗尼瓦尔小姐瞥了一眼，我就不说了。她说，老弗尼瓦尔小姐正要把织错的画拆了重织，可她俩眼都花了，你来了，就帮着拆一下吧。听她这么说，我就把小姐放到沙发上，让她在那儿睡，我自己坐到了她们旁边的凳子上。说实话，我心里很不愿意帮她们忙。

屋外风很大，吹得窗子都格格响，我回头看看，罗萨蒙德小姐在沙发上睡着了。老弗尼瓦尔小姐一句话没说，也不管风把窗子吹得多响，她看都没看一眼。可忽然间，像有什么东西惊着了她，她冷不防地站了起来，手里挥着织画的线，嘴里喊着："听见吗？有人在说话！哦，我听见了，听见了！哦，太可怕了，是我父亲的声音！"

这时，罗萨蒙德小姐，我的小宝贝，也猛地醒了过来，也喊起来："海丝特！那小姑娘在哭！哭得太伤心了！"她还想从沙发上下来，可脚被毯子裹住了，我忙过去把她按住，不让她下来。什么有人说话？什么哭得伤心？我怎么没听见？斯达克夫人好像也听不见。可弗尼瓦尔小姐听见了！罗萨蒙德小姐听见了！我吓得浑身都起鸡皮疙瘩。可没过一两分钟，说话的声音、哭的声音，真的来了，还很响！我听见了，听得清清楚楚——很奇怪，这时窗外风的声音倒听不见了——斯达克夫人也听见了，吓得朝我直瞪眼，我也吓得朝她直瞪眼。我们俩谁也不敢说一句话。这时，只看见老弗尼瓦尔小姐正跌跌撞撞走出门去，斯达克夫人忙跟了出去。我吓得不敢留在那儿，一把抱起沙发上的小姐，也跟了出去。老弗尼瓦尔小姐走出前厅，穿过西厅，接着就打开了进大厅的门。我们一走进大厅，哭喊的声音一下子响起来，像是从东边传来的，就是东边那扇锁着的门那儿——那扇门的后面。这时，我看见大厅里的吊灯都亮着，可那里就是一点光也没有，很暗很暗，壁炉里的火正烧着，可那里就是一点热气也没有，很冷很冷。不知道是害怕，还是冷，我浑身直哆嗦，一个劲地抱住小姐。可就在我抱紧小姐的当儿，东边的那扇门摇晃起来，小姐猛地在我怀里挣扎着要下来，还哭着喊着："海丝特，放我下来！那个小姑娘来了！我听见她了！海丝特，快放我下来！"

我使劲抱住她，不放她下来，心里想，就算我死了，我也不会松手让小姐跟那小鬼魂走的！可老弗尼瓦尔小姐站在那里一动不动，像是把小姐给忘了。这时，小姐已经从我怀里挣了出来，可她双脚一落地，我就扑上去又把她抱住了。我跪在那里，伸出手臂抱住她。她哭啊，挣啊，就是想挣开我。

忽然间，像是打了个闪电，东边的那扇门"砰"的开了，像是有人把它一脚踢了开来。门里照出一道光来，很怪的光，光里走出一个头发花白的高个儿老头，恶狠狠地挥着手，把一个女人从门里赶了出来。那女人很漂亮，可脸色难看，她身旁有个小女孩，正拉着她的裙摆。

"海丝特！海丝特！"罗萨蒙德小姐又叫了起来，"就是她，坐在冬青树下的就是她！还有那个小姑娘，就是她带我去的！海丝特，快放开我！我要过去！她们在那里，我要过去！"

她没命地挣扎着，要过去，可我怎么也不松手，反而把她抱得更紧了。我生怕这样会伤着她，可我宁愿伤着她，也不能让她过去！那几个鬼魂朝大厅的门走去，风在门外吹着，正等着把他们吞掉。到了大门前，那女的转过身来，看得出她恨那个老头，像是对那老头说了什么话，可她马上回过身去，想去护住她身边的女孩——哦，可怜的孩子！
那老头举起拐杖要打她。

这时，罗萨蒙德小姐好像力气比我还大，在我怀里挣啊，哭啊，喊
啊。（我倒快要没有力气了。）"她们要我一起到山上去！她们正拉着我
去！哦，可怜的小姑娘！我要去！坏海丝特把我抱得太紧啦！"可她一
看到那老头举起拐杖，就晕了过去。谢天谢地！还是这样好，我拖不住
她了！我看到那老头举着拐杖，头发披散，正要朝那缩成一团的女孩打
下去——这时，我身边的老弗尼瓦尔小姐忽然喊出声来："哦，父亲！
父亲！饶了那无辜的孩子吧！"可就在这时，我们看见还有一个鬼魂，
老像影子一样晃来晃去。这时大厅里有点光，像大雾天里的那种不太亮
的光，可我们全看清楚了，那鬼魂站到了老头身边，板着脸，很凶的样
子，又像是很高兴的样子。她很漂亮，头上戴着一顶白软帽，帽檐很
长，盖住她的前额——身上穿着一件领子敞开的蓝缎裙——她撅着嘴，
一脸看不起人的样子——我好像在哪里见过她，那不就是格雷丝小姐，
年轻时的老弗尼瓦尔小姐吗？那鬼魂真可怕，冷冰冰的像石头一样看着
那老头举起拐杖——这时不管老弗尼瓦尔小姐怎么求他也没用了——他
举起拐杖，狠狠地朝女孩的右肩打了下去——"啪！"大厅里的吊灯、
壁炉里的火，全灭了。老弗尼瓦尔小姐倒在我们跟前——像死了一样。

是啊！那天夜里我们抬她进房间后，她就再也没有起来。她躺在床
上，脸朝着墙壁，嘴里总说着："哦！哦！从前的罪过是擦不掉的呀！
从前的罪过是擦不掉的呀！"

（常　磊　译　刘文荣　校）

废墟空门

［英］玛格丽特·奥利文特　著

　　一八××年，我从印度回来，在未找到固定住所前，我想暂时住在勃兰特伍德。那地方对我一家来说都特别合适，因为它离爱丁堡很近，我儿子罗兰可以每天去那里上学。这比让他去读寄宿学校或者为他请家教要好得多；要知道，他的学业已拉下了不少。不过，我看重的是那地方离爱丁堡近，我妻子看重的则是爱丁堡有好学校。西姆森医生的观点很有意思，他把这两个优点折中了一下，说："让那小子每天骑着马去读书，这对他来说再好不过了。"所以，我妻子很快就接受了我的想法。我儿子罗兰呢，脸色有点苍白，过去一直住在西姆拉，其他地方全都没去过。现在是五月份，天气不怎么寒冷，我和我妻子不无欣慰地看到，我儿子由于常在北方的阳光和微风中来来去去，没到暑假就像其他同学一样，脸色变得黝黑而红润了。那时，苏格兰还没有实行英格兰的教育制度，所以没有什么伊顿公学。不过，即使有，我和我妻子也不会对那种装模作样的贵族学校感兴趣的。我们曾有过好几个男孩，现在只剩下罗兰一个，所以特别溺爱。我们只是觉得他体质不太好，而且过于敏感。还有两个女孩，在勃兰特伍德也什么都不缺。她们可以去附近的爱丁堡，那儿有老师上课，现在的年轻人似乎都要上很多课才能完成他们的学业。她们的母亲当初和我结婚时，还不到阿加莎现在的年纪。当时我也只有二十五岁，而现在的年轻人在这个年纪几乎什么都不懂，不知道自己将来要做什么。但我想，每一代人都是有点自负的，总自认为比下一代强。

　　勃兰特伍德在彭特兰丘陵和福斯湾之间，是块肥沃的山丘地，苏格兰最富有的地方。城市的一边是美丽的河口，天气好的时候，你可以看到碧蓝的天空像一张弯弓，拥抱着肥沃的大地和星星点点的小屋。另一边是高地，但和我们常见的高地不同，看上去很壮观；天上的云彩，河里的倒影，使这块高地显得特别迷人。右边就是爱丁堡，那儿有著名的爱丁堡城堡和卡尔顿山，还有许多尖顶的高塔矗立在雾蒙蒙的空中。还有亚瑟王的宝座像守护神一样守护着这座令人敬仰的城市；当然，如今即使没有它，爱丁堡也一样安然无恙。我们的客厅面对一大块草坪，从窗子里望出去，可以欣赏到四季的风景。有时显得有点凄冷，有时又像一出戏剧一样生动活泼。这一点一直深深吸引着我。丰富的色调和清新的气息使人精神振奋。我已经厌倦了单调的平原和炙热的天空，而这里总给人一种愉悦、清新、祥和的感觉。

从我们的住所往下眺望，可以看到勃兰特伍德镇，就在溪谷的另一边。一条小溪在岩石间和树丛中缓缓地从山坡上流淌下来。这曾是一条清澈的小溪，但像这个地区其他小溪一样，现在也被附近的造纸厂污染了。不过，比起其他小溪，它受到的污染不怎么严重，看上去还比较干净。我们附近的峡谷里有葱郁的树林，其中有蜿蜒的小路通往河边；河上有一座桥，过了桥就是勃兰特伍德镇。小镇坐落在峡谷尽头，只有几家农舍建在山坡上。那里的建筑和苏格兰的大多数建筑很不一样，虽然我并不讨厌有长廊的老教堂，但那里的教堂外观却像一只正方形盒子，和周围的风景实在不太协调。不过，那里的农舍还算错落有致，有菜园分布其间，还有灌木篱墙，上面正晒着衣物。农妇们在各自家门口忙着，运货马车在慢悠悠走着，一切都洋溢着乡间纯朴的气息。

我们住的房子其实在一个庄园里。庄园很大，其中还有好几幢废弃的楼房，或者说成片的废墟。这些废弃的楼房虽然比我们住的房子要小，也简陋得多，但它们即便已成废墟，仍别有一番情趣，甚至像我们这样的暂住者，也不知为何，会以此为荣，大概是因为它们很古老吧。废墟中有一座破败的塔楼，现在已很难分辨出它是用怎样的砖石砌成的，因为那上面长满了藤蔓，而且有一半已填满了泥土。说来惭愧，自我在这里住下后，直到今天才把它仔细观察了一番。塔楼的主楼里有个大房间，或者说曾经是个大房间，窗框只剩下了半截；不过，塔楼上面房间的窗户还很完整，只是淤积了很多从墙壁上掉落下来的泥灰，而且长满了荆棘之类植物；时不时地，窗户还会晃荡一下。这座塔楼显然是这片废墟里最古老的建筑。旁边是几幢破败的普通楼房，其中有一幢楼房毫不起眼，已彻底破败，令人不由深感惆怅。这幢楼房低矮的山墙呈灰白色，上面苔迹斑斑，还有一扇很普通的门，可能是供仆人进出的后门，也可能是在苏格兰被叫做"公用房"的门。公用房早已荡然无存——其中的储藏室和厨房都已不复存在；但那扇门仍然大开着，无论是风，还是野兔，还是其他野外的动物，都可自由进出。我第一次去那里就被它吸引住了。它就像一张忧郁的嘴，似乎在讲述着一段逝去的生命。这扇门曾经是关着的，而且可能是被人小心翼翼地关上，并锁好，守护着里面的人，但现在一切都没有意义了——这扇门不再通往任何地方，已成了一扇"空门"。当然，这只是它最初留给我的印象，也可能是出自我的主观意愿，才觉得它意味深长，是否真是这样，我也无法证明。

我们全家在这里度过了一个愉快的夏天。印度的炎热曾使我们头脑发晕，而在这里，我们尽情享受着满目的绿色、湿润的空气和北方令人神清气爽的风景。连这儿的雾，我们也很喜欢，觉得它为我们带走了身上的燥热。秋天，我们迎合眼下的时尚，外出旅行，换换环境。直到冬天，我们才真正在这里住了下来。白天变短了，夜里更黑了，大地被霜冻覆盖。这时，发生了一件事，虽然是私事，但我不得不说一说，即使这样会惊扰这个平静的世界，那也没有办法。这件事实在是太古怪了，所以我在叙述中若不可避免地提到了我的家庭和我的个人兴趣，还请读者见谅。

这件事发生时，我在伦敦。我在那里又重拾自己在印度时的爱好，那是我往日生活中很重要的一部分，也就是每到一个地方，我都要去拜访老朋友。我留恋过去的生活，但内心还是为现已结束这样的生活感到庆幸。从星期五到星期一，我去了乡下班博家，回来的路上在赛勒家留宿，吃了顿便饭，还去看了克洛斯家的养牛场；如此又耽搁了一天。于是就有几封从家里寄往伦敦的信我没有及时读。没有及时读信可不是好事，就如祈祷书上说的，世事多变，谁能预料下一刻会发生的事情？我总以为家里应该一切都很好，来信无非是说："天气很好，罗兰上学没坐过火车，他喜欢骑马。""亲爱的爸爸，别忘了要给我们带回来的东西。"等等，等等。我可爱的女儿，我亲爱的夫人，你们要我办的事情，我怎么会忘记呢？

然而，家里却出事了。我回到旅馆，有三四封信正等着我。我注意到信封上都写着"加急"，顿时紧张起来，我知道这不会是因为邮局重视才这样写的。正当我要拆信时，旅馆的看门人又送来两份电报，并说其中一份是昨天晚上到的。我理所当然先拆电报，而且是当天的那一份，只见上面写着："为何不回电？天哪！儿子病情加重，速回！"这消息对一个只有一个儿子的男人来说无疑是晴空霹雳，更何况他还把儿子视为心头肉。我双手颤抖着拆开另一份电报，头晕目眩地看到差不多的内容："儿子可能患上脑膜炎，速回！"我马上查看火车时刻表，尽管我知道不可能有比夜行列车更早的班次，但我还是徒劳地找了一遍；接着，我就读了那几封信。天哪！一切都写得明明白白。罗兰最近脸色一直不好，还常常惊恐不安。其实，我妻子在我离家前就注意到了，但怕影响我的行程，所以没对我说。我走后，罗兰的情况一天比一天严重。有一天他骑马回家，经过庄园时，马突然气喘吁吁，口吐白沫，而他也突然脸色发白，直冒冷汗。很长一段时间，他闷声不响，不愿回答任何问题；后来，连性格也变了，不愿去上学，就是去，也要用马车接送——这当然太奢侈了——他好像很害怕出门，听到一点声音就惊恐不安。最后，在他母亲的追问下，他终于说出了其中的原因，说他在庄园里听到有奇怪的声音，还在那片废墟里看到有可怕的人影在晃动。他母亲一听，急了，把他哄上床后，就叫来了西姆森医生，她说，这是她唯一能做的事情。

当天晚上，我就十万火急地赶回家去。可以想象，我是多么着急，开车前几个小时我真不知道自己是怎么熬过的。火车对于焦急赶路的人来说虽然够快了，但我还是希望一到站就能找到一辆马车，飞速回家。火车到达爱丁堡时天色还早，冬日的清晨一片漆黑。上帝保佑，妻子已派了一辆四轮马车来接我。我还没看清来人的脸，就气喘吁吁地问："怎么样了？"但没等那人开口，我就有一种不祥的预感，而他的回答呢，等于不回答——"老样子。"老样子！老样子是什么样子？当马车穿行在漆黑的街道上时，我仍嫌马跑得不够快。进了庄园，我听见树丛里好像有人在呻吟，但我愤怒地捏了捏拳头。那是谁啊！那个看门的笨女人为什么随随便便放人进来？实际上，要不是我心急火燎，我肯定会停下车去看看，那儿到底发生了什么事。但现在不是时候，我儿子病重！我对什么事都感到怨恨。不过，这下我不能再怨恨马跑得不够快了，因为它们拉着车飞速穿过树林，已停在我家门口了。马在大声喘气，我跳下车，只见妻子已站在那里等着我。她脸色苍白，手里拿着一支蜡烛。烛光在风中一闪一闪，照在她脸上，显得更加没有血色。"他睡着了。"她低声说，好像会吵醒儿子似的。我清了清喉咙，也小声回答，同时觉得马铃声和马蹄声好像也会吵醒儿子。我面对着妻子站在台阶上，这时反而不敢进屋去了。当时我可能没有太注意，只是隐约觉得那几匹马似乎都不肯回马厩，或者说，那马车夫好像没有马上就走。当然，这是我后来回想起来的，当时我只顾着询问儿子的情况。

我在他卧室门口张望，不敢走近他，生怕会打扰他的睡眠。他真是睡着了，而不是像妻子告诉我的，他时不时会陷入昏迷状态。我们进了另一个房间，妻子把近来发生的一切都告诉了我，真是令人震惊，百思不得其解。事情好像是，自入冬以来——因为白天短了，他放学回家时庄园里已经漆黑一片——他总听到那废墟里有声音。他说，开始听到是呻吟声，他和他的马都受了惊，后来又听到了说话声。

妻子泪流满面地告诉我，罗兰会在夜里惊醒，哭喊着："妈妈，让我进来！妈妈，快让我进来！"好像很痛苦，把她的心都撕碎了。她一直都陪在他身边，希望能满足他的一切要求。但是，即使她不断喊着："我的心肝啊，你就在家里啊！妈妈在你身边，你看，妈妈就在你身边！"他也只是愣愣地看着她，一会儿又大声哭喊起来。不过，有时他会稍好一点，会问爸爸什么时候回来，但又没头没脑地说，等爸爸回来后要和他一起去"把他们放进来"。"医生说他是受了刺激，"妻子继续说，"亨利，会不会是我们对他要求太高，让他做了太多功课？要知道，罗兰这孩子很脆弱，学业再好，也没有健康重要，你说是不是？就是你，也不会认为用孩子的健康来换荣誉和奖状有什么意义吧？"就是我？——她把我说得像个没有人性的父亲似的，只顾自己的虚荣，不顾孩子的健康？当然，我没有和她计较，在这种时候我不想再增加她的压力。过了一会儿，妻子和女儿都劝我先去吃点东西，休息一下，因为自从我收到她们的信之后一直没吃没睡。现在我至少已回到了家，这对我来说已是一种安慰；再想到罗兰一醒就要叫我，我想，即使在这阴冷的早上，我也先得去睡上几个小时。后来，她们告诉我说，罗兰醒来之后，知道我回来了，好像不再那么焦躁不安了；我呢，因为一夜奔波而筋疲力尽，一睡下去竟然一直睡到夜幕再次降临。我去看他时，房间里的光线刚够我看清他的脸。啊，这两个星期他真是变得太多了！比在印度的时候还要糟糕——脸色更加苍白憔悴，头发又长又稀，两眼浮肿得像两个红红的灯泡。他一把抓住我，双手冰冷而且不停地颤抖，同时对其他人大声说："出去，都出去！妈妈也出去！"这话使他母亲很伤心，因为他好像更信任我，但母亲不会和儿子过不去，就默默地离开了。"她们都走了吗？"他又问了一遍，"我不会告诉她们的，也不会告诉医生。医生当我是傻子，爸爸，你知道我不是傻子。""当然，宝贝，我知道你不是。但你生病了，你需要安静休养。你当然不是傻子，你是个明白事理的乖孩子。但生病的时候也不可以这么任性，也不能想做什么就做什么。"

对此，罗兰直摇着手，大声喊着："爸爸，我没生病。我还以为等你回来就好了，你不会说我是胡说，你会明白的！可你们都说我有病！西姆森是个好医生，可他只是个医生。难道你也认为我病了吗？我没有生病，很健康！医生一来，总说你病了，不然为什么要叫他来呢？然后，就要你躺在床上。"

"宝贝，以你目前的情况，还是躺在床上比较好。"

我的宝贝儿子又大喊起来："我早下了决心，要撑到爸爸你回来。我告诉自己，不能吓着妈妈和姐姐。但是，爸爸，"他说着就下了床，"这不是病，这是个秘密！"

他的眼睛睁得大大的，情绪很激动，我心里"咯噔"了一下。没错，肯定是发烧了，而且烧得很厉害。我把他抱回床上，安慰他说："如果你有秘密要告诉我，也得先安静下来，不能这样激动。不然，我就不让你说了。"

"那好，爸爸。"他答应了，简直就像大人一样懂事。我帮他塞好枕头，他感激地看着我，完全是孩子生病时的那种眼神，既痛苦又无助，眼里还噙着泪水，看了真让我心痛。他说："我知道，爸爸来了，就知道怎么办了。"

"是的，宝贝，别激动，要像大人一样，告诉爸爸到底发生了什么事。"哎，我竟然对自己的儿子撒了谎！但我只是想安抚他。可怜的孩子，他的脑子出了问题。

"好的，爸爸。庄园里藏着个人，很可怜的。"

"说轻点，宝贝，不要激动。那个人是谁？谁对他不好？我们会去管的。"

但他却说："不，不是那么回事。我也不知道是谁。我只是听到他的声音。你要是能听到就好了。我睡觉时，那声音老在我脑子里响着，我听得很清楚；他们还说我在做梦，说我胡言乱语！"他还轻蔑地笑了笑。

他说得很认真，我吃了一惊。看来，他不像我想的那样，是发烧了。我说："你能肯定，那不是做梦？"

"怎么会是做梦？"他再次跳了起来，却又突然陷入沉思，躺倒在床上，脸上还显出一丝轻蔑的微笑。"连马也听到了，"他说，"马就像被枪打中了一样跳了起来，要不是我死死抓住缰绳……爸爸，那时我真的很害怕，害怕极了……"

"那也没什么，人人都有害怕的时候。"不知为什么，我还是只想安慰安慰他。

"要不是我紧紧伏在马背上，我肯定被摔下来了。我回到家才喘过气来。难道说，马也在做梦？"他又轻蔑地笑了笑，好像很得意把我问倒了。接着，他便缓缓地说："开始我只听到叫声，其实在你去伦敦之前，我就听到了。我没有告诉你，我觉得这么点小事就害怕也太没用了。我想，那可能是野兔掉到陷阱里了，第二天早上我就去找，但什么也没发现。直到你走了后，我才听到他在说话。"他用胳膊撑起身体，凑近我，看着我的眼睛说："他在说：'哦，妈妈，让我进来！哦，妈妈，让我进来！'"他说这句话时，眼睛里含着泪水，嘴唇微微颤动，神情呆滞。说完，呜呜地哭了起来。

这是幻觉？是因为发烧而产生的幻觉？还是因为虚弱而产生的胡思乱想？我说不清楚。最明智的做法就是相信他说的话是真的。

"罗兰，这听上去很令人感动。"我说。

"爸爸，要是你想听就好了！我跟自己说，只要爸爸想听，事情就好办了；可是，你知道，妈妈却不想听，她只会去叫西姆森。他只是个医生，只会要你躺在床上，其他什么也不会。"

"罗兰，我们不能因为西姆森是个医生就责怪他。"

"我没有，没有，"他马上用宽恕的口吻说，"西姆森是个好人，他就是干这一行的，这我知道。但是，爸爸，你就不同了，你是我爸爸，你肯定会有办法——那就今天晚上吧，爸爸，就今天晚上。"

"没问题，"我说，"那一定是哪家的孩子走失了。"

但是，罗兰扫了我一眼，好像突然发现我这个父亲，一个了不起的父亲，也只有这么点本事。接着，他用一只瘦弱的手搭住我肩膀。"想一想，"他的声音有点颤抖，"想一想……他……或许不是人！"

"宝贝，那你怎么能听见呢？"我问他。

他把脸转了过去，好像很不高兴："你怎么问这个！"

"你是想告诉我，那是鬼？"

他把搭在我肩上的手抽了回去，神情凝重，嘴唇还在微微颤抖："不管是什么……你不是总说，话不能乱说……不管是什么，反正……它有麻烦。爸爸，它遇到了很大的麻烦！"

"宝贝，"我不知所措了，"如果是个走失的小孩，或者是个无家可归的穷人，你希望我做点什么呢？"

"如果我是你，我知道做什么，"他兴奋地说，"我总是对自己说……爸爸什么都知道。爸爸，我每天晚上都听到它的声音，它一定有麻烦，很大的麻烦，但我帮不上忙！它不是故意发出声音来的，不是像小孩一样只是吵闹，可我又能帮它什么呢？它孤零零地在废墟里，没人去帮它！我真的受不了，受不了！"我那善良的孩子说着说着，还忍不住哭了出来，哽咽地抽泣着。

我这辈子还没碰到过这么奇怪的事情。我事后想想，还真觉得有点滑稽。我的孩子老觉得自己听到鬼叫，这已经够离奇了，而他却还要我马上去帮助那个鬼，那简直太荒唐了！我是个严肃的人，从不迷信，至少不比别人迷信。我不相信有鬼，但我也不否认，我和其他人一样，觉得有些事情确实很难解释清楚。一想到罗兰可能遇到了鬼，我不寒而栗；一般来说，看到鬼的人都有点神经衰弱，或者身体不好，所以做父母的最不希望的，就是在自己的孩子身上发生这种事情。然而，罗兰却要我去管那个鬼，帮助它摆脱困境，这也太为难我了，换了任何人都会不知所措。所以，我尽力安慰罗兰，对那古怪的要求则避而不谈。但是，他对我的安慰置之不理，对他提出的要求却毫不松口。他抽泣着，抽泣声时时打断他的说话声，眼泪又在眼眶里打转，就是要我答应他的要求。

"它现在就在那儿！……它整夜都在那儿！爸爸……想想看，如果那是我，你会怎样！我一静下来，就会想到它。不！"他哭喊着，扳开我搭在他肩上的手……"不要拒绝！你去帮它，妈妈会照顾我的。"

"但是，罗兰，我该怎么做呢？"

他睁大眼睛，看上去很虚弱，却很兴奋，还对我笑了一下。我想，只有病中的孩子知道这笑意味着什么。"我说，你来了事情就明白了。我知道，爸爸是无所不知的。妈妈呢，"说到这儿，他的情绪趋于平静，"妈妈就来照顾我好了。"

我把他母亲叫了进来。面对母亲，罗兰露出了一副依赖的神情。我走出房间，让他们俩单独在一起。我现在困惑之极，但不管怎样，值得庆幸的是罗兰没事。他可能有幻觉。但头脑还算清醒，不像其他人说得那么严重。两个女儿见我不怎么把这当回事，都很吃惊。她们围着我，抓住我的手，迫不及待地问："爸爸，罗兰的病要紧吗？"我说："比我想的要好，没什么大问题。""爸爸，你真好！"阿加莎亲了我一下，扑在我肩上哭了起来；而简呢，她的脸色和罗兰一样苍白，紧紧抱着我的一条手臂，也泣不成声。我其实对罗兰的病情并不怎么了解，还不及西姆森医生的一半，但她们却相信我，相信罗兰会好起来的。如果你的孩子也这样对待你，那你也会觉得很幸福。当然，这只会使人更加谦虚，而不是骄傲。我就是这样。但是，我接着就想到，作为罗兰的父亲，我还得去帮助那个鬼。我忍不住想笑，又忍不住想哭。对一个大活人来说，这也许是世上最不可思议的任务了。

这时，我突然想起早上那马车夫用四轮马车接我回家时的情形。我下车后，他和他的马似乎都有点迟疑，不想马上回头走。过了一会儿，那时尽管我满脑子想的都是罗兰，但我还是看到那马车夫掉转了马头——只是很奇怪，为什么要一路飞奔着回马厩呢？我当时就有一个念头闪过，有机会一定要问问清楚。看来，我现在就应该去一趟马厩，问一问那到底是怎么回事。我出门时，天色已很暗。在乡下住过的人都知道，十一月夜晚的天有多黑，特别是在稠密的桂树丛里，或者在紫杉树下，简直就是一团漆黑。我在树林里来回走了两三次，没有发现有人来过的痕迹。我走到比较开阔的马车道上，那儿树木不太稠密，隐隐约约还能看到灰蒙蒙的天，看到高大墙壁和榆树像幽灵般的矗立在那里。我走到废墟所在的那个地方时，天色变得更黑了。我竖起耳朵，睁大眼睛，但周围黑压压的，什么也看不见；现在回想起来，当时也没听到什么声音。但我总有一种感觉，觉得那里有人。这种感觉很多人都有过，譬如你正睡着，有人盯着你看，你可能会醒过来。不过，我又想，我大概是受了罗兰的影响，在疑神疑鬼。不管怎样，我还是在碎石上跺了跺脚，喊了一声："谁在那儿？"没人回答，我也不指望有人回答，但总觉得那里好像有人。我有点害怕，既不敢久留，又不敢转身往回走，于是就沿着废墟走，同时留意着身后。等我看到马厩的灯光时，才松了口气。我觉得那灯光简直就像黑夜里的一盏明灯，便快步朝它走去，而当我听到马厩里的水桶发出的叮当声和马的鼻息声时，我似乎觉得那是世上最美妙的声音。马车夫是马厩的主管，我便直接到他家里去。他是当地人，这里原先的主人不在时，就由他照管着整个庄园，所以对这里的一切都很熟悉。显然，当我在这个时候出现在仆人住的地方时，那里的人全都紧张起来，全都惊讶地看着我，直到我走进贾维斯的家。贾维斯家里只有他和他妻子两个人，他们的孩子成年后都不在家里住。贾维斯的妻子见了我，就问：小主人怎么样了？但他俩的表情告诉我，他们知道我不是为此而来的。

"声音？……声音当然有……风吹过树林啦，山谷里的小溪啦，总有声音的。流浪汉吗，科内尔先生，这里没有流浪汉，看大门的玛丽很细心，不会放流浪汉进来的。"贾维斯说，语调不太自在，两只脚还不停地摆动着。他有意站在暗处，说话时眼睛也不朝我看。很明显，他很紧张，一定有什么事！他妻子站在旁边，不时瞄他一眼，但一直沉默着。房间里很暖和，也很明亮，和外面寒冷而神秘的黑夜可说是两个世界。"你在敷衍我，贾维斯。"我说。

"敷衍你？科内尔先生，我可没有。我为什么要敷衍你？就是这老房子里有鬼，我也不用……"

"桑迪，你在说什么！"他妻子插嘴了。

"我没说什么，是科内尔先生问我的。我只是说，要是有鬼……"

"不要说了！"他妻子激动起来，"在这十一月里，天黑得那么早，夜那么长，我们做好自己的事就行了，你说那么多干吗？"她把手里的长袜放下又拿起，显得焦躁不安，接着说："哎，我早说了，这事藏不住的……那好，你就老实告诉科内尔先生吧，要不我来说……我可不想再守着那破秘密了。镇上的人全都知道……"贾维斯尽管长得又高又大，在妻子面前却好像矮了一截，只会重复妻子说过的话。"算了！"他突然口气一变，大声说，"我来说吧，反正这事我也搞不清楚！我不管了，就是全苏格兰的鬼都在这儿，也不是我的错！"

我毫不费力地了解了事情的来龙去脉。贾维斯夫妻俩，还有其他人，都说这地方本来就常闹鬼。贾维斯和他妻子开了个头，其他人就纷纷说开了。这是我听过的最详细的、最有声有色的鬼故事。但没有人确切知道，那声音是什么时候开始出现的。按贾维斯的说法，他父亲，也就是庄园的前马车夫，还没听到过那声音。这是最近十年的事，也就是那老房子倒塌后才有的事。其他人——就是我后来去问他们的那些人——都异口同声地说，只有在十一月和十二月里才听到那声音。贾维斯的妻子甚至还很动情地向我描述说，她在这两个月里几乎每天夜里都听到那莫名其妙的声音；但她说，那里什么东西也没有——至少，她从未看到过。胆子大一点的人，或者想象力丰富一点的人，则说他们看到过那里有东西在动。只要一到夜里，那东西就会发出声音，断断续续的，一直要到天亮才消失。他们说，那声音常常是含糊不清的呻吟声，但有时是喊声，还能听清楚，是在喊："哦，妈妈，让我进来！"——这不就是我那可怜的儿子说他听到的吗？至于这件事过去是否有人关心过，连贾维斯也说不清楚。他只知道庄园的原主人去世后，庄园就属于原主人的远房亲戚所有，但他们很少到这儿来住；还有很多像我这样的房客，也都没有在这里住满过两年。是不是他们都怕麻烦，所以没把事情调查清楚？"不是的，"贾维斯摇摇头说，"不是的，科内尔先生。调查这种事会被人笑死的。调查鬼？没有人会相信。上次有位房客就说，那只是风吹过树林的声音，或者是水冲在石块上的声音。他说这很容易解释。不过，没过多久，他就搬走了。后来，后来就是科内尔先生您住了进来。我们很担心您会听到什么传闻。那声音其实是无所谓的，但如果您也搬走的话，我们的生计就成了问题，庄园的名声也越发不好了。"

"你说什么？你说那声音是无所谓的？难道我儿子的性命也是无所谓的？"我一时激动，失去了控制。"你不把事情告诉我，却去告诉我儿子！要知道，他年幼无知，已经被你吓出病来了！"

我愤怒地在房间里踱来踱去，一想到儿子便头脑发胀。这个世界实在太不公平了！这些人也太狠心了！为了把房子租出去，竟然不顾别人死活，一直把我蒙在鼓里。要是早知道这样，我肯定会有所提防，不是把罗兰送走，就是干脆全家搬走。现在晚了，我的宝贝儿子罗兰已经得了脑膜炎，而要让他不再胡思乱想，还要看我能不能把这个荒唐的鬼故事向他解释清楚！我怒气冲冲地踱来踱去，不知道怎么办。就是把罗兰送走吧，就算他身体撑得住，也没法消除他的胡思乱想。我们成年人大凡相信科学，会相信那是声波的折射或者回音，但罗兰还是个孩子，肯定不会相信这种解释。

"科内尔先生，"贾维斯神情严肃地说，"我老婆可以为我作证，我从来没有跟小主人说过，仆人和园丁也没跟他说过；您要相信我。小主人不是个爱说话的人。您知道有些人爱说话，有些人不是。有些人一缠上你，就非要你说出什么事儿来，可小主人不是这样的，他一心一意读他的书，有教养又和善，是个好孩子。科内尔先生，您认为我们要你们住在这里对我们有好处，是这样的。可我也对大伙说过，'对罗兰小主人和两位小姐绝对不许提这事儿。'女仆晚上很少出门，她们到现在还不知道这事儿。有人说，只要不被自己撞到，世上有鬼也不错。如果您一开始就知道这事儿，说不定也会这么想的。"

他说的是实话，但现在对我已没什么用了。是的，如果有人一开始就知道这里有鬼，很可能会认为这还不错，蛮时髦的，绝对不会想到它会对孩子幼小的心灵带来伤害，反而会洋洋得意地说："鬼！这正是我们想要的。"我肯定也会那样，一开始想到有鬼会觉得很好笑，再想到那个鬼也属于自己房产中的一部分，还极大地满足了自己的虚荣心。哎，看来我不应该责怪这些人。要是他们事先就让我们知道，说不定我的两个女儿也会觉得很有趣；可以想象，她们会一边尖叫，一边捧腹大笑。是的，就算我们事先知道，我们也不会逃之夭夭，反而会更想要这房子——人真是很傻！于是我问："真的没有人调查过这件事？"

"科内尔先生，"贾维斯的妻子回答说，"没有人会去调查的，这种事儿没人信，就像我丈夫说的，谁去调查，谁就会被人当笑话讲。"

"那你，不是相信吗？"我突然转身对她说，吓得她倒退了一步。

"天哪，科内尔先生，您吓了我一跳！……世上怪事多着呢，我没文化，不知道那是什么，所以信了。可牧师和老爷不会信的，还会笑话你！去调查那种事干吗？我看还是随它去吧！"

"不，贾维斯，你和我一起去！"我急迫地说，"至少我们得试一试。不要告诉任何人。我用过晚餐后就过来。我们去查一查，那到底是什么东西。如果我也听到那声音……我想我是不会听到的……要是听到，我就要把它弄清楚，否则我是不会安心的。我大约十点到，你在这里等着。"

"我！科内尔先生，"贾维斯显然很害怕。我正思考着这事，一时没有看他，等我回过神来，发现这个红光满面的壮汉已害怕得手足无措了。"我，科内尔先生！"他反复说着，一边用手擦着额头上的汗珠。他的脸颊垂了下来，腿也好像软了，声音更是像哽在喉咙里。随后，他开始使劲地搓手，还对着我傻笑。"科内尔先生，要是您要我去，我……我当然很愿意，"他说着后退了一步，"我知道，我老婆也知道，我们从来没有碰到过像您这样一位慷慨大度的好人……"贾维斯停了停，看着我，不停地搓着手。

"你要说什么？"我问。

"但是，先生！"他接着说，同时又傻笑了一下，拐弯抹角地说出他的意思，"您想一下就知道，我平时不怎么走路，要是让我骑上马，手握缰绳，那我很在行，但如果是走路……我不是说我怕那个鬼……要知道，我这辈子只会赶马车，"他又傻笑了一声，声音也变得沙哑了，"要我到那个地方去……去查看那东西，还要……这个……"

"既然我都不怕，"我想鼓励他一下，"你怕什么？"

"科内尔先生，这当然不一样。一来您在这儿常走路，觉得没啥，可我走不了几步就会气喘……二来您是位绅士……行行好吧，您比我年轻……科内尔先生，要不……"

"他相信有鬼，可您不相信。"他妻子帮他说白了。

"那你和我去？"我转身问她。

她连连后退几步，慌乱得把椅子也撞倒了。"我！"她惊叫起来，接着又歇斯底里似的一阵大笑。"哈哈……哈哈……我怎么能去，别人看见科内尔先生后面跟着个又老又傻的女人，会怎么说？"

其实我也只是随便说说，连我自己也觉得很好笑。于是，我就说："真可惜，没想到贾维斯胆子这么小，看来我还得另外找人。"

贾维斯对我的话好像还不服气，但他刚要说话就被我打断了。我这时想到了我的管家贝格利，他当过兵，在印度时就一直跟着我。他胆子大，什么都不怕——不管是人，还是鬼！我觉得再和贾维斯夫妻俩说下去，是浪费时间；而他们呢，也巴不得我走。夫妻俩战战兢兢地把我送到门口。门外站着两个马夫，见我出来，露出一脸迷惘。我不知道他们是否听到我们刚才的谈话——他们就站在门边，很可能听到了只言片语。我离开时他们向我致意，我也朝他们挥了挥手。很明显，他们看到我走了，很高兴。

有件事很奇怪，但不说出来就会显得我不够诚实。那就是我虽然下决心要去查明那古怪的声音——这是我向罗兰保证过的，而且觉得他的病能不能好，或者说能不能救他的命，就要看我的调查结果了——但是，想到回家路上仍要经过那片废墟，我还是莫名其妙地感到恐惧。我虽然回家心切，但我仍像是强迫自己在往前走。我想，那些坚信科学的人一定会说我因为情绪紧张而胃部痉挛了。我一边往前走，一边老想往后退。身体的每一部分都好像在拒绝往前走：心脏怦怦乱跳，连耳边的脉搏也抽动起来，全身的肌肉都紧紧绷着。我在前面说过，那里一片漆黑，那幢破败的楼房和那座废弃的塔楼，就像两只怪物似的出现在我眼前，但又隐隐约约，显得虚无缥缈。在另一边，是我们引以为傲的雪松林，现在是黑压压的一片，什么也看不清。在昏暗中，我不知怎么一来，好像走错了路，并没有按原路返回。突然，我撞到了什么东西，失声叫了出来。这是什么？我用手一摸，是坚硬的石头和石灰，还有刺手的荆棘。我稍稍安了点心："哦，那是堵山墙。"我自言自语，还有意笑了笑，好让自己镇静下来。我继续往前走，心里想：不应该有愚蠢的幻想，人在黑暗中走错路本是很平常的事。这使我恢复了正常心态，好像有一只智慧之手把我从愚昧的泥坑里拉了出来。我实在太蠢了！走哪条路回家，本来就是无所谓的！我又笑了笑，这次心情也好了许多。然而，就在这时，我的血液好像突然冻住了，只觉得背上凉飕飕的，浑身发冷，差一点失去知觉。就在离我很近的地方，好像就在我身边，或者就在我脚下，传来一声叹息。不，不是呻吟，不是哀鸣，不是任何一种说得清楚的声音——是那种微弱的、含糊不清的叹息！我吓得往后退，心脏像是停止了跳动。这是幻觉！不，不可能是幻觉。我听得很清楚，是一声长长的叹息，只是那么微弱，那么疲惫不堪，仿佛是尽了最大的努力才吐出的满腔悲伤。一个人在漆黑的夜晚（虽然时间尚早）听到这样的一声叹息，我无法形容当时的感觉。我只觉得一阵寒意透过全身，头顶发麻，脚像被冻住了一样无法动弹。我用颤抖的声音喊了一声："谁在那儿？"但像上一次一样，没有回答。我不知道我是怎么回到家的，但不管怎样，我开始相信那废墟里确实有东西出没。怀疑像雾一样消散了。我开始和罗兰一样，相信那里有隐秘之物。我不再想说服自己：那可能只是幻觉。对有些声音，我很熟悉，如冬夜里树枝的断裂声、小路上沙砾滚过的沙沙声；还有一些声音，尽管听起来很怪，你也猜不出它们是从哪儿发出的，但却不会让你感到恐惧。我甚至敢肯定，凡是自然界发出的声音都是没有什么可怕的。然而，我听到的那一声叹息，却让我惊异得不知所措。它显然不是自然界的声音；它似乎隐含着某种深意，某种人类情感，但又显然不是人的声音。听到这样的声音，谁都会本能地感到恐惧——你不知道它是从哪儿来的，但它却让你知道，它是有感情、有知觉的。我当时连头也不敢回，几乎是跌跌撞撞跑回家的。一进屋，就看见贝格利像往常一样在客厅里；他晚上总在那儿，好像很忙，其实并没有什么事。我上气不接下气地冲进客厅，他却若无其事地向我脱帽致意。在他帮我脱下外套时，我稍稍平静了一点。我想，有贝格利在，什么事都不用怕了。你看他，头发梳得整整齐齐，胸口打着洁白的领结，裤子既合身又熨得笔挺，一看就知道他是个既能干又可靠的人。我仍喘着气，对他说："贝格利，今天夜里，你要和我一起去……"

"是不是有人闯入，上校？"他笑着问。

"不是，贝格利，比有人闯入要严重得多。"我说。

"那好，上校。几点？"他只问几点，没问要去做什么。这是军人的习惯。

我们十点出发，那时家里已一片寂静。我妻子正和儿子在一起；她说儿子今天很安静，虽然高烧没退，但见我回来了，情绪还算稳定。我叫贝格利穿上大衣；我自己呢，不仅穿着厚厚的大衣，还特意穿了一双结实的靴子，因为我知道那里瓦砾遍地。我和贝格利一路说了许多话，但偏偏就忘了告诉他，我们要去干什么。天比刚才更黑了，贝格利紧靠着我走着。我手里提着一只灯笼，仅能照亮脚前的一小块地方。一转弯，我们就到了庄园的一角：一边是一片草地，我女儿常来玩槌球的地方，周围有一圈树，树龄足有三百年了；另一边就是那片废墟。两边都漆黑一团，但隐约可见那些古树和小路之间有一小片空地。我在那里停了下来，想歇口气。"贝格利，"我说，"这片废墟让我有点搞不清楚，等一会儿我们就要到那里去搜查一下。你要睁大眼睛，看看那里有没有人。如果有人，不管是男的还是女的，你就扑上去，但不要伤害他，只要抓住他就可以了。""上校，"贝格利听我这么说，似乎也有点紧张，"他们说，那里有……不是男的，也不是女的……"我没时间向他解释，只是问他："有没有胆量和我一起过去？"说完，我就朝那边走去。贝格利没说什么，跟了上来，还向我敬了个礼。我知道，我什么都不用怕了。

大概走了和我刚才听到叹息声后跟跟跄跄所走的那段路差不多距离，我们发现周围变得那么黑，无论是树，还是路，都看不清了。我们就这样一脚石子、一脚草丛地往前走着。这时我把手里的灯笼熄了，因为我不想在这深更半夜里吓着什么人。但在黑暗中我仍能感觉到贝格利正紧紧地跟着我。过了一会儿，我停了下来，确切地说，是我感觉到我们已到了那个地方。那里漆黑一片，寂静无声，往常在冬夜里听惯的那些声音——树枝的断裂声、石子的滚落声和枯叶的沙沙声——从远处传来，似乎很清晰，但又很神秘。我很喜欢听到这些大自然的声音，就是在寒冷的冬天也一样，因为它们代表着生命。我们静静地站在那里，远处的山谷中突然传来一阵猫头鹰的叫声。贝格利顿时紧张起来，但我知道那是什么声音，所以一点也不紧张，低声对他说："是猫头鹰。""是，是，上校！"贝格利还是有点打颤。我们大约站了几分钟，听着猫头鹰的叫声在寂静的夜空中回响，渐渐消失。这声音虽不好听，但我仍为之振奋。这是大自然的声音，它舒缓了我的情绪。我又鼓起勇气往前走，好像不怎么紧张了。

突然，就在离我们不远的地方，也许就在我们脚边，传出一声哭喊。我惊恐地往后一退，撞到一堵山墙上——正是我刚才也撞到的那堵山墙，上面长满荆棘。而那声哭喊呢，像是从地下传来的——低沉、哀怨，饱含着悲苦和忧伤。我说不清楚，那声音和猫头鹰的叫声到底有何不同——但我知道，猫头鹰的叫声出自野生动物世界，无害于任何人，而那声音却像来自另一个世界，充满了不幸，令人痛苦而沮丧。一阵挣扎之后——为此我尽了最大努力，手还在发抖——我点亮了手里的灯笼。灯光像有生之物一样蹦跳出来，顿时使我们眼前一亮。我们正在那幢破败的楼房里面；其实，所谓楼房，现在只剩下我刚撞上的那堵山墙了。山墙上的一扇门就在我身旁，从门里望出去，外面一片漆黑。在灯光照亮的那部分墙上，黑黝黝的藤蔓和荆棘正微微摇曳着，而那扇门——那扇通往虚无的空门，就在藤蔓和荆棘的包围中。那声音就是从这里传出来的。当我用灯笼照亮那堵山墙时，那声音消失了。但过了一会儿，那声音又出现了。很近，那么凄惨，那么令人毛骨悚然。惊恐之下，我手里的灯笼掉落在地上。当我俯下身去拾起灯笼时，贝格利紧紧抓住我的手；我想，他已经吓得跪下了。我慌乱得头脑一片空白，贝格利更是吓得神志不清，往日的自信荡然无存，只知道抓住我的手不放。"上帝啊，这到底是怎么回事？上校！上校！"他大口喘着气。这时，要是我也崩溃，那我们俩就全都完了。"不知道，"我咬咬牙说，"我也不知道，这正是我们要弄清楚的！坚持住，贝格利！"我把他扶起来，接着说："你愿意到那边再去看看呢，还是拿着灯笼在这儿等着？"他满脸惊恐，对着我直喘粗气："我们就不能不分开吗，上校？"他双腿发抖，好像站也站不稳了。我把他扶到墙角边，把灯笼交给他，说："你就站在这儿，不要动，等我回来。坚持住，贝格利，有什么动静，马上叫我！"可以肯定，那声音离我们不到两三英尺。

我想到山墙的那一边去看一看。贝格利拿着灯笼的手还在发抖，晃动的灯光照着那扇里外都空荡荡的空门。我摸到山墙的那一边，回头看，对面墙脚边好像有个黑乎乎的东西。那是什么？我赶紧转身，猛扑过去，结果只抓住一把长在墙脚边的刺柏草。然而，就在我刚才越过那扇门时，贝格利借着灯光看到一个身影一晃而过——那其实就是我，但他却兴奋起来，猛扑过来，死死抓住了我的肩膀。

"上校！我抓住他了，抓住他了！"他大声喊叫。他大概意识到自己抓住的终究还是个人，所以突然变得勇敢起来了。然而，就在此时，那声音竟在我们两人之间响起，就在我们脚下——离得那么近，那不可能是人！贝格利的手一下子从我肩膀上松开，身体一歪倒在墙边，嘴像死人一样张开。我想，他这时看清楚了，抓住的是我，而我这时也快坚持不住了。我一把从他手里夺过灯笼，发疯似的一阵乱照。但什么也没有——只有那堆刺柏草丛、爬满山墙的藤蔓和轻轻摇曳的荆棘。那声音就在我耳边，它在哭泣，在哀求。是的，我真的听到了罗兰听到的声音；要不，就是我像他一样，也出现了幻觉？但那声音越来越清晰，只是有点游移不定，一会儿从这儿传出，一会儿从那儿传出，仿佛是一边走动一边发出的。"妈妈！妈妈！"接着是一阵哭泣。这时，我倒反而镇静下来（人总能习惯任何事情的），而且琢磨起来——我觉得，那好像是个可怜的人在一扇紧闭的门前哭喊，一边还在门前走来走去。此时——这可能是错觉——我好像还听到敲门声，随后又是一阵哭喊："妈妈！妈妈！"我手里拿着灯笼，一动不动地站着，那声音就围绕着我，时而在我身前，时而在我身后。哦，它正痛苦地呻吟着，哭喊着，就在那扇门前——那扇空门前，它现在既不会开，也不会关了。

"听到了吗，贝格利？你听到了什么？"我一边问他，一边从那扇门里走进去。他靠在墙上，目光呆滞，已经吓昏了。他嘴巴动了动，想要回答我，但什么也说不出来，只见他举起一只手在向我示意，好像是说："不要讲话，仔细听！"我听了不知多久，只觉得一种莫名的兴奋，脑子里似乎浮现出这样的情景——好像有人被关在那扇门外，正焦躁不安地走来走去，所以他的声音有时很模糊，有时很清晰。"妈妈，让我进来！妈妈，妈妈，让我进来！让我进来！"这完全听得清楚。无怪乎，罗兰听了会那么惶惶不安，因为这声音打动了他。我想到罗兰，想到他对我那么信任，而我呢，尽管没有被当场吓昏，但也紧张得不知所措了。接着，那说话声消失了，只听到呻吟声和抽泣声。我忍不住大声喊道："以上帝的名义，你到底是谁？"话音未落，我又马上觉得用上帝的名义是一种亵渎，因为我根本不相信世上有鬼，也不相信会有任何超自然现象。但我还是这么说了，并等着回答。我的心怦怦直跳，惟恐真的得到回答。我也不知道这是为什么，只知道如果真的得到回答，那我一定会精神崩溃。然而，没有回答，只有呻吟声在继续；而且，仿佛真有其事，那说话声又开始响起："妈妈，让我进来！妈妈，让我进来！"语调之凄惨，令人心碎。

我为何要说"仿佛真有其事"？我想，事情到了这一步，我其实已不再那么惊恐了，判断力也有所恢复——我试图告诉自己，这是曾经发生过的一件事，是真实场景的再现。我不知道，为什么这样的解释会让我觉得满意，并保持镇静，但事实就是如此。我就像在看一场演出，全神贯注，一时竟忘了贝格利。他这时正靠在墙上，样子像死人一样。突然，眼前的景象把我惊呆了，我的心一阵狂跳。只见一个黑影晃动着朝那扇门冲去，同时发出一种可怕的声音，好像在喊："进来！进来！进来！"声音嘶哑，令人撕心裂肺。接着，可怜的贝格利便"扑通"一声倒了下去。他还不及我——他终于坚持不住了，而在此之前，我还一直以为他是天不怕地不怕的，还想把他当作靠山，没想到……等我定下神来，我才想到应该做点什么。事后回想起来，当时我想把贝格利扶起来，而就在这时，所有的声音都消失了。我把贝格利弄醒花了不少时间，那情形回想起来很古怪：在一片黑暗中，在一片废墟里，在一盏灯笼的幽光下，贝格利脸色惨白地躺着，我在他身旁手忙脚乱地一会儿做这，一会儿做那——如果有人看到那情形，还会以为我在谋害他。我往他嘴里灌了点白兰地，他终于坐了起来，但眼神迷惘地东张西望。"出了什么事？"他好像在问自己。而当他认出我时，一边挣扎着想站起来，一边仍昏昏沉沉地问我："上校，你刚才说什么？"他显然神志不清了。我只好把他的手臂搭在我肩上，竭尽全力把他扶回家。

"上校，怎么说呢，这病会传染，"西姆森医生第二天一早对我说，"你的管家也在说胡话，说他听到了什么声音。要知道，那是不可能的，但我发现，你好像也相信那是真的？"

"是的，是这样，医生。我想我还是把实情告诉你为好。当然，你对罗兰也没做错什么，但他并不是在说胡话。他和我们一样正常，他说的一切都是真的。"

"是和我们一样正常，我从来没有说罗兰不正常，而只是认为他兴奋过度，有点发烧。我不知道你要告诉我什么，你的眼神好像有点怪。"

"算了吧，医生，"我说，"你总不见得要我也躺在床上。你最好还是听听我为你提供的情况。"

西姆森耸了耸肩，准备耐心听我讲。显然，他根本就不会相信那种事，但他还是认认真真地听完了。"上校先生，"他说，"罗兰也是这么对我说的。我说这病会传染，一个人染上了，就会有第二个、第三个……"

"那么，那个声音又如何解释呢？"

"解释？……那另当别论，我们脑子里产生的有些怪异想法是无法解释的。有可能是幻觉，也可能是回声，或者风声……还可能是语音学上的问题，或者……"

"那你今天夜里就和我一起去一趟吧，这样你就会有自己的判断。"我说。

听我这么说，他大笑起来，说："这没问题。只是，如果有人知道约翰·西姆森医生去抓鬼，这对我的名声可没什么好处啊。"

我说："好了，你明知道谁也弄不懂你说的'语音学上的问题'，又怕被人嘲笑而不敢去实地考察，这难道就是科学？"

"这不关科学的事……这是常识，"他说，"这种事往往有迷惑性，你去调查，本身就会产生不好的影响。会有什么结果呢？就算有那么回事，我也不相信真有鬼。"

"我昨天也是这么说的。我不是想证实什么，也不是要你相信，"我说，"如果你能证明那不过是一种幻觉，我会很感激的。那就这样吧，总得有人和我一起去。"

"你这人也真是，"他说，"你把你那个可怜的朋友吓得半死……我看他是神经错乱了……现在又想把我也拖进去。好吧，我去！不过，就一次！如果今天晚上你能让我睡在你家里，我看完病人后就过来。"

我们约定，我在庄园门口等他，先去那个地方，然后我们一起回我家，这样就不会有人知道我们去过哪里。贝格利突然病倒的原因，仆人们也许正在传说纷纷，所以这次调查尽可能不要声张。那天的白天好像特别漫长。有一部分时间，我陪着罗兰，而这对我来说真是一种煎熬：我能对他说什么呢？他的身体已稍有好转，但精神状态仍令人担忧。只要他母亲一离开房间，他就会焦虑不安地问我，那件事怎么样了。"哦，宝贝，"我只好安慰他说，"我正在全力办那件事，只是到目前为止还没有什么结果。放心吧，你说的，我都记着。"我不能再让他想到那诡异的声音，这会使他备受折磨，但令人为难的是，我又不得不把调查情况告诉他，否则他就会终日不安。他满怀期待地看着我，脸色苍白而疲惫，湛蓝的大眼睛却闪亮而执著。"相信我！"我对他说。他自言自语地回答："好的，爸爸，我相信你。"好像这样能平息他内心的焦虑。我尽快离开了他。在这世界上，我最珍惜的就是我儿子，而且最关心的就是他的健康，但不知为何，这时我反而想忘记他，尽量不去想他，这真是令人奇怪。

那天夜里十一点钟，我和西姆森医生在庄园门口碰头。他是坐火车来的，我悄悄把他带进了庄园。我满脑子想着将要发生的事情，不知不觉就到了那片废墟附近。我带着一只灯笼，西姆森带了一支蜡烛。他笑了笑对我说："亮一点总是好的。"那天夜里特别安静，周围几乎没有什么声音，但天色却不像前一天那么黑，所以我们并不怎么费力就走进了那片废墟。快到那幢破败的楼房前时，我们就听到那里断断续续地传来低沉的呻吟声，还夹杂着模糊的哭喊声。西姆森医生说："这就是你说的那种声音？我想这大概是有一只可怜的动物掉到你们设的陷阱里了。你到矮树丛那边去看看，准能找到它。"我沉默不语，也不觉得害怕，而接下来发生的事情，甚至还让我有一种得意之感。我把西姆森医生带到昨晚我和贝格利来过的那个地方。冬夜寂静无声，只有远处传来马厩中马的鼻息声和有人关窗户的声音。西姆森点燃蜡烛，四处张望，查看每个角落。我们就像在等着一个罪犯自投罗网，等着那说话声出现。然而，说话声没有出现。甚至连我们刚才听到的呻吟声也消失了。夜空里有几颗星星在一闪一闪，像是对我们的古怪行为表示惊讶。西姆森医生忍不住想笑，但他只是说："果然不出我所料，天下的鬼故事都一样。只要不信鬼的人一来，什么事都没了。你看，我在这里，这里就什么事也不会发生。你觉得我们还要在这里等多久？当然，我无所谓，等到你满意为止，我不会抱怨。"

不可否认，我对这样的结果失望之极。这使我显得像是个没头没脑的傻瓜，而西姆森医生则要比我高明得多。往后，他再怎么吹嘘他的唯物论和道德标准，我都将无话可说了。我喃喃地说："昨天好像……确实是在这儿……""有鬼魂显现！"他笑了出来，"不过，就如报纸上所说，只要你不信鬼魂，鬼魂也就从不显现。"他的笑声在寂静中听起来特别响亮。此时，已是午夜时分。他的笑声还在回响，但紧随其后，我们刚才听到的呻吟声又出现了，而且时远时近，好像有人一边走着，一边不断地呻吟。这显然不是一只野兔落入陷阱后弄出来的声音。呻吟声缓缓而来，像是一个虚弱的人在走走停停。它是从刺柏草丛那边传过来的，就来自那扇空门。西姆森被它吓了一跳，慌忙说："这么晚了，小孩子不应该跑到这里来！"但是，他和我一样，也马上听出那不是孩子的声音。呻吟声越来越清晰，西姆森不做声了。他举着蜡烛朝那扇门走去，并在那里东张西望。这天夜里没风，但即使没有一丝风，蜡烛光还是晃动不停。我把灯笼举起，朝那边照。灯笼里射出的光要明亮和稳定得多，在黑暗中照亮了那个地方。我承认，那声音刚出现时我确实有点害怕，但后来我却为它的出现而感到得意了。因为西姆森再也不敢嘲笑我了。我在灯光下看见他脸上露出了迷惘的表情。我不知道他有没有感到恐惧，如果有的话，他掩饰得很好，但他显然感到困惑不解了。随后，昨天夜里发生的那一幕便再次重演。真是奇怪，我觉得一切都和昨天夜里一模一样，每一声叫喊，每一次抽泣，都一模一样。对此，我已不再怎么震惊，倒是对西姆森的反应颇感意外。他到现在为止表现得还算大胆。我没听错，那飘忽不定的声音就是从那扇空门里传过来的。灯光正照着那扇门，周围的东西都能看清，甚至较远处的冬青树叶子也依稀可辨。这时若有一只野兔从草丛里蹿出，也逃不过我的眼睛，但根本没有什么野兔。过了一会儿，西姆森举着蜡烛小心翼翼地走到那扇空门外面的空地上，我看到他这时的动作已有点僵硬。他的身影在蜡烛光前晃动着。忽然，那声音中断了，好像发出声音的人摔倒在那扇门前。与此同时，只见西姆森惊恐地穿过那扇门，像是撞到了什么东西，赶紧转身去看，还把蜡烛伸过去照了照。看到他这一举动，我紧张而低声地问："发现了什么？""没什么，一丛讨厌的刺柏草。"但我想，他是在瞎说，因为我记得，在门的右边好像有一丛刺柏草，而他是从门的左边进来的。此后，西姆森转来转去，又四处查看了一遍。最后，他回到了山墙边——我一直站在那里没动。他脸色苍白，眉头紧锁，再也不见刚才那副轻蔑的神情了，而是心神不安地悄悄问我："那声音持续了多长时间？"我说我也说不清到底持续了多长时间，还有那哭喊声是不是和昨夜完全一样，我也没法断定。就在我们说话时，那哭喊声突然消失得无影无踪，断断续续的抽泣声也渐渐沉寂了。尽管如此，我仍觉得此刻好像有个人正跪在那扇空门前。

此后，我们便离开那里往回走。我们一路无语，一直到我家门口时，我才问他："有何高见？"他随口回答："一时难说。"但回到我家里，他这个平时不太喝酒的人竟然不要我为他准备的葡萄酒，而是拿起了一杯白兰地，没有掺水就一口喝了下去。当仆人把客厅里的灯全点亮后，他坐在那里说："告诉你，我对这件事一点也不相信。"随后，他准备上楼去睡觉，走在楼梯上又转身说："但是，我不知道怎么解释。"

所有这一切，对我来说都毫无用处。我的任务是要帮助那个天天都在呻吟和哭泣的鬼魂，就像帮助一个有血有肉的活人一样。现在，我对罗兰怎么说呢？我总觉得，我要是不去帮助那鬼魂，我的宝贝儿子就会性命不保。你也许会很惊讶，我连它是男是女都不知道，怎么去帮助它呢？但我确信，它是一个在痛苦中挣扎的灵魂，我的任务就是去抚平它的痛苦；若有可能，帮助它永远摆脱痛苦。天哪！一个父亲因为儿子生病已心急如焚，现在竟然还要他去做这样一件事！这说来真是荒唐，但我总觉得，若做不成此事，我就会失去儿子，而我是宁死也不愿失去罗兰的。实际上，就是我死，对罗兰也无济于事，除非我死后真有灵魂，并能使那个痛苦的灵魂不再痛苦。

第二天，西姆森医生没用早餐就出去了，回来时靴子上还粘着泥巴和草屑，神情焦虑而疲惫。不用说，他昨天一夜没睡好。用完早餐后，他精神好了一点，还去看了看我家里的两个病人——贝格利仍然神志不清。我送他去火车站时，问他对罗兰的病情怎么看。"他恢复得很好，"他说，"到目前为止还没有并发症。但你要注意，莫蒂默，昨天夜里的事一个字也不要在他面前提起，这不是一个孩子所能承受的。"我不得不把我和罗兰的谈话告诉他，并把罗兰要我做的那件事也说了。他听了之后虽然想笑，但我看得出，他有点心烦意乱。"看来我们不得不撒谎了，"他说。接着，他觉得这么说好像还不够，又说："莫蒂默，这对你来说是一件非常严肃的事情。我尽管很想笑，但笑不出来，真希望你能找到解决的办法。顺便问一句，昨天夜里你有没有注意到那扇门左边有一丛刺柏草？""是在右边，你昨天夜里就说错了。""我是错了！可你也错了！"他大声说，神色古怪地笑了笑，还像怕冷似的把衣领竖了起来。"今天一早我去看了，那儿根本就没有什么刺柏草，无论是左边，还是右边。"几分钟后，他上了火车，转身对我挥挥手说："我今晚就回来。"

我对此毫无感觉，快速离开了人声嘈杂的火车站，因为那里的气氛和我正在想的事情实在反差太大。先前我还有一点得意，因为昨天夜里毕竟打消了西姆森的怀疑，但现在我却感到忧心忡忡。我出了车站，就径直去找牧师——牧师的家在河边的高地上，河的对岸就是那片树林和勃兰特伍德镇。牧师在苏格兰已经不像过去那样多了。我要去找的那个牧师出身名门，受过良好的苏格兰式的教育，虽不精通希腊文，但信仰坚定，阅历丰富——据说，他不但认识大部分苏格兰名人，宣教也很有一套；特别是对老年人，他很有办法，因为老年人大多没有耐心。他也许有点守旧，不像有些年轻牧师那样热衷于讨论神学问题，但重要的是他既懂得人性，又通情达理。他很热情地欢迎我的到来："啊，莫蒂默上校，见到你真是太高兴了！看来，罗兰那孩子没事了吧？感谢上帝！我们都在为他祈祷。"

"我很感谢，也替罗兰表示感谢，蒙克里夫博士，"我说，"不过，我还有点事想请教您。"于是，我就把事情原原本本地告诉了他，比告诉西姆森的还要详细。年迈的牧师倾听着，时不时表示惊异和感叹。听到最后，他的眼眶都湿润了。

"真是太感人了！"他说，"就像诗人彭斯的诗一样感人。啊，你儿子要你去帮助那个可怜的灵魂？愿上帝保佑他！莫蒂默上校，你儿子真是了不起啊！对他的父亲，我也充满信心！我要把这件事写进我的布道词。"说到这里，他好像忽然想到了什么，忙补充说："请不要误会，我说的不是悼词，是为孩子写的祝福词。"我明白了，他怕我把他说的布道词想成葬礼上的祈祷词。但即使这样，我也不会在乎。

对我的事，蒙克里夫博士最后没有提出具体建议——对这种事，谁又能提出什么建议呢？但他却对我说："今天夜里，我和你一起去看看。我老了，对那个世界不再像年轻人那么害怕了，所以我去是很合适的。虽然我不知道那究竟是怎么回事，但到时候上帝会告诉我们的。"

他的话，在我听来远胜过西姆森医生给我的所谓忠告。其实，我最关心的不是要查明事实真相，而是我的儿子——我要救他！至于那个在那扇门前出没的幽灵，我确信它是存在的，但我知道它并非在作祟，而是在诉说自己的痛苦遭遇。这是罗兰对它的感受，现在我和他一样，也有这样的感受。当我刚听到那声音时，我惊恐万状，现在我已经不再那么惊恐了。但是，虽然人能适应任何事情，要去帮助一个幽灵却仍是个极大的难题。我怎么去帮助那个看不见、摸不着的幽灵呢？它毕竟属于那个世界，而不在这个世界。"到时候，上帝会告诉我们的。"蒙克里夫博士的这种既老套又迷信的说法，若在一星期前被我听到，我肯定会一笑置之。然而，不管这种说法多么不合理性，现在却给了我莫大的安慰。

我绕道穿过山谷回家，这样便不必经过那片废墟。山谷里阳光明媚，空气清新，树影婆娑，流水潺潺，但我满脑子想的都是那件事。出了山谷，我竟然下意识地向右走，又到了我满脑子想着的那个地方。在阳光下，那片废墟和别的废墟没什么两样。破损的山墙是朝东的，阳光照在上面，就像昨天夜里我用灯笼照着它一样，光线穿过那扇空门，投射到远处潮湿的草地上。那扇空门呢，就如一种奇妙的暗示——暗示着虚空，而虚空既意味着自由，又意味着禁锢——你可以自由进出这扇门，因为它是一扇空门，然而正因为它是一扇空门，两边都是虚空，不通向任何地方，你又始终受到禁锢——虚空的禁锢。那么，为什么那个幽灵，那个痛苦的灵魂，要哭喊着、恳求着进这扇门，进到一个不复存在的房间里呢？究竟是什么原因又使它怎么也进不来呢？想到此，我还联想到了其他一些事情。我想起西姆森说的那堆草丛——像他这样一个自以为有科学精神的人，竟然连一堆草丛是在门的左边还是右边也弄不清楚，真应该感到羞愧！我现在还清楚地记得，当时我用灯笼照过去，门右边的那堆草丛反射出一闪一闪的光亮——西姆森怎么会说是在左边，后来又说那里根本就没有草丛？为了证实一下，我走过去一看，不由得大惊失色：那里确实像西姆森今天早上所说——根本没有什么草丛，无论是左边，还是右边！我大惑不解，不是明明记得……但事实是，什么也没有——只见山墙上的藤蔓在随风摇曳。惊讶之余，我转而又想，那也算不上什么大事。再看看，门前有许多痕迹，好像有人在这里来来回回走动过，但那也可能是我们自己的脚印。我还花了一点时间查看废墟的其他部分——其实，我以前曾查看过，但这次发现草地上到处都是印迹——不像全是脚印，但到底是什么又说不出。还有，我搬进来第一天就查看过这些破败的楼房，里面除了地上的泥土和瓦砾、墙上的藤蔓和青苔，空无一物，没有任何可供人躲藏的地方。令我恼怒的是，当我从废墟里出来时，马车夫贾维斯正好走过这里。他露出一副得意的神情，好像是说：现在你遇到麻烦了吧？那天夜里我幸亏没有跟你到这里来！我问他怎么在这里，他说有事要找我，正好碰到。我挥挥手要他走开，说我现在没心思处理事情！说实话，我还从来没有这样生硬地对待过仆人，而用贾维斯后来的话说，那次他是"碰了一鼻子灰"。确实，我那时心烦意乱。

　　然而，最让我烦恼的是我不敢去看罗兰。我没有像前两天那样去他的房间，对此我的两个女儿都觉得很奇怪。阿加莎说："妈妈已经睡了，罗兰今天晚上很好。""但他需要你，爸爸！"简接着就大声说，还像往常那样抱住我的手臂。最后，我还是去了罗兰的房间。但我对他说什么呢？我只能亲亲他，告诉他要有耐心——我正在尽力而为。但我不知道这孩子到底有多大耐心。他说："爸爸，事情会好起来的吧？"上帝保佑，但愿如此。"是的，我想会好起来的。"也许，他知道我是太焦虑了，所以才不常去看他。两个女孩就不太理解了，她们俩不但都用惊异的眼光看着我，阿加莎还说："爸爸，要是我病了，你才陪我这么一会儿，我一定会伤心死的。"好在罗兰是理解我的，他知道我不是不愿去陪他，而是正在为那件事奔忙。然而，我其实是一筹莫展，只能把自己关在书房里，像困兽一样踱来踱去。我该怎么办呢？如果不做点什么，罗兰又会怎样呢？我没完没了地想着这样的问题。

　　黄昏时分，西姆森来了。用过晚餐后，整幢房子都静了下来，仆人们也大多休息去了，我和西姆森便悄悄出门，到约定的地方去和蒙克里夫博士会合。西姆森对蒙克里夫博士大不以为然，用嘲讽的口吻对我说："既然你相信他会施魔法，我就没什么可担心的了。"我没有理会他。我本来就没有请他去，是他自己要去的。一路上，他喋喋不休地说着，而且说得我很不好受。他说："要知道，有一件事是可以肯定的，那就是一定有人在搞鬼。只有傻瓜才会相信灵魂之类的东西。我认为这可能是一种声音模拟，有点像口技，而在这方面，我们还缺乏研究。"我说："西姆森，如果事情真如你所说的，我也希望你不要再说了，我现在没心思听你说。"他半真半假地说："好，好，不说了！我知道我说的都是废话。"他那副阴阳怪气的样子使我很恼火，我真不明白，人们怎么还会容忍像他这种自以为崇尚科学的人，他的所谓"科学解释"，其实是麻木不仁。

我们和蒙克里夫博士会合的时间是十一点左右，和我昨天跟西姆森会面的时间差不多。蒙克里夫博士身材高大，一头白发，虽然上了年纪，却依然神采奕奕，甚至比许多年轻人还要有精神。在这么冷的夜里出门，对他来说也是小事一桩。他和我一样，也带了一只灯笼，这样就足够照亮那个地方了。我们边走边商量，最后决定，三人各就各位：蒙克里夫博士在那幢楼房的废墟里查看——其实，那里也仅剩下那堵山墙了；西姆森站在废墟的一边，若有什么人或者动物想进入废墟，他就能将其抓住——这也是他所希望的；我呢，就站在废墟的另一边。显然，这样的安排万无一失，那里若有任何活物存在，都会被我们发现。

和昨天夜里一样，废墟里一片漆黑，但我们的两只灯笼和西姆森的一支蜡烛，随即就把它照亮了。蒙克里夫博士的灯笼很大，而且是那种老式灯笼，上面没有遮光板，顶是尖的，发出的光会向四面散开，把周围十几步内的东西都照亮。所以，如果蒙克里夫博士把他的灯笼放在废墟中央，灯光不仅会把废墟的瓦砾照亮，同时还会照亮那堵山墙，以及山墙上的那扇空门——这和昨天夜里会很不一样。除了这点不同，其他情况和昨天夜里一模一样：那同样的呻吟声和抽泣声，就像前两次我听到的一样，时远时近地出现。这时，我觉得自己似乎被什么东西推了一下，同时又觉得好像有人在我身边痛苦而烦躁地走来走去——然而，我却什么也没看见。尽管我周围有灯笼照着，还有从西姆森那边照过来的烛光，我却没有看见有一丝影子晃过。对此，我虽感到惊异，却不再恐惧，因为我内心充满了怜悯和担忧——我怜悯那可怜的幽灵，它正呻吟着，哀求着；同时，我又为我自己和我儿子感到担忧。上帝啊！要是我帮不了我眼前的这个幽灵，罗兰将会怎样？——他会死的！

在第一阵呻吟声和抽泣声尚未消失之前，我们都静静地站着。根据前两次经验，我知道过一会儿还会有第二阵。蒙克里夫是第一次来，只见他面对着那堵山墙站着，一动也不动。我和西姆森也都站在自己的位置上。我听到那声音已不再怎么紧张，甚至连心跳也不再加快，因为我已经听过多次，大概已经习惯了吧。但是，当那幽灵好像跪倒在那扇空门前并开始哭泣时，我突然间感到全身血液沸腾，心脏一阵狂跳，因为就在此时，废墟里传来了蒙克里夫牧师熟悉的声音。要是这位牧师也因为恐惧而说起了胡话，那我还是有点心理准备的，但我怎么也没想到，他说的话竟然那么令人震颤。他结结巴巴地、好像因为太激动而声音有点发抖地说："威利，威利！哦，上帝保佑！是你吗？"

这短短几句话给我的震颤不亚于我第一次听到那幽灵的声音。我马上想到：糟了！是我把这位年老的牧师拉到这里来的，他一定是被吓疯了！我飞身冲进废墟，好像我自己也疯了，只见牧师仍站在那个地方，脚边的灯笼照射着他，在瓦砾地上投下了他高大而模糊的影子。我冲上去，举起手里的灯笼想看清他的脸。只见他脸色苍白，眼睛里含着泪水，嘴微微张开，还不停地颤抖着。他好像没有看见我，也没有听到我在叫他。在过去的交往中，我和他曾不止一次遇到过危险，但我们每次都是相互帮助，相互鼓励，一起渡过难关的。然而，这一次，他好像根本不在意我，好像有没有我都无关紧要。他那么专注而出神，仿佛整个世界都已不复存在。他张开的双臂颤抖着，但显然不是因为恐惧，而是因为激动。他仍在说："威利，是你吗？……是你吗？那不是魔鬼在蒙骗我吧？……威利，孩子！你为什么要惊吓那些不认识你的人！为什么不来找我？"

蒙克里夫好像在等着回答。即使不再说话，他的表情和脸上的皱纹却表明他仍在讲述着什么。西姆森的举动也吓了我一跳，他举着蜡烛悄悄溜了进来，而且和我一样，一脸的惊异和困惑。蒙克里夫像没有看见他似的，又开始说起话来。这次他换了责备的口吻："你怎么可以到这儿来呢？你母亲已念着你的名字离开了人世。你以为她会把自己的儿子关在门外吗？你以为上帝已对你关上了门吗？你真是个没用的孩子！听着！我不许你这样，不许你这样！"年老的牧师大声说着。这时，抽泣声又响了起来。牧师往前迈了一步，用命令的口吻说："我不许你这样！不要再到这儿来哭泣了！回去吧，你这个游魂！回去吧！你听见我说的话了吗？……我曾为你取名字，曾管教过你，还曾把你从上帝那儿要回来……"说到这儿，他的语调变得柔和了："还有你母亲，啊，那可怜的女人！你在寻找她，但她不在这儿了。她已去了上帝那儿。到那儿去找她吧！你听到了吗，孩子？到那儿去找她。虽然有点晚了，但上帝会让你进去的。孩子，你听着：你要哭泣，你要哀诉，到上帝的大门前去！不要到你母亲的这扇门前来，这扇门已经没有了。"

牧师停了下来，喘着气，而那抽泣声似乎也停止了。这次不像先前那样，停了一会又会出现，而是像被牧师制止了，再也没有出现。这时，牧师又开口说："你在听吗，威利？孩子，你生前喜欢在这儿哭泣，现在不要这样了。回到你自己的地方去吧，到上帝那儿去……到上帝那儿去！你听到了吗？"老牧师双膝跪地，仰望着天空，双臂颤抖着向上举起。在一片黑暗中，在灯光的映照下，他好像全身都在发出白光。我尽力想站稳，但不知为何，我也随他一起跪了下去。西姆森一直站在那扇门旁边，脸上的表情难以形容。他张着嘴，两眼直瞪瞪地看着我们。也许在他看来，我们的祈祷是那样无知，但又那样不可思议。

"上帝啊，"牧师开始祈祷，"请你允许他回到你永恒的国度，他渴望的母亲正和你在一起。除了你，还有谁能为他打开天堂之门？上帝啊，在你面前，时间永远不会太晚，因为你是仁慈而万能的。让他母亲带走这可怜的孩子吧，上帝！让母亲把孩子带走！"

忽然间，我觉得有什么东西在我面前猛地闪过。我本能地往前一扑，想去抓它。然而，我的头重重地撞到那堵墙上，手里抓到的却是一把泥土。这是幻觉？难道真有如此逼真的幻觉？当我清醒过来时，我发现西姆森正吃力地想把我扶起来。他全身瑟瑟发抖，说话口齿不清。"他走了，"他结结巴巴地说，"他走了！"我们相互搀扶着，但仍然抖得厉害。眼前的一切也在抖动，仿佛随时都会消失似的，但我一辈子也不会忘记那情景：灯笼发出奇怪的光，周围一片漆黑，蒙克里夫博士仍跪在那里，抬头仰望着天空，双臂高高举起，一道白光正照在他脸上，映照出他可敬的面容。他的神情那么沉静，那么庄重，还时不时地喊着："上帝！上帝！"我不知道这情景持续了多久，只知道我和西姆森像卫兵似的站在那里，仿佛在守护着他的祈祷仪式。只是，我们俩都神情恍惚，不知道自己在做什么。最后，牧师站起身来，但双臂依然高举——这是苏格兰祈祷仪式的结束动作——开始以使徒的名义赋予一切生灵以上帝的祝福——祝福沉默的大地，祝福幽暗的森林，也祝福呼啸的狂风。我们虽在旁边看着，但也情不自禁地说了声："阿门！"

我们返回时，大概已是午夜时分。蒙克里夫博士筋疲力尽，扶着我的手臂，走得很慢。我们就像刚从某个人临终的床边走开，神情都很严肃，还有一种目睹死亡后的超脱感。但是，不一会儿，我们就恢复了平时的言谈。我们走出树林，到了我屋前的空地上，在那里已能看到大片的夜空了。蒙克里夫博士说："时间不早，我得回去了。"

"那我送你回去，博士。"我说。

"那也好，我年纪大了，经不起激动，而这事呢，比平时教堂里的那些事还费力。今天真是要谢谢你了，上校，你帮了我很大的忙。"

我握住他扶着我的手，说不出话。和我们一起回来的西姆森一路上一直拿着他那枝点燃的蜡烛，好像失去了知觉，这时显然听到我们的谈话而清醒了过来，不好意思地赶紧熄了手里的蜡烛，还说了一句："那我来帮博士提灯笼，这灯笼看上去不轻。"他还蹦跳了一下，恢复了平时的样子，从一个惊讶的旁观者变回了他自己。他带着怀疑和嘲讽的口气说："有个问题我想请教一下，博士。您相信炼狱吗？因为据我所知，教义中从来没有说到过炼狱。"

对此，蒙克里夫博士说："先生，有些事情，像我这样的老人有时连自己也说不清到底信不信，但有一件事我相信，那就是相信上帝是仁慈的。"

"有意思，我想我这个人一辈子也不会去做神学家。"

"先生，"老人说——我感到他的身体在颤抖——"如果我有个像你这样的朋友，人在炼狱里，心里还满不在乎，我当然没什么办法，但仁慈的上帝还是会宽恕他的。"

"我说刚才那件事也真怪，说不清楚，但我认为那一定是有人在作怪。博士，你是怎么认出那个人的，还知道他的名字？"

牧师不耐烦地摆了摆手，这动作好像是说，有人竟然在问他是怎么认出他兄弟的。"唔！"他说——语调像平时一样，但神情要严肃得多——"我了解他远多于了解你，我怎么会认不出他呢？"

"那你看到那个人了吗？"

蒙克里夫博士没有回答。他不耐烦地又摆了摆手，继续走着，但紧紧扶着我的手臂。天很黑，山谷里的路本来就陡峭，加上冬天湿气重，路很滑，所以我们一直没说话，默默地走了很长一段路。没有风，没有树叶的沙沙声，只有路边那条小河里的水在流，发出潺潺的流水声。我们接着只谈了些无关紧要的事——河水有多深啦，近来会不会下雨啦，等等。当我们把牧师送到家门口时，看见他的老管家正等着他，而且一见到他就问："牧师！罗兰那孩子没事了吧？"

"没事了，他好了。上帝保佑！"蒙克里夫博士回答说。

从牧师家返回的路上，我想，要是西姆森再唠唠叨叨，我就把他从山上扔下去。但他竟一声不响，好像在想什么心事。和往常的冬夜相比，那天的夜空似乎特别明朗，月亮高挂在天上，月光洒满树梢，满天的星星在茫茫夜空中闪烁，星光照耀着无叶的树枝。山谷里静悄悄的，空气中似乎有一种祥和的韵律，那么自然，那么和谐，那么舒坦，就如一个人安然入睡时呼出的气息。此刻，我想罗兰也一定安然入睡了。我一回到家就去了罗兰的房间。家里人都睡了，楼上楼下都很安静。妻子在罗兰床边打瞌睡，见我进去，她马上惊醒，朝我笑了笑，轻声说："我想他好多了，但你回来得好晚啊。"她拿起灯，用手遮着，轻轻凑到罗兰床前，好让我看清他的脸。孩子的脸色已恢复了正常，而当我们站在他床边看着他时，他醒了。他微微睁开眼睛，神情很轻松，一点也不讨厌照在他脸上的灯光，只是轻轻一笑，又闭上了眼睛。我俯下身，吻了吻他凉爽而湿润的前额。"罗兰，没事了。"我说。他睁开眼睛，高兴地看着我，然后把我的一只手放在他自己的脸颊上，睡着了。

接下来的几天，我一直注意着那片废墟。天一黑，我就在那里巡视，直到半夜。我细细观察那堵曾使我们心惊肉跳的山墙和它周围的瓦砾堆，但我既没有听到任何异样的声音，也没有看到任何异样的东西。一切都那么沉静，都无声无息地遵循着自然法则。那令人毛骨悚然的抽泣声再也没有出现。蒙克里夫博士后来告诉我说，他当初呼喊的"威利"，是个年轻人的名字。当然，我没有像西姆森那样问他是怎么认出那年轻人的，但我还是从他那里得知，那个年轻人生前是个浪荡子——生性软弱却不务正业，头脑简单又不守本分；他母亲天天为他发愁，但他却到母亲去世后好几天才匆匆回来——那时，他们家的那幢楼房也已经换了主人；他进不了家门，只能丧魂落魄似的在那扇门前徘徊，时不时跪倒在地，哭喊着，要母亲让他进去。蒙克里夫博士说到这儿，老泪纵横，那样子简直使天地也会为此动容。但不知为何，我当初在废墟里听到那离奇的声音时却只是觉得可怕，觉得它只是一种恐怖声响的重复——仿佛有个无形的演员在没完没了地重复同一过程——此外，就没有其他感觉了。我直到现在才看到，而且印象深刻，年老的牧师和年幼的罗兰在对待这一奇怪现象时竟然态度是那么相似。蒙克里夫博士没有像我和其他一些人那样，被那声音吓得魂飞魄散。我们中的许多人只是把它看作鬼魂作祟，但蒙克里夫博士却不是这样，因为即使在这种情况下，他仍然把它看作个可怜的人。他毫无疑虑地把它当人看待，就像有血有肉的活人一样。罗兰也是这样。就算那只是个鬼魂，但罗兰听到它发出的声音而知道它在痛苦中挣扎时，仍对它报以无限的同情，甚至为它焦虑。他是想帮它而不能，这才急出病来了。当身体好一点之后，罗兰很认真地对我说："我知道，爸爸一定会帮它的。"后来，我很高兴地看到他完全恢复了健康，而当初我还怕他会死，或者会精神失常而变得疯疯癫癫。

有一件奇怪的事，我也得说一下。尽管这件事和我前面说的那件事并没有什么关系，但西姆森却偏要把两件事联系在一起，从而宣称他一开始就没说错，废墟里发出古怪的声音是有人在搞鬼。我前面说过，那件事过后，我仔细巡视过那片废墟，什么也没发现。但就在一切都结束之后，在一个星期天的下午，我和西姆森闲着没事，就一起在庄园里散步。无意间，我们又走进了那片废墟。西姆森看到一扇很旧的窗户，由于那窗户已被从破墙上滚落下来的泥灰封死，他便用手杖捅了一下。没想到，窗户里有什么东西引起了他的注意。他很激动地爬进窗户，随后把我也叫了进去。在那里，我们拨开藤蔓和移开一些废弃物后，发现有一个洞穴——比平常的房间要小得多，所以只能说是洞穴。在洞穴的一个角落里，有一堆干草，上面好像有人睡过，地上还有一些干硬的面包屑。西姆森得出结论说：这里有人住过，而且就在不久前。他深信，那神秘的声音就是住在这里的人弄出来的。他很得意地说："我早告诉过你，这是有人搞鬼。"但我想，难道他忘了，当时我们举着灯笼，什么也没有看见，只听见抽泣声和哭喊声，而且声音时远时近，在那片空地上移动着——这是躲在这里的人做不到的。对我指出的这个破绽，西姆森笑了笑说："这一点我也觉得奇怪……不能解释……但说到底，我确信那是有人搞鬼，有个狡猾的家伙……"不久，贝格利也好了起来，但他马上辞职了。他信誓旦旦地对我说，这不是对我不满，而是"那种事"实在让他无法安身。没想到，贝格利竟然那么胆小，受点惊吓就坚持不住了。但我还是以礼相待，客客气气地让他走了。至于我，我在那里住了两年。两年后，租约到期，我也没有续约。这倒不是因为"那种事"，而是那时我们找到了更为舒适的固定寓所。

最后我要补充的是，后来每当西姆森医生和我争论时，我就提到他看错刺柏草的事，因为他总觉得这是他不该犯的过错，所以一提起这事，他就会张口结舌。其实，我当时也看错了，那扇门前根本就没有刺柏草。但这种事对我来说是无所谓的，在他看来却非同小可。在他看来，那凄惨的声音，那痛苦的幽魂，是无所谓的，或许只是一种口技或者回声，或许只是躲在废墟里的一个流浪汉的恶作剧；反正，不管怎么说都可以。但对看错一丛刺柏草，他却耿耿于怀。没想到，事物的影响在不同的人心里竟会如此不同。

（陈　艳　译　刘文荣　校）

幽魂岛

[英] 阿尔杰农·布莱克伍德　著

　　故事发生在加拿大湖区的一个幽僻的小岛上。那里湖水清凉，在炎热的夏天常吸引蒙特利尔和多伦多的市民去那里休闲度假。就这么一点特色，似乎还不足以打动我们这些心理学系的学生。然而，我们还是去了那里。

　　失望之余，同行的二十多人当天就回蒙特利尔去了。只有我一人独自留下，准备在那里待上一两个星期，为的是把几本该读而没读的法律书读完。

　　那时正值九月下旬，肥硕的鲑鱼和狗鱼在湖底悠闲地游动。它们要等北风和早霜降临，气温骤降后才会慢悠悠地游到湖面上来。枫树林已透出绛红和金黄的色泽，潜鸟的叫声像人的疯笑，在隐蔽幽静的海湾上空回响。这么古怪诡异的叫声，在夏季是从来听不到的。

　　只身一人留在孤岛上读书，和我相伴的仅有一座两层的度假小屋和一条独木舟。其间，唯一可称作打扰的是一些小花栗鼠，以及附近的农民每周上岛一次来送新鲜鸡蛋和面包。一切都很好！

　　不过，我的同伴们在离开小岛时曾得到过多次警告，要他们提防印第安人，晚上也不要独自在外面待得太久以免冻伤，因为这儿气温会降到零下四十度。他们走后，我就开始觉得不对劲了。小岛远离人烟，与世隔绝，方圆六七十里内没有别的岛屿。大片的森林就在我身后不到两三米处，没有任何人居住和活动的痕迹。不过，小岛看起来虽笼罩在荒凉和沉寂中，那些岩石和树林间似乎还回荡着两个月前人们留下的欢声笑语，时时唤起我的回忆。当我走在岩石间时，我会恍惚觉得有人在叫喊，而且不止一次，我好像听见有人在喊我的名字。

我住的小屋共有六个小卧室，每个卧室都用松木板隔开，里面放着木制床架、床垫和一把椅子。我在这些房间里只找到两面镜子，其中一面还是破的。

当我在屋子里走动时，木地板会吱吱作响。房间里分明还残留着先前住客的痕迹。我几乎不相信自己真是独自一人留在这儿，不由得希望能找到某个落下的伙伴。或许，他正费力地要挤进一个根本容不下他的箱子里，躲藏起来。有一间卧室的房门比较沉，打开它颇费时间。我便自然而然地想到，或许有人正藏在卧室里，紧拉着把手。我若打开门，迎面就会撞到那人的双眼。

整幢房子上上下下走了一遍，我决定把自己的卧室设在一间有着小巧阳台的房间里。小阳台就在走廊的上方。房间很小，床却很大。那床垫是所有房间中最好的，还有一扇小小的气窗可以看日出日落。我的卧室下面是客厅，那是我起居和阅读的地方。

岛上到处生长着枫树、铁杉和雪松。前门和走廊前唯有一条小径穿过森林直通湖边码头。林木紧紧围着小屋，最细微的一阵轻风，也会让枝条擦到屋顶，轻扣到小屋的木质墙壁。日落后不一会儿，夜色便浓得化不开，在门外十码远的地方，仅靠客厅四扇窗户透出的灯光，一英尺外的东西就休想看见，稍走几步便有可能撞上树干。

我利用那天剩余的时间忙着把自己的东西从帐篷搬进客厅，补充食品储备，还砍了许多木头，以备一星期的生炉取暖之用。将近日落时分，我又划着独木舟绕小岛巡视一圈。在此以前，我是做梦也不会想到自己会做这些事情的，现在一个人离群索居，就不得不自力更生了。

上岸时，我这才感到小岛是那么孤寂。日落西山，北方透出一点暮色微光。黑夜转眼就要降临。好在独木舟已安全靠岸，我把它翻转过来，摸索着沿那条林间小路回到走廊前。六盏灯立刻在前屋亮起，但到我去厨房用餐时，屋子还是影影绰绰的。灯光不够亮，我甚至能从屋顶的空隙间窥见星星。

那天我睡得很早，四周一片静寂，连一丝微风都没有，除了吱吱作响的床架和窗外潺潺的溪流声外，我却听到了一种异样的声响。半夜醒来，那寂静沉沉地压在我身上。我不由得毛骨悚然。忽然，我听到外面走廊里和旁边的空房间里好像有脚步声，还有衣服的沙沙声和压低嗓门的说话声。然而，睡意最终压倒了一切，我的呼吸声和这些神秘的吵闹声渐渐混合在一起，成了梦中的一片模糊声响。

一个星期就这样过去了，我的"阅读"计划进展顺利。然而，在我独自生活的第十天，却发生了一件奇怪的事情。那天我从梦中醒来，突然对自己的房间产生了一种异乎寻常的厌恶感。房间里诡异的气氛几乎使我窒息，而我越是想解释清楚这种厌恶感从何而来，越想让自己冷静，越想弄个明白，这种感觉就越厉害。房间里好像有什么东西让我莫名地恐惧。说来似乎有点荒唐，但当我穿好衣服后，这种感觉依然挥之不去。我禁不住浑身发抖，且有一种想尽快逃离这房间的冲动；而且，我越是想压制这种冲动，它就变得越强烈。终于，我箭步冲出房间，穿过走廊，飞步下楼进了厨房。这时，我才稍稍感觉好一点，好像刚从极其危险的瘟疫区里逃了出来。

在准备早饭时，我细想着过去几天发生的事情，希望从中发现恐惧感的来源。我唯一能够想起的是在一个暴风雨的夜晚，我突然惊醒，听见走廊地板的声响。我敢肯定那里有人在走动。我于是取枪下楼，查看所有的门窗，但却并无异样，只有几只老鼠蹿过，外加几只甲虫在地板上爬行。这显然不能解答我心中的疑问。

整个上午，我照例看书。中午稍事休息后我准备去游泳，然后再做午饭。突然，那种感觉又不期而至，而且更加强烈。就在我要上楼去拿一本书时，我感到前所未有的恐惧。进屋后，更不舒服，惶惶不可自制。于是，我决定不再看书，整个下午划着独木舟钓鱼。直到黄昏，我带着五六条黑鲈鱼回来，准备做晚饭。

此时，睡觉对我来说成了大问题。我打定主意，如果回卧室后还有那种莫名其妙的恐惧感，我就搬到客厅去睡。我还尽量说服自己，这并不是向荒唐的恐惧感屈服，而只是为了能安然入睡，因为只有睡好了，第二天才能继续看书。

于是，那天晚上我就把床搬到楼下的客厅里，而且面对着大门。之后我似乎安心了不少。楼上卧室的门已被我锁上，那里再有什么鬼魅出没，我也不用担心了。

厨房里的钟暗哑地敲了八下。我洗完盘子后关了厨房的门，走进客厅。所有的灯都开着。白天我还擦了灯罩，此时客厅里特别明亮。

屋外，夜依然是那么寂静；空气凝滞不动，岛上寂静无声，连树枝也不再摇晃。天上的云块就像厚厚的窗帘一样覆盖着湖面，黑暗正以一种不寻常的速度吞没着一切。此时，日落处还有一丝微光尚未消失殆尽。空气中弥漫着一种不祥的气息和死一般的沉寂。这往往意味着暴风雨要来了。

我坐在那里看书，头脑很清醒。一想到厨房里还有五条黑鲈鱼，明天早上又会有附近的农民送新鲜面包和鸡蛋来，我心里甚至有点乐滋滋的，很快就沉浸在我的法律书里了。

夜已深，周围更加寂静，就连花栗鼠也没了动静。我入神地看着书，直到厨房里传来喑哑的钟声——是九下。钟声在寂静的夜里格外洪亮，就像一把大铁锤在重重地敲击着。

我合上一本书，又打开另一本，准备继续看下去。然而，这种状况没有持续多久。我很快发现，一段文字往往要读上几遍才能懂，而这样简单的段落本不需如此。随后我意识到自己走了神，注意力越来越难以集中。更麻烦的是，我发现自己翻书时会两页一翻，却又浑然不知，直到读完了一页才知道前面有两页没读。情况变得越来越糟。这究竟是怎么回事？不可能是因为太疲劳；恰恰相反，我一点也不觉得疲劳，头脑还很清醒。我再次努力凝神阅读。才过一会儿，就发现自己只能呆坐在椅子上，两眼直愣愣地注视着前面的空气。

显然，我的潜意识里有什么东西在作怪。有什么事情被我忽略了。是厨房的门窗没有关好？我赶紧过去，发现门窗都关得好好的。或许是火炉？跑去一查，也没有什么问题。我检查了屋子里的灯，还上楼查看每一个房间，然后又在屋子里上下转了一圈，甚至还去了地窖。一切正常！所有的地方，所有的东西，都安然无恙。但我总觉得，一定有什么地方不对劲。

最后，当我重新坐下来准备看书时，我第一次感到客厅里的空气似乎在迅速变冷。那天相当闷热，到了傍晚也不见凉爽。加上客厅里的六盏灯也不至于这么冷。我想，或许是湖面上的寒风吹进了屋子，于是就起身把对着走廊的那扇玻璃门也关了。

过了一会儿，我向窗外张望。由于客厅里的灯光透过窗户照出去，不远处的湖面也隐约可见。这时，我突然看到有一条独木舟出现在湖面上，但一晃而过，很快就消失在黑暗中。它大约离岸只有一百英尺，速度奇快。

在这种时候，怎么会有独木舟经过小岛？我颇为诧异。因为所有来湖区度假的游客早在几个星期前就全走了，而这座小岛附近也没有任何秋季航线。

我没法再安心看书了。不知怎么，那只幽灵般的独木舟在朦胧的湖面上滑行的景象似乎深深印入了我的脑海，而且时不时地在我眼前的书页上晃动。

我越发纳闷。这是我在整个夏天看到的最大的独木舟，船首船尾都翘得很高，船身很宽，那不是古代印第安人的战船吗？我一页书也看不进去了。最后，我放下书，想到外面去走一走，活动活动。

夜寂静无声，天黑得超乎想象。我磕磕碰碰地沿着门前的小径来到湖边的小码头上。湖水正轻拍着湖岸，发出轻轻的咕哝声。远处，树林里传来一棵大树倒下的声音，而且在凝重的空气中回响着，仿佛远处传来的一声枪响。此外就再没有其他声音打破这里的沉寂了。

这时，借着从客厅窗户里透出的亮光，我又看到一条独木舟，而且同样飞快地在我眼前驶过，消失在黑沉沉的湖面上了。

这一回我看得更真切，是一艘桦皮独木舟，和第一只样子很像，有高而弯曲的船首和船尾，上面还画着饰纹。有两个印第安人在划船，一个在船尾，一个在船头。他们身材高大魁梧，我看得很清楚。但是，尽管这第二只桦皮独木舟离小岛要近得多，我还是认为他们是路过这里回保护区的印第安人。他们的保护区大约离这里有十五英里。

正当我寻思着印第安人到底发生了什么事要在这黑夜里出来时，第三条独木舟出现了，而且上面同样坐着两个印第安人。这条独木舟悄无声息地驶过码头。这一次离得更近了。我不由得想到，这三条独木舟会不会是同一条？只是在绕着这个岛行驶？

这绝对不是好事。如果猜得不错，那么此时出现的独木舟就应该是冲着我来的。我虽未听说过印第安人和这片荒野之地的其他居民有过暴力冲突，但那种可能性确实存在……不过，我尽量抛除这样可怕的想法，而是竭力想象其他可能来放松自己。这种方法通常都很有效，可惜这一次却一点也不起作用。

我一边想着，一边本能地后退几步，躲到了一块大岩石后面。我想看看这独木舟是否还会出现。刚才我一直傻乎乎地站在光亮处，现在好了，我可以看清湖面上发生的事情，湖面上的人却看不到我。

果然不出我所料，不到五分钟，独木舟第四次出现了。这一次离码头还不到二十码。我觉得那两个印第安人好像要上岸，同时认出他们就是刚才那两个印第安人，掌舵的还是那个彪形大汉——我没看错，就是他！我想，他们一定有什么目的，所以绕着小岛转了几圈后才打算上岸。我在暗处死死盯着他们。但就在这时，他们却消失在黑夜里，连划桨声也听不见了。接着，独木舟又悄然出现。这一次，他们大概真要上岸了。我最好有所准备。但我不知道他们想干什么，再说，在这样的孤岛上，在这样的深夜里，要我一对二（还是两个高大魁梧的印第安人！）也是难以想象的。

我的来复枪就搁在客厅的一个角落里，弹膛里有十发子弹，但现在回屋去取枪已来不及了。我想回去守在那里，或许更为有利。于是我转身就跑，还小心翼翼地从树林中的另一条小路折回，免得被他们看见。

一进客厅，我就随手关上大门，还迅速关掉了客厅里的六盏灯。几乎与此同时，我站到客屋的一个角落里，拿起那支来复枪，背靠着墙壁，手指扣在冰冷的扳机上。在门和我之间是我的书桌，上面放着一堆书，现在成了我的掩体。眼前一片漆黑，我一时什么也看不见。但过了几分钟，我的眼睛似乎习惯了黑暗，客厅的轮廓渐渐浮现出来，最后连窗框也隐约可见了。又过了几分钟，大门和走廊里的两扇窗也渐渐清晰起来。我很高兴，我想那两个印第安人要是真进屋的话，我就在暗中监视他们，看他们想干什么。

我没猜错，码头那边传来了独木舟被拖上岸的声音，甚至还能听到他们把桨放进独木舟时发出的"咯咯"声。接着，便是一片沉寂。我不由地想到，那两个印第安人大概正蹑手蹑脚朝我的屋子走来。

这时，客厅里的空气好像凝结了，我喘不过气来。确实，我觉得万分恐惧，但我保证，我并没有因为恐惧而丧失理智。我只是觉得自己处于一种奇异的精神状态：肉体上的恐惧似乎已不再影响到我的内在情绪。我固然觉得恐惧，双手却牢牢握着那支来复枪，与此同时，我又觉得要靠这支枪来对付那两个印第安人，实在是不可能的。说真的，我觉得我好像不是生活在一个真实的世界里，眼前发生的一切好像既和我有关，又和我无关。我只是个旁观者，但又不得不参与其中。总之，那天夜里，我的感觉太混乱，太怪诞，至今都说不清楚。但不管怎么说，我至死都不会忘记那种可怕的恐惧感；如果那段时间再拖得长一点，我肯定会精神崩溃。

我屏住呼吸站在那里，等着将要发生的事情。屋子里死寂得像座坟墓，我好像听到血在我血管里流动的声音，它流得太快了，简直是在奔涌。

我想，那两个印第安人如果想从屋子后面进来，马上就会发现厨房的门窗早已被关死，是不可能悄无声息地溜进来的。他们如果通过大门进来，那我就面对着大门，两眼正一眨不眨地盯着他们。

我的眼睛这时已完全适应了黑暗。我能看清楚我的书桌几乎占了大半个客厅，而且只有书桌两旁留有一点空隙可供行走；我还能看清楚紧靠书桌的那几张木椅子的笔直的椅背，甚至能看清楚我放在白色桌布上的书和墨水瓶。在我左边不到三英尺的地方是通往厨房的过道，通往楼上卧室的楼梯也在那里，我都能看清楚。我还看到窗外没有一根树枝在摇，甚至没有一片树叶在动。

令人窒息的静谧维持了片刻，我突然听到走廊里的地板在"吱吱"响，还有"笃笃"的脚步声。那声音仿佛是不经耳朵直入我的大脑的。就在万分震惊之际，我突然看到一张人脸贴在客厅和走廊之间的玻璃门上。我惊惧得浑身打颤。

接着，一个印第安人的身影出现了。如此高大的身材，我只在马戏团里见过。他的头好像散发着幽光，在这幽光中我看到一张黑红色的脸，鹰钩鼻、高颧骨。他把脸贴在玻璃门上，不知道在看什么！

不知为何，这个黑影在那里足足停留了五分钟。他好像弯着腰在朝客厅里张望，看上去仍和玻璃门一样高。在他身后，还有一个稍稍矮小一点的印第安人的身影。两个人影左右晃动着，像两棵在风里摇摆的大树。而我，除了屏息瞪眼，在这五分钟里已被惊吓得手足无措。我真不知道他们要干什么。

我只觉得脊背一阵寒颤，手脚冰凉。心脏好像一下子停止了跳动，接着又发疯似的怦怦乱跳。他们一定听到了我心跳的声音，甚至听到了血在我大脑里涌动的声音！我几乎控制不住自己，一串串冷汗从脸颊上落下，我甚至想疯狂喊叫。我要喊叫，我要像孩子一样用头猛撞墙壁！我要把这里弄得震天响！或许，只有这样才能缓解我的紧张和恐惧。

或许正因为此，我竟然有了一点勇气。我握紧手里的枪，准备对着玻璃门射击。然而，我却发现自己无法扣动扳机。我的全身肌肉都已麻痹，因为过度恐惧而几近瘫痪。这真是太可怕了！

客厅玻璃门上的铜把手发出一阵轻微的"咯咯"声，门被稍稍推开了几英寸。几秒钟后，又被推开几英寸。我没有听到脚步声，只见两个黑影进了客厅，后面的那个还轻轻碰了一下那扇玻璃门。

现在，就在这四堵墙壁之间，我和那两个黑影面对面。他们看到我了吗？看到我这个呆滞而僵硬地站在角落里的人了吗？我全身的血一下子涌了上来，头脑嗡嗡作响。尽管我气也不敢透，但我担心我会控制不住而喘出声来。

他们好像没有发现我。我盯着他们看。他们既没有说话，也没有做手势。但我仍然觉得可怕至极，因为客厅很小，而且无论他们从哪里走，都要从书桌旁边走过。要是这样的话，如果他们从我边走的话，那和我只有六英寸距离！这样擦肩而过，结果会怎样呢？

正在我想象着那万分恐怖的一幕之际，我看到那身材稍矮的印第安人用手指了指天花板，另一个则抬头看了看。我看懂了，他们要上楼！而他们所指的那个房间，不就是我的卧室吗！怪不得从今天早上起，我总觉得卧室里有一种异样的感觉，总使我莫名其妙地感到惶惶不安；要不然的话，我此刻理应在那里，而且正熟睡着。

那两个印第安人的身影开始移动，奇怪的是一点声音也没有。他们要上楼梯，并且正朝我这边过来。他们移动得很快，又悄无声息，若不是我神经紧张而注意力高度集中，很可能意识不到他们从我身边经过。而就在他们从我眼前过去时，我发现那个矮小一点的印第安人身后还像尾巴一样拖着什么东西。那东西轻轻滑过地板，我模模糊糊看到，好像是一大包雪松树的树枝。不管是什么，我只能看清它的轮廓。因为我太紧张、太害怕了，连身体也不敢动一动，哪里还敢伸出头去看个究竟！

当他们朝我这边移动时，那身材魁梧的印第安人还用他一只巨大的手抹了一下我的书桌。我紧咬嘴唇，呼吸像烈焰一样炙热，简直会把我的鼻孔烧焦。我试着闭上眼睛，不想看到眼前的一切，但我的眼皮也僵硬了，根本不听我使唤。

难道他们非要从我身边经过吗？我想躲开，但我的腿好像也失去了知觉。我像站在一小截树枝上，或者一块凹凸不平的石块上，摇摇欲坠，就是贴着墙也站不稳了。好像有一种恐怖的力，正把我往前推，往前扯。我头晕目眩，身体摇摇晃晃，眼看就要在那两个印第安人经过我身边时颓然倒下！

然而，那漫长的瞬间终于熬了过去。还没等我反应过来，那两个黑影已和我擦肩而过，而且已经到了楼梯口。他们和擦肩而过时相距不到六英寸，我只觉得就像一阵冷风刮过。他们显然没有碰到我，而且我相信他们也没有看到我，就连他们拖着的那包东西也没有碰到我的脚。在如此惊险的一刻，这么一点小运气虽微不足道，但仍使我感到庆幸。

那两个印第安人上了楼。我没有一丝放松，仍龟缩在那个角落里瑟瑟发抖。除了呼吸稍稍顺畅一点，我仍然觉得浑身不舒服。刚才他们在我眼前时，似乎有一道诡异的光，引导着我的视线，使我看清了他们的动作；现在，他们上了楼，那道诡异的光也就随之消失了。客厅里又变得一片昏暗，我只能勉强看出窗户和那扇玻璃门。

就如前面所说，我当时处于一种极不正常的精神状态。就像身处梦境似的，我对眼前发生的一切既感到恐惧，又觉得虚幻。我的知觉变得异常敏锐，任何细微的动静都能铭记在心，但我的思维却变得极其愚钝，除了最简单的算术题，也许什么都不能思考。

我只知道那两个印第安人此刻已上了楼。他们好像迟疑了片刻。他们想干什么？我不知道。他们好像在全神贯注地倾听，又好像在东张西望。接着，我从他们发出的极轻微的声响中感觉到，其中的一个，也就是那个身材高大的，穿过走廊，走进了我头顶上方的那个房间——那正是我的卧室！要不是今天早上我在卧室里感觉异常，此刻我正躺在那里，而那个身材高大的印第安人正悄无声息地站在我床前！

一阵长而又长的寂静，大约有一百秒，静得好像宇宙尚未形成，天地尚未诞生。接着是一声长长的、颤抖的、骇人的尖叫，划破死一般的寂静，又戛然而止。这时，另一个印第安人好像也进了卧室，因为我听到他拖着那包东西的声音。接着就是"砰"的一声，好像什么重物落了下来。接着，又是一片寂静。

这时，忽然间，夜空中划过一道闪电，接着是一声巨响，原本死气沉沉的天空顿时在电闪雷鸣中变得疯狂起来。足足有五秒钟，我震惊地看着客厅里所有的东西都被照得雪亮。窗外，一排排树木俨然而立；我看到远处岛屿上空闪电阵阵，听到湖面上雷声隆隆。接着，就像天池的闸门崩裂，大雨像洪水般倾泻而下。

雨珠刷刷地撒向湖面，原本平静的湖面顿时变得星星点点；雨珠打在枫树叶上，落在屋檐上，发出"啪啪"的声响。接着，又是一道闪电，比前一次更亮，时间也更长，几乎把整个夜空都照得透亮。炫目的白光照射着整座小屋，我甚至看到窗外树枝上的雨点在闪闪发光。接着，大风呼呼吹起。不到一分钟，暴风雨就把一整天积蓄的能量全都释放了出来。

尽管屋外雷声、雨声、风声不绝于耳，我仍能听到屋内哪怕最细微的动静。那阵寂静只持续了几秒钟，接着我就听出他们好像又在走动。我不停地打颤，恐惧而痛苦。他们离开了我的卧室，走到了楼梯口。随后，他们就下楼了。他们拖着那包东西好像磕磕绊绊的，在楼梯上不得不一级级往下拖。我听得出，那包东西变得更重了。

我等着他们的出现。奇怪得很，我这时竟然镇静了一点。也可能是麻木了，可能是暴风雨的缘故，我好像被大自然注入了麻醉剂。不管怎样，对于后来发生的事情来说，我当时的麻木真是大自然的仁慈。他们在靠近我，好像越来越近了。他们拖着的那包东西也表明他们在靠近我，因为它发出的声音越来越响了。

他们下了一半楼梯，我就感到极度恐惧。一个念头在我脑中闪过：要是他们到了客厅，这时正好有一道闪电，那他们的模样不就全都显现在我眼前了吗？更为可怕的是，我也会暴露在他们面前！对此，我只能屏住呼吸等着，听凭这种不祥的预感的煎熬。那短短几分钟，漫长得没有尽头，简直就像过了几个小时。

两个印第安人终于下了楼梯。先出现的是那个高大的印第安人的巨大身影，接着是一声闷响——他们拖着的那包东西从最后一级楼梯上落到了地上。又是一阵寂静。随后，我看见那高大的印第安人转了转身，好像是去帮了一下他的同伴。他们继续朝我而来，而且还是要从我这边绕过书桌。那个身材高大的印第安人已走到我面前，后面紧跟着他的同伴——他仍拖着那包看上去很重的东西。此时客厅里很暗，一切都模模糊糊，影影绰绰。我睁大眼睛再一看，他就直挺挺地站在我面前。他们停了下来，而这时，窗外的暴风雨也突然停了——风声和雨声全都停息了。静谧，黑暗，可怕的静谧和黑暗。

大约在五秒钟内，我的心脏似乎停止了跳动。然而，紧接着，我最害怕的事情终于发生了。接连两道闪电，毫不留情地照亮了整个客厅。只见那个高大的印第安人就站在我右边两三步远的地方，正扭着头从他又宽又厚的肩膀上方注视着他的伙伴和拖着的那包东西。我看清了他的侧影：巨大的鹰钩鼻，高高的颧骨，黑而直的长发，下巴突出；而且瞬间把这张印第安人的面孔深深印入了脑海，终生难忘。

还有一个印第安人离我更近，相距还不到十二英寸。这回我看清楚了，他比他的伙伴要矮小得多，相比之下简直就像个小矮人。他正弯着腰在翻弄他拖着的那包东西，看上去更加古怪而畸形。那包东西呢，啊！我终于看清楚了，果真是一大包雪松树的树枝，但当那小矮人拨开树枝，里面竟是一具白人男子的尸体！他的头皮已被剥开，满脸污血斑斑。

这时，那使我身心瘫痪的恐惧，终于变成了一股来自灵魂深处的怒火。我大吼一声，伸出双臂扑向那身材高大的印第安巨人，想掐住他的喉咙。但我扑了个空，摔倒在地上，昏了过去。

我认出了那具尸体，那正是我自己的脸！……

当一个男人把我唤醒时，外面已是阳光明媚。我就躺在我摔倒的那个地方，见有个农夫站在客厅里，手里还拿着几只面包。我对昨天夜里发生的事情仍心有余悸，所以当那个淳朴的农夫扶我起来、捡起我身边的枪并关切地问我一连串问题时，可以想象，我的回答只是寥寥数语，不但没有多作解释，甚至有点语无伦次。

那天，我对小屋作了一番毫无结果的检查之后就离开了那个小岛，和那个农夫一起到他那里去度过了我最后十天的"读书日"。当我最后要离开时，那些该看的书都已看完，我的神志也完全恢复了正常。

在我动身那天，农夫一早就用他的大船把我的行李送到十二里远的地方，那里有每周两次定期接送猎户的小轮船。到了下午，我就自己划着独木舟到那个地方去。但我仍想去看看那个孤岛，那个曾使我如此惊魂的怪异之地。

我顺路到了那里，绕岛巡视一圈之后，我又把那座小屋检查了一遍。当我再次进入楼上的卧室时，我并没有异样的感觉。那地方显然没什么特别。

然而，当我重上独木舟准备出发时，我却发现前面另有一条独木舟正在绕小岛环行。我觉得奇怪，因为那条独木舟不但很不寻常，而且好像是从什么地方突然蹦出来的。我于是紧随其后，看它是否会消失在那块突起的岩石后面。那条独木舟不仅有着高而弯曲的船首和船尾，上面还真的坐着两个印第安人。我不由得一阵紧张，继续划着独木舟在那片水域徘徊，想看看它是否会从小岛的另一端出现。果真，不到五分钟，它又出现在我的视野里，而且和我相距不到两百码。那独木舟上的两个印第安人正在拼命划动船桨，朝我直扑过来！

我也拼命划动船桨；说真的，在我一生中还从未有一次划得这么快。过了几分钟，我回头看，发现印第安人已改变方向，又在绕岛环行。

太阳从湖边的森林后面落了下去，殷红的霞光映照在湖面上，我最后一次回头遥望，仍隐约看到那只巨大的黑色桦皮独木舟和那上面的两个模糊的人影。他们还在绕岛环行。随后，天色越来越暗，湖水也越来越黑。我转了个弯，夜风迎面吹来，而那座小岛和那条独木舟则被一块凸起的岩石挡住，再也看不见了。

（梁　亮　沈　睿　译　刘文荣　校）

伊姆莱还魂记

[英]鲁吉亚德·吉卜林　著

伊姆莱让不可能成为了可能。没有任何预兆，也想不出任何理由，正值青春年华的伊姆莱在事业刚刚开始时，选择了从世上——准确地说，从他生活的印度驻地里——消失匿迹。

前一天，伊姆莱还心情愉快，精神活跃，在俱乐部打台球时还颇为引人注目，但到了第二天早上，他就消失了。任凭人们怎么寻找，也难觅其踪迹。他不在家，该上班时也未在办公室露面，他的轻便双轮马车也没有停在驿道上。池塘打捞过了，井水抽干了，电报也沿着铁路拍了出去，直到一千二百英里之外的港口城市。但不管是掏井，还是拍电报，一切都是枉然——他杳无音信。伊姆莱一去而不复返了。

随后，伟大的印度帝国雷厉风行，继续运转，因为工作是耽搁不得的，而伊姆莱也就从一个凡夫俗子变成了一个谜——整整一个月，人们在驻地旅馆用餐时一直议论着这件事。然而，一个月后，人们就把伊姆莱忘得一干二净了。伊姆莱的枪支、马匹和马车都卖给了出价最高的人。伊姆莱的上级写了一封信给伊姆莱的母亲，称伊姆莱莫名其妙地失踪了，原因不详。

又过了三四个月，我的一个警官朋友，叫斯特里克兰，觉得从本地房东手上租用伊姆莱的那所屋子很合算，于是就租了下来。这事发生在他和约尔小姐订婚之前，那时他正想对当地的生活作一番考察。斯特里克兰的生活习惯很古怪，因而常遭人们的白眼。他屋子里从不缺少食物，但他却没有固定的吃饭时间。他站着吃，边走边吃，只要厨房里能找到什么吃的，他就吃什么——这可不是什么好事。他屋子里的用具就是六把步枪、三支猎枪、五副马鞍和一套最大号的马西亚钓鱼竿，别的什么也没有。不过，这些东西已占了屋子的一半面积；至于另一半，则是供一条体形巨大的兰浦尔母狗用的。那条母狗每天的食量相当于两个男人，还会用自己的方式和斯特里克兰说话。只要看到有人想破坏帝国的治安，它就会到主人那里去报告，斯特里克兰就会采取行动。其结果往往是有人遭殃——不是受罚，就是进监狱。所以，当地人把蒂金斯（那条母狗）看作妖怪，对它又恨又怕。在斯特里克兰的屋子里，蒂金斯有一个专用房间，里面有它的床、毛毯和水槽。夜里如果有人想闯入斯特里克兰的房间，蒂金斯就都会冲出来大声吠叫，直到有人把灯点亮。蒂金斯还救过斯特里克兰一次命。那回斯特里克兰在边境搜捕一个杀人犯。那人在黎明前悄悄潜入斯特里克兰的帐篷，而斯特里克兰当时正在睡觉，蒂金斯在那人刚爬进帐篷时就把他逮住了——他嘴里衔着一把匕首。后来，那人被司法部处以绞刑，蒂金斯则获得了一个银项圈。不过，蒂金斯也很娇贵，晚上盖克什米尔呢绒毛毯，上面还绣着它名字的首字母。

蒂金斯不允许陌生人靠近斯特里克兰。有一次，斯特里克兰发高烧，医生要为他治病，但蒂金斯就是不让医生靠近它主人。最后，那名印度军医处的麦卡纳特医生只好用枪柄猛击蒂金斯的头，这下才算让斯特里克兰服下了奎宁。

斯特里克兰租用伊姆莱的屋子后不久，我正好有事途经那个驻地，由于驻地旅馆爆满，我自然就住到斯特里克兰那里去了。那是座舒适的平房，有八个房间，屋顶上盖着厚厚的茅草，下再大的雨也不会漏。屋顶下有一块白色顶篷，看上去和屋顶一样整洁。房东在斯特里克兰租房前还重新粉刷了墙壁。不过，除非你知道印度的平房是怎么盖的，否则你永远也不会想到，在顶篷和三角形屋顶之间有个小小的空间，那里终日昏暗，只有老鼠、蝙蝠和蚂蚁之类的"脏东西"住在里面。

我进了屋，蒂金斯在走廊里迎接我，它的吠叫声就像圣保罗大教堂的钟声一般洪亮。它把前爪搭在我的肩上，以此对我表示友好。斯特里克兰花了很大力气才拼凑出一顿他所说的"午餐"，而且匆匆吃完后就忙自己的事去了，让我一个人和蒂金斯待在一起。那是在夏天，天气闷热潮湿，一丝风也没有。不过，大雨很快就下了，子弹大小的雨珠落到地上，扬起蓝色的薄雾。花园里的竹子、荔枝、猩猩木和芒果树在大雨中仍笔直挺立，芦荟丛中的青蛙"呱呱"地叫个不停。到了黄昏时，雨下得更大了，我坐在屋后的走廊里，一边听着雨珠"啪啪"地打在屋檐上，一边挠着痒——在这种天气，身上很会长痱子。蒂金斯走出它的房间，把脑袋搁在我膝上，好像不太高兴。看它这副模样，我给了它一点饼干，我自己呢，就在那里喝着茶。屋里光线昏暗，我闻到了鞍具和枪油的气味——这种气味，我一点也不喜欢。这时，我的仆人在昏暗中朝我走来，他的衣服全淋湿了，紧贴在身上。他对我说，有个男人登门拜访。我走进客厅，那里空荡荡的，心里很奇怪。仆人说拜访者正等着，但我在客厅里根本没看到，只觉得窗户旁边好像有个人影。我想，这里大概太暗了吧，于是就叫仆人把灯点上。但点上灯后，我除了看到窗外哗哗下着的雨和闻到从外面飘进来的泥土味，什么也没见到。我责怪了我的仆人一通，说他搞错了，哪有什么客人来访。接着，我就回到后走廊，想和蒂金斯玩玩。没想到，它冒着雨跑到了外面，而且不管我怎么叫它，它都不肯回来，就是用甜饼干哄它也没用。就在晚饭前，斯特里克兰浑身湿漉漉地回来了，而且一进屋就问：

"是不是有人来过？"

我不好意思地说，大概是我的仆人弄错了，叫我到客厅里去白跑了一趟，也可能真有哪个流浪汉来过，但见你不在家，又走了。斯特里克兰听了没说什么，只说该吃饭了。于是，我们铺上白色桌布，吃了一顿还算像样的晚饭。

九点钟，斯特里克兰打算上床睡觉，我也觉得困了。一直卧在桌下的蒂金斯这时站了起来，在它主人走向房间的同时，却转身跑到外面的走廊里去了，而它的房间就在主人房间的隔壁。在这样的大雨天，如果是妻子想睡在门外，做丈夫的大概也没办法，但蒂金斯是一条狗，竟然这么自作主张。我看着斯特里克兰，以为他会训斥蒂金斯，叫它到自己房间里去，谁知他诡异地笑了笑，还有点尴尬地说："它一直这样，随它去吧！"

蒂金斯是他的狗，我当然没什么好说，但我总觉得他太纵容这条狗了。蒂金斯就在我卧房窗外的走廊里站着。屋外狂风呼啸，刮得茅草屋顶劈啪作响，我久久不能安睡。闪电划过天空，像飞掷的鸡蛋泼溅在谷仓门上，只不过颜色不是黄的，是淡蓝色的。透过竹帘的空隙，我看见那条大狗没有睡觉，而是一直站在走廊里，背上的毛直竖，四条腿像拉着吊桥的铁索一样紧绷着。我试着在雷电间歇时睡着，但好像总有人在急切地叫我，怎么也睡不着。是谁？不管是谁，好像总有人在叫我的名字，但声音很轻，至多就像沙哑的耳语，听不清楚。雷声停了，蒂金斯跑到花园里，对着低垂的月亮狂吠不止。好像有人在开我的门，有人在房间里走动，有人在走廊里喘着粗气。正当我迷迷糊糊要睡着时，在我头顶上，也可能是门的上方，又传来一阵噼里啪啦的声音。

我一头冲进斯特里克兰的房间。我本想问他是不是身体不舒服，叫我过去。但是，只见他露着上身半躺在床上，嘴里还含着烟斗。见我进去，他说："我知道你会来，刚才我在屋子里走了一圈，打扰你了吧？"

我说他去过客厅和厨房，还去过其他几个地方，脚步听上去特别沉重。他笑了笑，说没什么事，就让我回房去睡觉。我回到床上，一直睡到天亮，但我做了一些乱七八糟的梦，梦中好像有人向我诉说着什么隐情，要我去查出真相。我说不清那到底是什么隐情，但总觉得有人在暗处对我低声说话，还窸窸窣窣地摸着门把。他像影子一样晃来晃去，还在责备我，说我不管他的事。在半睡半醒间，我听见蒂金斯在花园里狂吠，雨点噼里啪啦地打在屋顶上。

我在那屋子里住了两天。斯特里克兰每天照常去办公，我一个人要在那屋里单独待上八到十个小时，只有蒂金斯和我做伴。屋里光线充足时，我倒也不觉得难受，蒂金斯也是，但天色一暗，我们就只敢待在后走廊里了。屋子里只有我和那条狗，但仿佛还有另一个人，另一个我不想管而偏要我管的人存在着。我从未见过人影，但我看见门帘自己会抖动，听见椅子会"咯吱咯吱"响，好像有人坐了上去，或者有人从椅子上站了起来。当我到客厅去拿一本书时，我觉得有人就等在前走廊的阴暗处看着我，直到我离开。到了黄昏时，蒂金斯的举动就更怪了。它会竖起毛，紧张地注视着某个昏暗的角落，还会追逐什么东西似的奔跑，但它前面却什么东西也没有。它从不走进那些房间，但眼睛老是盯着那里面，还左右移动着。只有当我的仆人来点上灯，整个屋子变得亮堂时，蒂金斯才会和我一起到房间里去，但它仍会蹲在那里注视我身后，好像有个隐形人尾随着我。狗真是人的好伙伴。

我尽可能委婉地对斯特里克兰说，我想到驻地旅馆去找个住处。我说我很感谢他的热情好客，我对他的枪支和鱼竿也很喜欢，就是对他屋子里的气氛不太习惯。他听我说完，轻声一笑，不过一点也没有讥讽的意思——他是个通情达理的人。接着，他说："留下吧，看看会发生什么事。我知道你的意思，其实你在这里碰到的事情，我一搬来就碰到了。留下来，和我一起等着，看有什么事情发生。蒂金斯一到夜里就离开我，难道你也要走吗？"

我曾帮他处理过一件和当地神像有关的怪事，那次差点让我进了疯人院，所以我再也不想帮他处理这种怪事了。要知道，他对这种怪事早已习惯了，就像人们习惯吃晚饭一样。

于是，我就直截了当地对他说，我很乐意白天来看他，但晚上我不想睡在这里。我说这话时，我们刚吃过晚饭，蒂金斯又到走廊里去了。

"我向你保证，这次没有那次邪乎，"斯特里克兰说，抬头看了一眼顶篷。"你看，那是什么？"

我一看，顶篷和墙壁之间悬荡着两条褐色的蛇尾巴，还投下了两道长长的影子。

斯特里克兰说："要是你害怕蛇，那就……"

我讨厌蛇，也害怕蛇，因为只要你看着蛇的眼睛，你就会觉得，蛇不仅知道人类堕落的全部秘密，而且至今仍是魔鬼的化身，像当初亚当和夏娃被上帝驱逐出伊甸园时一样，对人类的堕落幸灾乐祸。还有，蛇不但会咬死人，还喜欢缠着人的腿往上爬。

"你的屋顶也该找人修一修了，"我说，"把那根马西亚鱼竿递给我！我们把蛇拨下来。"

"不行，它们会钻在屋顶里去的，"斯特里克兰说，"我可受不了有蛇在我头顶上爬，得上去把它们赶下来。你去拿根棍子，我上去摇动顶篷。它们一落地，你就用棍子打。"

我可不喜欢和他一起捕蛇，但我还是去拿了根棍子，在顶篷下面等着——这时，斯特里克兰已从走廊里搬来了一把梯子，并把它搭在墙上。

两条蛇的尾巴缩了进去。顶篷里传来窸窸窣窣的声音，显然是蛇在里面扭动着长长的身体。斯特里克兰踩着梯子往上爬，手里还提着一盏灯。我想劝阻他，说爬到顶篷和屋顶间去赶蛇太危险，弄不好会把顶篷整个扯下来的。

"别废话！"他说，"那两条蛇肯定躲到靠墙的顶篷那边去了，那边比较暖和。"说着，他一把抓住顶篷的一角，用力一拉，"哗"的一声把顶篷撕出了一个口子。接着，他就把头伸了进去。我在下面咬紧牙关，举着棍子，茫然不知上面究竟会落下什么东西来。

"啊！"斯特里克兰吃惊的声音在屋顶和顶篷间回响，听上去很沉闷。"上面的地方还真大！喔，那是什么？"

"是蛇？"我在下面问。

"不，哪有那么大的蛇？快把那根鱼竿的最后两节递给我。它在屋梁上，我要把它捅下来！"

我把鱼竿递给了他。

"这地方真是乱七八糟，难怪会有蛇！"斯特里克兰说着，继续往屋顶上面爬。我看到他的肘部一伸一缩，显然是在用鱼竿捅什么东西。"下去！下去！管你什么东西！下面当心！它下来了！"

差不多就在他说话的同时，我看见客厅中央——就在那张点着灯的桌子上方——有一大片顶篷沉了下来。我马上去把灯挪开，又赶紧退到一边。顶篷承受不住上面的重量，"哗啦"一声撕裂了，只见一大包很重的东西从顶篷里掉了出来，"扑通"一声落到了桌子上。那包东西用一块桌布包着，我不敢上前去看，愣愣地等着斯特里克兰从梯子上下来。

斯特里克兰平时就是个沉默寡言的人，此时他也什么都没说，只是走到桌边，见那包东西上有一个角的包布松落了下来，便伸手一翻，把隐约露出的一角又盖上了。

"真没想到，"他放下灯，终于开口说，"我们的朋友伊姆莱回来了！哦，你很想回来，是不是？"

包布下有什么东西动了一下。一条褐色的小毒蛇从里面爬了出来，但随即就被斯特里克兰用鱼竿打断了骨头，在地上蠕动着。我一阵恶心，连当时说了什么也记不得了。

斯特里克兰给自己倒了一杯酒，沉思起来。那包东西里再也没有一丝动静。

"这是伊姆莱？"我问。

"是啊，"他说，还翻开包布看了一眼。"脖子被割断，头都快掉下来了。"

我们这么说着，心里其实都在说："怪不得，他老在这屋子里叫冤。"

蒂金斯突然在花园里狂叫起来。一会儿，它又用大大的鼻子顶开了客厅的门。

它用鼻子嗅了一阵，站在那里没动。这时，破碎的顶篷几乎整块塌落了下来，房间一下子变小了，所以我们想躲也没地方躲，只好站在那包东西旁边。

蒂金斯进来后就蹲下了；它龇牙咧嘴，但身体却像生了根似的一动不动。它望着斯特里克兰。

"这事可麻烦了，老夫人，"斯特里克兰对它说，"没有人会爬到屋梁上去死的，就算是这样，人死了也不会把顶篷再拉好啊！让我们来想一想。"

"让我们先换个地方，然后再想吧，"我说。

"好主意！把灯熄了，到我房间里去！"

我没有熄灯，而是提着灯直往他房间走。斯特里克兰只好摸黑跟着我进了房间。我们点起烟斗，开始想——其实，是斯特里克兰在想，我早吓呆了，只知道猛抽烟斗。

"伊姆莱回来了，"斯特里克兰说，"可问题是——谁杀了伊姆莱？不要说话，我好像有点想法了。我当初租下这屋子时，把伊姆莱的大部分仆人都留了下来。伊姆莱是个好人，从没得罪过什么人，是不是？"

我说是的，虽然我根本不认识伊姆莱，只看到过那包东西。

"如果我把所有仆人一起叫来，他们谁也不会承认，而是一起撒谎。你看怎么办？"

"那就把他们一个一个叫来。"我说。

"这样他们也会相互串通，"斯特里克兰说，"我们必须把他们相互隔离。你觉得你的仆人知不知道这件事？"

"看样子他好像知道，但我想他不可能知道。他毕竟才来了两三天，"我回答说，"你到底是什么意思？"

"我自己也说不清。真见鬼了，这人怎么会跑到顶篷上去的呢？"

这时，门外有人重重地咳嗽了一声。是斯特里克兰的贴身仆人巴哈杜尔·汗，他睡醒了，想来为斯特里克兰铺床。

"进来，"斯特里克兰说，"今晚天挺热的，是吗？"

巴哈杜尔·汗是个足有六英尺高、扎着绿色头巾布的印度人。他说，天气是挺热的，可托大人的福，过几天就会下雨，大伙会凉快一阵的。

"但愿如此吧，那要上帝保佑了。"斯特里克兰一边脱着靴子，一边说。"我在想，巴哈杜尔·汗，我雇你为我干活已有好多天了——你是什么时候开始为我干活的？"

"大人难道忘了？那是在伊姆莱先生偷偷去了欧洲的时候——他什么也没说，就走了。自那以后，我就有幸伺候您大人了。"

"伊姆莱先生去了欧洲？"

"仆人们都是这么说的。"

"要是他回来了，你还愿不愿意伺候他？"

"那当然，先生，他是个好主人，很体谅仆人的。"

"是啊，说得没错。我有点累了，可明天还要去打野鹿。你把那支步枪递给我，巴哈杜尔·汗，就在那边的盒子里。"

巴哈杜尔·汗俯下身，打开枪盒子，把枪筒、枪托和子弹盒一一递给斯特里克兰。斯特里克兰好像很累似的打了个哈欠，然后把枪拼装好，还从子弹盒里取出一颗子弹，塞进了枪膛。

"伊姆莱先生偷偷去了欧洲！这真是奇怪，巴哈杜尔·汗，你说呢？"

"大人，那是白人的事情，我能知道多少？"

"那倒也是，你不太知道。但你马上就要知道了！我告诉你，伊姆莱先生回来了！他现在就躺在隔壁房间里，在等着他的仆人！"

"先生！"

这时，那支步枪已对着巴哈杜尔·汗的胸膛，枪筒在灯光下显得特别亮。

"走吧，去看看！"斯特里克兰说，"提着灯。你的主人累了，他正等着你呢，走啊！"

巴哈杜尔·汗提起一盏灯，走进了客厅。斯特里克兰紧跟着他，而且一直用枪顶着他的背脊。巴哈杜尔·汗抬头看了看塌落在桌子上方的顶篷，又低头看了看脚前那条还在蠕动着的小毒蛇。当他最后看到桌子上那包东西时，脸色顿时变得灰白。

"看见了吗？"斯特里克兰问。

"看见了。我是在这个白人手里遭的殃，现在还要把我怎么样？"

"这个月里就把你绞死，还能怎么样？"

"因为我杀了他？不，先生，想一想，是他在我们仆人中间走来走去，还盯着我四岁的孩子看。我的孩子中了邪，没过十天就发烧死了，我那可怜的孩子！"

"伊姆莱先生说了什么？"

"他说我的孩子长得好，还拍了他的脑袋，孩子就死了。为这事，那天晚上伊姆莱先生在睡觉时，我就杀了他。我把他拖到了屋梁上，又把顶篷收拾好了。这是为了我孩子，大人！现在我把事情都讲了，大人要把我怎么样，我也没办法了。"

斯特里克兰端起枪瞄准他，同时对我说："听见了吗？这是他的供词，你是证人。是他杀了伊姆莱。"

巴哈杜尔·汗脸色灰白，呆呆地站幽暗的灯光下。但听到斯特里克兰的话，他马上又自我辩解起来。"我是没有办法才这么做的，"他说，"事情是这个人惹出来的。他眼睛里有邪气，让我的孩子中了邪，我才杀了他，还要把他藏起来。这事只有妖孽，"他朝正蹲在那里盯着他的蒂金斯看了一眼，接着说，"只有像这样的妖孽才会知道。"

"真聪明。但你应该用绳子把他吊在屋梁上才是，现在你自己要被绳子吊起来了。来人！"

回应斯特里克兰的是一个睡眼惺忪的警察。在他身后还跟着另一个警察，而奇怪的是，蒂金斯此时竟一动不动地蹲着。

"把他带到警察局去，"斯特里克兰说，"要审问一下。"

"这之后，就绞死我？"巴哈杜尔·汗说。他毫无逃跑的意思，两眼直愣愣地看着地面。

"只要太阳还会出来，河水还在流——就得绞死你！"斯特里克兰说。

巴哈杜尔·汗不由得倒退一步，身体还摇晃了几下，但没有倒下。两个警察正等着斯特里克兰的下一个命令。

"走！"斯特里克兰说。

"不；可我自己还能走，"巴哈杜尔·汗说，"你看！我马上就要死了。"

他抬起脚，只见他的小脚趾上挂着一条小毒蛇——就是那条半死不活的小毒蛇，在临死前一口咬住了他的小脚趾。

"我是个有家产的人，"巴哈杜尔·汗站在那里摇摇晃晃地说，"我不能让人把我拉到广场上去绞死，那样会叫我丢脸，所以我用了这个办法。记住了，我把先生的衬衣都叠好了，先生的脸盆里还有一块肥皂。我的孩子中了邪，我杀那个人是驱邪，你们为什么要绞死我？现在我保住了脸面，我……我……要死了。"

一个小时后，就像所有被褐色小卡拉蛇咬过的人一样，他死了。警察把他的尸体，还有那包用桌布包着的东西，全都送到了指定的地点。为了弄清伊姆莱失踪案真相，这是必须做的。

"现在是十九世纪，"斯特里克兰一边准备上床睡觉，一边平静地对我说，"竟然还有这种事。你听到那人说的话了吗？"

"听到了，"我回答说，"伊姆莱犯了个错误。"

"是啊，就是因为他不了解当地人有多迷信，又凑巧碰上季节性热病。要知道，巴哈杜尔·汗跟着他有四年了。"

我不由得打了一个寒颤。我的仆人跟着我也正好是四年。我回到自己的房间，看到我的仆人正等着为我脱靴子。他冷漠得就像铜币上的头像，脸上毫无表情。

"知道巴哈杜尔·汗出了什么事吗？"我说。

他的回答是："他被蛇咬了，死了。别的事，先生，您都知道。"

"那你知道多少？"

"我只知道个大概，就是那天黄昏有人来，后来又不见了，我想那是个来讨命的鬼。先生，您坐下，让我把您的靴子脱了。"

我筋疲力尽，正要睡着时，听见斯特里克兰在他的房间里喊：

"蒂金斯回到它自己的地方去啦！"

确实如此。那只硕大的猎鹿犬正端庄地卧在自己床上，卧在属于它的毯子上，而在隔壁房间里，那塌落的顶篷仍在桌子的上方悬荡着。

（吕　侃　译　刘文荣　校）

昂什丽娜，或闹鬼的屋子

［法］埃米尔·左拉　著

1

大约两年前，我骑自行车经过波瓦西村北面靠近奥什瓦尔村的一条荒凉的小路。忽然，路边有一所屋子使我感到惊异，于是我跳下车，想去看看清楚。这是一所很普通的砖砌屋子，在十一月灰暗的天空下被卷着落叶的寒风吹刮着，周围是一大片园子，里面长着一些老树。但是，这屋子又与众不同：它那副破败凄凉的样子使你看了会胆战心惊，觉得有一种阴森森的气氛。园子的铁门已经拆了，一块因风吹雨淋而褪了色的大木牌子上写的字表明，这是一所待售的屋子。我觉得很好奇，便怀着忐忑不安的心情走进了园子。

这屋子大约有三四十年没人住了。历经多少个严冬，屋檐、门框和窗框上的砖头已经松动，而且长满苔藓和地衣。屋子正面的墙上有一道道裂缝，犹如早生的皱纹铭刻在这座还相当结实、但被人遗弃的建筑物上。屋前的台阶也已开裂，长满荨麻和荆棘，看上去就像一道通往荒凉和死亡的门，令人望而生畏。更加凄惨可怕的是那些窗子，没有窗帘，空荡荡的，连海青色的窗玻璃也被孩子们用石头砸碎了；一间间空房间，从外面都可以感觉到是那样阴沉沉的，而那些窗子，就像死人的眼睛，睁得老大，却空空如也。至于屋子周围，面积很大的园子已一片荒凉。从前的花坛现在已认不出是花坛，里面长满杂草。园里的小径也被野草吞没。矮树林已变成野树林，而在那些高大的老树下，潮湿的地面上爬满了野藤和荒草。那天秋风凄凄，如泣如诉，把老树上仅剩的几片枯叶也卷走了。

面对着这片凄凉的景象，在它的呻吟声中，我木然地站了很久很久。我的心被一种无名的恐惧和油然而生的愁绪搅得惶惶不安；然而，强烈的好奇心，想知道这一切为何会如此不幸和痛苦的愿望，又诱使我待在那里迟迟不走。最后，我总算下决心走出了园子，发现路对面的岔道口上还有一所破屋子，看上去像是一家兼带卖酒的小旅店。我走进这家旅店，想找个当地人聊聊。

店里只有一个老妇人，她给我端来一杯啤酒，嘴里唠唠叨叨地说个不停。她抱怨说，在这条荒僻的路上每天只有两三个骑自行车的人路过。她没完了地说着，说到她自己的身世，说她叫杜圣大娘，是和丈夫一起从维农到这儿来开店的，起初生意还不错，但自从她丈夫死后，生意就越来越不行了。她滔滔不绝地说着，但是当我一问起附近那所屋子的情况，她马上就变得格外谨慎，疑虑重重地看着我，好像怕我从她那里打听到什么骇人听闻的秘密似的。

"噢！您是说索瓦依埃尔，这里的人说它是闹鬼的屋子……我可什么也不知道，先生。我来晚了，到今年复活节，我来这儿才三十年，可那些事是四十年前发生的。我们来这儿时，那屋子就已经和您现在看到的差不多样子了……过了多少个夏天，过了多少个冬天，那屋子除了砖头落下来，什么都没变。"

"可是，"我问，"既然想卖掉它，为什么没人买呢？"

"噢！为什么？为什么？我怎么知道？……有那么多传说……"

最后，我终于得到了她的信任，她便迫不及待地把她听到的传说讲给我听。开始她说，附近没有一个女孩子敢在太阳下山后走进索瓦依埃尔，因为听说一到夜里那屋子里就有幽灵出没。我听了觉得惊异，离巴黎这么近的地方，居然还有人相信这种事！她见我不以为然，便耸耸肩，想显得她并不怕这种事，但她脸上的表情依然显示出她内心的恐惧。

"这可是真的呀，先生。为什么没人买？我见过许多买主来看房子，可一个个都赶紧走了，再也不来了。是呀，看来那是真的，来看房子的人只要大着胆子走进那屋子，屋里就会发生种种怪事：门会动，会自己

'砰'的一声关上，像有一阵阴风刮来；地窖里会发出叫声、哼哼声，还有哭声；要是您还待着不走，就会听到一个凄惨的声音，一遍遍地叫着：'昂什丽娜！昂什丽娜！昂什丽娜！'听了叫人骨头都会发冷……我跟您说，这可是真的，有凭有据，您去问谁都会这么说。"

我听了她的话，不仅一下子被吸引住了，而且有点毛骨悚然。

"那么，那个昂什丽娜是什么人？"

"噢，先生，那说起来话就长了。我说过，我可什么都不知道。"

尽管如此，她最后还是把事情原原本本地告诉了我。大约四十年前，也就是一八五八年前后，那时正是第二帝国兴盛时期，在杜伊勒利宫廷身居要职的德·G先生却不幸丧妻，留下一个大约十岁的小女儿，叫昂什丽娜。那小姑娘长得和母亲一模一样，美得出奇。第二年，德·G先生便娶了一位将军的遗孀，也是一个出名的美人。据说，就在德·G先生续弦之后，他的女儿昂什丽娜和继母之间便因相互嫉恨而闹得不可开交。做女儿的看见亲娘被忘掉，家里这么快就出现一个陌生女人，当然痛心万分；做继母的见那小姑娘活像她母亲的翻版，老担心丈夫会见到她就想起前妻，所以怀恨在心。索瓦依埃尔就是德·G先生和他新娶的妻子所居住的府邸。一天晚上，继母看见丈夫正在温存地抱吻女儿，于是妒火中烧，发疯似的狠狠打了孩子一下。孩子仰天倒下，后脑勺着地，当场就死了。接下来的事情更加吓人：父亲惊慌失措，为了掩盖妻子的杀人真相，便亲自偷偷地将女儿的尸体埋在地窖里。尸体埋了好多年，这期间他们一直对外说小女儿上姑母家去了。后来，有一条狗拼命地在地窖里刨，还汪汪地叫个不停，这才让人发现了尸体。但是，事情上报到杜伊勒利宫，宫廷又想方设法为德·G先生把这件事掩盖了过去。现在，德·G先生和他的妻子都死了，昂什丽娜却每天夜里都要从昏暗的阴间回来，而且每次都有一个凄惨的声音呼唤她的名字。

"这都是真的，"杜圣大娘最后说，"我说的千真万确，就像二加二等于四一样。"

我惊讶地听着她说，虽然我并不完全相信这是真的，但那离奇而凄切的戏剧性情节却使我为之入迷。那位德·G先生，我曾听人说起过，还似乎记得他确实续过弦，而且确有一桩家庭不幸使他郁郁寡欢。难道这是真的？真有这么惊人的悲惨故事？人的嫉妒真有那么强烈，竟会发展到疯狂的地步？这真是一个前所未有的、最可怕的情杀案：一个美丽无比的女孩，竟然会被她的继母所杀，又会被她的亲生父亲埋在地窖的角落里！简直骇人听闻，实在太可怕了。我还想问下去，但我想：何必问到底呢？听到一个带着民间丰富想象力的恐怖故事，不就足够了吗？

于是，我又骑上自行车，朝索瓦依埃尔望了最后一眼。那所凄惨的屋子在夜幕下张着一扇扇空空荡荡的窗子，就像死人的眼睛一样呆呆地瞪着我。秋风在老树间哀鸣。

2

为什么这个故事会深深印入我的脑海，使我久久难忘，甚至变成了一种执拗的念头，老是折磨着我呢？这是一个很难解答的心理学问题。像这样的传说在乡间是很多的，这一个也同样不足为奇，但我尽管对自己这么说，仍然没用。我心里就是老惦记着那个死去的小姑娘，耳边老听到那凄惨的声音，那四十年来每天夜里都在那所阴森森的屋子里叫着可爱而可怜的昂什丽娜的名字的呼喊声。

开冬后的头两个月里，我一直在调查这件事。我想，像这样一件失踪案，这样一个不寻常的奇闻，当时只要稍稍走漏一点风声，报纸一定会奉为至宝的。我于是就到国立图书馆去查阅当时的报纸，但没有找到任何与此有关的线索。后来，我又去找当时在杜伊勒利宫里任过职的人了解，可没有一个人能给我明确的回答。我得到的仅仅是一些相互矛盾的说法。虽然我对这件神秘的事情仍然无法忘怀，但要想查明真相看来是没有希望了。没想到，一天上午，我却意外地获得了新的线索。

我每隔两三个星期都要去拜访一次我所尊敬的而且和我亲密无间的老诗人Ｖ。他今年四月已经过世，死时将近七十岁。多年来，他由于两腿瘫痪，一直只能呆坐在阿萨街他的小书房里的一张沙发椅上。小书房的窗朝着卢森堡公园。他就坐在那儿，一天又一天地慢慢度过他充满梦幻的余生，凭着他那诗人的想象力为自己盖起一座远离尘世的理想之宫，而他就在这理想之宫里爱着、痛苦着。我们谁能忘记他那张清秀而和蔼的脸、那头像幼儿般的鬈曲的银发，和那双仍带着青春的纯正和温柔的蓝眼睛？我们虽不能说他一直在说梦话，但实际上他确实是不断地在幻想，因而谁也吃不准在他那儿现实在何处终止，梦幻从何处开始。他是个非常惹人喜爱的老人，由于对世事长期漠不关心，他说出来的话常常像泄漏天机似的既玄乎又奥妙，使人听了不由得神往。

那天，我正和他在窗边闲聊。小书房里生着熊熊的炉火，外面天寒地冻，卢森堡公园里白雪皑皑，一派无垠的净洁气象。不知怎么，我和他谈起了索瓦依埃尔，谈起了那个老挂在我心头的故事：父亲续弦，继母嫉恨活像亲娘的小女孩，以及小女孩后来被埋在地窖里，等等。他脸带微笑——即使在忧郁时他脸上也带着宁静的微笑——听我说完。接着是一阵沉默。他那双温柔的蓝眼睛茫然地望着远方，望着白雪皑皑的卢森堡公园。随后，他微微颤动了一下，好像被一种梦境所笼罩。

"我，曾经和德·G先生很熟……"他慢吞吞地说，"我认识他的第一位夫人，一个人间难寻的美人；我也认识他的第二位夫人，天仙般美貌，不比第一位逊色。这两个女人，我甚至都爱过，只是从来没有向她们吐露。昂什丽娜，我也认识，她长得还要美，凡是男人都会拜倒在她的裙下……但是，事情的经过，却不完全像您所说的那样。"

我不由得激动起来。我本已不指望能查明事实真相，难道说它就在这儿等着我吗？我就要彻底了解这件事了吗？我一开始简直不敢相信，但仍对他说：

"啊！我的朋友，您可帮了我大忙了！我的头脑看来可以得到平静了。请您快说吧，把一切都告诉我。"

然而，他好像并没有在听我说，眼光仍停留在远方。过了一会儿，他开始用梦幻般的声音说话了，听起来好像他是一边说一边在虚构人物和情节：

"昂什丽娜十二岁时，她的心灵就已经像成年人一样充满了爱情，就已经强烈地体会到了欢乐和痛苦。她每天看到自己的父亲拥抱新娶的妻子，心里便燃起了如疯似狂的妒火。她痛苦万分，因为她认为这是最可怕的背叛。这一对新婚夫妇不仅侮辱了她母亲，对她自己也是一种折磨，使她为之心碎。每天夜里，她都听见母亲在坟墓里喊她，于是有一天深夜，这个十二岁的少女实在太痛苦了，或者说爱得实在太深了，她为了去见自己的母亲，便拿起一把刀，插进了自己的心窝……"

我大声叫起来：

"天哪！难道有这样的事？"

"第二天，"他好像没听见我的话，自顾自说下去，"德·G先生和他的妻子发现昂什丽娜躺在小床上，那把刀正插在胸口，一直插到刀柄。可想而知，他们是多么惊慌，多么害怕！他们本来第二天要去意大利，当时家里只有一个照料这孩子的老女佣。他们生怕有人告发他们，于是便在老女佣的帮助下把女孩的尸体埋了。这是真的。不过，是埋在屋后一棵大橙树下的花坛边上。后来，直到德·G夫妇都死了，老女佣把这件事讲出来，当天，人们便把尸体掘了出来。"

我忽然起了疑心，一边不安地打量着他，一边想他是不是在凭空编造。

"可是，"我问他，"您相信不相信昂什丽娜每天夜里都要回来，回答那神秘而凄厉的呼唤声？"

这时，他终于看了我一眼，脸上露出长者慈祥的笑容。

"是呀！我的朋友，人人都会回来。那可爱的姑娘在那个屋子里爱过，也痛苦过，在她死后，您为什么不愿意让她的灵魂仍然留在那个地方呢？如果现在还有人听到有声音在喊她，那就是说她还没有获得新生，不过您放心，总有一天，她的生命会重新开始，因为世间万物都会重新开始，没有一去不返的东西，爱和美也一样……昂什丽娜！昂什丽娜！昂什丽娜！她将在阳光下，在鲜花丛中获得新生。"

听他这么说，我心里当然既不相信，也无法平静。我的老朋友V，这个天真的诗人，简直把我弄得越来越糊涂了。他肯定是像做诗一样在凭空虚构。但是，也有可能，像所有先知先觉的人那样，他能预言未来。

"您刚才所说的，都是真的？"我还是不揣冒昧地笑着问他。

他也报以和蔼的微笑。

"当然是真的，难道无限不是真的？"

这是我最后一次见到他，因为我不久以后便离开了巴黎。他的身影一直出现在我眼前，他的梦幻似的目光消融在卢森堡公园的皑皑白雪里，他对自己漫无止境的梦想充满信心，因此他才会显得那么宁静。然而我却无法安心，还一直想弄明白那件扑朔迷离的事情。

3

过了一年半。这一年半里，我不得不到处旅行。在那场只有上帝知道会把我们带到何处去的风暴[1]中，我的生活既充满了忧伤，又充满了欢乐。然而，我时常还会听到那凄惨的呼喊声从远方传来，直入我的肺腑："昂什丽娜！昂什丽娜！昂什丽娜！"于是我就浑身颤抖，疑心重重，想弄明白事实真相的欲望使我不得安宁。我始终没法忘却这件事，而最使我感到痛苦的是我对它一直半信半疑。

六月，一个晴朗的夜晚，连我自己也不明白，我怎么会又骑着自行车到了通往索瓦依埃尔的那条荒凉的路上。是我有意想再去看看呢，还是本能驱使我离开大路朝那个方向驶去的？我说不清楚。总之，我去了。

这时已近八点，但在这一年之中天日最长的几天里，落日的余晖仍映照着，天空中没有一丝云彩，呈现出一望无际的金黄色和蔚蓝色。微风轻轻地吹着，那样温柔；花草树木散发着气息，那样芬芳；辽阔宁静的田野一望无边，又是那样使人心情舒畅！

和前一次一样，我在索瓦依埃尔前吃了一惊，赶紧跳下车来。我一时甚至都不相信自己的眼睛了。难道这就是那所屋子吗？漂亮的新铁门在夕阳下闪闪发光，围墙已修复得整整齐齐，而那所隐约显现在树丛中的屋子，像重新获得了新生，整洁而明亮。难道这就是诗人所预言的复活吗？难道昂什丽娜已回答了那遥远的呼声，真的重返人间了吗？

我站在路边，心潮起伏，望着那所屋子。这时，我身边突然响起"笃笃"的脚步声，把我吓了一跳。原来是那个杜圣大娘，她牵着牛正从附近的苜蓿地里走来。

"这些人住在里面不害怕吗？"我指着那所屋子问她。

她还认得出我，拉住牲口停了下来。

---

1 指"德莱菲斯案件"，在这一案件中，左拉不仅为受陷害的德莱菲斯辩护，还写了《我控诉！》一文抨击法国当局，因而被迫流亡英国。

"噢！先生，有些人是胆大包天的。那所屋子已经卖出去一年多了。不过买它的人是个画家，画家 B，您知道，这些搞艺术的人可什么事都会做。"

她牵着牛走了，临走前还摇摇头说了一句："等着瞧吧！"

画家 B，就是那个曾为许许多多可爱的巴黎女人画过像的风雅而才气横溢的艺术家！我和他有点认识，在戏院、展览馆或者别的地方见过面，还握过手。我一下子产生了想进去的念头，想把我一直挂在心里的事告诉他，要是他知道实情，那就求他告诉我，以解开我心中的疑团。于是，我把自行车靠在一棵满是苔藓的老树上，没有多加考虑，也没有因为穿着满是尘土的自行车服而却步，因为这样的服装如今已不再招人讨厌了。一个仆人听到急促的门铃声，走了出来。我递上名片，他要我先在花园里稍等片刻。

我朝四周环顾，更加惊讶不已。屋子正面已整修一新：裂缝不见了，砖头也都严严实实了；台阶四周种着玫瑰花，又成了一道殷切期待着客人的门；那些窗户好像在欢笑，在讲述着白窗帘后面的房间有多么舒适愉快；还有，园子里的荨麻和荆棘也都已清除，花坛一个个显露出来，犹如巨大的花束散发着清香；那些多年老树也恢复了青春，沐浴在春天金雨般的夕阳下。

仆人回来，把我领进客厅，说主人到邻村去了，但马上就会回来的。我巴不得能在这里待上几个小时；我静下心，第一件事就是观察这客厅。客厅布置得很考究，铺着厚厚的地毯，摆着又宽又长的卧榻和又深又软的沙发，窗子上和门上都挂着印花布帘子。这些帘子很大，所以我刚进来时觉得客厅里有点暗。不一会儿，天色暗了下来。我不知道还得等多久，他们好像把我给忘了，连一盏灯也没有端来。我于是只能坐在黑暗里沉思冥想，那个悲惨的故事又整个地出现在我眼前。昂什丽娜究竟是为人所杀的呢，还是她把刀插进了自己的胸膛？想到这里，处身在这所黑咕隆咚的闹鬼的屋子里，我真的害怕起来。起初只是稍稍有点不安，身上泛起鸡皮疙瘩，后来越来越觉得可怕，浑身发抖，四肢冰凉。

忽然，我好像听到什么地方发出隐隐约约的声响，一定是在地窖深处：低沉的呻吟声、凄切的抽泣声和幽灵移动时沉重的拖曳声。接着，这些声响好像升了上来，越来越近了，这阴暗的屋子里好像充满了恐惧和不祥的气氛。冷不防，那可怕的喊声响了起来："昂什丽娜！昂什丽娜！昂什丽娜！"喊声一声比一声响，我只觉得一股阴风扑面而来。客厅的门忽地打开，昂什丽娜进来了，径直朝里面走去，根本没有朝我看。但我认出是她，因为她进来时灯光从前厅照了进来。她一定是那个十二岁便死了的小姑娘，真是美貌非凡，迷人的金发披到肩上，一身洁白的衣裳，皮肤白皙得就像她每天夜里从那儿来的那个世界里的泥土一样。她匆匆忙忙、沉默不语地走过，从另一扇门出去了。这时我又听到喊声，但比刚才的要远些："昂什丽娜！昂什丽娜！昂什丽娜！"我惊呆了，站着不敢动，满头冷汗，那阵来自神秘世界的阴森森的冷风吹得我全身毛发一根根倒竖起来。

等我定下神来，大概就在仆人把灯端进来的同时，我发现画家 B 已站在我面前。他握住我的手向我表示歉意，说让我久等了。我也顾不得什么面子了，赶紧把我之所以来找他的原因讲给他听。我一边讲，一边还在索索发抖。他听着，起初不胜惊讶，后来却开始尽力安慰起我来，脸上还露出了那么温厚的笑容！

"亲爱的，您也许不知道，我是第二位德·G 夫人的亲戚。多么可怜的女人！怎么可以指责她杀了那小女孩呢？她非常爱她，哭得和她父亲一样伤心。不过，有一点是真的，那可怜的孩子确实死在这所屋子里，但并不是自杀的，天哪！哪有这样的事！她是生急病突然死的。她的父母深受刺激，便恨这所屋子，一直不愿意回来住。这就是为什么他们在世时这屋子一直空着的原因。他们死后，又由于打不完的官司，使得这所屋子没有卖掉。我倒很喜欢它，多年来一直等着有机会把它买下。我向您保证，直到现在我们还没有看见过什么鬼影儿。"

我又是一阵哆嗦，结结巴巴地说：

"可是，昂什丽娜，我刚才还看见她……那个可怕的声音在叫她，她就从这儿经过，就从这间屋子里穿过去的……"

他瞪着我，吃了一惊，以为我神志不清。随即，他忽然笑出声来，像任何一个生活美满的人那样哈哈大笑。"您刚才看见的是我女儿。她的教父就是德·G 先生，当初德·G 先生思念自己的女儿，就把昂什丽娜这个名字给了她。刚才可能是她母亲在喊她，所以她从客厅里穿过去了。"

他说着拉开门，叫起来：

"昂什丽娜！昂什丽娜！昂什丽娜！"

那孩子回来了，不过是活生生的，愉快欢乐的。是的，就是她，一身洁白的衣裳，迷人的金色头发披在肩上，美丽而闪耀着希望之光，就像春天含苞待放的花朵，孕育着爱的生机和永恒的生之欢乐。

啊！可爱的、复活的姑娘，那死去的孩子再生了！生命战胜了死亡。我的老朋友、诗人V终究说的是真相："世间万物都会重新开始，没有一去不返的东西，爱和美也一样……"母亲的声音在呼唤着她们，这些今日的小姑娘，这些明日的有情人，她们在阳光下、在万花丛中复活了。现在，由于孩子已经回来，那屋子也获得了新生，因为它随永恒生命的重返再次恢复了青春与欢乐。

（刘文荣　译）

霍　拉[1]

［法］居伊·德·莫泊桑　著

五月八日。天气真好！我一上午都躺在屋前的草地上，躺在那棵遮荫着整座屋子的高大的梧桐树下。我爱乡间这个地方，我爱住在这儿，这些又深又细的根把人牢牢地系在他祖先生与死的土地上，而这种联系，就是由人们的思想方式、所吃的食物、他们的习惯、本地菜肴和本地方言、泥土的气味、村庄的气息和空气本身的芳香形成的。

我爱这所我在里面长大的屋子。朝窗外望，我可以看到塞纳河从我位于大路对面的花园边流过，几乎是我的一部分家产。这条又深又宽的河从鲁昂流向勒阿弗尔，河上满是来往的船只。

左边方向是鲁昂，一座有许多蓝色屋顶的城市，那里所有的教堂都敲钟，钟声在清明的晨光中荡漾，随着风强和风弱，我们听到从远处传来的柔和的青铜钟声时而响亮，时而低沉。

今天上午天气晴朗。

大约十一点，一长串船从我的花园大门前驶过，由一只比苍蝇大不了多少的拖轮拖着，很吃力地"噗噗"响，还大团大团吐出浓烟。

两只英国双桅船上的红色商船旗在微风中飘扬，跟在它们后面的是一艘漂亮的巴西三桅船，全白色，又整洁又耀眼。我向它脱帽致意，因为不知为什么，它看上去那么高雅而华贵。

最近几天我一直有些发烧；我感觉一直不好，或者说我一直有点

1　"霍拉"原文为 Le Horla，可能是莫泊桑杜撰的一个词，来源可能是诺曼底人使用的 Horzain 一词，意思是"陌生人"。

抑郁。

使我们的快乐变成抑郁以及使我们的喜悦变成焦虑的那些神秘影响，到底来自何处？好像是大气中充满了看不见又不可知的力量在直接影响我们。我醒来时还精神十足，想放声歌唱；我不知道为什么。后来，我到河边去溜达了一圈，回来时就心里想着家里一定有什么坏消息等着我。对此我无法理解。是不是我着了凉，使我神经紊乱而引起了这种抑郁感？是不是那些云的形状或者光线的变化使我情绪恶劣？我不知道。我们周围的一切，不可见地从我们眼前闪过，不可知地影响我们，只有我们的潜意识和它们有接触，我们视而不见的东西对我们、对我们的器官、对我们的思想，甚至对我们的心灵，具有直接的、惊人的、不可估量的影响。

这种无形的神秘现象是完全不可解释的；我们无法用自己可怜的感觉去探测它——我们的眼睛既看不见极小的东西，也看不清极大的东西；既不能看得太多，也不能看得太近；既看不到星球上的事物，也看不到一滴水里的微生物——我们的耳朵也欺骗我们，会把声波听成音符。我们的耳朵就像魔术师，会奇妙地把这些空气波动变成音响，从而使音乐得以诞生，从自然界本来无意义的波动中创造出和谐。我们的嗅觉远没有狗的灵敏，而我们的味觉要尝出酒的陈度也很难。

唉！假如我们还有另外一些器官能赋予我们神奇的感知力，那我们就能在周围世界中发现多少新事物啊！

五月十六日。我病了，肯定是的，上个月我还很好！我有热度，或者说是一种发热性神经衰弱，这不仅影响我的身体，也影响我的精神。我摆脱不了这种可怕的感觉，总觉得要大难临头了。这种对灾难或者死亡的预感，是一种征兆，表明体内和血液里有某种尚未知晓的疾病。

五月十八日。我刚去看了医生，因为我根本无法入睡。他发现我的脉搏加快，眼眶增大，神经紧张，但不必担忧。他要我洗淋浴和服用溴化钾。

五月二十五日。毫无变化！我的情况确实很糟糕。随着夜晚来临，我就感到一种不可名状的忧虑，好像黑夜里隐藏着某种可怕的威胁。我赶紧吃完晚饭，想读读书，但我读不懂字句，连字母也难以分辨。于是我就在客厅里来回走动，直感到一种隐约而不可抗拒的恐惧。我害怕上床，更害怕睡着。

大约到了凌晨两点，我才到卧室去。一走进卧室我就闩上门，还加了两道锁……我总觉得很恐惧，可又不知道为什么；过去我是从不神经过敏的。我打开衣柜，还查看床底下——我听了又听——听什么？一点点不舒服，也许是血液循环稍有不佳，神经系统有点紊乱，消化系统不太正常，只要我们脆弱的生理功能稍有故障，就会使一个最快活的人变成一个抑郁的人，使一个最勇敢的人变成一个懦夫，你说奇怪不奇怪？我在床上躺下，像等待刽子手似的等待睡眠的来临。我惊恐万分地等着，心惊肉跳，四肢麻木。尽管被子里很暖和，可我还是不寒而栗，直到像一个自杀者一头跳进深渊似的一下子睡着。我像往常一样并没有意识到睡眠的来临；睡眠现在像一个狡猾的敌人躲在我身旁，随时准备扑到我身上，阖上我的眼睛，毁灭我。

我睡了一段时间，大约两三个小时；然后，一场梦，一场噩梦，抓住了我。我清楚地知道自己是躺在床上睡着了——我明明白白而且还能看见自己；但是，我又意识到有个人向我走来，看着我，碰碰我；随后他爬上床，趴在我胸口上，按住我脖子死命地掐，想掐死我。

我拼命挣扎，却无力抵抗这梦中陷害人的鬼魂；我竭力想喊叫，却喊不出声；我使出浑身的劲想翻过身来，把那压在我身上想掐死我的人甩掉——但我一点力气也没有。

猛地，我在极度的恐惧中醒来，浑身是汗。我点燃蜡烛，可房间里除了我并没有人。

经过这种每夜都要重复出现的挣扎之后，我终于睡着了，而且一直平安地睡到天明。

六月二日。我的情况越来越糟。我到底怎么啦？溴化钾和沐浴毫无效果。今天，虽然我也很疲惫，我还是到鲁玛森林里去走得筋疲力尽。我起初想，那么柔和清新的空气，还飘荡着青草和树叶的芳香，是有益于增强我的血液和心脏的活力的。我选择了一条宽阔的猎道，随即又拐到一条两边有参天大树的小路上朝勒布伊方向走，那些大树在我头顶上搭起了一顶墨绿色的帐篷。

忽然，我浑身发抖；这不是因受凉而发抖，而是因恐惧而战栗。

我加快步伐，因孤身一人在树林里感到紧张，为周围一片静寂而无端地、愚蠢地感到害怕。我觉得有人跟着我，就在我的身后走着，还碰到了我。

我猛地转过身来，但只有我一个人。我背后什么也没有，只有一条笔直的路，空空荡荡得使人心寒。

我闭上眼睛，不知道为什么，开始用一只脚跟像陀螺似的旋转；我差一点摔倒。当我重新睁开眼睛时，树木都在跳舞，大地在浮动；我只好坐下。后来，我忘了自己是从哪条路上来的——我完全糊涂了，什么也记不得。我就朝右边走，终于发现我又回到了刚才把我引进树林深处的那条路上。

六月三日。我过了可怕的一夜。我要离开几个星期。一次小小的旅行肯定对我有好处。

七月二日。我回家了，病好了！我度过了一个愉快的假期；我去了圣米歇尔山，那里我过去从未去过。

像我这样在黄昏时到达阿弗朗锡山的人会发现，那里的景色多美啊！那小城建在一座小山上，我下到城边的公园：真叫人赞叹不绝。在我眼前，展现着一望无际的海湾；被远远隔开的两岸互不能见，只见一片茫茫白雾。在这浩瀚的海湾中央，在金黄色的晴空之下，耸起一座奇妙的礁石岛，周围还有沙滩。夕阳西下，这座犹如海市蜃楼般的礁石岛在霞光的映照下显得分外清晰。

第二天一早，我就朝它走去。海潮像昨晚一样已经退去，当我走近时，我不胜惊讶地看见一所修道院矗立在我眼前。大约走了一个多小时我才登上那巨大的礁石岛，那所大修道院就建在岛上的最高处，下面是一片小小的市镇。我沿着陡窄的路往上爬，不久便走进了这座世上最令人赞叹的、为上帝建造的哥特式建筑。它大得简直像一座城市，到处是有拱顶的大厅和有圆柱的回廊。我在这座巨大而精细的花岗岩建筑里信步走着，这里塔楼成群，塔上还有盘旋而上的楼梯。这些塔无论在明亮的白天还是在漆黑的夜晚都笔直地指向苍天，塔顶上雕刻着奇禽异兽和妖魔鬼怪，相互之间还以精巧的弧线连接着。

当我登上最高处时，我对那个为我做向导的修士说："神父，你们在这儿一定很幸福。"

他回答："就是风大，先生。"我们开始交谈，一边看着大海涨潮；潮水涌上沙滩，像一大块钢护胸似的把沙滩盖住了。那修士给我讲了许许多多有关这个地方的故事和传说。

我对其中的一个印象很深：住在这礁石岛上的当地人说，一到夜里沙滩上会发出一种声音，接着是两只山羊的叫声，一只响，一只轻。不信的人认为，这不过是海鸟叫，有时像羊叫，有时像人的叹息。但是，深夜回家的渔夫却振振有词地说，他们曾看见过一个老牧羊人出没在这孤寂的山镇附近，而且总是在两次涨潮的间歇涉水走过浅滩；他的头蒙在衣衫里，后面跟着两只羊，一只是长着男人头的公羊，另一只是长着女人头的母羊，这两只羊都披头散发，边走边说着话，但它们的话谁也听不懂；随后，它们便突然停下来，竭尽全力"咩咩"地叫。

我问修士："你相信吗？"

他低声回答："不知道。"

我又说："如果世上除了我们还有幽灵，那么我们早该发现它们了；您和我一定都见到过。"

他回答说："世上所存在的，我们大概连百分之十都没有看到，不是吗？譬如，就拿风来说吧，它是自然界最有威力的；它把人吹倒，把房屋吹垮，把树连根拔起，把海浪高高举起，把悬崖吹得倒塌，把船吹到礁石上摔得粉碎；它杀戮，它呼啸，它呻吟，它吼叫；可是，您见过它吗？您能看见风吗？而风是存在的。"

对他说的这番话，我无言以答；这个人是个哲学家——要不，就是头脑简单？我吃不准他属于哪一种人，反正我沉默不语了；我自己时常也有同样的想法。

七月三日。我睡得很不好。这里肯定有什么东西使我发烧，因为我的车夫也犯了和我一样的毛病。昨天回家时我见他脸色发白，就问他：

"你怎么啦，儒安？"

"我睡不着觉，先生；晚上睡不好，我就不行了。自从您走后，先生，我好像中了邪似的。"

可是，其他仆人却是好好的。尽管如此，我还是很害怕再犯病。

七月四日。我肯定又犯病了。那噩梦又来了。昨天夜里，我觉得好像有人趴在我身上，用嘴对着我的嘴，从我的嘴唇上把我的元气吸走。是的，他像吸血鬼一样从我的嘴里吸我的元气。他吸饱了就爬起来，我醒来时那样困乏，浑身无力，软绵绵的连动也不能动。要是过几天再这样，我就得再次离开这里。

七月五日。是我失去理智了吗？昨夜发生的事情真是莫名其妙，我想起来头脑都发晕。

当时我像每天夜里一样锁上卧室的门；后来，我觉得口渴，就喝了半杯水，我偶尔注意到水瓶里的水很满，几乎要溢出来了。

这之后我便上床，又是一场可怕的噩梦，大约两个小时后我从噩梦中醒来，感觉比噩梦还要可怕。

想想看，一个人在睡梦中被人杀死，醒来时胸口上还插着一把刀，喉咙里"咯咯"响，浑身是血，呼吸困难，马上就要咽气了，可还不知道究竟发生了什么事——唉，我就是这个样子。

当我终于清醒过来后，又觉得口渴；我于是点燃蜡烛，走到那张放着水瓶的桌子旁，提起水瓶往杯子里倒水；可一滴水也没有，水瓶是空的，完全空的！起初我还稀里糊涂；随即，我一下子明白了，身体一阵战栗，坐了下来，或者毋宁说瘫倒在一张椅子上！一分钟后，我站起身向四处望，但马上又坐下，震惊地、恐惧地对着空水瓶发呆。我呆呆地看着水瓶，想找到某种解释。我的手在发抖。有人把水喝了！谁？当然是我，这里不可能有其他人！这么说，我一定患了梦游症；真没想到，我过的是这种神秘的双重生活，它使我们怀疑自己是否有双重人格，或者是否有某种未知的、无形的外来者进入了我们的体内而我们自己却一无所知。这外来者控制我们的身体，我们的身体听从他，就如听从我们一样，甚至更恭顺。

噢！没有人能理解我内心的焦虑；没有人能想象，一个神志清醒、四肢健全的人一觉醒来，发现水瓶里的水不翼而飞，只能惊恐万状地对着空水瓶发呆时的感受。我就这样呆着直到天亮，再也不敢上床去睡了。

七月六日。我快疯了！今天夜里又有人喝干了我的水瓶——或者说，是我自己喝的。但真是我吗？还有谁呢？我的上帝！我快疯了——没人能救我！

七月十日。我刚刚做过一些试验，结果惊人。我肯定是疯了——是不是？

我在七月六日上床前，在桌子上放了酒、牛奶、水、面包和草莓。有人——大概就是我自己——把水全喝了，还喝了一些牛奶；酒和草莓却碰也没碰。

我在七月七日做了同样的试验，结果一样。

七月八日那天，我没有放水和牛奶，结果没有人动过东西。

后来，在七月九日，我在桌上只放了牛奶和水，还小心翼翼地用白纱布把瓶口扎紧，在我自己的嘴唇上、胡髭上和手上涂了黑铅粉，然后才上床。

我睡得很熟，后来又很难受地醒了过来。我没有在睡梦中爬起来过，因为被子上一点铅粉的污迹也没有。我冲到桌子旁边。包住瓶口的白纱布上也没有污迹。我解开瓶口上的绳子。天哪！水和牛奶全都被喝掉了！

我得马上动身到巴黎去。

七月十二日。巴黎。最近一些日子我一直昏头昏脑！如果不是梦游或者受了那种不可解释的"心理暗示"的影响，那我一定是个神经质的幻想狂。但是，尽管我的极度恐惧已近于疯狂，来巴黎二十四小时后却又恢复正常了。昨天，我到商店买了些东西，还逛了一圈，这使我的心情轻松了许多。晚上我是在法兰西剧院度过的，那里正在上演小仲马的剧本，轻快而感人的剧情使我的心灵完全恢复了正常。确实，一个人在孤寂中苦思冥想是很危险的；我们需要和善思健谈的人交往。长时期离群索居会使我们陷入幻想。我沿着林荫道回旅馆。在熙熙攘攘的人群里，我想起自己上个星期的恐惧和幻觉就感到好笑，那时我还真的相信我的屋子里有什么东西在暗中作祟。我们这些人也真可怜，遇到一点自己解释不了的琐碎小事就惊恐不安，甚至神经错乱。我们不愿明明白白地承认："我不理解这件事，因为我不知道它的原因。"相反，我会马上想到这一定是某种可怕的、神秘的超自然的力量在作怪。

　　七月十四日。共和国节。我一直在街上散步，鞭炮和彩旗使我像孩子般高兴，虽然我总觉得由政府指定某一天为节日并要在这一天里大肆欢庆是一件很愚蠢的事情。老百姓就像一群低能的牛，有时恭顺得几近愚昧，有时又暴躁得几近造反。接到命令说："你们欢庆！"他们服从；接着又接到命令说："去和你们的邻国打仗！"他们也服从。命令他们拥戴皇帝，他们便磕头；接着又命令他们："拥护共和国！"他们便欢呼。

　　那些控制着老百姓的人也同样愚蠢；只是，他们服从的不是某个主人，而是某些原则。这些原则正因为是原则，必然是荒唐的、虚假的，因为他们想确立某些永恒不变的观念，而在这个世界上，根本没有什么不变的东西——我们看到的和听到的都是些幻象而已。

　　七月十六日。昨天我碰到一件事，使我颇为困惑。我在我表姐萨布莱夫人家里吃晚饭，她丈夫是驻扎在利蒙日的七十六轻骑兵部队司令。餐桌上还有两位年轻的夫人，其中一位的丈夫是个叫巴朗的医生，神经科专家，对时下非常流行的催眠术和暗示术颇有研究。

　　他谈到了许多有关南锡学院的英国专家和医生所取得的惊人成就。他宣称的那些事实，在我看来都很荒唐，于是我就大声说我不相信。

　　"要知道，"他坚持说，"我们马上就要发现自然界的一个最重要的秘密，一个对我们这个世界具有极大重要性的秘密；毫无疑问，这对宇宙中其他星球来说也是同样重要的，因为它们将由我们来主宰。自从人类具有思维能力并能通过语言文字来表达思想之后，人类一直感觉到某种神秘现象，但仅凭人粗糙的感观又无法知悉它，于是就力图用智慧来弥补感官能力的不足。由于人的智慧也很粗浅，对这些不可见的神秘现象仅仅是感到普遍的恐惧。这就是人们普遍相信超自然现象，相信神灵、亡魂和妖孽的原因所在。然而，一个多世纪以来，这方面有了新的进展。梅斯美[1]和其他一些人已开辟了一条前人未想到的途径。这样，尤其是在最近四五十年间，我们在这方面已取得许多惊人的成果。"

我表姐和我一样不相信他的话，只是笑了笑。巴朗医生便对她说："夫人，您愿不愿意让我试行一下催眠术？"

"当然愿意。"

她在一张靠椅上坐下，巴朗医生便开始用一种令人着迷的目光盯着她看。我突然有一种模糊的不安感觉；我的心怦怦跳，喉咙有点梗塞。我看到我表姐闭上了眼睛；她的嘴一动一动，胸脯上下起伏。

十分钟后，她睡着了。

"到她背后去，"巴朗医生对我说。

我在她背后坐下。巴朗医生把一张名片塞在她的手里，同时说："这是一面镜子，您在镜子里看到了什么？"

我表姐回答说："看见我表弟。"

"他在做什么？"

"在捏胡髭。"

"好，现在又在做什么？"

"正从口袋里拿出一张照片。"

"谁的照片？"

"他自己的。"

一点不错！这张照片是我傍晚在旅馆里刚刚收到的。

"在照片里他是什么样子？"

"他站着，手里拿着帽子。"

她真的从那张名片、那张白纸片上看到了我的照片，就像从一面镜子里看到一样！

两位年轻的夫人害怕了，大声叫起来："好了，好了，停止吧！"

但是巴朗医生还在对她发出指令："明天上午八点，您起床后到旅

---

[1] 梅斯美（1734—1815），德国医生，生物磁场理论奠基人，曾行医于巴黎并表演催眠术。

馆去找您的表弟；您向他借五千法郎，这是您丈夫要您借的，他明天回来时会向您要这笔钱。"

然后，他把她弄醒。在回旅馆的路上，我一直想着这场古怪的表演。我开始有点怀疑，倒不是怀疑我表姐的真诚，她对我从小就像亲姐姐一样，我绝对没有理由怀疑她——我是怀疑那个医生可能设了一场骗局。他手里会不会偷偷地拿着一面镜子？当他把名片给我表姐看的时候很快把名片换成了一面镜子？我表姐那时昏昏欲睡，是很容易蒙骗的，而这种调包的伎俩则是任何一个魔术师都能轻易施展的。我回到旅馆就上床了。

今天上午，大约八点半，我被仆人叫醒了。他对我说："萨布莱夫人来了，先生，急着要见您。"我赶紧穿好衣服，让她进来。

她焦急不安地坐下，眼睛老看着地板；随后，没撩起面纱就对我说："亲爱的表弟，我想求你帮个忙。"

"什么事，表姐？"

"我很难开口，但又没办法。我，我想向你借五千法郎。"

"你是开玩笑吧！"

"不，不，真的，我丈夫真的要我弄到这笔钱。"

我大吃一惊，说话也有点结巴。我简直怀疑她是不是和巴朗医生合谋来骗我，是不是事先就安排好一场阴谋诡计，然后又有声有色地去表演给我看。可是，当我仔细看了她一阵之后，我的种种怀疑便烟消云散了。她急得浑身发抖，因为丈夫的要求使她万分痛苦；我还看出，她强忍着才没流出眼泪来。我知道她并非真的缺钱，就接着问："你是说，他真的缺这五千法郎吗？想一想，你能肯定他是要你来向我借钱？"

她踌躇了一阵，好像在尽力回想什么事情似的，随后回答说："是……是的！我能肯定。"

"是他写信给你的吗？"

她又踌躇了，思考着。我猜得出她在苦苦思考。她什么也不知道，只知道要为她丈夫向我借五千法郎。她自欺欺人地说了谎："是的，我收到了他的信。"

"什么时候？你昨天还没说起有信。"

"今天一早刚收到。"

"能让我看看吗？"

"噢，不行……里面有些私事……再说，我……我已经把信烧了。"

"那你丈夫一定是欠了债了。"

她又踌躇了，随后声音低沉地说："我不知道。"

我坦率地说："亲爱的表姐，说实话，我现在也拿不出五千法郎。"

她很沉痛地叫了起来："啊！帮我个忙吧，你得想想办法。"

她变得万分激动，像做祈祷似的握着双手。她的语调也变了；她抽泣着，因为她所受到的指令而痛苦不已。

"哦！求求你……要是你知道我现在的心情……我今天必须拿到这笔钱！"

我可怜起她来了。"那好，我去想办法，一弄到钱就给你。"

"哦！谢谢你！你真好！"

我接着说："你还记得昨晚在你家里的事吗？"

"记得。"

"你记得巴朗医生曾对你施行过催眠术？"

"记得！"

"他要你今天上午来问我借五千法郎，现在你是在按他的暗示行事。"

她想了想，回答说："可这是我丈夫要啊！"

整整一个小时，我想说服她，但没有成功。她走后，我就马上到巴朗医生家去。他脸带微笑地听我说过之后说："现在您相信了吧？"

"不得不信。"

"我们到您表姐家去吧。"

表姐正瞌睡蒙眬地倚在长榻上，好像非常困乏。巴朗医生按按她的脉搏，对她凝视了好几分钟，举起一只手放到她眼前，她的眼睛像着了魔似的自动闭上了。

她入睡之后，巴朗医生就对她说："您丈夫根本不需要五千法郎。所以，您要忘记您曾向您表弟借过钱，即使他提起这件事，您也不会明白他在说什么。"

说完，他把她弄醒。我掏出钱包对她说："亲爱的表姐，这就是你一早来向我借的钱，现在给你。"

她连忙拒绝，而且是那样坚决，以致我也不敢坚持了。我想使她回想起来，她确实一早来向我借过钱，可是她矢口否认。她以为我是在和她开玩笑，最后几近认真，似乎要发火了。

……

事情就是这样！我现在已回到旅馆，心里非常困惑，连午饭也不想吃了。

七月十九日。我把这件事讲给一些人听，他们听了都哈哈大笑。我不知道如何是好。看来，有一句话是很有道理的，那就是：不可不信，不可全信。

七月二十九日。我在布其瓦吃过晚饭后又到划船俱乐部的舞会上消磨了一个晚上。显然，环境决定人的一切。在噪蛙岛上，一个人若相信超自然事物会显得愚不可及，可是在圣米契尔山顶上或者在印度人中间，那又是另一回事了。环境对一个人的影响之大真是可怕。我下星期就要回家了。

七月三十日。我昨天回到家。平安无事。

八月二日。仍然无事。天气很好。我望着塞纳河消磨时光。

八月四日。仆人们争吵不休。他们说，柜子里的杯子老被人打碎。男仆怪厨娘；厨娘怪洗衣妇；洗衣妇又怪另外两个女仆。到底是谁打碎的呢？天知道！

八月六日。这次我没有疯。我亲眼看见了……我看见……是的，我看见了……不再有什么疑问了。我看见了！

下午两点，我在花园散步，阳光明媚，秋玫瑰刚刚开花。

当我停下来欣赏一丛正开着三朵花的巨型玫瑰时，我分明看到，就在近旁，一朵玫瑰花的枝条自己弯了下来，好像被一只无形的手折断了，那朵花腾空而起，在空中划了一道弧线，情形就像有人把它拿到鼻前闻了闻。它就这样像一捆可怕的火花悬在半空中，离我的眼睛只有三码远。

我奋身一跳想抓住它，但什么也没有；它消失不见了。这使我很恼火；一个理智清醒的人是不应该有这种幻觉的。

但是，这真是幻觉吗？我回过身去找那根枝条，毫不费力就在另外两朵依然留在枝条上的花中间找到了——刚刚被折断！

我神志恍惚地回到屋里；因为我现在可以肯定，就如黑夜跟着白昼一样确定无疑，在我身边有一种不可见的、幽灵般的东西，它以牛奶和水为生，它能触摸、提携和移动物体；这就是说，它有一种物质形体，但又是我们的感官感知不到的；它就住在我的屋子里。

八月七日。我平安地度过了一夜。它喝了水瓶里的水，但没有骚扰我睡觉。我怀疑我是否疯了。当我在阳光下沿着河岸散步时，我便开始怀疑自己的理智是否健全；这已不是像前些日子的那种恍恍惚惚，而是一种绝对的怀疑。我见过一些疯子；我知道他们中间有不少人除了在某一方面神志不清，对生活中其他方面的事物仍然是明智的，甚至是很有见识的。他们的谈话明确、机灵而精辟，但只要一触及某一方面的事物，他们就会变得混乱不堪了。一切都崩溃了，倒塌了；他们的理智会在浓雾弥漫、波涛汹涌的癫狂之海上消失得无影无踪。

要是我没有清醒的头脑，没有充分意识到自己的状况，要是我不能再继续用理智分析和探测它，那我就可以肯定自己是疯了。事实上，我很可能是某种狂乱因素的受害者，而我的头脑原本是理智的。在我的头脑中，一定有某种神秘的东西、某种生理学家正试图加以探知和解释的东西在起干扰作用。由于这种干扰，我的心灵和我的思维逻辑出现了裂痕。这一现象就出现在梦中，对于梦中出现的最混乱的幻觉我们也不会大惊小怪，因为这时我们的意识和理智能力减弱了，而我们的想象能力却活跃起来。可以肯定，我头脑的键盘上有一个隐秘的按键出了毛病。有些人由于意外事故失去记忆能力，会忘记人名、数字或者日期。毋庸置疑的事实是，思维的各种功能都是由大脑中不同的细胞承担的；所以，如果说我的头脑中对幻觉的控制能力出现了故障，那也是不足为奇的。

当我在河边散步时，我脑子里想到的就是这些事情。河水在阳光下闪闪发亮，大地好像在微笑。我看着这美好的景色，心里充满了对一切有生之物的热爱，那急速飞翔的燕子让人赏心悦目，那河岸上的芦苇在风中瑟瑟作响，又是那样美妙动听。

然而，一种不可名状的不安情绪又慢慢爬上我心头。一种不可解释的邪气好像正在侵蚀我的精力和意志；我只觉得自己不能再往前走了，必须回去。我感到有什么东西在催促我，很痛苦地在催促我回去。这种感觉就像一个人刚离开挚友的病床，突然又马上想回去，生怕挚友的病情恶化。

就这样，我身不由己地转身回去，心里想着，一到家一定有什么坏消息等着，一封信或者一份电报；但是，什么也没有。我于是更为困惑，更为诧异了，因为我怕自己又产生了某种新的幻觉。

八月八日。昨天，我过了一个可怕的晚上。虽然它没有出现，但我总觉得它就在近处，在窥视我，影响着我，控制着我。它这样隐而不见，使我更加害怕，还不如它显现出来，那也不过是一种虽看不见但却是恒常存在的超自然现象。尽管如此，我还是睡了，而且没有受到骚扰。

八月九日。平安无事，但我很害怕。

八月十日。还是无事；但我受不了这种惊恐和内心折磨。我无法待在家里；我要出去。

八月十二日。晚上十点。一整天我都打算出去，但又不能。我要证明我的行动是自由的，而要做到这一点很容易，那就是出去——坐上马车，到鲁昂去。但我就是做不到。这是怎么回事？

八月十三日。某些疾病看来会摧毁人的生理机制，会使人筋疲力尽，肌肉松弛，骨头像肉一样软绵绵的，而肉像水一样溃不成形。我现在的精神状况就是这样，处于一种莫名其妙的溃败状态。我浑身无力，萎靡不振；我连自己也控制不了，毫无意志力；我甚至都无法做决定，因为好像有什么东西在决定着我，我只有服从而已。

八月十四日。我完了！某种外力控制着我、占据了我；这是真的，确实如此。好像有人在支配着我的每一个举动，每一种思想。我什么也做不了，只能像一个浑身颤抖的奴隶一样唯命是从。我要出去，可就是不行——他不允许；所以我只能可怜巴巴地待着，待在他要我待的地方——摇摇晃晃地坐在圈椅上。我想站起身，想证明自己还有能力，但是办不到——我被固定在这张椅子上，椅子又被固定在地板上，没有任何力量能拉起我和这张椅子。忽然，我觉得我一定要到花园里去采些草莓吃。啊，我的上帝！上帝在哪儿？要是真有上帝，快来救救我，让我逃脱这种折磨！啊，上帝，宽恕我，怜悯我吧！可怜可怜我，救救我吧！我在受着地狱的煎熬——啊！实在太可怕了！

八月十五日。我敢肯定，我可怜的表姐来问我借五千法郎时，也是受到了这种控制和外来的支配。她为某种已进入她体内的外力、某个冷酷的暴君所驱使。这是不是预示着世界的末日？这无形的、不可名状的控制力量，这主宰着我的超自然的入侵者，究竟是什么呢？

看来，不可见之物是存在的！既然如此，又为什么自有世界以来，他们从未以现在这种方式显现过呢？我从书本上还从未读到过像我遇到的这种事。要是我能离开这屋子，走得远远的，而且再也不回来，那我就得救了！但是，我却做不到。

八月二十六日。今天，我设法出逃了两个小时，就像囚犯发现牢房的门偶然没锁。我一下子感到自由了，感到它已经走了。我马上命令仆人备车，而且驶到了鲁昂。能命令仆人"去鲁昂！"而且仆人服从了我的命令，那真是莫大的快乐。

我在市立图书馆前停下，要求借阅赫尔曼·海勒斯托斯博士有关古代和现代隐秘人的大作。随后，当我钻进马车后，我本想说"去火车站！"但不知怎么了，我竟用根本不是我平时的嗓音大声喊："回家去！"嗓音之大，使过路人都惊奇地回过头来，而我既恐惧又痛苦地瘫倒在座位上。它已发现了我，而且又开始控制我了。

八月十七日。我过了一个阴沉沉的夜晚，但我真应该感到高兴。我读书一直读到一点钟。赫尔曼·海勒斯托斯，哲学和宇宙学博士，记述了所有在人间游荡或者在梦中显现的不可见的存在物。他讲到它们的起源、影响范围和能力。但是，它们之中没有一个像现在纠缠着我的这个怪物。看来，自人类具有思维能力以来，一直万分恐惧地预感到有某种新的存在物，这种存在物胜过人类，必然要取代人类主宰世界；人类感觉到这种存在物就在自己身旁而又无法预知这位强者的性质，于是就在恐惧中幻想出种种虚幻而神秘的东西，种种出自人类恐惧的魑魅魍魉。

唉，读到凌晨一点之后，我走到开着的窗户边坐下，在柔和的夜风中清醒清醒头脑。天气很好，很暖和。在过去，像这样的静夜该是多么可爱啊！

没有月亮，星星在黑沉沉的天幕上闪烁。在那些星球上有生命吗？那里存在着怎样的形体、怎样的东西、怎样的动物和怎样的植物？也许，在那些遥远的星球上存在着比我们更聪明、更有能力的思想者。他们能看到我们一无所知的事物？他们中的某一个会不会在某一天穿越浩瀚的宇宙空间来到我们这个世界，并征服这个世界，就像诺曼底人过去曾跨越海洋以奴役弱小的民族那样？

我们这些住在这个带着水旋转的泥团星球上的人类，是多么虚弱，多么无能，多么愚蠢而渺小啊！

这样的思想在我头脑里盘旋着，我在清凉的夜风中瞌睡了。大约睡了四十分钟，我被一阵蒙眬的焦躁不安弄醒，睁开眼睛，一动不动。我最初什么也没有注意到；但是，忽然间，我看到桌上放着的那本打开的书在自己翻动书页。窗户里并没有一丝风吹进来。我惊呆了。大约四分钟后，我看见——是的，我亲眼看见的——又一页书自己翻了过去，好像有一只无形的手在翻着。我坐的那张椅子是空的——或者说看上去是空的——但我知道它在那儿，正坐在我的椅子上，在看我的书。我猛地蹦起来，像一只狂怒的畜生似的扑过去，要把它的主人撕得粉碎；我冲过去，发疯似的想抓住它，把它掐死。但是，没等我冲到椅子旁边，椅子就翻倒了，好像有人猛地站起来要逃跑；桌子晃动了一下，台灯落在地上熄了，接着窗户"砰"地一响，好像有一个窃贼受了惊，从窗户跳了出去，随手还把窗帘带动了一下。

它跑了！它其实很怕我！既然如此……明天或者后天……我就会抓住它，把它按倒在地。即使是狗，有时也能胜过它的主人，咬住主人的脖子。

八月十八日。我一整天都在思考。是啊！我会服从它，按它的意愿行事，执行它的命令，就像一个卑微的、恭顺的懦夫。它比我强，但有朝一日……

八月十九日。现在我明白了，一切都明白了。我刚刚在《科学周报》上读到这样的消息："从里约热内卢传来一则惊人的新闻，一种流行性疯病，就如中世纪在欧洲流行的那种严重的疯狂症，现在圣保罗省肆虐。患者抛弃他们的村庄和土地离家出走；他们说，有一种看不见的东西在逼迫他们，控制他们，并像驱赶牛群一样驱赶他们。这东西就像吸血鬼一样在他们睡熟时吸走他们的元气，还喝水和牛奶，但显然不碰其他任何食物。"

"堂·彼得罗·亨里奎兹教授已带领一些医学专家前往圣保罗省对这种奇怪的流行病的起因与症状进行实地研究，从而向皇帝陛下提出治愈此病的最佳方案。"

现在我清楚地想起那条漂亮的巴西三桅船了，它曾在5月8日沿着塞纳河驶过我屋前。我当时还以为它是一艘那么漂亮、那么洁白而令人赏心悦目的船！现在我知道，这怪物就是乘这艘船从南美洲来的，那里是它的故乡。它一定注意到了我的屋子，因为它和那艘船一样白！于是它就跳上了岸。哦！我的天哪！现在我知道了；原来是这样。人类的统治已经结束！它来了，这东西是原始人类所惧怕的，是忧心忡忡的教士想驱除的，是巫婆术士在夜间召来而又无法看到的，是激发人类想象力从而创作出种种神怪传说的源头。史前社会的人类出于恐惧对此只有模糊的概念，后来的科学研究却勾勒出了人类预感的大致轮廓。梅斯美猜测到了这东西的存在；近十年来，医生们又发现了这东西所具有的能力。他们借用这种能力来做试验，使人的灵魂服从于一个神秘的意志，服从于这个世界的新主宰，成为它的奴隶。他们把这种能力称为磁感应、催眠、暗示，诸如此类。现在我知道了，他们就像孩子玩火一样在做一种危险的游戏。这东西是敌视我们的！是敌视人类的！它来了……它叫什么名字？……它好像正在大声呼叫，但我又听不清它在叫什么……哦，对了，它在叫，我听到了……再来一遍！……终于听清了，是"霍拉——"……"霍拉"……这就是它的名字……"霍拉"来了！

老鹰杀死鸽子，狼吃掉羊，狮子吞食水牛；人类又用弓箭、刀剑或者用火药屠杀狮子。但是，"霍拉"只用它的意志力就能使人变成它的牛羊，变成它的仆人，变成它的食物。我们倒霉啦！

然而，牲口有时也会反抗，也会杀死主人……这就是我要做的。我会成功的，但首先我得认识它，接触它，了解它！专家们说，动物的眼睛和我们不同；我们分辨得出的东西，它们未必分辨得出；同样，我们的视力也分辨不出这个正驾驭着我的新东西。

这为什么呢？啊！我想起来了，圣米歇尔山上的那个修士说过："世上所存在的，我们大概连百分之十都没有看到，不是吗？譬如，就拿风来说吧，它是自然界最有威力的；它把人吹倒，把房屋吹垮，把树连根拔起，把海浪高高举起，把悬崖吹得倒塌，把船吹到礁石上摔得粉碎；它杀戮，它呼啸，它呻吟，它吼叫；可是，您看见过它吗？您能看见风吗？而风是存在的。"

于是我想到，我的眼睛是那样有缺陷，那样不健全，即使是固体，若像玻璃那样是透明的，我就看不见了。如果有一长块透明的玻璃挡在路上，我就会看不到它而撞上去，就像关在房间里的鸟撞上窗玻璃一样；此外，还有许多事物会欺骗我们的眼睛，使我们误入歧途。这么说来，我们没能觉察出某个我们不熟悉的透明躯体，就一点也不奇怪了。

一种新的存在！为什么不是？这种东西是肯定要出现的。有什么理由说人类是这个世界上最后的存在？我们无法看到这一存在，因为它不属于和我们同时进化而来的东西。确实如此，因为它的性质更高级，它的躯体比我们更精妙、更完善。我们是那样脆弱，那样拙劣；我们的器官容易老化，而且像过于拉长的弹簧那样常常会崩断。人类的躯体就像植物或动物一样必须依赖空气，依赖蔬菜和肉类提供的营养，而且会生病、会伤残、会腐烂，难以操纵，易于出错，很不可靠；它是费力而拙劣地组合起来的，是一件既精巧又粗糙的产品，是一种为产生更优越、更精致的存在物而预制的坯件。

世上的存在物为数不多，即使把从蚝类到人类全部有形体加在一起，也寥寥无几。如果说进化的某一阶段已经完成，为什么就不应该有一种新的生命形式呢？

为什么不能再有一种呢？为什么不能有一种新型的、开出的花巨大无比、颜色鲜艳夺目、香味弥漫全国的树呢？为什么除了金、木、水、火、土，就不能有另一种元素呢？它们只有五种，人类就是依赖这五种元素而生的。这太可怜了！为什么不能有五十种、五百种、五千种呢？这个世界实在太可怜、太贫穷、太简陋了！那么单调、那么寒酸、那么粗劣！还有什么东西比大象或者河马更笨拙，或者比骆驼更丑陋？

但是，你会说，看看蝴蝶，真像一朵长着翅膀的花！是啊，可我能设想一只比地球大一百倍的蝴蝶，它的翅膀具有难以想象的形状、美色、光泽和动作。我能把它构想出来，并能看着它从一个星球飞向另一个星球；它的翅膀扇出的风，为宇宙万物带来清新和芬芳。我能透过稠密的宇宙空间看着它喜悦地、欢畅地飞翔。

……

我怎么啦？一定是"霍拉"在我身上作祟，把这些疯狂的想法放进了我的头脑。它在我里面，占据了我的灵魂。我必须杀死它！

八月十九日。我会杀死它的。我已经看到它了！昨天晚上，我坐在桌前，装着专心写东西。我知道它会出来游荡，会靠我很近，到时我就能摸到它，说不定还能抓住它。我要使出全身的劲，用我的手、膝、头、牙齿，抓它、蹬它、挤它、撞它、咬它，把它撕得粉碎。

我等着它，浑身紧张。

我把两盏灯都开着，还在烛台上点了八支蜡烛，好像光亮会有助于我觉察到它似的。

在我对面是我的床，一张老式的四柱橡木床；在我右边是壁炉，左边是门，已小心翼翼地关好了——我曾开过一会儿，目的是让它进来。在我背后是一只带镜子的高柜，是我每天对着它梳理和穿衣的；我每次走到它面前，总要从头到脚打量一下自己。

　　为了欺骗它，我假装写东西，因为它正注视着我。忽然，我感到，我敢肯定，它正站在我背后，俯身看我在写什么。我几乎碰到它了。

　　我跳起来，张开双手猛地转过身去，速度快得差点跌倒。房间里像白天一样明亮，但我却连镜子里的我自己也没看到！镜子里一片空白，亮晶晶的，就像一片反射着白光的水面。我虽然就站在它前面，可里面根本没有我的影子。我只看到一面空空荡荡的大镜子。我惊恐地瞪着眼，不敢往前走，甚至不敢动一动；我知道它就在那儿，但它又会从我身边溜掉；这怪物，它那隐匿的躯体吸掉了我的映像。

　　我害怕之极。不一会儿，我忽然模模糊糊地从镜子里看到了自己，就像从水中看到的某件隐隐约约的东西；那水好像从左边慢慢地流向右边；我的映像一秒钟一秒钟地开始清晰起来，就像月蚀快要结束时那样，而使我的映像变得模糊不清的那东西，好像没有明显的轮廓，但不管怎样，是一种半透明体，是逐渐变得透明的。

　　终于，我像往常一样从镜子里完全看到自己了。

　　我已经看到了它！恐惧依然占据着我的心，使我浑身颤抖不止。

　　八月二十日。我无法抓住它，怎么才能杀死它呢？下毒？但它会看到我往水里放毒。再说，我们的毒药对它无形的躯体会起作用吗？不，肯定不会起作用。那我怎么办呢？

　　八月二十一日。我已派人到鲁昂去请个修锁匠来，还为我的卧室定购了一扇铁窗，就是巴黎某些公寓里装在底层用来防盗的那种铁窗。我还要修锁匠为我安装一扇铁门。我这样做，好像患了恐惧症，但我已顾不上锁匠会怎么想了……

　　九月十日。鲁昂，大陆旅馆。我已经干完了……我已经干完了……但它会死吗？那情形真可怕！

　　昨天，锁匠为我装好了铁窗和铁门；就这样，我把门窗都开着，直到半夜，虽然天气已经开始转冷。

　　忽然，我怀着一阵欣喜意识到它在屋里。

　　我慢慢地爬起来，来回踱了几圈，因为这样不会引起它的怀疑。随后，我脱掉鞋子，小心翼翼地穿上拖鞋；接着，我就关上窗，若无其事地走到门口，在门上加了两道锁。这之后，我又回到窗边，把窗也锁上，并轻轻地把钥匙放进了口袋。

我随即感觉到，它正在我四周活动，因为它害怕了，希望我打开卧室的门。我只能服从它，但没有完全服从；我回到门边，把门拉开一道缝，宽度只够我一个人侧身挤出。我长得很高，头顶可碰到门楣。所以我知道，它是不可能出去的——我把它单独关在房间里了。我成功了！我终于抓住它了！我随即跑下楼到了客厅，抓起两盏油灯，把油洒在地毯上、家具上，洒得到处都是。接着，我点着火，逃出屋子，用两把锁把沉甸甸的后门锁得严严实实。

我飞跑到花园旁边，远远地躲在桂树丛里。我等着。时间过得真慢啊！周围一片漆黑，一片沉寂，毫无动静，既没有一丝风，也不见一颗星星；头顶上是大块的乌云，我虽看不见，但我感觉得到，哦！是那么沉重。

我眼睛直盯着屋子，等着。时间真慢啊！我开始想到，火一定自己熄灭了，或者被它扑灭了，但就在这时，只见底层的一扇窗户被热浪"哗"的一声冲开，一道火焰——金红色的火焰——顺着白色的外墙向屋顶升起，不一会儿就把屋顶吞没了。树丛和灌木丛一下子被火光照亮，好像在惊恐地发抖。鸟被惊醒，狗开始汪汪地叫；我觉得好像天亮了！又有两扇窗被热浪冲开，我看见整个底楼已成一片火海。但是，传来一声尖叫，一个女人发出一声恐怖的、撕心裂肺的尖叫，叫声在夜空里震颤；与此同时，顶楼上的两扇小窗"砰"的打开。天哪！我把仆人们全忘了；我好像看到了他们痛苦万状的脸和拼命摆动着的手臂。这时，我恐惧得发疯了，拔腿就向附近的村庄跑，一边跑一边大声呼喊："救命啊！着火啦!"我在半路遇到了已匆匆赶来的村民，便和他们一起往回跑。

现在，整幢房子已经成了一堆熊熊的篝火，四周被照得通亮，令人心惊胆战。在这堆硕大无比的篝火中，人正被活活地烧成灰烬；还有它，被我关在屋子里的那个新的生物，那个世界的新主宰，那个"霍拉"，也正被烧成灰烬。

忽然，整个房顶"哗啦啦"崩塌了，火焰冲天而起。

从这个大火炉的窗口望进去，我看到炉膛里烈火熊熊，我想它就在这炉膛里，死了。

死了？我简直不敢相信。它那看不见的、透明的躯体也许并不像我们的躯体一样会被火烧死？

要是它没死，又怎么样？也许，只有时间才能最后摧毁它那可怕的、不可见的存在。伹是，如果它也害怕疾病、伤残、衰弱和夭折，那它幽灵般的躯体为什么会是透明的、看不见的呢？

夭折？这只有人类才会害怕。"霍拉"却是继人类之后的进化物。人也许在任何一天、任何一个小时甚至每一分钟都会意外死去，而继人类之后出现的一种生物，则只有到了某一天、某一小时、某一分钟，只有当生存极限到来时，才会死去。

是的！毫无疑问，毫无疑问的是，它没有死！现在，除了自杀，我已别无他路。

（刘文荣　译）

厄榭府邸的倒塌

［美］艾德加·爱伦·坡　著

他的心是只悬着的琴；
碰一碰，它就叮咚响。

——贝朗瑞[1]

　　那年秋天的一个沉闷、阴暗而凄寂的日子里，天空中满是低沉的云，令人抑郁。一整天我都骑在马背上，穿越乡间一片荒凉无比的旷野；到了暮色苍茫之际，我终于发现那座凄凉的厄榭府邸映入了我的眼帘。不知为何——只是，我一眼看到那座府邸，心里就产生了一种难以忍受的愁绪。我说难以忍受，因为这种愁绪无法像往常那样可以用恬淡的、即使面对穷山恶水也能赋予它几分诗意的审美愉悦来加以消解。我望着眼前的那幅景象——孤零零的府邸，周围是一片萧瑟的园林——破旧斑驳的垣墙——空洞的、眼睛似的窗户——几丛乱蓬蓬的莎衣草——几根灰的枯树干——我的心情颓丧至极，简直无法用什么来比拟，除非把它比作鸦片瘾过后的那种空虚感——那种不得已面对现实生活的痛苦——那种梦醒后万念俱灰的恐惧。我的心一阵冰凉，一阵沉落，一阵难受——一种不可补救的凄切之感，无论怎样的想象也难以使它升华。为什么——我进而想到——为什么当我默默地凝视着厄榭府邸时竟会如此忧伤？这是个解不开的谜；我沉思着，可我总摸不透那凝聚在我心头

1　皮埃尔-让·德·贝朗瑞（1780—1857），法国诗人。以上诗句引自他的 "Le Refus"（《拒绝》）一诗，但爱伦·坡把原句中的"我的心"改成了"他的心"。

的疑团。我只好退而安于那种不能令人满意的结论：各种简单的自然景物结合在一起，确实具有这样的感染力，那是我们的心灵所不可及的。我想，要是眼前这幅景象稍稍改变一下，那么很可能，它给人的这种伤感的印象就会淡薄很多，或者完全消失也说不定；这样想着，我纵马向一个两岸陡峭的水池跑去。那水池黑黝黝、阴森森的，就在府邸的旁边，水面平静得泛起了一层幽光，倒映出灰蒙蒙的蓑衣草、白惨惨的枯树干和那些空洞的、像眼睛似的窗户——我低头凝视着水面，这些颠倒的、奇形怪状的影像使我不寒而栗，甚至比刚才更觉得毛骨悚然。

然而，我现在却正打算要到这座阴沉沉的大屋子里去住上几个星期。屋子的主人，罗得利克·厄榭，是我幼时的好友；不过我们已多年没见面了。可就在最近，我在国内一个僻远的地方收到一封信——一封他写给我的信——心急火燎地非要我亲自到他那里去，信中的字迹透出某种焦虑不安。他说他身患疾病——神经错乱使他苦不堪言——说渴望见到我，他的挚友，实际上是他唯一的知己好友；说他期待着和我朝夕相处，能因此而感到欢乐，从而使他的病情有所缓解。他在信里就是这么说的，还有其他一些话，语调也同样如此——显然，他的邀请完全出自真心——这使我没有丝毫迟疑的余地；我于是便应邀前往了，可心里仍然对这一不寻常的邀请感到蹊跷。

虽说我们幼时交往甚密，实际上我对我的这位朋友知之甚少。他总是过于谨慎而且惯于沉默寡言。尽管如此，我知道他那个古老的家族不知从哪个时代起，就一直是以一种特殊的气质而出名——这种多愁善感的气质，长久以来一直体现在许多卓越的艺术作品中，而到了晚近，它又表现为对音乐的迷恋（不是喜欢通俗易懂的音乐，而是偏爱复杂难解的神秘音乐），同时也常常表现为慷慨而又从不声张的慈善行为。我还了解到这样一个非常值得注意的事实，即：厄榭家族虽是名门望族，却从未有过旁属世系；换句话说，这个家族完全是单系相传的，而且一直如此，代与代之间几无变化；即使有，也微乎其微。正是这种缺陷，使我不由得想到，那座府邸一成不变的特点恰好是和这一家族的特点相符的；进而我又寻思起两者间在漫漫数百年里可能产生的影响——也许，正是这种没有旁系亲属的缺陷，使这一家族的姓氏总是和他们的房产联系在一起被世代相传；结果是，两者竟然合二为一，家族府邸的原名早被忘记，取而代之的是一个古怪而含糊的名称——"厄榭府邸"。当地人在使用这一名称时往往既指这一家族的住所，同时又指这一家族的人。

我承认，我的举动不免有点幼稚——我朝那个水池俯视了一下——结果只是加深了我最初的奇异印象。毫无疑问，随着我越来越意识到自己有点迷信——这难道不能说是迷信吗？——我反而变得越来越迷信了。我知道，这正是一切恐惧感的悖谬法则。也许就是这一缘故，当我把目光从水面上的倒影再移向府邸本身时，一种奇怪的幻想便油然而生——当然，是一种荒诞不经的幻想，本身不值一谈，我提到它只是想说明我当时的紧张情绪。因为随着这漫无边际的幻想，我竟然真的相信，在这座府邸和周围的园林里弥漫着一种非同寻常的气氛，一种和府邸、园林以及周围的物体都极不协调的气氛——它和这里的空气也不协调，它是从枯死的树木、灰暗的墙壁和死气沉沉的水池里散发出来的一种神秘的、致命的雾气，阴森、沉滞、若有若无，而且是灰蒙蒙的。

我抖擞一下精神，决定抛开心头的幻想，再仔细打量一下我眼前的这座府邸。它最主要的特征就是异常古旧，悠悠岁月已使它黯然褪色。外墙霉迹斑斑，屋檐积尘累累，像蜘蛛网似的悬挂着。但除此之外，倒也没有什么特别破旧颓败的迹象。石墙完好，没有一堵倒塌，只有几块石头碎裂了，在整体完好的石墙上形成一种特殊的点缀。这情形使我想起成年累月堆放在地下室里的旧木器；由于地下室密不透风，那些木器表面上完好无损，实际上已腐朽不堪。不过，这座府邸虽有破损，整体上并不给人以摇摇欲坠的印象。也许只有目光特别敏锐的人才会发现，有一条隐秘的裂缝从正面屋檐蜿蜒而下，一直延伸到墙脚，然后消失在墙脚边幽深的池水里。

注意到了这些，我便驱马走过一条短短的堤道，来到府邸门前。一个仆人牵走了我的马，我就走进了前厅的哥特式拱门。一个侍从悄悄走来，一声不响地带我穿过一条条阴暗曲折的走廊，到主人的书房里去。不知为何，我在走廊里看到的许多东西也在加强我前面讲到的那种令人晕眩的感觉。周围的一切——那天花板上的雕刻，那墙上的深红色的帐幔，那黑油油的地板，还有那些当我走过它们面前就会嘎啦作响的、鬼影幢幢的甲胄之类的收藏品，都是我幼年熟悉的——我一点也不怀疑自己对这一切的熟悉程度——但与此同时，我仍不胜惊讶地发现，所有这些东西在我心里引发的某种幻觉却是我从不熟悉的。我在楼梯上遇到了他们的家庭医生。我觉得他的神情很古怪，有点狡黠，又有点慌张。他带着惊恐的表情和我打了个招呼就走了。这时，侍从打开一扇门，把我引到了主人面前。

我发现自己站在一间非常高敞的房间里。窗户长而窄，顶部是尖的，窗台特别高，即使站在漆黑的橡木地板上也无法向窗外眺望。殷红的微光透过格子玻璃照进来，仅让人看得清房间里显眼的东西，而要想看清较远一点的房间角落里有什么东西，或者想看清房间上方凹凸不平的拱顶，那就是使尽眼力也是徒劳。黑色的帐幔挂满四壁；成套的家具，而且是老式的、陈旧的，放得特别拥挤，令人压抑。四周还散乱地堆放着许多书籍和乐器，整个房间显得死气沉沉。我只觉得有一股阴郁的气息向我袭来。一种阴沉的、无法驱散的黯然神伤的气氛，笼罩着整个房间。

见我进来，原本直挺挺躺在长沙发上的厄榭忙起身来迎接我。他很热情，有点出乎我意料，所以我一开始还觉得这是他故意装出来的，因为他生来就是个悲观厌世的人；但是，当我看清了他脸上的表情之后，我相信他确实是出于一片真心。我们坐下了；好一会儿，他一声不响。我呢，有点可怜又有点担忧地看着他。确实，没有人像罗得利克·厄榭这样，在这么短的时间里竟然变得这么厉害！我简直不敢相信眼前这个人就是我幼年时的那个伙伴。然而，他的脸部特征仍然很明显：脸色灰白；一只眼睛比另一只稍大一点；嘴唇很薄，没有血色，但轮廓清晰而且线条优美；鹰钩鼻子又瘦又尖，但鼻孔显得过大；下巴很小，而且不是外凸的，这表明他脾气温和；头发细软得简直胜过蜘蛛丝；所有这些特征，加上特别宽的前额，构成了一副令人难忘的面相。现在，这些鲜明的脸部特征在我看来似乎更鲜明了；他的脸部表情也更令我吃惊，其变化之大简直使我怀疑自己到底在跟谁说话。他现在的脸色苍白得让人害怕，眼睛里闪着古怪的眼光，这首先使我震惊甚至恐惧；还有那头细软的头发，他毫不在意地听凭它长得像一大把游丝，与其说披挂在脸旁，不如说漂浮在头上。看到他这副怪诞的样子，我无论如何都难以把他当作常人看待。

我这位朋友的举止也马上使我想到他是否正常——他的动作很不协调；而且，我很快就发现，这是因为他总是费劲地想控制住一种习惯性痉挛——一种过度的神经紧张。我对此其实是有所准备的，因为我看过他的信，因为我没有忘记他幼年时的特点；但我得出这样的结论，还是因为我看到了他现在的外貌和情绪都极不正常。他的动作一阵急促，一阵迟疑。他的声音颤抖不定（好像他的元气已消耗殆尽），但当他兴奋时，又会突然发出粗重的声音——缓慢而混沌——就如喝醉酒或者抽过鸦片的人嘴里发出的那种既响亮又含糊的自言自语。

他就这么说到为何邀我来此，说到他渴望见到我，说到他热切地期待我能给他以安慰。他还颇为详细地说到了他认为自己所患的那种病。他说，这是一种先天遗传的疾病；对这种病，他已经不抱任何希望，那是无法治愈的——但他随即又说，这只是一种神经性疾病，很快就会过去，那是毫无疑问的。这种病的症状就是感觉反常。他就这么颠三倒四地说着，其中有些情况既令我深感兴趣，又使我迷惑不解；不过，这很可能是因为他的措辞和说话时的神态吸引了我。他说他被这种神经过敏症折磨得很苦；只能吃一些最清淡的食物；只能穿某种布料的衣服；所有的花香，他都忍受不了；只要有一点光亮，他的眼睛就会难受；唯有拨弄丝弦的乐声，他听了才不会惊恐。

显然，他完全沉陷在一种异乎寻常的恐惧中。"我要完了，"他说，"我肯定会在这种可恶的疯癫中完结。就是这样，就是这样，我会完蛋，没有别的。我害怕未来发生的事情。不是怕这些事情本身，而是怕它带来的后果。我一想到什么意外的事情，哪怕是区区小事，只要一触动这种难以忍受的内心紧张，就会怕得发抖。实话告诉你，我不是怕遭到什么不测，只是怕必然会有的后果——害怕恐惧。在这种丧魂落魄之时——在这种可怜的境况下——我总觉得那一刻迟早会来的，那时我将不得不挣扎着跟那个狰狞的魔鬼——就是恐惧——搏斗，而最终呢，我会丧失理智，丧失生命。"

此外，我还听他断断续续地、含糊而带有暗示地说到另一个和他的精神状态有关的特征。他对他自己所继承的这座府邸抱有一种迷信的看法，尤其是他对自己多年来一直固守在这座府邸里的生活，常有一种疑神疑鬼的感觉——他说，这座府邸的样子和现况对他就是一种异乎寻常的影响，而由于多年来一直受到这种影响，他的心灵已经无法摆脱——关于迷信对人的影响，说起来总是很忧郁的，所以我不想在此复述——总之，他说那些灰沉沉的墙壁和塔楼，还有那倒映在水池里的阴森森的影子，像鬼魅作祟似的搅乱了他的灵魂，使他惶惶不可终日。

然而，他也承认——虽然承认时有点犹犹豫豫——使他如此心神不安的最大原因，若追根究底的话，倒也是比较自然而不是那么离奇的——他心爱的妹妹——他多年来唯一的伙伴——他在世上仅有的最后一个亲人——一直重病缠身——实际上，将不久于人世了。"她一死，"他用一种使我终身难忘的悲苦口气说，"古老的厄榭家族就只剩下最后一个人了（就是他这个绝望而软弱的人）。"正说着，玛德琳小姐（人们都这么称呼她）从房间的那一头慢慢地走过。她没有注意到我在，自顾自走了。我盯着她看，心里既惊讶又不免有些恐慌——我很难说清楚我当时的心情，只觉得胸口很闷，目光不由得尾随着她的脚步。最后，当一扇门在她身后关上时，我的目光又本能地、急迫地回到她哥哥的脸上——但他正用手捂着脸，我只能看到他一双瘦长而异常惨白的手，而从他的手指间，眼泪在一滴一滴地落下来。

玛德琳小姐的病早就使医生束手无策了。根深蒂固的冷漠、身体的日益消瘦以及虽然短暂却时常发作的身体僵硬，是她的特殊症状。虽然她一直顽强地承受着病痛，没有病倒在床上，但就在我到达府邸的那天晚上，她竟支持不住，终于匍匐在病魔的淫威之下（这是她哥哥在夜里焦虑万分地告诉我的）；我这才意识到，我刚才对她的那一阵注视，很可能是我对她的最后诀别——至少，在她活着的时候，我可能再也见不到这位小姐了。

接着的几天里，无论是厄榭，还是我，都绝口不提她的名字；在这期间，我想方设法减轻我朋友的忧郁情绪。我们一起画画，一起读书；或者，就如做梦似的，我聆听他用吉他弹奏悲凉的、如泣如诉的即兴曲。就这样，随着我们的关系越来越亲密，他越来越无保留地向我敞开心扉，我也就越来越苦涩地感觉到，要想使他欢愉是绝对不可能的，因为在他的心灵里，黑暗就如与生俱来的天然之物一样笼罩着一切有形和无形的东西，已使他的整个身心全都沉陷在不断扩大的阴影中了。

我和厄榭府邸的主人一起度过的许多庄严时刻，将永远铭记在我心头。但我无论如何也不能说，他和我一起或者他引导我研究过什么具体问题，或者谈论过什么正经事。一种骚动不安的、漫无边际的胡思乱想使一切都蒙上了一层暗黄色的幽光。我耳边始终响着他那长长的、即兴而发的哀歌，其中最令我痛苦、最使我无法忘怀的就是他以某种反常的、夸张的方式随心所欲地弹奏的那首《冯·韦伯的最后一首华尔兹舞曲》[1]。当他画画时，他的奇妙的想象力发挥得淋漓尽致——他一笔一笔地画着，画面变得越来越模糊不清，而我由于对他画的东西感到莫名其妙，便越来越惊惶不安——他的画虽然至今仍活生生地记在我脑海里，但要我用文字来描述它们，却连十分之二三也做不到。它们以极度的单纯和毫无掩饰的构图，引人注目，又令人惊骇。如果说世上曾有人用画笔画出了思想，这个人就是罗得利克·厄榭。至于我，至少在当时的情况下，当我看到这个忧郁症患者在画布上画出的那些纯抽象的东西时，简直有一种难以忍受的恐惧感；因为相比之下，即便是傅塞利[2]的那些色彩强烈、形象逼真的作品，也显得不那么令人恐惧了。

在我这位朋友的梦幻般的构图中，有一幅不那么抽象而晦涩的画，也许可以用文字描述一下——尽管要这样做也很吃力。那是一幅画面很小的画，画的是一个巨大的长方形地窖或者隧道的内景，低矮的四壁，平滑而发白，既没有装饰，也没有剥落。画面中的某些细节明显地暗示出，这是个深深地暗藏在地下的洞穴。在这空荡荡的洞穴里，既没有出口，也没有火把之类的人工光源，但整个洞穴里却充满了强烈的光，给人以一种既阴森又明亮的不和谐感。

我刚才说过，由于他的听觉神经出了毛病，他对各种各样的乐声都无法忍受，除了某种特殊的弦乐。也许，正是出于这种无奈，他才仅限于弹奏吉他，因为只有这种乐器才能迎合他的梦幻。然而，他的即兴曲却弹得非常流畅，这一点就不能用梦幻来解释了。我在前面已经提示

---

1 《冯·韦伯的最后一首华尔兹舞曲》是卡尔·戈特利伯·莱锡格为纪念德国作曲家卡尔·马利亚·冯·韦伯而作的一首曲子，后者的作品时常带有神秘的超自然色彩。

2 亨利·傅塞利，瑞士出生的英国画家，其作品以"强烈的刺激"见称，尤其是他的名作《噩梦》，生动表现了人的恐惧心理。

过，这种情况就如他的狂想曲里的歌词一样（因为他时常是一边弹奏一边唱出有韵的歌词来的）是他精神集中时的产物，而在什么时候他的精神才是集中的，我在前面也讲到过，那就是在他高度兴奋的时候。在这些狂想曲中，有一首的歌词我很容易就记住了。这也许是因为他唱出这些歌词时，我强烈感受到了其中的涵义，而且最初意识到了厄榭的理性宝座正摇摇欲坠。那首歌的歌名是《闹鬼的宫殿》，歌词我不可能一字不差地记住，但大体是这样的：

一

昔日天使居住的翠谷中，
一座宫殿巍然高耸，
这是理性君王的国度！
金碧辉煌胜于天宫。

二

光荣的杏黄旗飘扬在殿顶，
美好的岁月里微风轻盈，
悄然寂静，那肃穆的宫墙，
一缕幽香飘散得渺无踪影。

三

宫殿里琴声阵阵回响，
天使们曼舞轻唱，
看那君王，那理性陛下！
俨然高坐在宝座上。

四

宫殿的大门富丽堂皇，
诸神纷纷前来拜访，
山林女神把歌声回荡，
颂扬君王智慧无双。

五

可是可恶的鬼魅啊，
随即出现在君王宫殿上，
可悲啊，君王的灵魂！
连同荣耀一起灭亡。

六

如今，还是在这山谷中，
宫殿的门窗透亮彤红，
火光里唯见鬼影幢幢！
一阵狂笑——响彻天穹。

我清楚地记得，受这首歌的启发，我们产生了一连串的思绪，而在这些思绪中，又体现出厄榭的一种看法。这种看法虽不能说是全新的（因为其他人[1]也有类似看法），但可以说，这是厄榭始终坚持的一种看法。大体说来，就是相信植物也有灵魂。不过，在厄榭混乱的幻觉中，这种看法又被大胆地夸张了，以至于在某些情况下他甚至认为无机物也有灵魂。我无法说清楚他对这种看法的深信不疑乃至沉湎其中的程度。但不管怎么说（就如我在前面提到过的），这和他那座祖传的灰石府邸肯定有关系。因为他总觉得，在那些石块的堆砌中——在它们的组合秩序中，以及在石墙上的斑斑霉迹和附近那些枯树与府邸之间——还有在那恒常不变的组合关系（即那水池里的水和水中的倒影）之间——都可能存在着灵魂。其迹象——即灵魂存在的迹象——他说（我听他这么说不由得吃了一惊）可以从池水和石墙附近散发出来并集聚在那里的雾气中看出。他接着说，结果很明显，由于这种无声无息的却又不可驱散的可怕影响，数百年来就决定了他们家族的命运，使他变成了现在这副样子——变成了这样一个人。对他的这种看法，我简直无话可说，所以也就不谈了。

---

1 华特生、帕西瓦尔医生、史帕兰扎尼，尤其是兰达夫主教。参见《化学论文集》第五卷。——作者原注

我们读过的书籍——即多年来一直是这个病人的精神生活中不可或缺的一部分的那些书籍——不言而喻，也和这种幻觉的产生有关系。我们两人都精心阅读过这样的书籍[1]，如葛里塞的《浮凡》和《修道院》、马基雅弗利的《魔王》、史威登堡的《天堂与地狱》、赫尔堡的《尼古拉斯·克里姆地下旅行记》；罗勃·弗卢德、让·丁达日奈和德·拉·香伯尔的关于手相术的书；蒂克的《碧空遨游》以及康帕奈拉的《太阳城》。我们俩都曾深爱过黑袍教神父欧麦里克·德·格朗尼写的小册子《宗教法庭指南》；还有庞普尼乌斯·梅拉写的关于古代非洲神妖的书，也曾使厄榭爱不释手。不过，最使他入迷的是一本手写体的孤本奇书——不知哪个教堂遗留下来的手抄本——即《玛因思教堂唱诗班守灵记》[2]。

那天晚上，正当我情不自禁地想到此书中写到的那些怪诞的仪式、想到它对厄榭这个忧郁症患者可能产生的影响时，他突然跑来对我说，玛德琳小姐死了。他说他想把她的遗体保留两个星期，先停放在府邸下面的地窖里，然后再下葬。这想法似乎很荒唐，但我知道这出自一种古老的习俗，所以我没有表示异议。再说，作为兄长，考虑到死者生前所患的那种怪病，考虑到医生可能会不客气地追问死因，考虑到家族墓地离这儿很远又很荒僻，他做出这样的决定也是必然的（他就是这么对我说的）。回想起我刚到府邸那天在楼梯上碰到的那个家庭医生，回想起他那副诡秘的神情，我于是对他说，我不反对这一决定，因为在我看来这至少是一种有益无害的预防措施[3]。

由于厄榭的请求，我还和他一起为玛德琳小姐做了临时殡殓。我们把她的尸体装进棺材，抬到预先商定的那个地方。其实，放置棺材的那个地窖就在我卧室下面的地底下，那里又小又湿，而且很深，一丝光线都透不进来（由于长年没人进去，我们的火把也差一点因为空气混浊而

1　以下书籍均带有神秘的、超自然的性质。葛里塞，法国 18 世纪诗人；马基雅弗利，意大利文艺复兴时期政治家、作家；史威登堡，瑞典 18 世纪哲学家；赫尔堡，丹麦 18 世纪戏剧家；罗勃·弗卢德，英国 16—17 世纪医学家；让·丁达日奈，德国 16 世纪学者；德·拉·香伯尔，法国 17 世纪作家、医生；蒂克，德国 19 世纪初浪漫主义作家；康帕奈拉，意大利文艺复兴时期哲学家；格朗尼，西班牙 14 世纪宗教审判所主持；梅拉，古罗马地理学家。

2　原文为拉丁文，此书无从查考，疑为爱伦·坡杜撰。

3　即预防尸体可能会被人偷卖给研究医学的人作解剖之用。——作者原注

熄灭，所以我们也几乎没有机会把它查看一下）。看来，这是一个封建时代遗留下来的罪恶的地牢，后来又被用来存放过火药或者其他易燃物品，因为那里的部分地板和长长的通道内壁上都为了防火而包着黄铜皮。地窖的铁门也完好无损，而且又大又沉，一推它，铰链就会发出特别刺耳的"嘎嘎"声。

我们俩心情哀伤地把棺材抬进这个可怕的地方，搁在一个架子上，然后轻轻地掀开还没钉上的棺材盖，看看死者的遗容。我这才注意到，他们兄妹俩竟然长得一模一样。厄榭大概猜到了我的想法，喃喃地说了几句话，我这才知道，他们俩原来是孪生兄妹，两人之间似乎还有一种令人难以理解的心灵感应。然而，我们的目光不敢久留在死者脸上——因为她毕竟让人觉得可怕。这位小姐正当青春年华就被恶病折磨致死，而且就像所有患恶性僵硬症而死的人一样，胸口上和脸上都微微发红，僵硬的嘴唇上好像还挂着一丝微笑，看了真叫人毛骨悚然。我们赶紧把棺材盖好，并把它钉得严严实实，然后关上铁门，喘着气从地窖回到楼上，走进了差不多和地窖一样阴暗的房间。

等那令人悲哀的最初几天过去之后，我朋友的本来就很古怪的行为举止发生了明显的变化。他平时的那副样子不见了；平时的那些事情好像全都忘了。只见他从一个房间跑到另一个房间，脚步匆匆，却漫无目的。本来就很苍白的脸色，现在变得更加惨白——而本来闪闪发光的眼睛，却变得暗淡无光了。本来沙哑的嗓音已不再听到，只用一种抖抖颤颤的、好像万分恐惧的语调说话。说真的，有好几次我想到，他的焦虑不安的心灵一定是被什么重大的秘密折磨着，想一吐为快而没有足够的勇气。又有好几次，我又不得不把这一切归因于莫名其妙的癫狂，因为我看到他会一连几个小时呆呆地望着天空，全神贯注地望着，好像在聆听某种冥冥中的声音。毫不足怪，他那副样子真是可怕，而更为可怕的是，我似乎也受到了他的感染。我总觉得，他那些荒诞不经的狂想正在缓慢而又不可抗拒地渗入我的内心。

在玛德琳小姐被安放到地窖里去之后的第七天或者第八天的深夜，我的这种感觉特别明显。那时我正躺在床上，非常强烈地体验到了这种感觉。我久久无法入睡——时间在一个小时、一个小时地过去。我竭力用种种理由来安慰自己，竭力想摆脱死死缠着我的紧张情绪。我尽量使自己相信，不管我的感觉如何，一切都是因为房间里的那些灰沉沉的家具——那暴风雨即将来临时的一阵阵寒风——那在墙上随风晃动的帐幔以及窸窣作响的床垫——引起的。然而，我的努力却毫无结果。不可控制的阵阵寒栗一直渗入到我的骨髓里；最后，我的心怦怦乱跳起来，像着了魔似的感到气急胸闷。我大口喘气，手脚乱动了一阵之后才算摆脱这种重压，从枕头上支起身来，急切地朝黑洞洞的房间四周张望，侧耳倾听——不知为何，除非是出于本能——我听到不知从何处，每隔一段时间，也就是在风声间歇时，就会传来一种低沉而含糊的声音。不可名状而又不可忍受的恐惧感向我袭来，我赶快穿上衣服（我想这一夜我是再也睡不着了）；我在房间里来回踱着，想以此摆脱困境，使自己镇静下来。

我这样踱了几圈后，只听见房间外面的楼梯上传来轻轻的脚步声。我马上听出，那是厄榭。不一会儿，他又轻轻敲了一下门，走了进来，手里还端着一盏灯。他的脸色依然像往常一样惨白——可是，他的眼睛里却闪着一种疯狂而惊人的目光——他的举动中充满了一种明显受到压抑的歇斯底里情绪。看到他这副样子，我吓了一跳——可是，我一个人担惊受怕了那么一段时间，发生什么事都比一个人孤零零好，所以我仍觉得如释重负，欢迎他的到来。

"你没有看到？"他瞪着眼朝四周看了一阵之后突然说——"你没有看到？哦，等一等！你会看到的。"说着，他小心翼翼地把灯掩上，快步走到窗前，"砰"的一声打开了窗子。

一阵狂风直吹进来，几乎把我们吹倒。是的，这一夜狂风呼啸，可自有其美感，是一个恐怖而美丽之夜，异乎寻常之夜。狂风显然已在这一带肆虐了很久；因为风向随时在变，说变就变；浓密异常的乌云（它们低垂得简直就压在我们的屋顶上）就像活生生的动物一样在飞奔，从四面八方涌来，熙熙攘攘汇聚在一起，但就是不向远方漂移。我说我看到了乌云密布——当然看不到星星和月亮——但也看不到雷电闪过，只看到大团大团上下翻腾着的雾气，还有我们周围的一切，都在一种若明若暗的怪异之光里闪烁不停，而这种怪异之光就环绕笼罩着这座府邸。

"不——你不要看！"我一边打着寒噤对厄榭说，一边用力把他从窗边拖到了一张椅子上。"你是被这天气弄糊涂了，可这不过是放电现象，一点也不稀奇——也可能是水池里的瘴气造成的。好了，我们把窗关了吧——风很大，会吹坏身体的。来吧，这里有一本你喜欢的传奇书，我来念给你听——这样我们就可以熬过这一夜了。"

我拿在手上的那本古旧的书，是朗斯洛特·坎宁爵士写的《疯狂的特里斯特》[1]；不过，我把它说成是厄榭喜欢的书却是出于无奈，并非真的；因为说实在的，我的朋友想象力丰富，像这样粗俗而死板的冗文是不大会引起他的兴趣的。然而，我手边只有这么一本书；再说，这个忧郁症患者眼下正紧张不已，所以我仍模糊地指望他听了我念出的那些即便是愚不可及的章节后会有所放松（因为神经错乱病史上有过这类反常现象）。确实，只要我能从他那副高度紧张的狂态中判断出他在听我念故事——或者至少表面上在听，我就可以庆幸自己的计谋成功了。

我念的是故事中很有名的一段，那时故事的主角埃特雷德由于没能顺利进入隐士的居所，便大打出手要硬闯进去。我现在还记得，这一段是这样写的：

> 埃特雷德生来就胆大过人，再说他喝过不少酒，更是了不得，哪里再肯跟那个隐士嚼舌头！那隐士其实是个心肠狠毒而又死不认账的家伙。埃特雷德发觉有雨点落到他肩上，生怕大暴雨要来，于是便抡起钉锤，几下打过去，门板就被打裂，他把戴着护腕的手伸进去，猛力一拉，门板一块块碎裂下来，噼里啪啦，又干又空的木板发出一阵阵巨响，整座森林都震动起来，实在叫人心惊胆战。

念到最后一句，我不由得一怔，停顿了一下；因为我好像听到（虽然我马上又认为那一定是由于激动而产生的幻觉）——可我真的好像听到，就从府邸的某个角落里，远远传来一阵巨响，听上去简直就像是朗斯洛特爵士写到的那种碎裂声的回响，只是显得更沉闷、更阴森。毫无疑问，正是因为非常相像才引起我注意；否则的话，若有什么声音夹杂在窗框的震动声和大风增强时发出的普通噪声中，那是不会引起我的注

1　此书及其作者均是爱伦·坡虚构的。

意的，也不会使我感到不安。我继续念那个故事：

> 无敌勇士埃特雷德进了门，不见那恶隐士的踪影，怒不可遏
> 又暗暗吃惊；这时，只见一条浑身披着鳞甲的巨龙，口吐火舌，
> 据守在一座金顶银底的宫殿前；那墙上，挂着一面闪闪发光的盾
> 牌，盾牌上写着："欲成胜者，先进此门；欲得宝盾，先宰此龙。"
> 埃特雷德高举钉锤，一锤击下正中龙头，龙头滚落到他脚前，吐
> 出毒气又发出一声令人心肺撕裂的尖叫。埃特雷德生来未曾听到
> 过这样刺耳的尖叫，忙用手捂住耳朵，挡住这惨厉的叫声。

念到这儿，我又突然顿住了，只觉得惊异万分——因为就在这一
瞬间，千真万确，我真的听到一声哀叫或者说悲鸣（虽然我说不出是
从哪个方向传来的），好像就在不远，声音很低，但很刺耳，又拖得
很长——简直和出现在我想象中的那位传奇作家笔下的巨龙怪叫一模
一样。

出现这第二次极不寻常的巧合，确实使我心里七上八下，感到特别
惊讶，甚至恐惧，但我尽量保持镇静，以免做出什么举动，使我的神经
过敏的朋友受到刺激。我虽不敢说他已注意到了那些声音，可是很明
显，就在刚刚的几分钟里，他的举止发生了奇怪的变化。他本是面对我
而坐的，现在却把椅子一点点转了过去，最后竟然面对房门坐着。这
样，我只能看到他的侧面，但我还是能看到他的嘴唇在颤抖，好像在默
默而语。他低垂着头——但我从侧面仍能看到他的眼睛睁得很大，而且
一眨不眨，所以知道他并没有睡着。他的身体动作也表明了这一点——
因为他轻轻地、持续不断地而且有节奏地晃动着身体。我匆匆瞥了他一
眼，继续念朗斯洛特爵士的故事。后来是这样的：

> 那勇士躲过巨龙头的魔法，猛地想到那青铜盾牌，想到盾牌
> 上的铭文，便搬开挡着他去路的龙尸，英勇无比地踏着白银铺成
> 的地板，朝悬挂着那面盾牌的宫墙走去；不料没等他走近，盾
> 牌已从墙上落下，落在白银地板上，发出一声震耳的、可怕的
> 巨响。

　　刚念完最后一句——就在这一瞬间，好像真有一面青铜盾牌重重落在白银地板上——只听见一声回响，远远的、刺耳的、铿锵的，却又是沉闷的一声回响。我害怕至极，跳了起来，而厄榭呢，却好像若无其事地仍在左右晃动着身体。我冲到他跟前，只见他目光呆滞地凝视着前方，脸上毫无表情，像石头一样僵硬。然而，当我把手放到他肩上时，他的身体却突然颤抖了一下；嘴边似乎露出一丝羸弱的微笑；同时，我好像听到他正在急速而低声地喃喃自语。我俯下身，把耳朵凑到他嘴边，终于听清了从他嘴里说出的那些可怕的言语：

　　"说我没听见？——不，我听见，早已听见了。好——好——好多分钟，好几个小时，好几天了，我早已听见——可我不敢——哦，原谅我，我是个可怜虫！——我不敢——不敢说！我们把她活着放进了坟墓！我不是说过我感觉很灵敏吗？现在我告诉你，她在那空空的棺材里稍稍一动，我就听见了。好多——好多天以前——我就听见了——可我不敢——不敢说！现在——今天夜里——埃特雷德——哈！哈！——噼啪，搬开隐士的门；嘎嘎，巨龙临死前的尖叫；咣当，盾牌落下！——不如说，是她在扳开棺材；是她在磨断地狱里的镣铐；是她在那包了铜皮的地窖通道里挣扎！哦，我逃到哪里去呢？她不会马上到这儿来吗？她不是急着要来指责我太匆忙吗？我不是已经听到了她上楼来的脚步声吗？我不是已经听到了她的心在沉重地、可怕地跳动吗？疯子！"说到这里，他像发疯似的跳了起来，而且像拼命似的，声嘶力竭地大声喊叫——"疯子！我告诉你，她现在就在门外！"

　　在他超乎常人的喊叫声中，好像有一种神奇的魔力——他用手指着那扇古旧的房门，而那扇沉重的乌木门竟然被慢慢地推开了。一阵阴风吹进房间——而就在门外，颤巍巍地站着身穿寿衣的玛德琳小姐。她的白色长衣上血迹斑斑；她枯瘦的形骸处处显示出挣扎的痕迹。她浑身颤抖着，摇摇晃晃地踏到门槛上；接着，伴随着一声低沉而凄厉的哭喊，她沉甸甸地跌进门来，压到她哥哥身上，而就在她惨烈的、最后一阵痛苦的垂死挣扎中，她哥哥——这时已是一具尸体，一个他自己早有所料要死于恐惧的牺牲者——被她压倒在地板上。

　　我仓皇逃出房间，逃出了那所大房子。屋外依然是狂风怒号，我不顾一切地穿过那条旧堤道。忽然，有一道古怪的光沿着堤道射来，我回头看，想看清那不同寻常的光究竟是从何处射来的；因为那所庞大的屋子和它的阴影就在我身后。原来是一轮血红的月亮正在西沉，月光穿过屋子上的那道裂缝明晃晃地射来，而那道裂缝——我前面说过，它几乎不引人注意地从屋檐蜿蜒而下，一直延伸到墙脚——现在正变得越来越大。我呆呆地望着，只见那道裂缝在迅速向两边张开———阵狂风呼啸而来——那轮血红的圆月刹时呈现在我眼前——高大的石墙一堵堵颓然倒塌，我的头脑嗡嗡作响——只听见一阵轰隆声犹如狂风怒吼，惊天动地，久久不息——那幽深而黑魆魆的水池，就在我脚下，阴郁地、默默地吞没了已成一片废墟的"厄榭府邸"。

（刘文荣　译）

螺丝在拧紧

[美] 亨利·詹姆斯　著

圣诞节前夜，在一座古旧的庄园里，我们几个围坐在炉火旁的人听完故事后，一个个都毛骨悚然，紧张得透不过气儿来。记得当时有人说，这故事真是太可怕了。对此，显然人人都有同感。过了好大一会儿，才有人接过话题，说还是第一次听说孩子遇到鬼魂。顺便提一下，那个鬼故事就发生在类似我们聚会所在的这种庄园里。一个狰狞可怕的鬼魂出现在一个正睡着的男孩面前，男孩吓坏了，连忙把身边的母亲叫醒，但他叫醒母亲不是让母亲安慰他，使他再度入睡，而是要她也来看看那鬼魂，结果把她吓呆了。正是这样，我注意到了道格拉斯的反应（不是在当时，而是在后来）。接着，有人讲了一个不怎么精彩的故事，我发现道格拉斯并没有注意听。这说明他心里也有故事，很想讲给我们听。但他没有马上就讲。事实上，直到两天后的晚上，当我们打算离开时，他才开始说话。

"我完全同意，格里芬说的那个鬼魂，或者什么东西，竟然出现在年龄那么小的男孩面前，这才使得故事特别精彩。不过，孩子遇到鬼魂之类的东西，倒也不是什么稀罕事。如果一个孩子遇到鬼魂就拧紧了你们心里的螺丝，那么要是有两个孩子呢，你们会觉得怎样？"

"那还用说，螺丝就拧得更紧了！"有人大声说，"我们倒很想听听这样的故事。"

我还清楚地记得道格拉斯站在炉火前的样子。他站起身来，双手插在口袋里，背朝炉火，低头看着和他说话的那个人，说："迄今为止，除了我，还没有人听说过这样的故事。真是太可怕了！"这自然引起了好几个人的兴趣，他们异口同声地说，既然这样，那故事就更值得听了。但是，我们这位朋友却不动声色，蛮有把握地用眼光扫视了一下，接着说："这个故事非同寻常。据我所知，还没有别的故事能和它相提并论。"[1]

"仅仅就可怕程度而言？"我记得有人问。

他似乎想说事情并非如此简单，但又不知怎么说才能把话说清楚，便用手擦了擦前额，做了个很痛苦的表情，说："可怕——真是太可怕了！"

"啊，那该多有趣！"一个女人大声说。

他没有搭理她，只是看着我，但他看的似乎又不是我，而是他要讲的什么东西。"就其令人不可思议的丑恶、恐怖和痛苦而论，这个故事无与伦比。"

"好啊，"我说，"那就坐下来，开始讲吧。"

他转身过去对着炉火，朝一块木柴踢了一脚，注视片刻后，朝着我们说："我没法开始，我得先写信给城里，叫他们把稿子送来。"听他这样说，大家都异口同声地抱怨起来。等大家责备够了，他才若有所思地解释道："故事已经写好。手稿放在锁着的抽屉里，已经有许多年没有取出来了。我可以写信给我的仆人，并在信中附上钥匙。他只要找到那包稿件，就会给我寄来。"这番话似乎是特意对我讲的，仿佛是为了求援，以便使他不再踌躇。他欲言又止，其他人都颇不满意，然而令我着迷的却正是这种迟疑不决的态度。我请求他赶在第一班邮车出发前写信，好让我们能早些听到那故事。随后我又问他这是不是他的亲身经历，对此他立即作了回答："哦，感谢上帝，不是！"

"那份记录是不是你写的？是你把事情记下来的吗？"

"我记下的只是印象，我把它藏在这里了，"他拍了拍胸口说，"我从来就没有忘记它。"

"那么你那份手稿……？"

"那是多年前写的，墨水已褪色，字体可十分秀丽。"他又迟疑了一下。"那是一位女士的手迹。她已经去世二十年了。临死之前，她叫人

1　这其实是个同性恋故事。

把它交给我。"此时他们都在听他讲话，一些人自然说了一些推测。对于这些推测，他不以为意，既没有露出一丝微笑，也没有生气。"她是一个非常可爱的女人，比我大十岁，是我妹妹的家庭教师，"他平静地说，"在干她这一行的人当中，她是最和蔼可亲的女人。她也完全有能力胜任其他工作。那是很久以前的事了，而这个故事发生的时间又比这还要早。当时我在圣三一学院念书，第二年夏天我回到家里，见到了她。那是一个美丽的夏天，我在家里住了很长一段时间。在她空闲的时候，我们常常在花园中散步、聊天。在谈话的过程中，我发现她相当聪明伶俐。哦，是的，你们可不要笑，我非常喜欢她，而且至今因为她也喜欢我而感到高兴。假如她不喜欢我的话，她是不会把那故事讲给我听的。我知道她没有告诉过其他任何人，对此我确信无疑。我看得出来。你们听完故事，就不难做出判断。"

"是不是因为这故事太吓人了？"

他依然盯着我，再次说："你不难做出判断，肯定会的。"

我也盯着他，说："我明白了，她是在恋爱。"

他第一次笑了："你这人真鬼。是的，她是在恋爱，也就是说，她在此之前恋爱过。这事透露出来了，她要讲这故事，因此不可能不透露此事。这一点我看出来了，她也明白我看出来了。我们只是没有点破而已。我还记得当时的情景——在草地的角落里，在高大的山毛榉的树荫下，漫长而炎热的夏日午后。这并不是那种会使人害怕得发抖的场景，可是，哦……"他离开炉火，倒在椅子上。

"星期四上午你就能收到那包手稿了？"我问。

"也许要等到第二班邮车。"

"那好，晚饭以后……"

"你们都到这儿来见我？"他又环视了一下所有人。"都不走了吗？"他的语调就像是充满了希望。

"所有的人都不走！"

"我不走了！我不走了！"那些本来打算走的女士们大声喊着。格里芬太太想要弄得更明白些："她爱上的是谁？"

"故事中自然会有所交代。"我自告奋勇地回答说。

"哦，我可没有耐心等到听完故事！"

"故事中不会直接交代，"道格拉斯说，"不会用语言或者其他简单的方式讲出来。"

"那样的话，就更令人感到遗憾了。因为只有通过这种方式，我才能明白。"

"你到底愿不愿意讲啊，道格拉斯？"有人问。

他再次一跃而起。"当然愿意讲，不过是在明天。现在我得去睡觉了。晚安！"他连忙端起一个烛台走了，我们多少有些迷惑不解地坐在那里，听着褐色的大厅的另一端传来他上楼的脚步声。格里芬太太说："得啦，如果说我不知道她爱上了谁，那么我可知道'他'是谁。"

"她要比他大十岁。"她的丈夫说。

"在他那个岁数，更容易有这样的事！不过他这么久没有把它讲出来，也实属不易。"

"四十年了！"格里芬插嘴说。

"可是沉默终于要被打破了。"

"这将使得星期四那天晚上变得极其精彩，"我回答说。所有人都同意我的看法，大家都很兴奋，把其他事情都抛在一边了。尽管刚才讲的故事并不完整，仅仅像一个连载小说的开头，可是至少已经讲过了。于是大家握手道别，各人端着烛台，回到各自的房间睡觉去了。

我知道，第二天，一封装有钥匙的信将随第一班邮车寄往道格拉斯在伦敦的寓所。大家也知道了这个消息。正因为如此，我们一直没有打搅他，直到吃过晚饭，因为只有此时的气氛才和我们所期待的刺激相一致。令我们感到满意的是，他的话变得多了起来，并且他让我们明白，他这样是有充分理由的。像前一天晚上一样，我们又坐在大厅的壁炉前，怀着好奇的心情听他讲故事。我在这里要说明一下：我后来把道格拉斯的故事仔细地抄写了一份，而且本想根据我的手抄本把故事讲给你们听。然而，当可怜的道格拉斯眼见自己将不久于人世时，就把原稿交给了我——那是他在那次聚会后第三天收到的。在第四天晚上，在同一地点，他面对着一小群大气不敢出一口的人，开始讲述那个令人印象深刻的故事。他们围坐在壁炉旁，都被那令人毛骨悚然的故事吸引住了。

他在开始时作了一些说明，其中之一是：这份手稿所记录的只是故事的一段，整个故事实际上在此之前就已经开始了。他以前的那位朋友是一个乡村穷牧师的女儿中最小的一个。二十岁时，她前往伦敦，去应征一则报纸上招聘家庭教师的广告。在此之前，她已经和招聘人有过不多的书信往还，但她还是感到紧张，因为这将是她第一次应聘担任教职。她走进哈利大街那座高大而堂皇的房子，发现未来的主人是位绅士，年富力壮，而且是个单身汉。除了在梦中或者在旧小说里，这个从汉普郡教区来的姑娘从未见过这样的人物。人们很容易被这种人吸引，并且为世界上永远有这种人而感到幸福。他英俊潇洒、性情开朗、待人随和、秉性善良。在她眼里，他自然显得风度翩翩、不同凡响。最使她感动的是，他告诉她，她来应征是帮了他一个大忙，使他感激不尽。在她的想象中，他是个挥金如土的富翁，一个上流社会的光辉人物，出手大方、风流倜傥，善于讨女人欢心。他在城里有一幢大房子，里面满是他旅游带回来的纪念品，以及打猎的战果，但他要她马上去的却是他在乡下的家，也就是他在埃塞克斯的老家。

　　他有一个从军的弟弟，两年前夫妇俩死在印度，丢下一双儿女，于是他成为侄儿和侄女的监护人。他是个单身汉，既没有经验，又缺乏耐心，由于极其偶然的原因，孩子们被托付给了他，他感到负担很沉重。此事使他操了不少心，他也因此犯过不少的错误。但他十分爱怜那两个可怜的孩子，并尽其所能帮助他们。他认为乡村环境最适合他们，因此特意把他们送往乡下老家。从一开始起，他就把能找到的最好的人派去照料他们，甚至把身边的仆人也派去伺候他们。只要有空，他就亲自下乡去看他们生活得怎样。使他感到为难的是，孩子们除了他之外没有其他亲戚，而他的事情又占去了他所有的时间。他让他们住在布莱庄园的那幢房子里，那地方既安全，又有利于他们的健康。他还找来了他母亲从前的女仆格罗斯太太，让她在这个小小的家庭里当管家，其权限主要在管理仆人。她是一个相当不错的女人，他相信新来的小姐会喜欢她。格罗斯太太现在还暂时担任照看那个小女孩的任务。她本人没有孩子，因此非常喜欢这个小女孩。她周围帮手挺多，不过这位将在这里担任家庭教师的年轻小姐无疑会是全权总管。在假期里，她还将负责照看那个小男孩。他还不到上学的年龄，但由于别无他法，所以已经把他送往学校一个学期了。假期即将来临，他说不准哪天就要回来。原先曾经有一位小姐当过孩子们的家庭教师，但不幸的是她后来死了。她是一位可敬的小姐，把他们照料得完美无缺，一直到她去世。她一死事情就麻烦了，因为除了把小迈尔斯送到学校里去外，别无其他办法。从那时起，格罗斯太太就尽力教弗洛拉学会礼节等方面的东西。此外，还有一个厨师、一个女仆、一个挤牛奶的妇女、一位年老的马夫和一个老花匠，都是些老实规矩的人。

道格拉斯讲到这里，有人提出一个问题："先前那个女教师为什么会死？"

"如果设身处地站在她的继任者的立场上，"我委婉地说，"我就会希望弄清楚这职务是否会有与之俱来的……"

"难以避免的生命危险，是不是？"道格拉斯说出了我的想法。"她的确希望知道，而且她也确实弄清楚了。当然，她觉得那儿的前景有点暗淡。她还年轻，没有经验，精神又容易紧张。摆在她面前的是重大的责任，将来得过寂寞而孤独的生活。她迟疑不决，花了几天工夫思量斟酌，可是对方愿意付给的工资又远远超出了她的估计，因此在第二次面谈时，她鼓起勇气签了约。"说到这里，道格拉斯停住不说了。为了使听众们听个明白，我插话说：

"我想，这个故事要说的是：那个英俊青年的魅力最终征服了她。"

就像昨天晚上一样，他站了起来，走到壁炉前，用脚踢了一下木柴，然后背对着我们站了一会儿。"她只见过他两次。"

"是啊，可她的爱情，美就美在这里。"

令我吃惊的是，听到这句话，道格拉斯转过身来对我说："是的，确实这样，"他继续说，"其他应聘的人就没有像她那样被他的魅力所征服。他把所有的困难都告诉了她。好些应聘者都认为那些条件太苛刻，都被吓住了。这工作显得乏味而又奇怪，尤其因为他的那条主要规定。"

"那规定是……？"

"她不能打搅他，绝对不能。既不能向他求援，也不能向他诉苦或者写信什么的。她得自己处理所有的难题，所有的开支费用都将由律师寄给她，一切都得由她代管。她答应这样做。她告诉我，当时他显得如释重负，十分高兴，并握住她的手，感谢她肯为他做出如此牺牲。她见此状，觉得自己已经得到了回报。"

"这就是她得到的所有的回报吗？"听众中有位女士问。

“她以后再也没有见到他。”

“哦!”那位女士感叹道。这是那天晚上谈到这个话题时唯一有分量的评语。在此之后,我们的朋友又离开我们走了。第二天晚上,他坐在壁炉旁角落里那张最漂亮的椅子上,打开一册薄薄的、有着褪色的红色封面而且镶着金边的老式纪念册,用了几个晚上才把故事讲完。在他刚开始讲故事时,那位女士又提了一个问题:“故事的题目是什么?”

“没有题目。”

“哦,我倒有一个!”我说。可是道格拉斯并没有注意我说的话,而是用优美清晰的声音开始朗读起来。他的声音似乎让我想起了故事作者的秀美字迹。

1

我记得,在开始的时候,我拿不定主意,心里七上八下,时而觉得没错,时而又觉得不对劲。到城里去接受了他的聘任之后,我一连几天心情依然不好受,动摇不定,觉得自己其实犯了个错误。处于这种心理状态,我坐在一辆马车里,经过长时间的颠簸,到达了那个他们将会派车来接我的车站。有人告诉我,接我的车已经安排好了。在六月的一天,临近黄昏的时候,我看见一辆宽敞的轻便马车在那里等着我。那是个晴天,坐着马车穿过原野,乡间夏日的清爽似乎在向我招手致意,我的勇气又恢复了。我们拐弯驶进林荫道,所见的一切使我顿时感到一阵轻松。我以前的估计可能过于悲观,过于担忧,因此眼前的景物给我以大大的惊喜。我还记得当时那令人十分愉快的印象,房子那开阔明亮的正面,敞开的窗户,窗户里安着新窗帘,两个女仆正在朝外张望。我记得那草地,那些鲜艳夺目的花朵,记得车轮碾在沙砾小路上时发出的“吱吱”声。我还记得在那密密丛丛的树梢顶上,白嘴鸦在金色的天空中盘旋尖叫。这景象不同一般,和我那贫寒的家迥然不同。大门口随即出现一个女人,她手牵一个小女孩,朝我彬彬有礼地行了一个屈膝礼,好像我是这里的女主人或者是贵客。我在哈利街时,对这个地方的猜测未免有些偏颇,此时回想到这一点,更使我感到我的主人的诚实,因为实际上这里的条件比他所说的要好得多。

直到第二天，我的心情都不错，因为在接下来的几个小时里，我一直为同我的年龄较小的学生的初次接触而感到喜悦。我觉得格罗斯太太身边的那位小姑娘非常可爱，当她的老师一定是一件幸运的事情。在我见过的孩子当中，她是最漂亮的一个。我的主人没有更详细地谈到她的情况，这倒使我感到有些纳闷。那天晚上我怎么也睡不着，我真是太兴奋了。我感到惊讶，同时觉得待遇太优厚了。这房间是这幢房子里最好的一间，既宽敞，又漂亮；床不仅宽大，而且豪华；落地的帐幔上印着图案；穿衣镜十分高大，我生平第一次能在镜子里从头照到脚。另一件使我感到意外的事，是我一开始就和格罗斯太太相处得很好。在来的路上，我坐在马车里还一直为此担忧不已。唯一使我感到不安的是，她见到我时显得有些过于高兴。还不到半个小时，我就已经看出，这个身体健壮、思想单纯、穿着整洁的女人尽量避免露出过于高兴的样子。当时我就感到有些纳闷，不明白她为什么要这样。幸好后来我没有再去怀疑，再去多想，否则我一定会被弄得心神不安。

令我感到宽慰的是，那个小姑娘如此美丽，如此光彩照人，她决不会使人感到不安的。那天晚上我夜不成寐，天还没亮，我就起床好几次，在房间里徘徊，心里想的是以后在这里的生活，更多的是想到她那天使般的可爱。我从敞开的窗口眺望夏日淡淡的曙光，观看这幢房子可以看到的其他部分，听熹微的晨光中传来第一声鸟鸣。我觉得似乎听见一两下不自然的声响，不是在房外，而是在屋里。一时间我甚至觉得我辨别得出是一个孩子的哭叫声，既微弱又遥远。接着我又听见一下声响，就在过道里，我的屋门前，就像是轻轻的脚步声。这些幻觉给我的印象并不是很深，我也就没有在意。只是由于后来发生的一连串事情，我把它们联系起来，才使我回忆起当时的情况。照料、教育、培养小弗洛拉显然是一种惬意而有意义的生活。格罗斯太太和我商定，在这次见面之后，小弗洛拉就睡在我房间里，她的那张白色小床已搬进我的房间。我将负起照料她的全部责任。她最后一次和格罗斯太太在一起是因为考虑到她在我面前难免会怕生。那孩子倒很坦然，也相当勇敢。我们当着她的面做出这些安排，她丝毫也没有表现出不安，脸上的表情有如拉斐尔画中的圣婴一般可爱而恬静。我相信她很快就会喜欢我的。吃晚饭时，我坐在点着四支蜡烛的饭桌旁，我的学生戴着围兜，坐在对面高高的椅子上，吃着面包和牛奶。我又是赞赏又是惊奇，格罗斯太太看出了这一点，显得很高兴，这也是我喜欢她的原因之一。当然，当着小弗洛拉的面，一些话我们不能直说，只能用惊喜、满意的表情和含蓄的语言来表达。

"那个小男孩长得像她吗？是不是也和她一样出众？"

人们是不会阿谀奉承小孩的。"哦，小姐，太出众了。要是你觉得这个不错的话……！"她站在那里，手中拿着盘子，对着那小家伙微笑。小弗洛拉用平静的小天使般的眼光看看我，又看看她，没有打断我们的话。

"是的，要是我的确这样认为……"

"你就会被那个小绅士迷住的！"

"好的，我想我就是为了这个——被人迷住才到这里来的。我想，"我记得当时又冲动地补充了一句，"我这个人容易被人迷住。我在伦敦就被人迷住了！"

我还清楚地记得格罗斯太太听到这句话时那张宽大的脸上的表情。"在哈利街？"

"在哈利街。"

"哟，小姐，你不会是第一个，也不会是最后一个。"

"哦，我可不会认为自己是唯一的一个，"我笑了起来，"我的另外一个学生明天应该回来了吧？"

"不是明天，是星期五，小姐。他将和你一样乘公共马车来，车上有人照料他。在他抵达车站后，接你到这里来的那辆车会派去接他。"

我马上建议，等公共马车一到，我就同他的妹妹去接他，这样的见面方式才得体和友好。格罗斯太太赞同这个主意，态度十分热情，看不出任何虚假的成分，真是感谢上帝！我因此感到颇为欣慰，相信以后她始终会是这样，那么我们将来在每一个问题上都会意见一致。啊，她真的因为我到这里来而感到高兴！

第二天，我依然保持了刚来时那种高兴的心情。我的情绪后来略微有些变化，那只是由于我绕着新环境四处走了走，瞧了瞧，发现那地方比我预想的要大得多，因此不禁感到有些害怕，同时又感到自豪。由于我的心情如此激动，上课因此耽搁了一会儿。我认为，我的首要任务是以最温柔的方式去赢得那小女孩对我的了解和信任。我和她在室外消磨了一整天的时间。我对她说，只有她才最适合带我去参观这地方。她也很乐意带我参观一个又一个房间，告诉我一个又一个秘密。她谈得高高兴兴，不时表露出孩子气的幼稚可笑；半个小时后，我俩就成了好朋友。尽管她年纪尚小，但她在这次小小的游览中所表现出来的自信和勇敢却给了我很深的印象。我们穿过空荡荡的房间和阴暗的走廊，登上弯弯曲曲的楼梯，上到一座古老的方形塔楼的顶层。在此过程中，我有时不得不停下脚步，感到头晕目眩。她却一直用稚气的嗓音给我讲述许许多多的事情，并给我带路。长着金发、穿着蓝衣的小向导在我面前蹦蹦跳跳，带着我拐过墙角，穿过走廊，脚步声"啪嗒啪嗒"响。年轻的我不由得顿生幻想，觉得这地方简直就像那些故事书或者童话故事里所描写的城堡，眼前的她就是住在传奇城堡里的玫瑰色小精灵。我是不是伏在一本故事书上打了个盹，或者是做了个梦？不，在我眼前的是一座庞大、丑陋、式样古老却又方便适用的房子。它一半荒废，一半住着人，这特点使它显得比它的实际年龄还要古老。我产生了一种幻觉，觉得我们是一艘漂泊的大船上的几个乘客，而我呢，却居然是船长！

2

两天后，当我带着弗洛拉驱车去接格罗斯太太所说的那位"小绅士"时，我又产生了这种幻觉。第二天晚上发生了一件事，更使我感到不安。那天晚上邮包来得很晚，里面有一封信，是我的雇主写给我的，只有不多的几行字，另外还附了一封别人写给他的还没有拆封的信。我的雇主写道："此信我认得出来，是那个学校的校长寄来的，他是个讨厌的家伙。请把这封信读了吧，然后想法应付他。可是切记不要向我汇报，一个字也不要写。我就要离开这里了。"我很不想读这封信，因此隔了很长一段时间，直到我带着它进入卧室，在上床之前才勉强拆开它。我应该到第二天早上再读这封信，因为它又使我一夜无眠。第二天，由于找不到人商量，我感到很苦恼，后来我实在受不了，便决定把这事讲给格罗斯太太听。

"这是什么意思？这孩子被学校开除了？"

她看了我一眼，我注意到她的眼神。可是她随即又做出无动于衷的样子，似乎想要恢复常态。"他们是不是全都……？"

"送回家了——是的。不过，他们是回家度假，可是迈尔斯却再也不能回去了。"

在我的注视下，她的脸变红了，显然她心里有数。"他们不要他了？"

"他们坚决拒绝收他。"

她刚才把眼睛转向一边，现在听我这样说，便抬起眼睛望着我，我看到那眼里充满泪水。"他做了什么错事？"

我迟疑了一下，最后还是认为，最简单的办法是把信直接给她看。可是她却把手放在背后，不伸出来接信。她摇了摇头，神情忧伤地说："小姐，我看不懂这些东西。"

我的顾问竟然不识字！我尽量弥补我的错误，连忙把信拆开，念给她听。我结结巴巴念完信，然后把它叠好，放进口袋里。"他真的是个顽皮的孩子吗？"

她眼中的泪水还没有干。"那些先生们这样说？"

"他们没有具体说什么，只是表示遗憾，说学校不能再收留他了。这话的意思是很明确的。"格罗斯太太默默地听着，她控制着自己的感情，没有问我那句话到底是什么意思。我想把事情理出个头绪来，让我们俩都弄清楚这件事。"他会伤害别人的。"

听我这样说，她这个思想单纯的人突然冒火了："迈尔斯少爷！他会伤害别人？"

她的话中流露出如此深的信任，以至于我不禁对自己的想法产生了怀疑，甚至觉得自己是在胡思乱想，尽管我没有亲眼见过这孩子。可是为了在她的面前不丢面子，我马上讽刺地回嘴道：

"对他那些天真无邪的可怜的小同伴说来，他可是个惹不起的人呀！"

"太可怕了！"格罗斯太太大声说，"你居然说得出这么残酷的话来。要知道，他还没有满十岁呀！"

"是呀，是呀，真是使人难以相信。"

我这样说，她显然很感激。"你只要看到他，就绝不会相信这些话的。"因此我更加迫不及待地想见到他了。在随后的几个小时里，这种心情越来越迫切，以至于演变成了一种痛苦。我明白，格罗斯太太已经看出她的话在我身上产生的效果。为了使我更加相信她的话，她说："这就相当于相信我们的小姑娘会干这种事！上帝保佑她！"她随即又加了一句："你看看她呀！"

我转过身，看见弗洛拉站在门口。十分钟前，我把她留在教室里，给了她一张白纸和一支铅笔，叫她照字帖描圆圆的"O"。她正用充满稚气的眼光望着我，这是她表示喜欢我的特有方式，似乎以此作为不做她不喜欢的功课并跟着我的理由。单凭这一点，我就能感到格罗斯太太所作的比较的分量。我把我的学生抱在怀里，吻了她许多次，同时还内疚地啜泣起来。

在这一天的其他时间里，我还是试图找机会接近格罗斯太太，尤其是在黄昏的时候，因为我觉得她好像在竭力避开我。我记得在下楼梯时我追上了她，并和她一起走下楼梯，在那儿我拉住她的胳臂。"根据你中午说的那些话，我想你从来都不认为他是个顽皮的孩子。"

她扬起头来，明确而诚恳地表明了她的态度。"哦，我从来都不认为……我不是这个意思！"

我又感到不安了。"那么你认为他……？"

"确实是这样，感谢上帝！"

我想了一下，接受了这句话所阐明的现实。"你的意思是说，如果一个男孩从来都不顽皮……？"

"那么他就不是我所喜欢的孩子！"

我把她的手抓得更紧了。"你喜不喜欢那些天性顽皮的孩子？"我随即回答说："喜欢！"我还连忙加了一句："但是不至于喜欢到有害的程度……"

"有害？"我用的这个字眼使她感到困惑。我解释说："我的意思是对别人有害。"

她睁大眼睛，明白了我的意思，随后古怪地笑了起来。"你怕他会对你有害？"这个问题实在幽默风趣，连我也跟着她笑了起来，笑它的荒谬。

第二天，在乘车出门之前，我又提出了另外一个问题。"以前那位小姐怎么样？"

"你是说以前那位家庭教师？她和你差不多，一样年轻、漂亮。"

"哦，这么说来，我想，她那年轻漂亮的外表对她挺有帮助！"我记得当时我轻率地说，"看来他喜欢我们这些人既年轻又漂亮。"

"哦，的确如此，"格罗斯太太同意我的意见，"他喜欢那些长得年轻漂亮的！"她发现自己有些失言，随即又说："我的意思是说，他这人就是这样，主人就是这样。"

我感到有些惊奇。"你说的'他这人'究竟是谁？"

她表情木然，脸却变红了。"当然是他。"

"是主人吗？"

"还会是其他什么人？"

显然不会是其他什么人，因此我后来很快就忘记了她当时说漏了嘴这一细节。我只是急于问我想知道的事。"她在那男孩身上看出什么没有？"

"有什么不对头的地方，是不是？她从来没有对我提起过。"

我踌躇了一下，但还是继续问："她是不是一个小心谨慎的人？"

格罗斯太太看来是想尽量说实话。"在某些方面，是的，是这样。"

"但不是在所有方面？"

她又想了一下。"小姐，她已经死了，我不想再说三道四。"

"我理解你的想法，"我随即回答说，但过后又转念一想，继续问下去也没有什么不好。"她是不是在这里死的？"

"没有，她在此之前已经离开了。"

我觉得格罗斯太太这个简短的回答有些暧昧，但又不知道是什么原因。"她离开这里去死？"格罗斯太太眼睛直直地望着窗外。可是我认为我有权知道以前在布莱庄园当差的那些人该做些什么。"她病了，然后就回家了。你的意思是不是这样？"

"她在这幢房子里时好像并没有生病。那年年底，她离开这里回家，说是去短期度假。她来这里这么久，也该回去看看了。当时这里还有一个年轻的保姆，她人不错，也很聪明，那段时期就由她来照看这两个孩子。可是我们那位年轻小姐一去不回，我们盼望她回来的时候，主人却告诉我们说，她已经死了。"

我想了一下，问："死的原因是什么？"

"他从未告诉我！"格罗斯太太说，"对不起，小姐，我得去干活了。"

3

我一心想把这些事情弄个水落石出，她却不搭理我了，幸好这并没有影响我们之间的关系的发展。我把小迈尔斯接回家。由于我太喜欢这个孩子了，我们之间的关系自然又进了一步。学校居然把这样可爱的孩子逐出校门，我觉得简直太可怕了。我去接他时晚了一点。他已经下了车，站在旅馆的门前等着我。我一眼见到他，就有第一次看到他妹妹时的那种感觉，只觉得他浑身上下散发着纯洁清新的气息。他美得令人难以置信。正如格罗斯太太说的那样，在他面前你心里只会升起一种温柔感。给我印象最深的是他那天使般的气质，这是我在其他孩子身上从来没有感受到的。他的样子真是难以形容，好像除了爱，就对世界上的一切都一无所知。只有他才可能那样，背上一个恶名声却依然显得如此可爱、纯洁。在带他回布莱庄园的路上，我心里疑团重重。那封锁在我房间写字台抽屉里的信并没有引起我的愤怒，只是使我感到迷惑不解。我一有机会和格罗斯太太谈话，就告诉她说，我认为那封信真是莫名其妙。

她立刻明白了我的意思。"你是指那残酷的指责？"

"那指责毫无根据。你瞧瞧他，真可爱！"

她微笑了，显然是因为我发现了那孩子的魅力。"你放心，小姐，我除了看他之外什么事情也不做！那么你说该怎么办？"她迅速地补充了一句。

"你是说回信的事？"我已经下定决心，"一个字也不写。"

"也不给他伯父写信？"

"一个字也不写，"我言辞尖锐地说。

"那么对孩子本人呢？"

我的回答很干脆："只字不提！"

她用围裙擦擦嘴。"那么我就站在你这边，我们俩会把这事处理好的。"

她一只手把我抱住，另一只手拉起围裙擦了擦嘴。"小姐，你会不会介意，如果我冒昧……"

"吻我，是不是？不，我不会介意的！"我把这好人抱在怀里。我们像姐妹一样相互拥抱，感到更加有力量，同时也对校方更加愤慨。

然而，这种情况只持续了一段时间。这段时间里发生了许多事情，以至于我现在已难以记清。在回忆这段时光时，我感到十分惊异，因为我难以明白为什么自己竟能忍受那样的处境。想来我一定是被什么魔法迷住了，才会承担起如此困难的任务。对孩子的爱和同情是鼓舞我一直干下去的原因。我可能有点愚昧无知，也可能认识不清，或者过于自信，总之我轻易地做出判断，认为自己完全可以管好这个刚开始接受教育的男孩。我现在甚至记不清我曾经给他拟订过什么样的学习计划，以便假期一结束，就给他上课。我们都认为，在那个可爱的夏天，应该由我来给他上课。可是现在我觉得，在那几个星期里，与其说是他在接受教育，还不如说是我自己在接受教育。我第一次学会了在我原来那狭窄的生活圈子里不可能学到的东西——懂得了如何使自己快活，也使别人快活，不为明天担忧。有生以来第一次，我见到了广阔的天地，呼吸到了新鲜的空气，领略到自由的愉快，倾听到夏天的音乐，感受到大自然的神秘。此外还有尊重，那种使人感到十分愉快的尊重。哦，对我这个爱幻想、有虚荣心、感情敏感而且容易激动的人说来，它简直就是陷阱，虽然不是故意安排的，却也相当深。总而言之，我完全没有了戒心。这两个孩子温顺得不同寻常，他们丝毫也不给我添麻烦。我有时想，未来的坎坷人生将会怎样摆布他们，会给他们什么样的磨难。他们健康又幸福，就像花朵一样。他们在我的看管之下，就像贵族子弟、王子和公主一样，一切都处于封闭和保护之中。将来回忆起这些岁月，他们会觉得这种生活充满浪漫色彩，就像是在皇家的花园和宫苑里一样。后来这种平静的生活突然被打破了，因此这平静显得益发可爱。其实当时在这种宁静中就已经潜藏着或者聚集着什么东西。这变化就如一头猛兽，一跃而起。

在头几个星期里，白天很长。晚上，在我的学生吃过茶点上床之后，我会有一段属于我自己的时间。尽管我很喜欢孩子们，但我最感惬意的还是这段不长的独处时光。当天色渐暗，在晚霞映红的天空中，从古树的枝头，传来晚归鸟儿的最后几声啼鸣。此时我在花园中漫步，带着几分自己也觉得好笑的主人的感觉，欣赏着周围景物的美丽。在这种时候，我感到愉快、平静而又心安理得。我想，我在这里行事谨慎、理智，把一切都处理得十分恰当。要是我的雇主，那个给了我很大压力的人，知道我做得这么好，他该会有多高兴！我所做的正是他热切希望并明确要求我做的。我圆满地完成了任务，这使我感到莫大的欣喜。我当时自以为是一个才干超群的女孩子，并且沾沾自喜地相信自己的长处会得到大家的承认。不过，我也确实需要超群的才干，以对付那些刚刚露头的不同寻常的东西。

事情发生在一天傍晚，孩子们已经上床，我走出屋外散步。我现在毫不讳言，在散步时我常常会产生一些奇思异想，其中之一是我会突然碰到某个人。他出现在小路拐弯处，朝着我露出赞许的微笑。我只希望他能了解我，除此之外我别无所求。只要看到他那英俊的脸上那种和善的表情，我就知道他了解我。在六月的漫长的一天，在傍晚来临之际，我想见到的那张脸果真出现了，当时我从树丛中走出来，已经看得见那幢房子了。突然间，我在那地方停下来，只觉得想象一下子变成了现实，那幻象使我感到前所未有的震惊。他的确站在那儿，不过是在草地那边高高的塔楼顶上。我来这里之后的第一个早晨，小弗洛拉曾带我去过那儿。这是两个有着锯齿形的墙头的方形建筑中的一个。我看不出来它们有什么区别，只是一个要旧一点，另一个要新一点。它们分别位于房子的两端，从建筑学的观点来看，很可能是个荒唐的错误，好在还不至于和房子完全不相称，也没有高得过于离谱，从它们那古老而俗丽的风格来判断，是属于浪漫复兴时代的产物，那个时代已成为令人崇敬的过去。我很喜欢那两座塔楼，尤其是当雄伟的城堞透过暮色，隐隐映入我的眼帘的时候。不过，当我经常想到的人物出现在如此高处时，我却觉得那不是他应该出现的地方。

在傍晚明亮的天色里，我记得这身影使我两次紧张得喘不过气来。

第一次我感到震惊，第二次则是感到诧异。我的视觉出现了混乱，以至于现在也无法生动地描绘出当时的情景。在一个荒凉的地方，一个陌生男子出现在一个阅历不广的少女面前，定会引起她的恐惧。几秒钟之后，我更加确信，我看到的那个人不仅不是我想象中的那位，而且是我从来没有见过的人。我在哈利街没有见过他，在其他任何地方也没有见过他。最奇怪的是，这个人一出现，这地方马上就变得荒凉起来。我现在以审慎的态度写下这一切，当时的情景又浮现在眼前。周围的一切变得死一般寂静，在这充满紧张气氛的寂静中，傍晚的种种声音沉寂了下来。在金色的天空中，白嘴鸦不再鸣叫，宜人的时光在那一刻变得渺无声息。天地并没有发生任何变化，天依然是金色的，空气依然透明，奇怪的只是我的视觉，它变得异常敏锐起来，在塔楼上瞧着我的那个人，就像嵌在画框里的画一样清楚。我很快想遍了所有熟人的模样，可是他谁也不是。我们遥遥相望，我反复问自己"他是谁"，但我找不到答案，这使我愈加感到惊奇。

　　对于某些事情来说，问题重大与否要看事情持续了多长时间。不管你怎么想，这件事持续到了我想出十来种可能性为止，但其中却没有一个可能的答案令我满意。我又怀疑这房子里藏着一个我不认识的人。他到底藏了有多久？我转念一想，我的职责是管这幢房子的，要是有这么一个人的话，我不可能不知道。我记得这位不速之客没有戴帽子，我认为这表明他很随便，对这里也很熟悉。我透过暮色满腹疑问地瞧着他，他站在那里盯着我，眼睛里也充满同样的疑问。我们相距太远，无法打招呼。然而，在某一瞬间，我却有那么一种感觉，只要我们再靠近一点，这样的互相凝视就会触发交谈。他正站在离房子较远的角落里，两只手放在墙垛上，身子挺得笔直，我当时看得很清楚。过了一会儿，好像是为了使我的印象更深刻，他慢慢移动了位置，从塔楼的一角走到对面的角落，眼睛始终盯着我。是的，在走动的过程中，他的眼睛一直没有离开我，对此我有很深的感受。我至今还清楚地记得，他走过去时，手是如何从一个墙垛移到另一个墙垛的。他在另一个角落里停了一下，但是没停多久。他甚至在准备离开时，显然还在盯着我看，随后突然转身走了。我看到的就是这些。

4

我简直被吓呆了，站在那里一动不动，等待事情进一步的发展。难道布莱庄园这里有什么"秘密"吗？一个类似《尤道弗的神秘事迹》中的那种神秘案件吗？或者，这里幽禁着一个疯子，一个不能向外人道的亲戚？我站在那遇见怪人的地方，心中充满好奇和恐惧，不知站了有多久，也不知把这事想了有多久。我只记得，当我最终返回屋里时，天已经黑了。在这段时间里，我感到心烦意乱，一直在那里兜圈子，走了足足三英里路。可是，和后来我受的惊吓相比，那天首次感到的恐惧只能算是神经紧张而已。在进客厅时，我遇见了格罗斯太太，心中产生了一种异乎寻常的感觉。当时的情景又一幕幕地出现在我的眼前，宽大的房间四周嵌着白色的壁板，室内灯火辉煌，墙上挂着画像，地上铺着红色地毯。一看到我那善良的朋友脸上诧异的神色，我就明白她一直在惦记着我。我也意识到，她那么高兴是因为看到我回来了感到放心。她并不知道我想告诉她的那些事情。她一脸安详，使我欲言又止。我再次考虑这件事的分量，不知道告诉她好呢，还是瞒着她好。我生怕吓着她，这才是我真正担心的事情。在这个令人感到舒适的大厅里，在格罗斯太太的面前，出于我也说不清的原因，我改变了主意，只是含糊其词地告诉她说，夜色太美了，再加上露水弄湿了鞋子，所以才回来得晚了。随后，我便马上回我的房间去了。

事情并没有结束。在这之后的许多天里，这事都使我百思不得其解。我每天都要把自己关在房间里思考，一想就是好几个小时。这并不是说我已经紧张到了难以承受的地步，但我真的担心自己哪一天会精神错乱。我无论如何也无法找到一种明确的答案，来解释这个和我有着微妙关系的人的来访。我很清楚，假如这个家里有什么秘密的话，我无须盘问，就会搞得一清二楚。我受到的惊吓一定使我变得更敏感了，经过三天的仔细观察，我确信仆人们并没有作弄我。他们肯定一点也不知道此事。我把自己反锁在房间里，一再对自己这样说。我们肯定都受到了他的骚扰。肯定有一个丝毫不为他人着想的过路人，对这些古老的房舍产生了兴趣，乘人不注意时溜了进来，在塔楼的最佳位置上欣赏着周围的风景，然后又像来时那样偷偷溜走了。他那样无礼地盯着我，这只是他肆无忌惮的性格的一种表现。不管怎样，好在我们今后再也不会看到他了。

我承认，我喜欢和迈尔斯和弗洛拉一起生活。尽管我的工作有些困难，我还是非常喜欢它。我管教的那两个孩子真逗人爱，他们始终使我心情愉快。回想当初我还担心这里的工作会枯燥无味，这种担心现在看来真是太多余了。在这里教书一点也不枯燥，我无法形容孩子们在我心中激起的那种兴趣。这对于当家庭教师的人来说，的确是一个奇迹。不过，那男孩在学校里的行为仍然是个谜。可这并没有使我感到担心，尽管他一言不发，他其实已经把罪名洗刷得一干二净。这种说法可能比较接近事实。他使那张报告单上的指控显得荒谬可笑。我的结论是从他那焕发出无邪光彩的玫瑰色小脸上得出的。他太好了，太优秀了！学校里那种狭小的、可怕的、不干净的环境容不下他。他的出类拔萃的品质引起了多数人的妒忌（这些人中甚至可能包括一些愚蠢而且心地肮脏的教师），使他们变得十分刻毒。

两个孩子都过于文静，这是他们唯一的不足之处。虽然迈尔斯并不因此而变得女孩子气，但这使得他们不像活生生的人，也就使人很难惩罚他们。他们好像天使下凡，简直无懈可击。我记得，迈尔斯给人一种特殊的感觉，就好像他没有过去似的。小孩对过去总会有一些记忆，即便很少。可是，和与他同年的儿童相比，这个可爱的小男孩却显得超乎寻常地敏感、快活，使人感到每天都是一个新的开端。他看来从未经受过片刻的痛苦。我把这作为证据，说明他并没有受过惩罚。因为如果他受过惩罚，那从他的表现上是能看出来的。我什么也看不出来，他真像天使一般。他从不谈起他的学校，从不提他的同学或老师，这和我一样，我也很少谈到他们。当时需要我操心的事可不止一件。那些日子里，我收到家里寄来的一些令人心烦意乱的信，知道情况不太好。可是我在工作之余常常想，只要这两个可爱的孩子在我身旁，世界上还有什么大不了的事情？我真的被他们的可爱迷住了。

言归正传。有一个星期天，一连下了几个小时的大雨，不能上教堂做礼拜了。我和格罗斯太太商定，如果傍晚时天气转好，我们就一块儿去参加晚祷。幸运的是，雨果然停了。我做好出去的准备，走下楼梯，到大厅里和格罗斯太太会合。我们只需穿过公园，顺着一条平坦的路走到村子的那边，就到了。此时我突然想起我的手套，那双在和孩子们喝茶时我补了三针的脱线的手套。我把它给忘在餐厅里了。那天是星期天，所以我们破例在那冷冰冰的，然而一尘不染、摆满红木家具和铜器的"大人们的"餐厅里喝茶。我回到餐厅找手套，天色灰蒙蒙的，但傍晚的亮光还没有消失。我一走进门，就看见手套在宽大的窗户旁边的椅子上。我同时还看见窗外站着一个人，正在往屋里看。我往里只迈了一步，就看见了这些。那个朝着屋里看的家伙正是前不久我看到的那个人。我们距离如此之近，我仿佛觉得我们在熟识的程度上大大迈进了一步。我一见到他，就不由得紧张起来，屏住了呼吸，吓得浑身发冷。他和上次那个人一模一样。也和上次一样，我只能看到他的上半身，因为餐厅在底楼，窗户不是落地式的，所以看不到他的下半身。他的脸离窗玻璃很近，因此我能看得很清楚。奇怪的是，这次看到的他使我更深刻地感到，他上次给我留下的印象是何等深刻。他只停留了几秒钟，可是这已经足够了。我知道他也看见了我，而且也认出了我。我觉得我已见过他多次，好像认识有许多年了，觉得自己很熟悉他的样子。不过，这次他的动作有所不同。他透过玻璃盯着我，像上次一样，眼神直愣愣的，就像要把你望穿似的。可是，他随即就把视线移开了。我看得出他在看其他东西。我突然恍然大悟：他不是来找我的，他找的是另一个人！

在恐惧中闪现的这个念头使我心里突然涌起一种责任感、一股勇气。我之所以说是勇气，是因为我当时肯定感到非常恐惧。我立即跑出房间，跑出房子的大门，跑到车道上，并飞快地穿过平台，拐过墙角，走到餐厅窗外。我想，这下我可以看得清清楚楚了，结果却什么也没有看见。那个不速之客已经消失得无影无踪。我停下脚步，心里感到一阵轻松，整个人差点瘫倒在地。我观察着周围，等待他重新出现。当时我或许已经失去了时间概念，现在也搞不清自己究竟等了多久。我只看见所有的地方，包括那平台、那草地以及草地那边的花园，都是空荡荡的。那儿有一些灌木丛和树木，但我记得，当时我有相当的把握，他并没有躲在某一棵树的后面。不管他在还是不在那儿，只要我看不见他，就等于他不在那儿。想到这里,我没有回去,而是向窗户走去。我恍惚觉得,自己应该去他刚才站过的地方,于是就这样做了。我就像他那样,把脸贴在窗玻璃上,往屋里看。就在这个时候,格罗斯太太就像我刚才那样,从大厅走进了房间。于是刚才的那一幕又重现了。她突然看见我,就像我突然看见那个男人一样。她也像我一样,顿时停住脚步。我吓了她一跳,正如刚才我被吓了一跳一样。她脸色煞白,我不禁想刚才自己也一定是这个样子。她瞪着眼,愣了一下,转身走了。我知道她会出来,绕过来找我。我呆在那儿,也很奇怪她为什么会那样害怕。

5

她绕过屋角,出现在我的面前。"我的老天爷,这到底是怎么回事?"她满面通红,喘着粗气,这样问。

我什么也没有说,直到她走近后才开口。"你是说我吗?"我的脸色一定很难看。"你从我脸上看出什么来了?"

"你的脸白得像一张纸。你的样子真是太可怕了。"

我想了一下。她可能什么都不知道,我本来是以免她害怕才没告诉她的,并不想隐瞒什么,现在看来没必要瞒住她了。我向她伸出手,她握住了。我们紧紧握了一会儿。她在我的身旁,我感到是一种安慰,甚至她的惊叹对我来说都是精神慰藉。"不用说,你来是找我上教堂的,可我不能去了。"

"是不是发生了什么事?"

"是的,你现在应该知道是什么样的事了。我刚才的样子是不是有点古怪?"

"隔着那扇窗子的时候?哦,确实可怕!"

"嗨,"我说,"我被吓坏了。"格罗斯太太的眼神明白告诉我,她不愿意听可怕的故事。可是她也知道自己的责任,明白自己必须分担我的烦恼。哦,她不得不分担我的烦恼了!"一分钟前你在餐厅里看见的我的模样,是被那个东西吓成那样的。我看见的那个东西……在此之前……要比这吓人得多。"

她的手握紧了。"你看到了什么？"

"一个奇怪的男人，他正往屋里看。"

"我一点也不知道有这样一个男人。"

格罗斯太太徒然地四下张望。"他到哪里去了？"

"我就更不知道了。"

"你以前见过他吗？"

"见过一次。在塔楼上。"

她眼睛睁得大大的，盯着我看。"你的意思是说，他是个陌生人？"

"哦，是的，是一个我根本不认识的人。"

"可是你没有告诉我，是不是？"

"没有。这是有原因的。不过，现在你已经猜到了……"

格罗斯太太用她那双圆圆的眼睛看着我，依然摸不着头脑。"哦，我可没猜出来！"她的话很简单。"是不是你的幻觉？"

"不是，那不可能。"

"除了在塔楼上，你有没有在别的地方见过他？"

"在这里，就在一会儿前。"

格罗斯太太再次四下望望。"他当时在塔楼上干什么？"

"他站在那儿，向下望着我。"

她想了一下。"他是不是一个绅士？"

我不假思索地回答说："不是。"她更加惊异地看着我。"不是。"我又重复地说了一遍。

"这么说来，他既不是这里的人，也不是村子里的人？"

"不是的，不是。我没有告诉你。可是我敢肯定他不是。"

奇怪的是，她微微吁了一口气，好像这倒是件好事。但她很快又说："如果他不是个绅士……"

"那他又是个什么样的人呢？他太吓人了。"

"吓人？"

"是的。天呵，我真的不知道他是什么样的人。"

格罗斯太太又一次四下张望，注视着幽暗的远处。随后，她镇定下来，换了个话题。

"差不多是去教堂的时候了。"

"哦，我不能去了！"

"去一趟对你是不是要好些？"

"对他们可没有好处……"我朝着房子点了点头。

"你是指两个孩子？"

"我现在不能离开他们。"

"你怕……"

我勇敢地回答说："我怕他。"

听到这话，格罗斯太太宽大的脸上第一次出现了一丝微弱的亮光。我明白她有一个想法，但我不知道她到底想的是什么，然而我明白这想法不是因为我而产生的。我记得当时我认为可以从她那里听到点什么，没想到她比我更想了解和此事有关的情况。她问我："那是什么时候……是不是在塔楼上？"

"大约在这个月的中旬，时间也就是在这个时候。"

"天差不多要黑了？"

"哦，不，还没有怎么黑。我当时看见他就像现在看见你一样清楚。"

"那么他是怎么进来的？"

"他又是怎么出去的？"我笑了。"我可没有机会问他！你看，"我接着说，"今天晚上他就没能进来。"

"他只是偷看了一下？"

"但愿他只是偷看了一下！"她此时放开我的手，略微转动了一下身子。我等了片刻，然后说："你到教堂去吧。再见，我得守着他们。"

她又慢慢地把脸转向我。"你是不是为他们感到担忧？"

我们对视了好长一段时间。"难道你不？"她没有回答，只是走到窗户前，把脸贴近玻璃，往里面看了一会儿。"他当时就是这样往里看的。"我说。

她一动不动。"他在这儿待了多久？"

"直到我走出来。我出来看他到底是个什么人。"

格罗斯太太终于完全转过身来，神色大变。"要是换了我，我可不会出来。"

"我也不想出来！"我笑道。"可是我还是出来了，因为我有责任这样做。"

"我也有责任呀，"她笑着说，随后又补充了一句："他什么模样？"

"我很想告诉你，可他不像这里的任何人。"

"谁也不像？"

"他没戴帽子。"说到这里，我已经从她脸上的表情看出，她正怀着惊慌的心情想象着那人的模样。我随即又给他的肖像添加了几笔。"他长着红色头发，非常红，鬈发贴得紧紧的。他的脸长长的，脸色苍白，五官端正，轮廓鲜明。他脸上蓄着稀疏而古怪的络腮胡子，颜色也和头发一样红。眉毛的颜色要深一些，长得弯弯的，动起来弧度一定不小。他的眼睛有些奇怪，既尖刻，又可怕。它们长得很小，而且目光呆滞。他的嘴很大，嘴唇很薄，除了络腮胡子，脸倒是刮得挺干净的。他的样子使我想起那些在剧场里演戏的演员。"

"演员！"此时的格罗斯太太也真像在做戏。

"我从来没有见过真正的演员，我只是假设。他个子高高的，动作敏捷，身板挺直，"我继续说着，"可是他绝不是，绝不是一个绅士！"

在我不断往下说的时候，我的同伴的脸色变得刷白，她那圆圆的眼睛睁得大大的，她那温柔的嘴唇吃惊地张开了。"绅士？"她惊讶地、迷惑不解地问，"你说他不是一个绅士？"

"难道你认识他？"

她显然在努力控制自己的感情。"他样子长得很英俊？"

我知道该如何帮她把话说清楚。"他长得很英俊！"

"他穿的是……？"

"别人的衣服。衣服很漂亮，但不是他自己的。"

她气急败坏地说："那是主人的衣服。"

我抓住这点不放，问她："你认识他？"

她犹豫了一下。"那是昆特！"她叫了起来。

"昆特？"

"彼得·昆特，主人在这里时的贴身男仆。"

"主人在的时候？"

她依然显得惊异，可还是一五一十地回答了我的问题。"他从来不戴帽子，可他确实穿着……哎，主人的背心经常都找不到。去年他们俩都在这里。后来主人走了，昆特一个人留在这里。"

我留心听她说话，但时而打断她。"一个人留在这里？"

"一个人和我们待在这里。"随后她又神秘地说，"这里都归他管。"

"那么，他后来怎样了？"

她犹豫许久，使我愈加觉得神秘。"他也走了。"她最后回答说。

"去了哪里？"

她的表情此时变得异常。"天知道哪里！他死了。"

"死了？"我几乎叫了起来。

她看来是在振作精神，以便把这件神秘的事情说清楚。"是的，昆特先生已经死了。"

6

要想使我们俩互相沟通，让格罗斯太太明白那鬼魂为何会在我心中留下如此深刻的印象，并弄清楚为什么她在听到我的叙述后会显得如此惊讶和同情，单靠这次交谈当然是不够的。在她把一切告诉我之后，我差不多发了一个小时的呆。那天晚上，我们没有上教堂，而是一起走进教室，关上门，把自己和外界隔离开来。我们又是赌咒，又是流泪，又是祈祷发誓，把整个事情彻底讨论了一番。格罗斯太太说她什么也没见过，连那个鬼的影子也没见过。而这个房子里的人，除了我这个家庭教师，都没有陷入这种可怕的处境。尽管如此，她还是没有怀疑我神经不正常，而是相信我所说的一切。

那天晚上，我们得出共同的结论：只要我们团结一致，就可以战胜一切。我感到她的思想负担可能比我的还要沉重，尽管她没有见到那鬼魂。在当时，就如后来一样，我很清楚，为了保护我的学生，我可以怎样地奋不顾身。不过，过了一段时间我才能肯定，我那诚实的同伴也能遵守她许下的诺言。我是个不太好处的同伴，她也一样。在我回想当时的情况时，我发现，幸运的是一个共同的想法使我们的关系变得融洽起来。这个想法也使我从恐惧的深渊中走了出来。这个想法就是：我到院子里去呼吸一点新鲜空气，格罗斯太太随后出来和我会合。我至今还能清晰地回忆起，在我们分手前，力量又怎样回到了我的身上。我们一遍又一遍地分析了我所见到的一切。

"你认为他找的不是你，而是其他什么人？"

"他在找小迈尔斯。"我心里有一种不祥之感。"他要找的是他。"

"可是你怎么会知道？"

"我知道，我知道，我知道！"我越来越相信自己的感觉。"而且你也知道，亲爱的。"

她没有否定这一点。其实，她不用开口，我也明白她的意思。过了一会儿，她又说："要是他看到他，那会怎样？"

"你是说小迈尔斯？他想见的就是他。"

她再次露出十分恐惧的神色。"那个孩子想见他？"

"我的老天爷，这怎么可能！我是说那个男人。他想出现在孩子们的面前。"这想一想都使人感到可怕，但我觉得自己有能力制止这种情况发生。我也成功地在她面前证明了我有这样的能力。我有绝对把握，我会再次看见曾经见过的那些东西。内心深处的一个声音告诉我，既然我是唯一见到鬼魂的人，就应当勇敢地面对一切，克服恐惧感，这样才能使全家人免受惊吓，确保他们的安宁。那两个孩子尤其应该是我保护和拯救的对象。那天晚上分手前，我对格罗斯太太说了几件事，其中有一件事我还记得很清楚。

"使我感到奇怪的是，我的两个学生从来没有提起过……"

此时我思索着，犹豫着，没有把话说完。她的眼光盯着我。"你是说他们从来没有提起过他曾经在这里住过，以及他和他们在一起时的情况？"

"不仅没有提起这些，就连他的名字，他在这儿时的情况，还有他的过去，等等，一点都没有提起过。"

"哦，那个小姑娘不会记得的。她根本不知道，也从来没有听说过。"

"你是说他死时的情况？"我努力思索着。"也许是这样。可是，迈尔斯一定记得，他肯定记得。"

"哦，千万不要去问他！"格罗斯太太叫了起来。

我用她看我的眼光看着她。"你可不要害怕呀，"我心里想，接着说：

"这可真使人感到奇怪。"

"你是说他从来没有提起过昆特?"

"他从来没有提起过昆特。可是你却告诉我说,他们是最好的朋友。"

"哦,那可不是他的想法!"格罗斯太太郑重地说,"那只是昆特的想法。我的意思是说,昆特和他一起玩,把他给惯坏了。"她停顿了一下,又说:"昆特这个人太随便了。"

我想起他的脸,那是怎样的一张脸啊!我突然感到恶心。"和我的小男孩很随便?"

"和所有的人都很随便。"

我没有要求她进一步解释这句话的意思。我以为在某种程度上,他和在这房子里工作的六七个男仆和女仆的关系都如此。幸运的是,在这座古老的房子里,没有听到令人不安的传言,也没有出过什么丑闻。格罗斯太太在沉默中颤抖着,显然只想靠近我。时间已是半夜,她手扶着教室的门,准备离开。我问了最后一个问题。"那么,你的意思是说,昆特是个人人都知道的坏蛋。要知道,弄清楚这一点很重要。"

"哦,并非人人都知道。我知道,可主人就不太知道。"

"你也没有告诉过他?"

"他不喜欢别人在他面前搬弄是非,最讨厌告状。这种事他可受不了。只要他觉得某人还不错……"

"他就不会找他的麻烦,是不是?"这和我对他的看法相吻合,他不是那种喜欢找别人麻烦的绅士,在结交朋友时也不太挑剔。不过,我依然强调说:"我向你保证,要是换了我,我会告诉他的。"

她感到了我和她有意见分歧。"我想是我错了。可我真的感到害怕。"

"害怕什么?"

"怕昆特会干出什么事来!他人很聪明,又很狡猾。"

我听她这样说,表面上不露声色。"你一点也不怕别的事情?不怕他的影响……"

"他的影响?"她重复我所说的话,脸上带着痛苦和等待的表情,此时我吞吞吐吐地把话接着说了下去。

"他可能会影响那两个纯洁、宝贵的小生命。要知道，他们是由你看管的。"

"不，不是这样的！"她直率而不快地回答说。"主人很信任昆特，并把他安置在这里，因为当时他的身体好像不是很好，乡下的空气对他有好处。因此每件事情都由他说了算。"——她把实情告诉了我——"是的，甚至包括那两个孩子的事情在内。"

"那两个孩子的事——由那个家伙管？"我几乎叫了起来，"而且你居然能忍受！"

"不，我不能忍受，现在也受不了！"可怜的女人哭了起来。

就如我说过的，从这次流泪之后的第二天开始，格罗斯太太就坚定地控制住了自己的感情。尽管如此，在一个星期的时间里，我们仍多次聚在一起讨论有关的话题。那个星期天的晚上，尽管她对我谈的事情不少，可我还是感觉到，她并没有把有些事情告诉我。我为此感到不安，尤其是在谈话后的那几个小时里，竟使我辗转反侧，难以成眠。我把一切都告诉了她，而她却对我隐瞒着什么。到了早晨，我才逐渐明白，这一切并非是她的不诚实造成的，而是由于她有太多的忧虑。我一夜无眠，反复想着这些事情，直到第二天上午，才把所有事情的意义弄清楚。后来发生的更加可怕的事情也证明了我的理解是正确的。事实表明，那人生前给人的印象极其丑恶，死后也依然如此。他在布莱庄园住了好几个月，他的罪恶行径后来终于到了尽头。在一个冬日的早晨，一个上早班的工人发现彼得·昆特像石头一样躺在通往附近村庄的小路上。死亡的原因至少表面上可以归结为头部受了重伤，这也是法官最后下的结论。可能是他那天离开酒店时，天已经黑了，他迷了路，不小心从结了冰的山坡上滑了下去，受了致命伤，就这样躺在山坡下没有起来。关于他的死因众说纷纭，不过后来多数人还是认为结冰的山坡、黑夜中迷路和喝酒过多是导致他丧命的原因。他生前行为怪异，居心险恶，常常暗中作怪，诸如此类的败行劣迹也能说明许多问题。

我真不知道该用怎样的语言来形容我当时的心情。幸好在那些日子里，我尚能在英雄主义情绪中寻求支撑。我明白我要做的是一件值得赞赏却又十分艰难的事情。

我只是希望，那个应该看到的人将会看到，要是换了别的年轻姑娘，大多是会失败的，而我却能成功。我承认自己在回忆过去时好像在为自己鼓掌。我觉得自己当时的反应是那么坚决，那么不可动摇。这样的反应对我是很有益的。我在那里保护着两个小家伙，他们那么可爱，又那么无依无靠。而当他们无助的处境突然变得那么明显时，就更加令人揪心，使人心疼。除了我，他们无人可以依靠，而我心里也只有他们，这真是难得的巧合。用一个形象的比喻来说，我仿佛是他们的一道屏风，我挡住的越多，他们看到的就越少。我怀着极大的忧虑守护着他们，内心极其紧张，却不能流露出来。这样长期下去，我一定会发疯的。后来，事情全然发生了变化。我所担心的事情，全都得到了可怕的证实。

事情得从那天下午说起。我当时带着小弗洛拉在花园里玩。我们把迈尔斯留在屋子里。他正坐在大窗台上的红坐垫上看书，想把书一口气读完，所以没有跟我们出来。他过于好动，这是这个孩子的毛病，我当然乐于鼓励他静心读书。他的妹妹想出去玩，我就找了个阴凉的地方和她一起溜达了半个小时。那时太阳高高挂在天上，天气热得不同寻常。在和小弗洛拉一起溜达的时候，我产生了一些新的感受。我觉得她和她哥哥一样，有一种讨人喜欢的魅力。也就是说，他们离开我时，我并不感到受了冷落，而他们陪伴我时，我又不会感到厌烦。他们从来不缠人，也从来不会做出无精打采的样子。我尽量使他们在没有我的情况下也能自得其乐。他们理解我的想法，因此也尽量配合我的努力，让我成为他们的欣赏者。我生活在他们创造的世界里，扮演游戏中的某个著名人物或者什么奇妙的东西。除此之外，他们对我别无所求。我也很高兴干这些挂名差事。我已经忘了当时我扮演过什么角色。我只记得我是一个挺重要、也挺安静的人物，弗洛拉也玩得挺起劲。我们当时在池塘边。由于她刚开始学习地理，我们就把那池塘叫做"亚速海"。

突然，我觉得"亚速海"对岸有个人在看着我们。这感觉来得奇怪。我当时正坐在池塘边的旧石凳上做针线。我虽然没有抬头看，却确凿无疑地感觉到对岸有个人。池塘对岸有几棵大树，还有稠密的灌木林，因而形成了一片令人愉快的树荫。在那个炎热而宁静的时分，阳光散射，树荫并不幽深。一切都看得很清楚。我心里明白，只要我抬起眼睛往对岸一看，就会看到什么东西。但我尽量控制住自己，使眼睛不离开手里的针线，以便镇定下来，决定下一步该怎么办。对面有个陌生人，而且我立刻就强烈感到他不应该在那里出现。记得当时我想到了种种可能性。我提醒自己，他很可能是家里的某个佣人，或者是村里来的报信者、邮差，或者是店铺的伙计。可是，这样的假设却不能动摇我的直觉。尽管我一直没有抬起头来，我却始终觉得那人肯定不是我假设的那些人中的一个。显然，事情绝对不像我想的那么简单。

如果我有足够的勇气，我完全可以看清楚那鬼魂到底是谁。但那时，我费了好大的劲才把目光移向小弗洛拉，当时她离我大约有十米远。一想到她可能会看到那家伙，我一时间吓得心跳都停止了。我屏住呼吸，期待着听见她的惊叫声，或者好奇的感叹声。我等呀等，可什么也没听到。接着发生的事，使我更加惊慌了。一开始，她默不作声，长达一分钟之久。我觉得这比什么都可怕。接着，她转过身，背对着池塘。我最后一次看到她时，她仍然背对着池塘。我有一种强烈的感觉，觉得我们仍然在那人的目光注视之下。她从地上捡起一小块木板，那上面正巧有个小洞。这使她想到，可以把一个木棍插进洞里当桅杆，这样就成了一条小船。她认真而费劲地把木棍插进木板里。我看了她一会儿，内心平静了一些。几秒钟后，我觉得自己又恢复了勇气，准备承受更大的打击。于是，我再次移动目光，看到了我注定要看到的东西。

7

这之后，我飞快地找到了格罗斯太太。一见到她，我就扑到她怀里哭起来。那哭声现在好像还在我耳边。"他们知道——真是太可怕了！他们知道，他们知道！"

"他们知道……什么？"她抱着我，话音里透露出疑惑。

"哎呀，他们知道我们知道的一切，天知道还有别的什么东西。"随后，她放开我。我把刚才发生的事告诉了她，也许在告诉她时，我才真正意识到发生了什么事。

"两个小时前，在花园里，"我几乎话都说不清了，"弗洛拉看见了！"

听到这话，格罗斯太太就好像当胸挨了一拳。"她告诉你了？"她喘着气问。

"一个字也没说，可怕就可怕在这里。她什么也没说！要知道，她是个才八岁的孩子呵！"我感到震惊，震惊得难以形容。不用说，格罗斯太太能做的，也只是把嘴张得更大。"那么你又是怎样知道的？"

"我在那里，我亲眼看见的，我发现她什么都知道。"

"你的意思是她知道他？"

"不是'他'，是'她'！"我知道，在我说话的时候，我的神色一定相当可怕。从我同伴的脸上，我也能看出这一点。"这次是另一个人，但和他一样可怕，一样邪恶。一个穿着黑衣的女人站在池塘对岸，脸色苍白，神情那么可怕！我和小女孩那时正在池塘边——就在那时，她来了。"

"她怎么来的？从哪儿来的？"

"从他们应该来的地方来！她就这样出现了，站在那儿，不过没这么近。"

"她没有走得更近点儿吗？"

"哦，我那时的感觉，简直觉得她和我的距离就像现在你和我的距离一样近！"

我的朋友脸上流露出奇特的激动表情，还往后退了一步。"你是不是从来没有见过她？"

"从来没有。可是小弗洛拉见过，你也肯定见过。"随后，我把我想说的话说了出来，"那一定是我的前任，那个死了的女人。"

"杰塞尔小姐？"

"是的，杰塞尔小姐。难道你不相信？"我问。

她面带沮丧的神色，往左右看看。"你怎么能肯定？"

我情绪紧张，感到不耐烦。"你不信就去问弗洛拉，她可以肯定！"可是，我刚说完这句话，马上就改了口。"不，看在上帝份上，不要去问她！她会说她没有看到——她会撒谎！"

格罗斯太太的头脑还没有混乱到不知如何提抗议的程度。"哦，你怎么能这样说？"

"因为我很清楚，弗洛拉存心不让我知道。"

"她是为了不使你受到惊吓。"

"不，不是的，这里面的问题要复杂得多！我越是想，就越看得清楚，越清楚，就越感到害怕。现在我什么都清楚了，对什么都感到害怕。"

格罗斯太太试图赶上我的思绪的发展。"你的意思是说，你害怕再次见到她？"

"哦，不。现在对我说来，已经无所谓了！"接着，我又解释说："我怕的是见不到她。"

我的同伴满脸迷惑。"我不明白你的意思。"

"嗨，我的意思是说，这孩子肯定会瞒着我继续和她来往，她肯定会这样做的。"

一听说这种可能性，格罗斯太太差点晕倒在地。不过，她很快就镇定下来，因为我们都意识到，只要我们后退一英寸，一切都会失去。"哎，哎，我们必须保持头脑清醒。说到底，如果弗洛拉不在乎的话……"她甚至还想开一个令人不快的玩笑，"也许她喜欢这样！"

"喜欢这些东西？——她还是个孩子呀！"

"这不是恰好证明她的天真吗？"我的朋友大胆地反问。

一时间，我几乎被她说服了。"哦，我们应该坚持自己的看法，不能动摇！因为事实果真像你所说的，那就表明——天知道表明什么！不管怎样，那女人是世上最可怕的怪物。"

听我这么说，格罗斯太太低头想了一会儿，然后抬起头来。"告诉我，你是怎么知道的？"她问。

"知道？我是亲眼看见的！看见了她那副模样。"

"你是说，她看你时的那样子？一副凶相，是不是？"

"不，这我倒不在乎。她没有看我，而是盯着小弗洛拉看。"

格罗斯太太努力想象着当时的情景。"两眼直勾勾地盯着她看？"

"那眼神可怕极了！"

格罗斯太太看着我的眼睛，好像我的眼神也一样可怕。"你的意思是说，她的眼神充满憎恶？"

"上帝啊，不仅是憎恶，比憎恶还要可怕。"

"比憎恶还要可怕？"这使她感到困惑。

"她的眼神里有一种说不出的企图，一种邪恶的企图。"

听到这话，她的脸色变白了。"企图？"

"她要把弗洛拉带走，"格罗斯太太的眼睛一直没有离开我，这时她颤抖了一下，接着朝窗口走去，而当她站在那儿往外看时，我才把这句话说完——"弗洛拉知道这事。"

过了一会儿，她转过身来说："你刚才是不是说，那女人穿着黑衣服？"

"她穿的是丧服，不怎么好，甚至有点寒酸，但穿在她身上特别美。"我接着描述起来，而我的自信显然影响了她，使她相信了我说的一切。"哦，是的，她很美，"我接着说，"简直美极了，可美得邪恶，美得叫人害怕。"

她慢慢地走回我身边。"杰塞尔小姐确实很邪恶。"她再次拉住我的手，又紧紧握住我的手，好像要我鼓起勇气，免得被她将要说出的话吓倒。"他们俩都很邪恶。"她终于说了。于是，我们又一次不得不面对那件事。我觉得弄清楚那件事对我来说很重要，就说："我理解你以前为什么不提此事，可现在应该把一切都告诉我了。"她显然同意我的话，但就是沉默不语。看到她这样，我接着说："现在我必须把这件事弄清楚。她是怎么死的？她和昆特之间发生了什么事？"

"什么事都发生了。"

"可他们那么不同……？"

"是啊，地位不同，身份不同，"她用悲伤的语气说，"她是位小姐。"

我想了一下，明白了她的意思。"是啊，她是位小姐。"

"可昆特的身份要低得多。"格罗斯太太说。

我觉得我没必要再对她施加压力，非要她把对一个仆人的看法讲出来。可是，听我的同伴谈一谈以前那个家庭教师的丑事，以及她对这些事情的看法，也未必不是件好事。这时，我又想到了主人的那个贴身仆人，那个长相漂亮的坏家伙，他那么无耻，那么狂妄，那么放肆和堕落。"那家伙简直是条狗。"

格罗斯太太想了一下，接着说："我从来没见过像他这样的人。他无法无天，想干什么就干什么。"

"对她？"

"对所有人。"

这时，在我朋友的眼睛里，我似乎又看见了杰塞尔小姐。那身影是如此清晰，就像是映照在池水中的倒影一样。于是，我大胆地说："他做的事，肯定也是她希望的。"

格罗斯太太脸上的表情说明事情真是这样，而且说："可怜的女人，她自讨苦吃！"

"那你肯定知道她是怎么死的？"我问。

"不，我一点不知道，也不想知道，甚至为不知道而感到高兴。反正，感谢上帝！她得到了彻底解脱。"

"可是你当时有没有想过……"

"她离开的真正原因？哦，是的，想过。她在这儿再也待不下去了。要知道，她是这里的家庭教师！我甚至还猜想过——现在还在猜想——非常可怕的事情。"

"可总没有我猜想得那么可怕！"我回应了一句，同时意识到自己一定在她面前显得很焦虑，又很狼狈。这再次引起了她对我的同情。她亲切地安慰我，我却再也控制不住自己的感情了。我曾使她痛哭过，此刻我却在她面前哭了起来。她像慈母一样把我搂在怀里，让我尽情地流着眼泪。"我没有做到！"我绝望地啜泣着。"我没法保护那两个孩子，没法救他们！事情比我想的还要糟。他们完了！"

8

我对格罗斯太太说的是千真万确的实话。我告诉她的那些事情，真是玄妙莫测，而且我觉得我没有足够的勇气把它们彻底弄清楚。所以，后来再次谈到那些奇怪的事情时，我们俩都同意，不要再对它们妄加猜测了。我们可以不管它，但头脑必须清醒。经历了如此不寻常的事情而要保持头脑清醒，当然颇不容易，但我们居然做到了。那天晚上，屋子里的其他人都睡了，我们俩在我的房间里作了一次长谈。她和我把事情的全过程又回忆了一遍，最后得出结论：我确实看到了鬼魂，这一点不容置疑。我发现，要想使她相信我很容易，我只要问她，如果我是无中生有在编造，那我怎么可能描述得出那两个人的相貌特征，而且使她一下子就认出了那是昆特和杰塞尔小姐？她希望不要再提此事，这我完全可以理解，不会因此而责备她，因为我本人也希望能找到摆脱此事的办法。我和她都认为，我很有可能还会遇到这种事，而且会逐渐习惯的。我坦然承认，遇到鬼魂的事已不怎么使我感到烦恼了，最使我难以忍受的是我心里产生了新的疑虑。不过，几个小时后，这疑虑减轻了。

和格罗斯太太长谈后，我们就分手了。这之后，我回到了两个学生的身边。我希望两个可爱的孩子能解除我的烦恼，他们这种特殊的效用在我身上屡试不爽。换句话说，我去找弗洛拉，感受她周围的特殊氛围。她能一下子解除我心中的隐痛。她会凝视着我，然后当着我的面说我"哭过"，而我以为我已经把脸上的泪痕全都擦掉了。此时，我会暗自庆幸没有把它们擦干净，否则就不可能体会到如此深切的关怀，并因此感到欢欣不已。看着小女孩那双湛蓝的眼睛，如果我说它们的可爱只是早熟的一种狡黠的掩蔽物，那我就犯了怀疑一切的错误。我宁愿拒绝相信自己的感觉和判断的正确性，尽管这样做并不容易。我在深夜里一再对格罗斯太太说，当我们的小朋友的声音在空中响起时，当他们依偎在我胸前时，或者当他们馨香的小脸蛋贴在我脸上时，我只感觉到他们的纯真和美丽，其他的一切都不复存在了。遗憾的是，那使我感到惊异而且不可思议的和鬼魂见面，对于他们来说却是家常便饭。那个小姑娘看见鬼魂，就像我看见格罗斯太太一样频繁。当她看见鬼魂时，如果我也在场，她还竭力使我相信她什么也没看见。同时，她还会不动声色地猜测我是否看见了！我不得不再次提到她做的那些小动作，譬如明显增多的活动啦，更起劲地玩游戏、唱歌、说些没什么意思的话啦，以及邀请我一起做游戏啦，等等。

为了弄清楚其中究竟有没有诡计，我反复回想当时的情况，这样做倒给我带来几分安慰。我至少可以告诉格罗斯太太，我肯定没有让他们察觉到我已经知道了。不知道出于什么原因，或许是由于情况的必需，或许是因为别无选择，我想方设法"逼迫"我的同伴说出更多实情。在我的压力下，她也一点点地把事情讲了出来。但是，有个疑点仍然像蝙蝠的翅膀一样不时在我额头上掠过。我还记得当时的情景：除了我和她之外，屋子里的其他人都已经沉沉入睡，这有助于我们一下子把话题挑明。我记得我当时说："我不相信会有这种事情。要是你一定要我相信，那就请你再帮我一个忙，把事情讲清楚。当初在迈尔斯退学前，在我们为那封信发愁的时候，我曾一再问你，这是怎么回事。你告诉我说，他不总是个好孩子。现在你告诉我，当初你这么说，到底是什么意思？因为这段时间里我和他在一起，而且一直在观察他，已经有好几个星期了，可我并没有发现他做什么坏事。他看起来完全是个天性善良、聪明可爱的孩子。所以，我总觉得，要是你没有亲眼见过他做了出格的事，你是不会这么说的。那他到底做了什么出格的事？是不是你亲眼看到的？"

这是个直截了当的问题，而且我的语气也绝非轻松。不管怎样，当天亮前我们分手时，我还是得到了我想得到的回答。事实是，格罗斯太太当时确实想到了和此事有重大关系的某些事情。原来，昆特和迈尔斯曾有几个月形影不离。格罗斯太太曾大胆批评这种交往，并暗示这种关系不正常，甚至还向杰塞尔小姐谈过她的看法。杰塞尔小姐的态度却很冷淡，她叫格罗斯太太别多管闲事。于是，这个善良的女人就直接去找小迈尔斯谈过。在我的一再追问下，她告诉我说，她对小迈尔斯说的是：她不喜欢看到一个年轻的绅士忘记了自己的身份。

我进一步追问："你是想提醒他，昆特是个卑贱的仆人？"

"可以这样说。糟糕的是他的回答太不像话。"

"还有呢？"我等她把话说完。"他把你说的话告诉了昆特没有？"

"没有，问题就在于他没有告诉昆特。"她的话再次给我留下深刻印象。"我敢肯定，"她补充说，"他没有告诉他。不过，他否认了几件事。"

"什么事？"

"他们在一起时，昆特就像他的老师，而且是很有威信的老师。杰塞尔小姐倒成了陪读小姐。我的意思是说，他和那家伙一出去就是几个小时。"

"可是他又否认自己和他在一起，是不是？"她显然表示同意，于是我接着说："我明白了，他在撒谎。"

"哦！"格罗斯太太嘟哝了一声，说明她认为这并不重要。为了让我明白她的意思，她又说："你看，杰塞尔小姐并不在乎，她并没有叫他不要和昆特在一起。"

我想了想，问："他这样说，是不是想表明他没错？"

她的声音又轻了下来。"不，他根本就没有提到杰塞尔小姐。"

"从来没有提到杰塞尔小姐和昆特之间有什么事？"

她明白了我的意思，脸一下子红了。"嗨，他不肯说，"她又重复一遍，"他一口否认。"

我的上帝，我对她真是步步紧逼！"所以，你看得出，他其实知道那两个人之间的事？"

"我不知道，我不知道！"可怜的女人哀叹着说。

"你肯定知道，我的好人儿，"我回答说，"你只是不像我这么胆大。你胆子小，又害羞、怯弱，要不是我逼你，你肯定连这些都不愿意讲出来，只知道闷在肚子里。不过，我还是从你这里知道了不少情况啊！"我接着说，"你从这孩子的举动中看出，他有意隐瞒了那两个人的事情。"

"哦，他可隐瞒不了……"

"隐瞒不了你已经了解的情况，是不是？我敢说，肯定是的！可是，天哪！"我陷入了沉思。"这不正表明他们已达到了目的吗？把他教坏了！"

"哦，他现在可一点也不坏呀！"格罗斯太太忧郁地说。

"难怪我和你说起学校的那封信时，"我接着说，"你的表情那么古怪！"

"我想我的表情不会有你古怪！"她反驳说，不过并无恶意，"要是他那时竟会那么坏，现在怎么又会像小天使一样好呢？"

"是呀，的确如此——他在学校里竟然坏得像恶魔！这怎么可能，怎么可能呢？"我苦恼地说，"你肯定也会问我，可这几天我没法回答。你一定还会问我的！"我嚷了起来，我的朋友睁大了眼睛。"有些事情我现在还没法深究。"我接着说。同时，我提到了她一开始说的一句话，她说那男孩偶尔也会在无意中泄露一点情况。"你在劝他时一定说了昆特是个卑贱的仆人，我想迈尔斯在回答时一定会说，你和昆特的身份也没什么两样。"她再次承认了。我接着说："你原谅了他？"

"难道你就不会原谅吗？"

"哦，是的，肯定会！"我们俩在寂静中相视而笑，只是笑得有点古怪。我接着说："不管怎样，当那个男的和迈尔斯在一起时……"

"那女的就和弗洛拉小姐在一起。这样一来，他们俩都觉得挺合适。"

这正符合我的想法，我觉得和我的想法真是太契合了。我的意思是说，她说出了我想说而又没有说出来的话，因为我觉得那太可怕了。我总算抑制住了自己，一直没有把话说出口，所以我现在也不愿把它挑明。我只是想提一下我最后对格罗斯太太说的那些话。"迈尔斯说谎，没有礼貌，但我认为这并不说明他品性恶劣，只是……"我沉思着说，"这倒使我觉得有必要对他的一举一动多加注意。"

一会儿之后，我的朋友就表现出已彻底原谅他的样子。看到这种情况，我的脸倒不禁红了。她讲出这事的目的是要打动我的心，唤起我的同情。在走出教室时，这一点更明显了。"想必你不会责备他……"

"责备他隐瞒了和坏人来往的事实？哦，请记住，在没有获得更多的证据之前，我不会责备任何人。"当我关上门、沿着另一条走廊送她回房时，我最后说："我只能等待。"

9

我等了又等。随着时间的流逝，我的恐惧和焦虑逐渐减轻。在很长的一段时间里，没有什么新情况发生。我和我的学生形影不离，这些日子就像一块海绵，擦掉了那些令人不愉快的想象和丑恶的记忆。我说过，我曾竭力去领会那两个孩子的天真可爱，可以想象，我现在也不会忘记从他们身上得到的安慰。还有一件我难以讲清楚的怪事，就是我竭力压制着自己心里产生的一些念头。假如这样的努力没能成功，我就会感到紧张不安。我曾想过，我的学生可能会觉察到我对他们产生了一些怪念头。这些念头使我对他们更加感兴趣，而这一点，他们很可能会觉察到。我很担心，他们会看出来，我竟然对他们如此感兴趣。我常常陷入沉思。我想，即使情况再坏，我也要冒一冒险，拨开笼罩在他们头上的疑云，还他们以公道和清白。他们是那样纯洁，我有时会抑制不住感情冲动，把他们紧紧抱在怀里，贴在我的胸口上。

在这段时间里，他们也对我表现出异乎寻常的喜爱。我想，这可能是小孩子对经常弯腰拥抱他们的人的一种得体的回应。他们对我抱着极大的敬意，这稳定了我的情绪，使我觉得他们别无企图。我想，他们愿意为他们可怜的家庭教师做许多事情，这在以前是从未有过的。他们的功课越来越好，这自然使我感到很高兴。他们想方设法帮我消除烦闷，使我快活开心。比如说，给我朗读书上的段落、讲故事、和我玩猜字谜游戏、化装成动物或者历史人物、趁我不防时向我扑过来，等等。尤其使我感到惊奇的是，他们常常偷偷地背熟了一些文学作品，然后在我面前流畅地背诵。从一开始起，他们就表现出能够做好一切事情的能力。只要一开头，任何事情都能做得很好。他们对功课表现出极大的热情，也善于运用他们天生的惊人记忆力。他们不仅能装成老虎和罗马人突然出现在我眼前，还能扮演莎士比亚戏剧中的人物，或者天文学家和航海家。有一件事很奇怪，直到现在我也没法解释。我指的是我不明白，在为迈尔斯换学校这件事上，我为什么一点也不着急。我记得我当时并不急于和别人讨论这个问题。我之所以满足于现状，是因为他常常表现出惊人的聪明。他太聪明了，以至于一个不称职的家庭教师，一个牧师的女儿也难以把他宠坏。经过仔细思考，循着一条不十分清晰的线索，我发现自己有一种奇怪的印象，那就是有某种影响力在支配着这孩子的思想，促使他学习加倍努力。

这样的孩子可以暂时不进学校学习，然而事实上他被学校开除了，这未免使人难以理解。我想补充一点，现在我和他们在一起，几乎是形影不离，可我却什么也没有发现。我们的生活被音乐、爱和好成绩所笼罩，我们还常常演出自编的戏剧。两个孩子都有很好的乐感，迈尔斯在这方面尤其有天赋，任何曲调均能过耳不忘。因此，教室里的钢琴经常会奏起令人浮想联翩的梦幻音乐。等琴声一停，角落里便传来窃窃私语，接着其中的一个便兴致勃勃地走出教室，回来"亮相"时，便成了新的角色。我也有兄弟，小女孩对小男孩的那种崇拜感，对我说来并不陌生。然而，不同寻常的是，在这个世界上竟然还有这样一个小男孩，他对年龄比他小而且也没有他聪明的妹妹竟然如此体贴入微。他们不仅和睦相处，我时而注意到，他们之间还存在着一种默契；就是说，当一个和我在一起并吸引了我的注意力时，另一个就会偷偷地溜出去。我原以为孩子们玩小花招时难免因经验不足而露出破绽，可我的两个学生却干得一点也不使我觉得不舒服。事实上，使我感到不舒服的事情也有，但不是在教室里，而是在其他地方。

一天晚上，我丝毫没有预感，突然间感到一阵阴冷，使我想起了初来布莱庄园那天晚上的感觉。当时的印象其实并不深，要不是因为后来发生的那些令人不安的事情，我可能早已忘了。那时我还没有上床，我记得我当时毫无睡意，正在阅读菲尔丁的《阿米丽亚》。夜已深了，我却一点也不想看看表。我还记得，按照当时的流行的方式，小弗洛拉的床上挂着白色的床帷。由于床帷挡着，床外的人一眼看不到她。我对那本书本来是很有兴趣的，但翻过某一页后，我却觉得我的注意力再也不能集中了。我不知不觉朝着门口望了望，又侧耳听了听，有一种异样的感觉。我觉得屋子里好像有动静，同时还觉察到从敞开的窗口吹进来的微风正摇动半开的百叶窗。我放下书，站起来，拿起蜡烛，走出房间，到了走廊里，手里的烛光暗淡地照着周围的东西。我把外面的门轻轻关上并上了锁。如果此时我身边有人，一定会佩服我的勇气。

我到现在还说不清，当时究竟是什么力量在指引我，使我高举着蜡烛沿着走廊一直走到了楼梯口。在那里，我看见有一扇长窗，而就在这时，我遇到了三件怪事，它们几乎是同时发生的：最先是我的蜡烛在大亮一下后突然熄灭了；接着，我看见没有窗帘的窗口已透进一丝曙光，使我觉得没有烛光也看得清东西；紧接着，在朦胧的曙光中，我看见楼梯上有一个人的身影。时间一秒一秒过去，我一下子振作起来，做好了和昆特第三次见面的准备。我看见那个鬼魂已经到了楼梯转弯处的平台上，那儿离窗户很近。他看见我便停下脚步，盯着我看。前两次在塔楼上和花园里，他也是这样盯着我看的。他认识我，就像我认识他一样。带有寒意的淡淡曙光映在窗玻璃和光滑的橡木楼梯上，我们俩紧张地互相凝视着。这一次，我觉得他纯粹是个活生生的、令人厌恶的、危险的怪物。可是，这还不是最奇怪的，最奇怪的是我一点也不觉得害怕，而是觉得完全有勇气面对他，甚至和他较量。

在这非常时刻，我虽然心情烦乱，但感谢上帝！我却一点也不感到恐惧。而且，我马上发现，他也知道这一点。凭着我坚定的自信心，我觉得我只需要再挺立一分钟，他就会自动消退。我们在死寂中相互对视，而且是近距离对视，其情景不说极为可怕，也是极不自然的。如果我在同一地点、同一时间遇到一个杀人犯，我们或者会说几句话，或者会发生什么事情。如果什么事情也没有发生，我们中的一个肯定会马上走开。然而，这一刻却如此之长，以至于我觉得要是再拖长一点的话，我会怀疑自己是否还活着。我无法说清后来发生的事情，我只能说，寂静考验了我的意志力，而一切也在寂静中渐渐消失。在寂静中，我看见他转过身去，就如这个生前地位卑微的仆人听到主人的召唤时那样，悄然走了。我看着那邪恶的、驼得不能再驼的背，目送着他走下楼梯，走进黑暗，在楼梯的下一个转弯处消失了。

10

我在楼梯口停留了一会儿，直到肯定那个不速之客已经走了，才回到自己的房间。我刚才并没有吹灭房间里的蜡烛，所以一进门第一眼看见的就是小弗洛拉的床。那张小床竟然是空的！五分钟前我曾克制住了恐惧，而此时我却吓得喘不过气了。她刚才还睡在床上，我还把白色的床帷拉下来，遮住了她的身体，可现在，床上除了凌乱的薄绸被子和被单，什么都没有！大概是我的脚步声引起的回应，接下来的一幕又顿时使我的紧张心情松弛了下来。我看到窗帘动了一下，小弗洛拉弯着腰从那里钻了出来。她站在那里，穿着睡衣，光着粉红色的脚丫，鬈发泛着金光，神情严肃。她一开口，就让我产生一种强烈的感觉，觉得好像是我做错了事，而不是她。她用责备的口气说："你是个顽皮的家伙，你到哪儿去了？"本来应该是我责备她，现在受到责备的反而是我，而且我还不得不为自己辩解。至于她自己的行为，她的解释既简单又可爱。她说她躺在床上，突然发现我不在房间里，就下床来找我，看我到底去了哪儿。不管怎样，她的重新出现使我很高兴，一下子坐到了椅子上。那时我感到头有点晕，她啪嗒啪嗒地朝我走来，还爬上我的膝头，让我搂着她。烛光照在她仍然带着睡意的小脸上，显得那样红润可爱。记得当时我不由得把眼睛闭了一会儿，因为她那双蓝眼睛里闪着一种极美的光。

"你刚才到窗口找我？"我问，"你以为我在花园里散步，是不是？"

"是呀，我还以为园子里有人在散步呢。"她面不改色地朝着我微笑。

哦，我何等惊讶地看着她！"你看见了什么人没有？"

"哦，没——有。"她的回答声音甜美，但拖声拖气，似乎有点不耐烦。

那一刻，我情绪还有点紧张，因此断定她是在说谎。可是，如果我再一次闭上眼睛，我就会明白，这种判断不过是三四种可能性之中的一种罢了。它对我的诱惑是如此之大，以至于为了克制自己，我不得不冲动地把这小女孩抱在怀里。奇怪的是，她很顺从，既没有哭，也没有丝毫害怕的表示。为什么我不当场说出来，把事情就此了结呢？为什么不对着她那可爱的小脸直截了当地说："你看见了！你看见了！你知道，你看见了！你也知道，我知道你看见了。既然这样，你为什么不老老实实告诉我呢？这样我们就可以一起来对付它，而且可以弄清楚那到底是怎么回事，我们该怎么办。是不是？"但这一想法来得突然，去得也突然。假如我当时一下子把话说了出来，后来的许多麻烦可能就不会有了。可是，我却没有把话说出口，而是一下子站起来，看着她的床，采取了一个无可奈何的折衷办法。"你为什么要把床帷拉上，使我觉得你还在那儿？"

弗洛拉显然是在思考。接着，她带着天使般的微笑说："因为我不想让你受惊。"

"可要是我真像你想的那样出去了……"

她丝毫没有被难住。她把视线移向烛光，仿佛我的问题和她无关，或者说和任何人都没有直接关系，就像马尔赛夫人编的教科书或者乘法九九表一样。"哦，不过你知道，"她回答得恰如其分，"你会回来的。亲爱的，你这不是已经回来了吗？"一会儿之后，她上床睡觉了。我握着她的小手，在床边坐了很久，似乎是想表明自己已经充分地认识到了回来的意义。

你可以想象，从此以后我是怎样度过每一个夜晚的。我日复一日地守夜，一直坐守到深夜。等到我的小室友酣然入睡，我才偷偷溜出去，静悄悄地在走廊上徘徊。我甚至还走到上次遇到昆特的那个地方，可是却没有看到他，或者干脆说，我在整个屋子里再也没有看到过他。不过，我在楼梯口差点错过另一次奇遇。我从上面往下面看，忽然看到一个女人坐在最下面的楼梯上。她背对着我，身子弓着，双手捂着脸，很伤心的样子。我在那儿只站了一会儿，她就离开了，而且没有回头看。尽管我没有看见她的脸，但我知道她的脸该有多可怕。我还想，要是我在下面而不是在上面的话，我能不能像上次面对昆特时那样鼓着勇气走上楼梯呢？哎，需要勇气的时候真是太多了！在遇到昆特以后，我把后来的每一天都数得很清楚。在此之后的第十一天的夜里，我又受了一次惊吓。这次真的是特别出乎意料，因而使我尤其感到震惊。由于长期熬夜，我疲惫不堪，这天晚上我第一次按平时的作息时间上床睡觉。我马上就睡着了，一直睡到午夜一点左右，我突然惊醒，而且一下子坐了起来，好像有一只手把我摇醒似的。在睡之前，蜡烛是点着的，可此时，蜡烛已经熄灭。我马上断定是小弗洛拉把它吹灭的。我立即下床，摸黑走到她的床前，床是空的。我看了看窗户，心里更加明白了。我擦了一根火柴，情况于是全部明朗了。

这孩子再次偷偷起床。这回她吹灭了蜡烛，为了看到什么东西或者说是出于某种反应，她钻到了百叶窗后面，正往外面的黑夜里看。这一次她看见了上次没有看到的东西。我点上蜡烛，匆忙穿上拖鞋，披上外衣。她居然没有注意到我，这也足以证明她看见了那个东西。窗户大开，她靠着窗口站着，窗帘遮住了她的身子。她俯身向外，全神贯注地往外看。天上挂着一轮明月，这使她能够看得更清楚。我迅速做出决定。她此刻正和那天在湖边出现的鬼魂面对面，在进行人鬼神交，这是她上次没能做到的。我应该做的不是去惊动她，而是沿着走廊走到屋子同侧的另一扇窗口。我走到门前，她没有听见。我走出房门，把门轻轻关上，同时倾听着她那边有没有动静。我站在走廊里，看着十步以外她哥哥的房门，再次感到一种难以形容的奇怪冲动，或者说，我以前说过的那种诱惑。要是我径自走进去，走到他的窗前，结果又会怎样？要是我在这被鬼魂迷住的男孩面前冒一下险，我的勇敢举动会不会就此结束他们的神秘交往？

这个想法促使我穿过走廊，走到他的门前，随后停下脚步，侧耳倾听，感到一种难以名状的激动。我想知道，他的床是不是也空着，他是不是也在往外看，我脑子里还出现了种种可怕的想象。这一刻真是寂静无声，过后我渐渐平静下来。他的屋里没有传来声响，也许他什么也不知道。如果我冒险进去的话，后果也许是可怕的。于是，我转身走开了。花园里有一个人影，那个鬼鬼祟祟的人影是来看弗洛拉的，和我的小男孩没什么关系。我迟疑了一下，但几秒钟后我就做出了决定。这所大屋子里有不少空房间，我只要找一间合适的就成。我突然想到下面的那间。它在旧塔楼的一个角落里，可以俯看整个花园。那房间很大，呈方形，布置得像是卧室。由于太大，所以许多年来一直没人住，可格罗斯太太总把它收拾得很整洁。我一来就很喜欢那房间，对它很熟悉。刚进去时，由于长年没人住，房间里有些阴冷，我不由得打了个寒噤。我穿过房间，轻轻打开一扇百叶窗，拉开窗帘，把脸贴在窗玻璃上。由于外面比屋里亮，我能看见许多东西，而且我选的地点也恰到好处。月光明亮，透过夜色可以望得很远。我一眼看去，只见草地上有个人影，由于距离较远，显得有些矮小。他一动不动地站在那里，像是着了魔似的。他在朝着我所在的位置的上方看，也就是说，他不是在看我，而是在看着我上面的地方。显然，在我的上面还有一个人，在这塔楼上，还有一个人！可是，草地上的那个人影和我想看见的那个人却一点也不像。我定神一看，心里感到极不舒服，因为草地上那个人影不是别人，正是可怜的小迈尔斯！

11

直到第二天傍晚，我才把这一切讲给格罗斯太太听。由于我的眼睛几乎没有离开过我的两个学生，所以我很少有机会和她私下交谈。我们认为，最重要的是不要引起孩子们和仆人们的怀疑，使他们觉得我们在暗中着急，或是在偷偷讨论那些怪事。在这方面，格罗斯太太做得很好，我也感到特别放心。在她容光焕发的脸上，旁人丝毫也觉察不到我告诉她的那些可怕的事情。我相信她绝对信任我，要不是这样的话，我真不知道自己会成什么样子，因为我独自一人承受不了这样大的压力。缺乏想象力的人是有福的，格罗斯太太就是一个典型的例子。如果说她在两个孩子身上看到的只是美丽、温顺、快活和聪明的话，那是因为她没有直接和两个孩子接触，所以不像我这样烦恼。当然，要是两个孩子身体不舒服，她一定会因发愁而憔悴。但是，当我看到她把白白胖胖的手交叉在胸前、一脸安详地看着两个孩子时，我完全能理解她的心情。她一定在感谢上帝的恩典，因为不管发生什么事情，他们的身体还是健康的。我已经感觉到，随着时间的推移，由于没有发生意外，她相信那两个孩子一直安然无恙。相反，她倒开始为两个孩子的保护人，也就是我，操起心来。我可以完全做到不露声色，要做到这一点当然再容易不过了。但问题在于，她在为我的处境感到忧虑，而我还要装得无所谓，那就不太容易了。

在这种情况下，格罗斯太太由于我几次要求才同意和我谈一谈。我们坐在平台上，时值夏末秋初，午后阳光宜人。两个孩子很听话，在离我们不远的草地上散步。他们和我们相距不远，能听到我们的叫唤。男孩一边走，一边用手臂挽着他妹妹的腰，同时念着一本故事书。格罗斯太太看着他们，心情平静而愉快。后来，当她转过身来听我讲述时，我觉得她心里在嘀咕——显然，她不愿听那些阴森可怕的事情。我已经把她当成了我的听众，而且专门对她讲述一些可怕的事情。但由于看到我很痛苦，她反倒有了耐心。她很专心地听我讲述，就是我想配制女巫的汤药，她也会为我端一只锅来。就这样，她以一种近乎虔诚的态度听我讲述那天夜里发生的事。我讲到那可怕的一刻，我看到迈尔斯差不多就站在他现在站着的那个地方，我于是马上下楼，把他带进了屋子。由于我不想惊动屋里的其他人，这一切都是在不声不响中进行的。她饶有兴趣地听我讲述。我告诉她，进屋后，那孩子非常聪明地回答了我的询问。其实，当时我在月色朦胧中一出现在平台上，他就径自朝我走来。我什么也没说，一把抓住他的手，牵着他就往黑沉沉的屋子里走。然后，我们登上那道昆特曾在那里寻找过他的楼梯，穿过那条我曾在那儿倾听并颤抖的走廊，回到了他的房间。

一路上，我们还是什么也没说。但我心里想，他那小小的脑袋里一定在编着谎言，好让我相信他的行为并不离奇；要是这样的话，那他是枉费心机。我觉得他这一次真要尴尬了，心里还有一种奇怪的胜利感：他就像一只迄今为止一直漏网的猎物，可这次他掉进了陷阱，再也无法逃脱了。他再也无法做出无可指责的样子，再也不可能伪装下去了。他怎样才能为自己开脱呢？想到这个问题，我的心不由得剧烈跳动起来。还有，我又怎样解释我自己的行为呢？要是我不顾一切，把事情全都说出来，并向他提出那个可怕的问题，那后果可能会难以想象——那太冒险了。我记得，当我推开门，把他带进他的房间后，我发现他的床上没有一点睡过的痕迹。窗户开着，月光射进来，把房间照得很亮，完全没有必要擦火柴。我记得，我当时颓然坐在床边，因为我突然想到，就如人们常说的，他一定会想出办法来"糊弄"我。他有足够的聪明，可以编出种种谎言来欺骗我。而我呢，如果我还遵从传统道德，即认为做老师的不应该在学生面前说鬼怪之事，那他就很容易利用这一点来"糊弄"我。因为只要我一提起那件可怕的事情，他不就可以指责我吗？谁会说我有权说这种事？所以，这不能说，不能说。

我竭力想让格罗斯太太明白，当时我和迈尔斯在黑暗中稍稍谈了几句之后，我就发现他聪明得让我不得不佩服。我发现我对他毫无办法。写到这里，我觉得连我自己也讲不清楚了。不用说，我只好尽量对他和蔼一点。我背靠在床上，以从未有过的温柔，把双手放在他的肩上。这时除了向他提问，我简直别无选择。

"你现在必须告诉我，你为什么要出去？你在那里做什么？"

此刻，我依然能看到他那奇妙的微笑，看到他那双漂亮的眼睛里的眼白和洁白的牙齿在黑暗中闪光。"要是我告诉你，你能理解我吗？"听他这么说，我的心顿时紧张得怦怦跳。他会告诉我吗？我想追问他，可又说不出话来，只好含含糊糊地点点头。在我对他点头时，他站在那儿，显得非常有教养，简直就像神话里的小王子。他那副聪明可爱的模样使我悬着的心放了下来。他要是真能把一切都告诉我，那不是太好了吗？"好吧，"他终于开口说，"就让我告诉你吧。我这样做，只是为了让你……"

"让我怎样？"

"让你有点惊奇——让你觉得我是个坏孩子！"我永远也忘不了他说这话时那种兴奋的样子，说到高兴处，他还俯身吻了我。好了，事情就到此结束了。我接受了他的吻，还把他搂在了怀里。与此同时，我好不容易才克制住自己，没哭出声来。他的理由如此合情合理，简直使我无法再追问下去。为了表明我已接受他的解释，我看了看房间的四周，说："这么说，你一直没有脱衣上床？"

在黑暗中，他简直就像在闪光。"没有，我一直坐在那儿看书。"

"那你是什么时候下楼去的？"

"半夜。你看，我想做坏孩子的时候，就是那么坏！"

"我明白了，明白了——这很有趣！不过，你怎么知道我会知道你半夜跑到外面去？"

"哦，我是和弗洛拉商量好的。"他回答得胸有成竹！"她起床往窗外看。"

"她确实这样做了。"结果落入圈套的是我！

"这样她就会把你弄醒。你会起来，想看看她在看什么，后来你真的起来了。"

"而你，"我附和着说，"就在半夜里跑到外面去。可这会着凉感冒的呀！"

他为自己的冒险成功感到很得意，欣然说："要不是这样，我怎么称得上是坏孩子呢？"我们再次拥抱，这件事也就随之结束。但从他这句笑话里，我却领悟到了他的脑子真是灵活至极。

12

那天早上，我对格罗斯太太讲述自己的特别感受时，尽管我还特别提到了迈尔斯和我分手前说的那句话，但她还是不太明白。我告诉她说："他只说了短短一句话，可就是这短短的一句话，却足以说明问题。他说：'我还能做什么事！'他这么说好像是讨好我，其实他自己心里明白，'我还能做什么事！'就是指他之所以被学校开除的那件事。"

"我的天哪！你真是变了！"我的朋友喊了起来。

"我没有变，我只是把事情弄清楚了。他们四个人定期见面。在最近几天，不管哪天晚上，不管和两个孩子中的哪一个在一起，我都清楚，事情就是这样。我一直在观察，在等待。而我越是观察，越是等待，我就越是觉得，这件事就是没有任何其他证据，单凭他们俩的秘而不宣，就已经很清楚了。他们从不说漏嘴，也从不提起他们的老朋友。迈尔斯也从不提起他被学校开除的事。哦，是的，我们可以坐在这儿看看他们，看看他们在那儿的表演。你看，他们装着在念童话故事，其实呢，心里正想着那两个死人。迈尔斯其实根本就没有在为妹妹念书，"我大声说，"他们正在谈论'他们'，在谈论那件事，那件令人作呕的事！我知道，我再这样讲下去你一定会以为我疯了，因为你看到这种事也会疯的！可是，这事反而使我的头脑变得更清醒了，还使我看清了有些事情的真相。"

是的，我的头脑异常清醒。我看到那两个可爱的孩子正亲热地手挽着手，在我们眼前走来走去，然而他们却是我的怀疑对象。格罗斯太太还自以为很了解那两个孩子，不解地问："你还看清了什么真相？"

"那些曾使我感到欢欣并为之陶醉的事情的真相。当我发现这真相时，我感到震惊，同时又感到迷惑不解和忧虑重重。表面上，它们是那么美好，那么令人神往，而实际上只是一场游戏，"我接着说，"那是他们故意做出来的，是一场骗人的把戏。"

"你是说，那两个小宝贝……？"

"你是说，他们一直是可爱的小宝贝，是不是？是的，可这么说简直就是在发疯！"我的话一说出口，倒帮我理清了思路，许多线索都联系到了一起。"他们从来就不是什么好孩子，不过是心不在焉。是的，和他们在一起，你很容易和他们相处，可那是因为他们有自己的生活。他们不在乎我，也不在乎你。他们在乎'他'和'她'！"

"在乎昆特和那个女人？"

"是的，在乎昆特和那个女人。他们也很在乎那两个孩子。"

听到这话，可怜的格罗斯太太感到大惑不解。"可这是为什么？"

"因为在那些可怕的日子里，这两个坏蛋把邪念灌入了两个孩子心里，而他们死了还要回来，目的就是要继续做那件邪恶的事情，那件只有魔鬼才做的事情。"

"天哪！"我的朋友呻吟起来。呻吟声虽然低沉，却证实了我的猜测，即：以前曾发生过比现在更为严重的事情。凭着以往的经验，她完全同意了我对这对男女的看法，那就是，他们邪恶至极！她显然陷入了回忆，随后说："这两个人真是邪恶至极！可他们现在还能怎样？"她问。

"还能怎样？"我大声回答，由于声音太大，连在远处散步的迈尔斯和弗洛拉也停下脚步，回头看了看我们。"难道他们坏事做得还不够吗？"我压低了声音说。那两个孩子朝我们微笑、点头和送飞吻，然后又开始了他们的表演。我们注意了他们一阵，随后我说："他们会把孩子毁了！"听到这话，我的同伴转过身去，好像是对我提出无声的质疑。这使我不得不进一步加以解释："他们现在还不知道怎么做，只是在试探，所以他们只是出现在远处或者高处，如湖对岸和窗外，或者塔楼顶上。不过，他们——还有那两个孩子——双方都在努力缩短距离，克服障碍。这样的话，两个诱惑者迟早是会得逞的。他们只需要不断发出暗示就行了。"

"那两个孩子就会到他们那边去？"

"是的，最后把他们毁掉！"格罗斯太太听我这么说，慢慢地站起身来，而我又谨慎地补充了一句："除非我们能阻止他们！"

我坐着，她站在我面前，显然是在认真思考。"应该由孩子们的伯父来阻止他们。他应该把两个孩子带走。"

"那么谁去告诉他呢？"

她刚才一直望着远方，这时突然对着我做了个古怪的表情。"应该是你，小姐。"

"让我写信给他说，他的屋里闹鬼，他的侄儿和侄女都疯了？"

"可要是他们真疯了，那怎么办呢，小姐？"

"你不如说，要是我也疯了，那怎么办？要知道，我要是给他送去这样的消息，那才妙呢，因为我深受他的信任，而且我的首要任务就是不让他操心。"

格罗斯太太再次望了一下两个孩子，想了想说："是啊，他最不愿意操心，所以才……"

"所以那两个怪物才骗了他那么久，不是吗？这也难怪。可他这种无所谓的态度也太可怕了。我不是怪物，我不应该骗他。"

我的同伴愣了一下，然后坐下来，抓住我的胳膊说："无论如何，你得请他来看你。"

我瞪大了眼睛说:"来看我?"我突然感到一阵害怕,担心她会做出什么事来。"你是说,叫他来?"

"他应该到这儿来。他应该来帮忙。"

我迅速站起身来,我想她一定从我脸上看到了一种从未有过的古怪表情。"你认为我会请他来看我吗?"她看着我,从她的眼神中可以看出,她认为这是不可能的。她是个女人,能看出另一个女人的心思。她知道我心里是怎么想的:我担心他会嘲笑我,会觉得很好笑;我担心他会鄙视我,会认为我无法胜任自己的工作,想依靠他,还编造一个鬼故事作为借口;说不定,他还会认为我是有意想引起他的注意,好在他面前卖弄卖弄自己的魅力。格罗斯太太不知道,其他人也不知道,当初我在接受他的聘约时曾感到多么荣幸,多么自豪。不管怎么说,我想格罗斯太太还是明白了,我说的话是认真的。我说:"你可不要请他来,我不想见他。"

她真的被那件事吓坏了。"要是我请了,你会怎样,小姐?"

"我会马上走,离开你们。"

13

和他们在一起并不难,可要和他们谈话,尤其是亲密交谈,那就难了,甚至可以说,简直不可能。这种情况持续了一个月。我觉察到种种越来越明显的迹象,其中最为明显的是我的学生意识到了我的处境,而且还流露出一种嘲讽的神情。在很长一段时期里,这种微妙的关系就成了我们之间的主调。有时候我们会觉得,几乎每门功课或者每个话题都会使我们联系到那个被视为禁忌的话题:死者会不会归来?在对死去的朋友的记忆中,哪些东西会保持得最长久?有时候,我敢发誓说,两个孩子中的一个会偷偷地、轻轻地推一下另一个说:"这一次她好像要那么做了,可她没做。"他们所说的"做",就是直接提到我的前任,以前管教过他们的那个家庭女教师。他们还对我过去的生活非常感兴趣,我也很乐意一遍又一遍讲给他们听。他们不仅知道我以前遇到过的所有事情，还知道我和我的兄弟姐妹所经历过的各种小小的奇遇，知道我家里的猫和狗，知道我父亲的癖好，甚至知道我家里的家具和摆设，以及我们村子里的老妇们喜欢闲谈些什么。凡此种种，他们都了解得一清二楚。我要讲的东西也多得简直讲不完，讲到这事又会扯到那事。我讲得很快，而且我天生有一种善于添枝加叶的本领。他们很善于刺激我的记忆力和想象力。我后来回想当时的情形，很有一种被人暗中监视的感觉。不过，只有当我谈到我的生活、我的过去和我的朋友时，我和他们的关系才变得无拘无束。在我讲故事时，他们有时会突然而友好地提醒我，要我再说一遍古迪·戈斯林的著名警句，或者要我再说一说教区牧师的小马到底有多么聪明，而这些其实和我正在讲的故事并没有什么明显的关系。

　　就这样，随着事情的发展，我的处境变得非常微妙。我已经有许多天没有遇到鬼魂了，我的神经本来该镇定下来，可是我却觉得自己仍深陷于窘境之中。就在一天凌晨，当拂晓的晨光映在楼梯的平台上时，那个女鬼魂在楼梯口消失了。从那时起，无论在屋内还是在屋外，我再也没有看见那种我最好不要看见的东西。有许多次，当我走过楼梯的拐角时，我觉得我似乎看到了昆特。还有许多次，我觉得周围的气氛不对，仿佛杰塞尔小姐随时会出现。夏日将尽，秋天将来到布莱庄园。天空变得灰暗，花儿凋谢，落叶遍地，一片荒凉的景象。这地方就像散场后的剧院，地上撒满揉皱的节目单。天空、声响和寂静，都无不使我回想起六月的那天夜晚我在屋外看到昆特时的感觉，以及后来我发现他在窗外后便在灌木丛中徒然搜寻他的情景。我能辨认出一些征兆，也能识别出一些可能会发生事情的时间和地点，但是事情没有发生，我没有再被鬼魂骚扰。当初我对格罗斯太太谈起弗洛拉在湖边的那可怕一幕时，我曾告诉她，不管两个孩子有没有看到鬼魂，我作为他们的保护人宁愿自己挺身而出，去面对鬼魂。我有心理准备，随时准备看到最可怕的东西。可是，此刻我却意识到一种极大的不安，那就是，我担心我的眼睛被蒙住了，而两个孩子的眼睛却睁得大大的。要是我的眼睛被蒙住了，不再看见鬼魂，我当然应该感激上帝，否则就是对上帝的不敬。可是，要是我的眼睛被蒙住了，因而对我的学生的秘密一无所知，那我就没法全心全意感激他了。

如今，我怎样才能弄清楚那两个东西是怎样来纠缠我的？有时，当我和两个孩子在一起时，我敢发誓说，尽管我没有看见那两个鬼魂，可两个孩子却分明知道他们的来临，还在对他们表示欢迎。这时，我激愤得简直想大声喊："他们在这儿！在这儿！你们这两个小可怜虫！你们为什么不承认！"然而，由于担心这样做会对两个孩子造成更大伤害，我没敢喊出来。那两个小可怜虫呢，这时会变得更加殷勤和温顺，从而把一切都否认得干干净净。他们就像在清澈透明的深水里游动着的鱼，灵活得简直是在捉弄人。对我最大的一次打击，是那天晚上，我在星光下搜寻昆特或者拉塞尔小姐的鬼魂时，突然发现小迈尔斯就站在那里。他一看见我，马上头一仰，还对我做了个很可爱的表情，而这表情正是那个站在塔楼顶上的邪恶的鬼魂——昆特——喜欢做的。如果这算得上是一次惊吓的话，那么这次的发现确实使我受惊不小，比以往任何一次都要大。更为重要的是，处于惊吓状态中的我还是得出了某种合乎实际的结论。而正因为有这样的结论，在这不寻常的生活中，我常常不得不把自己关在房间里，一个人喃喃自语。这样既会给我带来某种安慰，同时也会使我再次陷入绝望的境地。就这样，我怀着极其复杂的情绪思考着问题的根本所在。我会从屋子的这边走到那边，左思右想。我会在房间里团团转，而最终一说到他们的名字就浑身颤抖。当那两个名字从我的唇边消失后，我又会对自己说，如果我把他们的邪恶行为讲出来，我就会扰乱这个课堂，而那里正维持着一种世上罕见的微妙平衡。我会对自己说："不管怎么说，两个孩子尚且能守规矩，还能保持沉默，而你呢，受人之托，还得到别人的信任，却好意思讲出这种事情来！"我感到脸红，不由得以手蒙面。在这之后，我越说越起劲，越说越大声，直到一阵不可思议的沉默突然降临。我只能这样形容它，要是你叫我试着用其他方式来形容它的话，我只能说我从一种奇怪的昏晕状态坠入了一种死寂状态。这种情况的发生和我们是否发出声音无关，无论是在欢笑声中、在快节奏的背诵声中，还是在钢琴的弹奏声中，我都能体会到。随后，我就会感觉得到那两个外来者也在那里。他们不是天使，而是像法国人所说的，是"亡灵"。所以，当他们在我身旁时，我就会因恐惧而颤抖。我深怕他们会给两个孩子带来地狱里的邪气，这对我来说还不太可怕，可对他们来说实在是太邪恶、太可怕了。

最使我痛苦而且最难以摆脱的是我看清楚了这一事实，那就是不管我看到了什么，迈尔斯和弗洛拉肯定比我看到的还要多，而这些既可怕又难以揣测的事情，都源于他们以前和鬼魂的可怕交往。如此情形自然使我们都明显感到不快，可是在我们的嬉戏声中，一切又会暂时被遗忘。我们三人会一次又一次地做相同的游戏，而且每次游戏结束时都几乎机械地做同样的动作。有时，他们会突然莫名其妙地吻我，其中的一个还会提出那个常使我们摆脱尴尬的问题："你认为他什么时候会来？""你认为我们该不该写信给他？"经验告诉我们，提出这样的问题往往是化解尴尬局面的最佳办法。这里的"他"，自然是指他们那个住在哈利街的伯伯，也就是我的主人。我们总相信他随时都可能到这里来，而且会成为我们这个小圈子里的一员。虽然这只是我们相信而已，实际上他是不会来的，但要是我们没有这样的信念作为精神支柱，我和那两个孩子也就没有什么借口来相互表演了。他其实从不给我们写信，这或许表明他很自私，但也说明他很信任我，为此我多少有点得意，因为一个男人对一个女人的最好的赞扬，就是相信她能独立处理事情，从而使他的生活过得既省心又舒适。为了恪守聘约，我断然不会去打扰他的。因此，我要我的两个小朋友相信，他写的信都是优美的书法作品，实在太美了，所以送信人都舍不得送过来。至于他以前写来的信，我都珍藏着。我这种说法和期望他来的心情好像是互相矛盾的。我的两个小朋友也似乎知道，这对于我来说是一种很尴尬的局面。现在回忆起来，当时最使人感到不寻常的是，尽管我神经紧张，他们轻松自如，可我却从来没有在他们面前表现出烦躁不安的情绪。他们确实很讨人喜欢，因而就是在那些日子里，我也从没恨过他们。要是我的情绪长时间得不到缓解，我最后会不会恼怒呢？不过，这问题现在已经无关紧要了，因为我的情绪得到了缓解，而我说的"缓解"，就像是闷热了一天之后，突然下了一场暴风雨。

14

一个星期天的早晨，我们步行去教堂。小迈尔斯走在我的身旁，弗洛拉和格罗斯太太走在我们前面。那天，天朗气清——很久没有这样的好天气了。夜里降了一层薄霜，秋天的空气清爽干燥，连教堂的钟声听起来也近乎欢快。奇特的是，此时我突然被我的学生的温顺感动，甚至还有些感激的意思。我问自己，为什么我没完没了地监视他们，他们却从不表示厌恶？不知为何，我总觉得我简直把那两个孩子用别针别在自己的围巾上。我像狱卒押解犯人一样盯着他们，随时提防他们会不会瞒着我做出什么事来，或者从我身边走开。迈尔斯的衣服是他伯父的裁缝为他做的，做得很漂亮，很有气派，穿在他身上很合他的身份和地位，而且显得很有男性气质。其实，他要是真的表现出某种独立性来，我也无话可说。我于是想，要是真爆发一场革命，我将如何面对？我之所以称此为"革命"，是因为一旦他把事情挑明，眼前的这场戏就演到了最后一幕，接着便是令人惊骇的可怕结局。

"我说，亲爱的，"他认真地对我说，"什么时候我才能回学校去？"

这话听起来全无恶意，而且还是用柔和的语调说的。他说话时，特别是对我这个家庭教师说话时，总是那么和颜悦色，说出的每句话都像是送出一朵玫瑰。他的话里总含有某种意思，总让人觉得有一种收到鲜花的感觉。此刻，我就收到了一朵玫瑰。我不由得停下脚步，好像被突然倒下的一棵大树挡住了去路。我意识到，我和他之间出现了新情况，他好像也意识到了这一点。我一时没有回答他的问题，而他呢，显然因为我回答不出而有点得意。由于我一时不知说什么好，倒使他有了充分的时间考虑。过了一会儿，他意味深长地笑了笑，接着说："你知道，亲爱的，如果一个男孩总是和一个小姐在一起……"他开口闭口叫我"亲爱的"，这种称呼既表示他对我很随便，又表示他对我很尊敬，恰如其分地表达了他这个学生和我这个家庭教师之间的亲昵关系，这当然也是我所希望的。

不过，我当时却觉得我对他说话要斟字酌句。我记得，为了有时间考虑，我就对他笑了笑。从他那张漂亮的小脸上的表情可以看出，我当时的样子一定很古怪。"你是说，总是和同一个小姐在一起，是不是？"我说。

他丝毫没有退缩，甚至连眼睛也没有眨一下。这样，事情就在我们之间讲明了。"哦，是的，她是个'很好'的小姐，可我毕竟是个男孩，快要长大的男孩，你说是不是？"

我停下脚步，和他面对面默默地站了一会儿。随后，我语调亲切地说："是啊，你快长大了。"可是，我心里仍有一种茫然不知所措的感觉。

他好像知道我的心思，而且还想利用这一点。一想他当时说的话，我至今还感到心碎。"而且你不会说我是个不好的男孩吧？"他说。

我把手搭在他肩上。虽然我知道我应该继续往前走，可脚就是提不起来。"是的，我不会，迈尔斯。"

"除了那天晚上，你知道……"

"那天晚上？"我没法像他那样两眼直视前方。

"就是我下楼，走出屋子的那个晚上。"

"噢，是的。不过，我已把那件事忘了。"

"忘了？"他像大人责备孩子一样，口气夸张地说，"要知道，我可是为了让你明白我可以那样做，才那样做的！"

"哦，是的，你可以那样做。"

"而且还可以那样做。"

我觉得我或许还没有丧失理智。"当然。不过，你不会那样做了。"

"不会，不会了。那没意思。"

"确实没意思，"我说，"不过，我们得往前走了。"

他挽住我的手臂，和我一起继续往前走。"那么，什么时候我才能回去？"

我想了想，神情很严肃。"你在学校里到底快活不快活？"

他也想了想。"哦，我不管在哪里都很快活。"

"那好，"我迟疑地说，"既然你在这里也一样快活……"

"可那不一样！当然，你知道很多事情……"

"你的意思是，你知道得和我差不多？"当他停顿时，我大胆插了一句。

"还不到我想知道的一半！"迈尔斯很老实，承认说。

"为什么？"

"我想知道得更多。"

"我明白了，明白了。"这时，我们已经看见了教堂。我们还看见了各种各样的人，其中有布莱庄园的几个仆人，他们正朝教堂走去。随后，我们又看见他们都站在教堂门口，等我们先进去。我加快了脚步，为的是在进教堂前避免和迈尔斯再讨论那个问题。我希望他进教堂后，至少在一个小时里能保持沉默。我期待着在光线幽暗的教堂里坐到我的座位上，跪到那个垫子上，因为这会为我带来精神上的安慰和鼓励。我觉得自己简直就像在和他赛跑。

他想使我瘫倒，而我在拼命挣扎。然而，他还是比我早到达终点。当我跟着他走近教堂的大门时，他突然说：

"我要和我差不多的人在一起！"

听到这话，我急忙跨前一步。"和你差不多的人可不多啊，迈尔斯！"我笑着说，"也许只有小弗洛拉了。"

"你真的想把我和一个女孩子相比？"

我感到身体一阵发软。"那你到底爱不爱我们可爱的小弗洛拉？"

"如果我不爱，那你也同样不爱。可是，如果我不……"他说了一遍又一遍，还往后退了一步，好像是为了往前跳似的，可是他还是没有把话说完。进了教堂的大门，他用手臂压了我一下，要我停下。此时，格罗斯太太和小弗洛拉已走进教堂，其他做礼拜的人也跟着进去了，只剩下我们俩站在教堂的院子里。那里是一片墓地。我们停在一条小路上，身旁就是一座低矮的、样子像餐桌似的长方形坟墓。

"是呀，如果你不爱……"

我等着他回答，而他却四下张望，看了看那些坟墓。"嗨，你知道是怎么回事。"他站着没动，而我听到他的话后竟双腿一软，坐到了一块墓碑上。不过，我装得好像是想休息一下。"我伯父的想法和你一样吗？"他问。

我坐在墓碑上一动不动。"你怎么知道我有想法？"

"哦，我当然不知道，因为你从来没有说过。我的意思是，他知道吗？"

"知道什么，迈尔斯？"

"就是我现在的情况。"

我马上意识到，我要是回答他这个问题，就会把我的主人卷进来，而这对他来说是不应该的。可是，当布莱庄园发生了这一连串事情后，我觉得那已经不重要了。"我认为你伯父并不关心这里的事。"

听我这么说，迈尔斯站在那里，看着我。"那你认为可不可以让他关心起来？"

"怎么关心？"

"当然是叫他到这里来。"

"可是，又有谁能叫他到这里来呢？"

"我能！"这男孩自信地说，脸上还露出了机警的神情。他用同样的神情看了我一眼，随后便自顾自走进了教堂。

15

我没有跟着他进去。从此刻起，事情实际上已经真相大白。我心烦意乱，虽然我心里明白自己陷入这种状态很可怜，但又无法振作起来。我坐在墓碑上，思忖着我的小朋友所说的那些话里的所有含义。与此同时，我又绞尽脑汁想找出一个我没有进去的理由，因为我确实羞于让我的学生和教堂里的其他人看见我迟到。但我想得最多的还是：迈尔斯已经在我这里发现了疑点，我刚才往墓碑上一坐的尴尬相就已经让他得知了我的想法。他已经从我这里得知，我很害怕提及那件事，所以他很可能会利用我的害怕心理达到他的目的，也就是听凭他去做那件事。确实，我害怕提及他被学校开除的原因，因为那牵涉到一个可怕的秘密。按理说，我应该把他的伯父叫来和我一起处理这件事，可我又没有勇气去面对这样做的后果——那多么令人难堪，多么令人痛苦啊！所以，我只好一拖再拖，得过且过。而令我深感不安的是，那孩子完全正确，他完全可以对我说："你和我的监护人，也就是我的伯父，你们要么把我突然被停学的神秘原因弄清楚，要么就不要再指望我会继续过眼前这种对一个男孩说来是不正常的生活。"然而，对于我心目中的这个男孩来说，他突然暴露出这种想法，才是真正的不正常啊！

我这么想着，呆坐在那里，迟迟没有进教堂。我在教堂周围徘徊，迟疑不决。我觉得我刚才和他在一起已经受到了难以弥补的伤害，如果此时我再挤进教堂，坐到他身旁的座位上，那将更加难受。他可能会感到很得意，会用手挽着我的胳膊，让我坐在他身边一声不响地听他继续说我们刚才说过的那些话，而且会说上一个小时！所以，要是他现在出来的话，我一看见他就会避开他。我站在教堂东侧的那扇高高的窗户下，倾听着里边做礼拜的声音。我突然感到一阵冲动，一种难以克制的冲动。一不小心，这种冲动就会完全把我征服。我想，只要我离开这里，一走了之，那么所有的折磨和痛苦也就统统结束了。此刻正是好机会，没有人来阻止我。我可以把一切弃之身后，只要转过身去，把门闩好就行了。我只需赶回庄园，就能收拾好行李。因为这时家里正好空无一人，所有的仆人都在教堂里做礼拜。总之一句话，就算他们回去后发现我不顾一切乘着公共马车走了，也不见得会责备我。还有，要是我半路改变了主意，那么只要在晚饭前返回庄园，也总能找到借口说我离开了半天。相反，要是待在这里，那么一两个小时后，我的两个学生就会因为我没有进去做礼拜而故意装出不知情的样子对我提出种种问题。

"你去做什么了？为什么要使我们担忧？你知道吗，你把我们弄得多么心神不定？你是不是想把我们丢弃在教堂门口？"我受不了这样的问题，也受不了他们问这样的问题时那种既可爱又虚伪的眼神，而这两者恰恰是我必须面对的。我越想越觉得不能留在这儿，最后决定一走了之。

就这样，我真的走了。我心事重重地走出教堂墓地，沿原路返回庄园。到了庄园门口，我已下定决心离开此地。那天是星期天，屋里屋外一片宁静，一个人影也不见。我觉得这正是我逃逸的好机会。我只要动作迅速又悄无声息地离开，既不会有人前来劝阻，甚至都用不着说一句话。于是，我就开始行动，但马上又想到，这时候到哪里去找马车啊？我记得，当时我正好走到楼梯口，便一下子瘫坐在第一级楼梯上，随后突然感到一阵恶心，因为我猛地想起，就在一个多月前，在昏暗中，我看到那个可怕的女鬼魂阴森森地坐在这里，就是我现在坐着这个地方。想到这，我忽地站起身，飞速奔上了楼梯。我惊恐未定，朝教室走去，想去拿一些属于我的东西。然而，我一开门，一眼看到的情景使我倒抽一口冷气，连连倒退了几步。

在中午的阳光下，只见我的桌子旁边坐着一个女人。要不是我曾见过这个女人，我还会误以为是哪个擅自留在家里的女仆，正在偷用我的笔和纸费力地给她的情人写情书呢。我说她费力，是因为她坐在那里的姿势确实给人这样的感觉。她双臂支着桌面，双手捧着头，一副疲惫不堪的样子。当我鼓足勇气走进去时，她竟然一动不动。接着，她突然改变了姿势，这下我把她看得一清二楚。她站了起来，但并不是因为我的到来，因为她脸上有一种难以描述的表情，既忧伤，又冷漠，根本就不在意有没有人来打扰她。这个站在离我只有十英尺远的一脸悲伤的女人，就是我的那个邪恶的前任。我看清了她的全身。而就在我努力凝视，想把她的形象印入脑海时，她那可怕的身影消失了。但我记得，她穿着像午夜一样黑暗的黑外衣，容貌秀美，但脸色憔悴，还带着难以言说的痛苦表情。她也注视了我好长时间，似乎想表明，既然我有权坐在她曾坐过的桌子旁边，她也有权坐在我的桌子旁边。在这瞬间，我忽然有一种冷彻心肺的感觉，觉得这本是她的教室，而我自己倒是个闯入者。我本能地要想消除这种感觉，于是就对她大声喊叫："你这个邪恶的女人，为什么到这里来！"我听见自己的喊声穿过敞开着的房门，在空荡荡的走廊里回响。她看看我，好像听到了我的喊声。这时我的情绪反倒镇定下来，房间里的气氛也随之平静了。刹那间，房间里除了阳光，一切都消失了。我清醒地意识到，我必须留下，绝不能离开。

16

我本以为我的学生回来后会因为我没有去做礼拜而说这说那，没想到他们只字不提，既不责备我，也不安慰我，这反而使我更加不安。我还注意到格罗斯太太也一言不发。我仔细观察她的表情，很古怪，所以我怀疑那两个孩子一定用什么办法说服了她，使她也不吱声。我决定找机会和她单独谈谈。在吃茶点之前，机会终于来了。我和她在管家的房间里谈了五分钟。那是黄昏时分，房间里飘着刚出炉的面包的香味，房间收拾得干净而整洁。我发现她静静地坐在烤炉前，一副闷闷不乐的样子。我至今还记得她那时的样子：她坐在一张高背椅子上，面对着炉火，身后是一片黑暗，偶尔才被炉火照亮一下。这景象就如一幅巨大而清晰的画像，一直"珍藏"在我记忆的抽屉里，从来没有拿出来看过。

"哦，是的，他们叫我什么都别说。只要他们高兴，我当然会答应他们。可你到底怎么啦？"

"我只是因为想散散步才和你们一起去的，"我说，"后来我就去看一个朋友了。"

她显然很惊讶。"一个朋友……你？"

"哦，是的，我有一两个朋友，"我笑了笑说，"那两个孩子为什么不让你说？"

"你是说你离开教堂的事吧？是的，他们说你不喜欢有人对你做的事问这问那。你不会这样吧？"

我的表情使她很失望。"是的，我不喜欢有人来问我！"一会儿之后，我又说："那他们有没有对你说，为什么我不喜欢那样？"

"没有。迈尔斯少爷只是说：'她不喜欢的事我们就不做。'"

"我真希望他言行一致！弗洛拉说了些什么？"

"弗洛拉小姐真可爱。她说：'哦，当然，当然！'我也跟着这么说。"

我想了一下。"你也是一个真可爱的人。我能想象你们那时的样子。不过，在我和迈尔斯之间，一切都已经公开。"

"一切都已经公开？"我的同伴睁大了眼睛。"公开什么，小姐？"

"无论什么，都没关系。我已下了决心，"我继续说，"亲爱的，我刚才回来是为了和杰塞尔小姐谈一谈。"

迄今为止，我已经养成一种习惯，就是每次在提起那件事情之前，我都会先调整好格罗斯太太的情绪。所以，听我这么说，她也只是眨了眨眼睛，并没有大惊小怪。"谈一谈！你的意思是说，她开口说话了？"

"差不多等于开口说话。我回来时，在教室里看见了她。"

"那她说了些什么？"我至今还能生动地回想起这个善良女人的声音，她的忠厚老实和她那种惊讶的语调。

"她说她在受痛苦的折磨……"

实际上，当她弄清楚我的意思后，她还是惊讶地张大了嘴巴，结结巴巴地说："你是不是指……在地狱里受折磨？"

"在地狱里受折磨。在忍受被诅咒的痛苦。那就是为什么，她要找人和她分担……"这实在太可怕，因此我说不下去了。

然而，我这位想象力较差的同伴却硬要我讲下去。"找人？和她分担……？"

"她要找弗洛拉。"要不是我早有准备，格罗斯太太一听这话肯定会吓得从我身边倒退几步。不过，我使她镇定了下来，让她知道我早有准备。"我说过了，那没关系。"

"因为你已下了决心？可你决心做什么？"

"什么都做。"

"什么叫'什么都做'？"

"嗨，就是把他们的伯父叫来。"

"哦，小姐，求你了，你一定要这样做。"我的朋友大声说。

"我一定，一定！我认为这是唯一的办法。我不是和你说了，我已经公开对迈尔斯说，要是他以为我怕……甚至以为可以利用我怕……那他就错了！他的伯父会从我这里把事情弄清楚的。如果他的伯父责备我没有为他重新入学操心……"

"是呀，小姐……"我的同伴催我往下说。

"那样的话，我还有那个可怕的理由。"

可怕的理由显然太多了，因此我那可怜的同伴吃不准是哪一个，这也情有可原。

"可……那是什么理由？"

"嗨，就是学校写来的那封信。"

"你要拿给主人看？"

"按理我当初就应该给他看的。"

"哦，可别这样！"格罗斯太太坚决地说。

"我会告诉他，"我固执地说，"我处理不了这件事，孩子已经被开除了……"

"可是，我们却不知道这是为什么！"格罗斯太太说。

"是因为品行不良。他那么聪明、漂亮、完美，除了那个原因，还能是什么？他笨吗？脏吗？身体不好吗？性格不好吗？都不是。他简直无懈可击，所以原因只可能是那个。只要弄清楚这一点，事情就真相大白了。说来说去，"我说，"这是他们伯父的错。他竟然把他们交给那种人看管……"

"他真的一点也不了解他们。这是我的错。"她的脸色变得刷白。

"算了，你不应该为此感到苦恼，"我说。

"孩子们也不应该！"她强调说。

我沉默了一会儿。我们互相注视着。"那么我该告诉他什么呢？"

"你不用告诉他什么。我会告诉他的。"她说。

我思忖着。"你的意思是说，你会写信……？"但我突然想起她不会写字，就停住了。"那你怎么和他联系呢？"

"我会把事情讲给管家听，让他写信。"

"难道你愿意让他来写我们的事吗？"

我的话似乎不太好听，她显然感到为难了。可那并不是我的本意。泪水又从她眼中涌出。"哦，小姐，那你来写！"

"好，我今晚就写，"我最后说。就这样，我们分手了。

17

那天晚上，我便动手写信。天气变了，外面风刮得很猛。我坐在房间里，身边睡着小弗洛拉。我长时间坐在灯前，面前摊着一张白纸，听着窗外的风声雨声。最后我手拿一支蜡烛，走出房间，穿过长廊，来到迈尔斯的门前侧耳倾听。由于一直放心不下，我想听听他房间里有没有声响。如果有，那就说明他还没有睡。此刻，我听见一个声音，但并不是我担心的那种声音。我听见的是迈尔斯清脆的嗓音："我说，你在门外吧——请进来。"在黑暗中，他的声音听上去很欢快。

我拿着蜡烛走了进去，只见他躺在床上，毫无睡意，好像很悠闲。"哦，您有事找我？"他问我。他这种颇具社交风度的问话方式使我想到，假如格罗斯太太在场的话，即使她想寻找"某种迹象"，那也是徒劳的。

我拿着蜡烛站在他床边。"你怎么知道我在门外？"

"嗨，我听得出。你觉得自己没有弄出声响，是不是？可声音大得像一队骑兵走过！"他格格地笑了起来。

"那就是说，你没有睡着？"

"睡不着！我躺在床上想心事。"

我有意把蜡烛放在近处。当他随后把手友好地伸向我时，我就在床边坐了下来。"在想什么？"我问。

"亲爱的，除了想你，还会想什么？"

"啊，你这么关心我，我很高兴，可我不希望你这样，我宁愿你睡觉。"

"你知道，我也在想我们那些怪事。"

我注意到他那结实的小手有点凉。"迈尔斯，你说的是什么怪事？"

"那还用说吗？我说的是你教我们读书的事，还有别的一些事。"

我一时间屏住了呼吸。在蜡烛的微光中，我看见他在枕头上朝我微笑。"你说的'别的一些事'是什么事？"

"哦，你是知道的！"

我一时语塞。我握着他的手，看着他的眼睛，觉得自己默认了他的说法，并感到我们的关系可以说是世界上最不寻常的关系。"你当然要回学校去，"我说，"如果这就是你说的别的什么事。不过，你不会回到从前那个学校去……我们会替你另外找一个，一个比从前那个还要好的学校。你从来没有和我讲过，连提也不提一下，我怎么知道你心里的烦恼呢？"他躺在洁白的枕头上，表情安详，看上去就像是住在医院里的孩子。我突然感到，我宁愿放弃一切，就是去当一名护士或者修女，也要治好他的病。不过，即便不是这样，我或许也能帮助他。"要知道，你从来没有和我提起过你的学校，我说的是原来那个学校。你从来就没有提起过那个学校，是不是？"

他好像觉得很奇怪，但仍用那种可爱的样子微笑着。他显然是在拖延时间；他等待着，想让我给他一点提示。"我没说过吗？"但我不想提示他——让我碰见过的那个家伙提示他吧！

在他的语调和脸上的表情中有某种东西，当我从他那里得到这样的回答时，我感到一种从未有过的痛苦；看着他那被鬼魂迷住的小脑袋和他那点小机灵，看到他被迫扮演着一个天真无邪的角色，我真有一种不可言说的感触。我回答说："没有，根本没有说过——从你回来的时候起。你从来没有向我提到过你的一位老师，你的一位同学，也从没有提到过你在学校碰到的最小的小事。从来没有，小迈尔斯！没有，你从来没有给过我一点点暗示，让我想到那里可能发生了什么事情。所以，你可以想象出来我是完全蒙在鼓里。直到今天早上，你才说出来。自从我看见你第一个小时起，你从来不曾提到你从前生活中的事情。你似乎完全接受了这个现实。"特别离奇的是，我竟然那么完全肯定是他那神秘的早熟（或者称之为一种有害影响。无论什么，我只敢遮遮掩掩地给它一个名字）使他，尽管有内心烦恼的轻微迹象，却像一个成年人那么容易相处——使我把他当成一个几乎和我智力相当的人。我对他说："我认为你想要照目前这样生活下去。"

我注意到，他听到这句话只是微微有些脸红。

总而言之，他像个康复期的病人，略显疲倦而无力地摇了摇头。"不，我并不想这样。我想离开这儿。"

"你对布莱庄园厌倦了？"

"哦，不，我喜欢布莱庄园。"

"既然如此，那么——？"

"哦，你知道男孩子们想要什么！"

我觉得我并不像迈尔斯知道得那么清楚，只好暂时支吾过去。"你想要去找你的伯父？"

听到这话，他脸上又露出那种可爱的嘲讽表情，他的头在枕头上动了一下。"啊，你可没法用这种话支吾搪塞过去！"

我沉默了片刻，我想，现在脸红的人是我了。"亲爱的，我并不想支吾搪塞！"

"即使你想那么干，你也办不到。你办不到，你办不到！"他姿态优美地躺着，目光炯炯地盯着我。"我伯父肯定会到乡下来，你们一定要把事情彻底解决了。"

"如果我们那么做了，"我回答时带着一些情绪，"肯定会把你送到很远的地方去。"

"好呀，难道你不知道那正是我现在孜孜以求的东西？你将不得不把你瞒着他的事情都告诉他：你得告诉他好多好多事情！"

他说这话时的那种洋洋得意，此刻却使我得到了更多的帮助，知道该怎么对付他。"可是，迈尔斯，你自己有多少事情得告诉他呀？他有好些事情要问你呢！"

他把我的话琢磨了一番。"很可能是那样。但是他能问些什么事情呢?"

"就是那些你从来没有告诉过我的事情。他了解了那些情况,才能拿主意把你怎么办。他不会把你送回……"

"哦,我根本不想回去!"他插嘴道,"我需要一个新天地。"

他说这话时脸上带着一种令人钦佩的平静,一种真正自信而快乐的神情;无疑正是他说话的这种语气强烈地打动了我,使我感到这实在是一场残忍而幼稚的悲剧,因为三个月后他可能带着这种虚张声势再次出现,而且那时可能更加丢脸。这种想法此刻压倒了我,使我再也无法忍受下去,只好听任自己的情感发泄出来。我扑到他身上,无限的怜悯和柔情使我紧紧搂住他。"亲爱的小迈尔斯,亲爱的小迈尔斯!"

我的脸紧贴着他的脸,他任我亲吻着他,带着一种纵容的快乐接受着我的吻。"好了吗,我的好小姐?"

"难道你没有什么事情……没有一点事情要告诉我吗?"

他稍微侧转一下身子,脸朝着墙壁,举起一只手来看着,就像有些孩子不高兴时常见的那种样子。"我已经告诉过你了。今天早晨就告诉过你。"

哦,我为他感到难过!"你只是不希望我来烦你,对吗?"

这时他把脸转回来看着我,好像在承认我对他的理解,然后非常温和地回答说:"让我一个人待一会儿吧。"

在那言语之间甚至让人感到一种特有的小小的尊严,这使我放开了他,然而当我缓慢地站起来时,我还是逗留在他身边不忍离去。上帝知道,我决不希望使他感到烦扰,但是此刻我感到,只要我转过背去,就意味着放弃,或者更坦白地说,就会失去他。"我不过刚刚开始给你伯父写一封信。"我说。

"很好,那么把它写完!"

我等了片刻。"以前发生过什么事情?"

他又抬起头来注视着我。"什么以前?"

"在你回来以前,还有在你离开这里以前。"

有一段时间他陷入了沉默,但他的目光依然正对着我的目光。"发生了什么事?"

他说这几个字的声音，使我从中第一次捕捉到一丝轻微的颤抖，表明他在内心深处是赞成我的说法的——这使我一下跪在了他的床边，再次想紧紧抓住机会，把他争取过来。

"亲爱的小迈尔斯，亲爱的小迈尔斯，要是你知道我多么想帮助你就好了！这是我的唯一目的，除了想帮助你，我没有任何别的想法，我宁愿死了也不愿让你痛苦，让你受委屈。我宁愿死了也不愿碰伤你一根毫毛。亲爱的小迈尔斯！"哦，我此刻把自己的想法和盘托出，而且即使说得过分，不被他理解，我也在所不惜。"我只是需要你来帮助我一起挽救你！"但是我刚刚说完便马上意识到我已经说得过分了。对于我的恳求，答复在瞬息间便到来了，一股寒飕飕的阴风骤然而至，扑面而来的冷空气砭人肌骨，这个房间发出一阵剧烈的摇晃，就好像在这阵狂风中，窗框被吹得轰然倒地，玻璃粉碎。迈尔斯发出了一声尖利的叫声，这喊声被其他令人惊骇的声音吞没了。虽然我紧靠着他，但是他的叫声却让人分不清那究竟是出于狂喜还是恐怖。我又一跃而起，这时才意识到四下里一片黑暗。就这样，有片刻我们一动不动，这时我环视四周，看到拉拢的窗帘纹丝不动，窗户也紧闭着。

"怎么，蜡烛灭了！"我这时喊道。

"是我把它吹灭的，亲爱的！"迈尔斯说。

18

第二天下课后，格罗斯太太找了个机会，悄悄问我："小姐，那封信你写完了吗？"

"是的，我已经写完了。"但我没有补充一句，说那封信虽然封好，还写上了地址，却依然放在我的衣兜里。在邮差没来这里之前，我一直没有把它投进邮筒。与此同时，对于我的两个学生来说，这却是一个从没有过的最辉煌灿烂、最值得称道的早晨。就好像他们俩在心里都尽力掩盖近来的任何小小摩擦，他们展示着自己最令人眼花缭乱的数学技巧，而且远远超出了我所给的范围，比平时更加兴致勃勃地说着各种地理和历史的笑话。当然，特别是迈尔斯，他显然希望显示一下，他能够轻而易举地征服我。在我的记忆中，这孩子一向生活在一个无法形容的、既优裕又不幸的环境里，他每一次一时冲动做出的事情都显示出独特的个性；他绝不是一个未经教化的普通孩子，在一般不了解内情的人看来，他完全是天真坦白、无拘无束的，是个比一般孩子更机灵、更与众不同的小绅士。像这样一个小绅士，究竟会做出什么该遭处罚的事情？我总是不得不警惕着这种好奇的想法，而当我陷入这种想法时，我的表情常常会泄露出我的心事。我不得不克制住自己，尽量不毫无缘由地凝视，或者垂头丧气地叹息，甚至想放弃解开这个谜的打算。然而，因为我见过那鬼魂，所以我知道所有邪恶的想象都曾在他面前展现过，而且有证据表明，这种邪恶的想象很可能曾被付诸行动。当我面对这些证据时，我内心的道德感使我为之感到心痛。

然而，就在这可怕的一天，他的小绅士派头更是胜过平时。我们早早吃过中饭之后，他转回来找我，问我是否喜欢他为我弹半个小时钢琴。就是大卫给扫罗王演奏也不会表现出比他更出色的随机应变的意识。那真是一场机智与大度的迷人表演。他那副表情简直是在说："我们喜欢的故事里的真正的骑士绝不是那种得理不让人的人。我知道你现在的想法：你希望让你自己待一会儿，只要我不穷追不舍——你将不再为我担心，不再窥测我的秘密，也不再把我看得那么紧，你将让我自己决定来还是去。那么好，我'来'了，你看见了——但是我却不走了！我们会有时间的。我真高兴和你在一起，我只是要向你表明，我过去是为了某种事才和你过不去的。"可以想象，我怎么会拒绝他的这个请求，怎么会拒绝和他一起回教室去呢！他在一架旧钢琴前坐了下来，然而他演奏起来竟然好像他从未弹过钢琴似的，以至于此时若有人认为他最好还是去踢足球，我大概也只好同意。在他枯燥乏味的琴声中，我完全停止了思考，最后我突然惊醒过来，有一种奇怪的感觉，好像我真的在自己的座位上睡着了。此时是午饭之后，我正靠在教室的壁炉边，其实并没有睡着，但是我却干了一件比睡着还要糟糕的事情——我竟然忘了，在这一大段时间里，弗洛拉在哪里？我问迈尔斯，他却继续弹奏了好一会儿才回答，而且也只是说："这个，亲爱的，我怎么知道？"同时还发出一阵大笑，接着笑声又拖长，变成了一阵断断续续的纵情歌唱，好像是在用人声和琴声合奏似的。

我径直走回我的房间，但是他的妹妹不在那儿；我随后又查看了其他几个房间，也没有，这才下了楼。既然她不在楼上，那肯定和格罗斯太太在一起。这么一想，我心里坦然了一些，于是就去找格罗斯太太。我发现她在我昨天晚上曾见过她的管家的房间里，但对于我急切的询问，她却一无所知，而且闻讯后大惊失色，脸色苍白。她原以为午饭后我把两个孩子都带走了。她这么想自有道理，因为这是我第一次没有采取特殊预防措施就允许那女孩跑到了我的视线之外。当然，她也可能正和女仆们在一起，所以现在最要紧的事情就是不动声色地找到她。我们俩决定分头去找。但是，十分钟之后，当我们按照刚才说好的在大厅里碰头时，我们俩都只能告诉对方，不管怎么寻找，就是不见她的踪影。我们在那里只有一点点时间，除了匆匆说几句话，我们只能无声地向对方诉说自己的惊慌。我能感觉到，我的朋友因为我给她带来了惊慌，此时正变本加厉地要把惊慌还给我。

"她可能在楼上，"她想了想说，"楼上有个房间你大概没去找过。"

"不，她到别的地方去了，"我这时有了想法。"她一定出去了。"

格罗斯太太睁大了眼睛。"她连帽子也没戴？"

我自然也大惊失色。"那个女人是不是从不戴帽子？"

"你是说，她和那个女人在一起？"

"她一定和那女人在一起！"我大声说，"我们必须找到她们。"

我一把抓住我朋友的胳膊，但面对这么一件大事，此刻我紧紧抓住她的胳膊，她竟然也没有反应；恰恰相反，她在这个时候却不安地沉思起来。"那么，迈尔斯少爷在哪里？"

"哦，我的天哪！"我猛然醒悟，"他和昆特在一起！在教室里！"

"天啊，我的小姐！"我的想法从来没有这样有把握——这一点我自己很清楚，所以我的语调反而变得平静了。

"这种把戏他们早就在玩了，"我接着说，"而且得逞了。他耍了个小花招，分散我的注意力，她就乘机溜出去。真是妙极了。"

"什么妙极了？"格罗斯太太摸不着头脑。

"好啊，真该死的！"我又开始激动起来，"这样一来，他也为他自己创造了机会！不过，等着瞧吧！"

格罗斯太太愁容满面，无奈地看着楼上。"你就把他留在那里？"

"而且就和昆特在一起，这么长时间？是的——我现在还有什么办法！"

平时在这种时候，她总会紧紧抓住我的手，要我平静下来。但是，这次她看到我这么激动却不想马上劝阻我，而是喘了口气，急切地问我："你是不是为了去投那封信？"作为回答，我从衣兜里迅速掏出那封信，还在她面前挥了挥，然后快步走到大厅的桌子前，把它往桌上一扔——这下，我终于下了决心！"卢克会把信投进邮筒的。"我说着，离开了桌子。我走到屋子的大门口，打开门；接着，我就站在门前的台阶上了。

我的朋友还在迟疑。昨夜的那场大风虽然到今晨已经停了，但到了下午天气还是阴沉沉的。当我走到车道上时，她还站在门口。"你不多穿件衣服，就这么去吗？"

"那孩子没多穿，我还穿什么？我没时间穿衣服了！"我回头大声说，"你要是想穿，我就不等你了。你去穿吧，顺便再到楼上去看看！"

"两个孩子和他们在一起？"哦，可怜的格罗斯太太听了我的话还在自言自语，但她很快就追了上来！

19

我们直接赶往湖边，在布莱庄园，人们都这么叫它，我想这么叫一定没错。虽然我想，这片水面也许并不算大，只是因为我没见过世面才觉得它很大，因为我见过的水面都要小得多，而布莱庄园的这片水面的边上还停泊着一只古老的平底船。有几次，我和我的两个学生还一起登上了那只船，凛然面对着那片水面，甚至还觉得它是那么辽阔，那么波涛起伏。上船的地方离我们的住所有半英里远，但我确信，弗洛拉无论在哪里，绝不会在离家很近的地方。过去她从来没有在我眼皮底下偷偷溜走过，也从来不曾想冒这种险，然而自从我和她有了那次不寻常的湖边经历之后，在平时散步时我便发现了那里是她最喜欢去的地方。正因为这样，我带着格罗斯太太径直朝湖边走去，但当弄清楚我要到那地方去时，她却不愿意往前走了，脸上还露出迷惑不解的神情。"你要到湖边去，小姐？你认为她掉到湖里去了？"

"她可能在那儿，虽然我相信那里的水并不很深。但我认为最大的可能是，她在那个地方，就是那天我们看见那个女人的地方。这我告诉过你。"

"当时她还装着没看见？"

"是的，她真是沉着得很！我总担心她会一个人到那个地方去。现在，她哥哥为她创造了机会。"

格罗斯太太仍然站着不动。"你真的认为他们经常在谈论昆特和杰塞尔小姐？"

对这个问题，我的回答当然信心十足！"他们在说什么，要是被我们听到，肯定会把我们吓死。"

"那她肯定在那里？"

"肯定在那里，那还用说？"

"那么杰塞尔小姐也在那里？"

"当然！你马上就会看到。"

"哦，谢谢你了，我可不想看到她！"我的朋友喊了起来，而且态度坚决，站在那里再也不肯走了。于是，我就一个人继续往前走。但是，当我走到湖边时，却发现她一直紧跟在我的身后。我知道她的心思，她总觉得，无论发生什么事情，还是和我在一起更加保险一点。我们终于看到了那片水面，但却没有看见那孩子，她好像松了一口气似的叹息了一声。在湖的这边，也就是我曾看到她装模作样的那个地方，根本不见弗洛拉的踪影。在湖的对面，也没有，那里只有一片约二十英尺长的灌木丛，沿湖而生，成了水陆分界线。其实，那是个椭圆形的池塘，长度和宽度相差很大，两头很长，望不到边，但却很窄，所以有人认为它是一条断流的河。望着那片空荡荡的水面，我觉得我的朋友正用目光在对我做着暗示。我知道她想说什么，就对她摇了摇头。

"不，不，等等！她把船弄走了。"

我的朋友盯着空空的系泊地，然后目光再次掠过水面。"那么，船在哪儿呢？"

"没有看见船就是最好的证据。她用船渡到了对面，然后又把船藏了起来。"

"全靠她一个人——那个孩子?"

"她并不是一个人。再说,在这种时候,她不是个孩子:她成了一个非常非常老练的女人。"我用目光搜寻着看得见的每一个地方,而这时格罗斯太太正思考着我的怪想法,所以一时没有提出异议。这时,我说那只船完全有可能藏在池塘幽深处的某个地方,或者藏在某个突出的岸角处;要不,就是藏在湖边的那片灌木丛里。

"就算船在哪个地方,可人到底在哪里呢?"我的同伴焦急地问。

"那正是我们要弄清楚的。"我说着,朝更远的地方走去。

"我们要绕到对面去吗?"

"当然,有多远就走多远。不过,我们只要用十来分钟,那孩子可不会走这么长的路。她一定是从水上过去的。"

"天哪!"我的朋友再次叫了起来。我的话对她来说实在太深奥了。这使她不得不跟着我走,尽管我们什么也没找到。但当我们沿池塘绕了一半时,我停了下来,好让她喘口气——这是一段迂回而又令人疲倦的路程,而且是一条长满野草和灌木的小径,走起来很吃力。我轻轻地挽着她的手臂,以此使她确信,她在我身边对我很有帮助;这样,我们俩又都振作了起来。走了几分钟后,我们就到了一个地方,在那里我们发现那只船果真像我刚才所猜测的,被人有意停放在一个隐秘处,还被拴在池塘边的一根围栏桩上。我还看到两根又短又粗的船桨也被人抽了上来,好好地放在船上。我承认这对一个小女孩来说确实是很难做到的;但在那时,由于我遇到的怪事实在太多了,已经被太多的惊人现象弄得无所适从,所以我并不觉得这是不可思议的。池塘边的那道围栏上有个入口,我们穿过那个入口又走了一小段路,看到有一片开阔地。这时,我们不约而同地惊叫起来:"她在那儿!"

弗洛拉就在不远处,正站在草地上对着我们微笑,好像在对我们说,她的演出终于圆满结束了。但是,她接着又弯下腰去,拉扯着羊齿草丛中的一棵枯萎的、粗大的枝条——好像她到那里去就为了做这事。我立刻意识到,她肯定刚刚从小树丛里出来。她等待着我们,自己却一步也不动,而我意识到,当我们快步向她走去时,我们的脸上则带着极其严肃的表情。她仍然微笑着,等着我们朝她走去。但是,当我们走到她跟前时,我们却沉默了很长一段时间——这显然是一种不祥之兆。终于，格罗斯太太打破了沉默，她蹲下身，把那孩子拉到胸前，并久久地拥抱着她那娇小的身体。在这感人的一幕无声地进行时，我成了旁观者——我目不转睛地看着她们，而弗洛拉呢，她只是把目光越过格罗斯太太的肩膀偷偷地看了我几眼。后来，她干脆不看我了——这使我感到更加痛苦，使我对她和格罗斯太太之间的那种纯真之情心怀妒意。在此过程中，我和她都默默无语，而她唯一所做的，就是把她傻乎乎地抓在手里的那根枝条扔到了地上。其实，无论是她，还是我，这时不管说什么都没有用，因为我们说的都不会是实话。格罗斯太太终于站了起来，还拉着那孩子的手，把她带到了我面前。我们之间仍在进行着那种默默无语的交流，而从她脸上的表情中我分明可以看出，她似乎想对我说："我才不想对你说什么呢！"

接着，弗洛拉好像真的很惊讶地看了看我，又看了看格罗斯太太，发现我们都没有戴帽子。"嘿，你们头上的东西到哪儿去了？"

"那你头上的东西又到哪儿去了呢，亲爱的？"我马上反问她。

她一下子高兴起来，显然觉得这样就可以蒙混过去了，便接着问："迈尔斯在哪儿？"

她竟然还这样问，我真佩服她的勇气，因为她问出的这句话，就像一把突然出鞘的剑猛击了一下我这几个星期来一直小心翼翼地端着的一只酒杯，把满满一杯酒全都打翻在地。我再也抑制不住自己的感情，只能让它迸发出来。"他在哪儿，我会告诉你的！可现在我要问你……！"我听到自己说话时声音颤抖，一时说不下去了。

"那你想问什么？"

这时，格罗斯太太拼命朝我使眼色，叫我不要问了，但为时已晚，我已经不可自制地一吐为快了："告诉我，宝贝，杰塞尔小姐在哪儿？"

20

就像在教堂墓地里和迈尔斯那次一样，整个事情在我们身上突然发生了。就如我多次交代过的，这个名字其实在我们之间从来没有被提起过。所以，一听到这个名字，弗洛拉的脸色一下子变了，还愤怒而痛苦地睁大了眼睛，好像我打碎了一大块玻璃窗似的。接着，我突然听到一声喊叫，好像要制止眼前的事情似的——就在我问弗洛拉时，格罗斯太太像一只受惊或者受伤的动物似的发出一声尖叫。而几秒钟后，又轮到我也同样尖叫起来。我一把抓住格罗斯太太的胳膊，大声喊着："看！她在那儿，她在那儿！"

杰塞尔小姐就站在池塘对岸，而且和上次一样，面对着我们。奇怪的是，我记得我当时产生的第一个感觉竟然是惊喜，因为我终于找到了证据。她就在那里，证明我是对的；她就在那里，证明我既无恶意，也没有神经错乱。她出现在那里也许是为了可怜的格罗斯太太，但更主要的是为了弗洛拉。也许，在我度过的所有的可怕时光里，没有一刻像此时那么不同寻常，因为我明知道她是个阴森而险恶的鬼魂，但我却神志清醒地向她表示无声的谢意。她显然理解了我的这种谢意。她就站在我和格罗斯太太刚才站过的那个地方，看上去依然是那么可怕，浑身上下充满着一种邪恶的欲念。不过，她这种就如活人似的幻象仅持续了几秒钟，而在这几秒钟里，格罗斯太太瞪着她那双发花的眼睛凝视着我指的那个地方，样子简直就像意外看到了一位威仪无比的君王。这使我突然想起了弗洛拉，于是便低头看了看她。一看到她那种样子，我甚至比看到那鬼魂出现还要吃惊。确实，如果我看到她神色紧张，倒不会怎么吃惊，尽管我一开始就知道她不会像我们这样惊愕。而实际上呢，大概她在我们寻找她的时候就有所准备，要尽力掩饰而不让真相暴露；所以，当此时第一次看到她那种我过去从未看到过的样子时，我真的大吃一惊。我看到她红润的小脸上没有丝毫惊慌的表情，她甚至都没有假装朝我说的鬼魂出现的方向看一眼，而是带着一脸冷漠而严肃的表情向我转过身来——那是我从未在她脸上见过的表情，那样子像是在沉思，又像是在诅咒我——哦，这真是个意外的打击！那小女孩已经变成了一个使我感到畏惧的人。我确实感到畏惧，虽然我知道她肯定看到了我们所看到的一切，但为了证明自己没错，我还是激动地对着她喊叫，要她承认这一点。"她在那儿！你看到了吗？你这个可怜的小东西！她在那儿，在那儿！你看见她了，就像看见我一样清楚！"就在不久前，我就对格罗斯太太说过，弗洛拉在这种时候不再是一个孩子，而成了一个非常老练的女人。我对她的这种说法，此刻得到了最好的证实。她听着我对她喊叫，但既没有承认，也没有解释，而只是用她那双眼睛瞪着我，让我看到她眼神中的那种越来越深沉的感情，看到一种由衷的、难以克制的憎恶感。此时，如果我能把整个事情概括一下的话，那不是别的，恰恰就是她的这种样子更使我心惊胆战，虽然我此时又震惊地发现，格罗斯太太对我的态度也一下子变了。因为紧接着，我的这位老朋友满脸通红，不顾一切地对着我大声喊叫，而且分明是在谴责我。"小姐！你到底要证实什么可怕行为呀！你到底看见了什么东西？"

对此，我只能把她的手臂抓得更紧，因为就在她这么说的时候，那个可怕而丑陋的鬼魂仍毫不畏缩地站在那里。她在那里已经站了一会儿，而在此期间，我始终一手抓住格罗斯太太的手臂，一手指点着那个地方，还竭力把她往前推，要她看清楚，那鬼魂就站在那里。"难道你真的没有看见她？——你是说你现在没有看见——现在？现在她就像一堆火一样明显！你看呀，你这个可怜的女人，看呀！"她看了，像我一样看了，但结果却是一声长叹，一声充满否定和同情的长叹——其中还混合着惋惜和庆幸的意思，因为她并没有看到我要她看的东西。她的这种反应尽管使我震惊，但我相信她不会骗我，只要她真看见了，她一定会支持我的。我需要她的支持，但事实却表明，她的双眼已毫无希望地被封住了，而这对我来说又是个沉重打击，使我陷入了孤立无援的困境。我感觉到——甚至都看到了——我的那个面色苍白的前任就站在那个地方，是她在强迫我承认自己的失败，进而又使我强烈地意识到，从这一刻起，我将不得不面对弗洛拉的那种令人惊讶的态度；而且，格罗斯太太也随即会采取这种态度，还会表现得异常激烈——她正在破坏、甚至粉碎我行将崩溃的意识，使我本想证明自己没错的希望顿时烟消云散。格罗斯太太变得气喘吁吁，但非常自信。

"她不在那儿，小姐，那儿根本没人！你根本没看见什么东西，我的小姐！可怜的杰塞尔小姐怎么可能……？可怜的杰塞尔小姐已经死了，被埋葬了。这我们不是都知道的吗，亲爱的？"接着，她又慌里慌张地开始安慰那孩子说："那纯粹是误会……是担心你……哦，那是闹着玩的……我们快回家吧！"

弗洛拉听到这话，迅速做出了反应，做出一副奇怪而又顺从的样子——她们俩合到一起去了，而格罗斯太太就当着弗洛拉的面，竭力和我作对。弗洛拉仍然用那种充满厌恶的目光死死地看着我，脸上就像戴了一副小小的面具，使我简直认不出她来了。这时，我只能向上帝祈祷，乞求他的宽恕，别再让我看到这样的场面，而弗洛拉却站在那里紧紧抓住格罗斯太太的衣裙，往日的那种稚气和美丽突然不见了，而且消失得无影无踪。我曾说过——她其实是个冷酷而可怕的女孩；现在，她还突然变得很粗俗，甚至变得丑陋不堪了。"我不知道你是什么意思。我谁也没看见，什么也没看见。我过去也根本没看见过什么。我觉得你很坏。我一点也不喜欢你！"说了这番只有大街上不懂规矩的小姑娘才会说的话之后，她更紧地抱住格罗斯太太，还把她那张可怕的小脸埋在格罗斯太太的裙子里。从那儿她发出一阵近乎狂暴的哭喊："快带我走，带我走！哦，带我离开她！"

"离开我？"我的心怦怦直跳。

"是的，我就是要离开你——离开你！"她哭喊着。

就连格罗斯太太也只好沮丧地看着我；此时，我没别的办法，只能再次朝站在池塘对面的那个鬼魂看看。那鬼魂一动不动，几乎是僵硬地站着，好像在远距离聆听我们的谈话，而且很显然，她在那里不是为了帮助我，而是为了给我带来灾难。那个不幸的孩子已经说出了她也许是从哪里听来的那些伤人感情的话，我对此虽感到绝望，也只能接受这一事实，但我还是伤心地朝她摇了摇头，说："如果说我过去怀疑过什么，那么现在我的全部怀疑都消失了。我其实一直生活在不幸中，而现在我已经被不幸压得喘不过气来了。我知道，我已经失去了你。我曾管教过你，而现在你自己也看到了——你在被她管教！"说到这里，我再次隔着池塘朝那个来自阴间的目击者望了一眼，"最容易、最好的办法就是满足她。我尽力而为了，可我还是失去了你。"接着，我用近乎命令的口气对格罗斯太太大声说："走，走！"格罗斯太太这时也苦恼万分，但她默默地搂着那小女孩；她尽管看不到那鬼魂，但她心里清楚，这里一定发生了某种可怕的事情，我们已被卷入了灾难的漩涡。听我这么说，她就带着弗洛拉，沿着我们来的那条路，尽可能快地往回走了。

我一个人留在湖边。接下来发生的事情，我后来大多忘记了。我只记得，大约一刻钟后（这是我估计的），一股潮湿难闻的气味和一阵刺骨的寒冷使我从晕眩中清醒了过来。我意识到自己一定是因为过度

悲伤，所以一直脸朝下俯卧在地上；我还能肯定，我在那儿一定躺了
很久，而且一直在哭泣，因为当我抬起头来时，天都快黑了。我站起
身，在茫茫暮色中又看了看那片灰沉沉的水面，和那曾有鬼魂出没而现
已空空荡荡的湖边，随后便往回走，一路上心存恐惧，步履艰难。当我
走到那道围栏附近时，我惊讶地发现那只船已经不见了。这使我再次想
到了弗洛拉——她一定是在鬼魂的帮助下把船移走了。那天晚上，她和
格罗斯太太在一起，我想她们一定度过了一个最沉闷却又最愉快的夜
晚。我回屋后没有看见她们两人，但似乎是一种补偿，我却多次见到了
迈尔斯。这一夜是我见到他次数最多的一夜——我只能这么说——要比
平时多得多，而这一夜也是我来布莱庄园后度过的最不祥的一夜。尽管
恐怖的深渊就在我脚下，而且已经裂开，但这一夜却是真正不寻常的一
夜，因为当时我既感到痛苦，又有一种解脱感。记得我走到屋子的大门
前时，心里是那么渴望见到那个男孩。我径直回到我的房间，换了一身
衣服后，不经意间发现，弗洛拉真的和我决裂了——她拿走了所有属于
她的东西！这之后，我坐在教室里的壁炉旁读着迈尔斯的作文，好像读
得专心致志，连女仆为我端来热茶时，我也没问她什么。现在，迈尔斯
自由了——永远自由了！是的，他真的自由了；其实，他本来就很自
由——至少在某种程度上。他大约在八点钟来到教室，后来一直默默地
坐在我身旁，而在他没来前，等女仆收走茶具后，我就吹灭了蜡烛，并
把椅子挪到了壁炉前——因为我觉得心灰意冷，甚至觉得我的身体也永
远不会热起来了。所以，当他进来时，我正坐在壁炉前沉思着，背后是
通红的火光。他在门口停了一下，好像还朝我看了一眼；随后——似乎
和我一样，也在沉思——他走到壁炉的另一边，在一把椅子上坐了下
来。我们就这样无声无息地坐在那里，然而我却感觉得到，他很想和我
在一起。

21

    第二天，天蒙蒙亮，我在自己的房间里睁开眼睛时，发现格罗斯太
太已站在我床边，还带来了比昨天更糟的消息。弗洛拉发着高烧，而且

很可能要生一场大病。昨天她一夜都不安稳。她被惊吓得一夜没睡，但惊吓她的却不是她过去的那个家庭教师，而是现在的这个家庭教师。如果是杰塞尔小姐要进她的房间，她并不反对，但她却坚决不要我到她房间里去。听格罗斯太太这么说，我马上从床上爬起来，当即问了她一连串问题，而我的朋友也显然做好了和我长谈的准备，因为当我一开始问她到底相信我还是相信那小女孩时，我就感觉到了这一点。我问："她是不是向你保证，说她昨天什么也没看见，过去也从来没看见过什么？"

对这个问题，格罗斯太太显然觉得很难回答。"哦，小姐，我可不能强迫一个孩子回答这样的问题！再说，现在好像也没必要再问她了。这件事已经把她弄得都快变成老人了。"

"哦，我在这里倒完全想象得出她那副样子。她就像一个小小的贵妇人，在那里发脾气，说有人说她不诚实，有伤她的体面。杰塞尔小姐确实……哦，她还要讲体面，这个小魔鬼！我老实对你说，她昨天给我的印象真是太奇怪了。我没想到，所以我走错了一步！她不会再想见我了。"

事情既可怕又暧昧不清，格罗斯太太一时间不知说什么好。后来，她虽然坦率表示她同意我的看法，但我觉得在她的坦率态度后面总隐藏着什么。"我也是这样想的，小姐，今后她再也不会理你了。她的态度是认真的。"

"她的态度，"我总结说，"正说明她心里有鬼！"

是的，确实如此，这我从我朋友脸上的表情中也看得出来。"她每隔几分钟就要问我，你会不会进来。"

"我知道，我知道。"其实我也有许多问题想弄清楚。"从昨天起，除了说她根本没看见过什么东西，她有没有和你说起过杰塞尔小姐？"

"没有，小姐，这你当然是知道的。"我的朋友又补充说："不过，我相信她说的话，当时她在湖边确实没有看见什么。"

"当然！你是从来就相信她的。"

"我是不愿意想到她会撒谎。你叫我怎么办？"

"你能怎么办！要知道，你要对付的是个很有心计的小女孩。他们（我是指那两个孩子的那两个已故朋友）已经把他们调教得够聪明了，甚至超过了他们的天分。要知道，他们本来就聪明过人。这下好了，弗洛拉有了借口，她会借题发挥，还要充分利用……"

"利用什么，小姐？她会怎样？"

"她会利用这件事到她伯父面前去告状，把我说成是世上最卑鄙的人！"

格罗斯太太脸上的表情刺痛了我。她好像一下子明白了，我真正想到的原来是那两个孩子的伯父。"她伯父可是挺看重你的呀！"

"现在想起来，他的做法确实有点怪，"我笑着说，"不过，这还是其次。我眼前想的是弗洛拉，她想摆脱我。"

我的同伴竟然表示同意。"是的，她不想再见到你了。"

"你来找我，是不是就是为了催我走？"我问。但没等她开口，我又说："我倒有个更好的办法，是我认真思考的。我离开这里当然可以，上个星期天我就差点离开，但这不解决问题。我觉得，要解决问题还是你走，带着弗洛拉离开这里。"

听我这么说，格罗斯太太沉思起来。"要我离开这里？可我去哪儿啊？"

"是的，离开这里，离开那两个鬼魂。最重要的是马上离开我，到她伯父那里去。"

"去告你的状……？"

"当然不是！你们一离开，我自有解决问题的办法。"

她仍然没有明白我的意思。"你有什么办法？"

"这首先要看你相信不相信我，其次是要迈尔斯也相信我。"

她愣愣地看着我。"你认为他……？"

"一有机会就会和我作对吗？不，我认为他不会。不管怎么样，我还是想试试。你赶快带弗洛拉走，让我单独和他在一起。"我感到很惊讶，自己竟然这么大胆；而且，正因为这样，我对格罗斯太太感到不满，因为尽管我说了那么多，她仍然犹豫不决。"当然，还有一点，"我接着说，"在你们走之前，绝不能让他们兄妹俩见面，就是三秒钟也不行。"这时我想到，弗洛拉从池塘回来后一直没有见过其他人。尽管如此，我说这话时仍担心自己说晚了。"你是说，"我焦急地问，"他们已见过面了？"

她的脸一下子红了。"哦，小姐，我还不至于这么傻！从昨天夜里起，我离开过她三四次，每次都叫一个女仆陪着她，而且每次都把房门反锁的，肯定没有其他人进过房间。不过，不过……"她好像还有什么事。

"不过什么？"

"你对少爷就那么放心？"

"除了你，我对任何人都不放心。不过，从昨天晚上起，我有了点希望。我觉得他想跟我说什么。真的，我相信那可怜的孩子很想开口说话。昨天傍晚，他和我一起在壁炉前坐了两个小时，话到了他嘴边……"

格罗斯太太望着窗外灰蒙蒙的天空。"他真的跟你说了？"

"没有。我耐心等着他说，可我不得不承认，他后来什么也没说。我们一直没说话，我一点没有提到他妹妹，他也没问她为什么没来。最后我们相互吻别，算是道了晚安。"我接着说："如果她伯父见到她，并答应来看她哥哥，那我就得给那男孩多一点时间，因为事到如今，情况已变得那么糟。"

我的朋友还是不太明白我的意思，以至于我都觉得有点不耐烦了。"你说的'多一点时间'是什么意思？"

"也就一两天时间，到时候他就会把话讲出来了。他会站在我这一边。你知道，这有多重要。要是他不讲，那我就什么也讲不清了，而你要做的就是帮我个忙。你们到了城里想做什么都可以。"我把要说的都说了，而她还是问这问那，踌躇不决，逼得我只好替她把话说了。"除非，"我最后说，"你根本不想去。"

我终于看到她下了决心的表情。她还伸出手来，表示一言为定。"我去，我去，今天上午我就去。"

我还想把事情做得漂亮一点。"你是不是还想等一等？这也可以。我保证她不会见到我。"

"不，不，这个地方有麻烦，她得离开这里。"她用忧郁的目光看着我，随后把其他想法也说了出来。"你的想法很好。可我，小姐……"

"怎么啦？"

"哦，我还是走吧。"

看到她那种表情，我一时没法猜测她想说什么。"你的意思是，从昨天起……"

她神情严肃地摇了摇头。"我听见……"

"听见什么？"

"真可怕！是听那孩子说的。嗨！"她悲伤地叹了口气，"我以名誉担保，小姐，她说的那些事……"说到这里，她控制不住自己，倒在沙发上突然大哭起来，而且就像我以前曾见过的那样，哭得非常伤心。

可我却一点也伤心不起来，只是情不自禁地说："哦，感谢上帝！"

听见我这么说，她忽然站了起来，擦了擦眼泪，但仍抽泣着说："感谢上帝？"

"是啊，这证明我没错。"

"那倒也是，小姐！"

我不可能期望比这更加肯定的回答了，但我还是希望她会问："她真的这么可怕？"

看得出来，我的同伴只是不知道怎么表达。"真的太让人吃惊了。"

"是关于我吗？"

"小姐，既然你非要问个水落石出，那就让我告诉你吧，确实是关于你的。对你这样一个小姐来说，确实是太难听了。我都想不出来她到底是从哪儿学来的……"

"她说了许多关于我的坏话？这我倒想得出来！"我有意插嘴说，还有意笑了笑。

这使我的朋友的神情更加严肃了。"也许，我也应该想得出来，因为以前我也听说过。可我怎么也受不了。"这可怜的女人说着，看了看我梳妆台上的钟。"我得走了。"

我想留住她。"哦，既然你受不了……"

"你的意思是不是说，我怎么还能和她在一起？嗨，其实正是这样，我才要把她带走，离开这里，"她接着说，"离开那两个……"

"或许，她还会变的，是不是？或许，她会得到自由？"我高兴得简直想拥抱她。"那么，尽管有昨天的事，你还是相信……"

"相信那些事吗？"其实，她前面讲的那几句话和她脸上的表情已使我觉得她没必要再说下去了，但她还是出人意料地把话讲明了。"是的，我相信。"

这真是令人高兴，我们的看法依然一致。既然我对这件事一直很有把握，那么不管发生什么我都不会害怕。我在紧要的关头需要有人帮助，就像我一开始就需要有自信心一样；现在，既然我的朋友证明了我的诚实，那就什么事情我都能应付了。不过，有一点仍使我感到不安，这是在我和她分手前必须告诉她的。"有一件事你得记住（这是我刚想到的），我的那封信会在你之前到达城里。"

可是，我话刚说出就发现，她原来一直有事瞒着我，而且还瞒得很吃力。"你的信不会到达那里了，因为根本就没有寄出去。"

"怎么回事？"

"天知道！迈尔斯少爷……"

"你是说，他拿走了信？"我喘着气说。

她犹豫不决，但最终还是鼓起了勇气。"我是说，昨天我和弗洛拉小姐回来时看到那封信已经不在那儿了。后来，也就是在晚上，我碰巧遇到邮差卢克，问他有没有拿到那封信。他说他没有拿过，也没有看到过那封信。"现在我们所能做的，只有仔细回忆当时的情况了。最后还是格罗斯太太先想了起来，还似乎有点得意地说："这下你明白了吧！"

"是的，我明白了，既然迈尔斯把信拿走了，那他一定拆开来读了，而且读完后又把它烧了。"

"还有呢？难道你还不明白？"

她这么问，我只好苦笑了。我看着她说："看来我的眼睛没你睁得大。"

事实也是如此，我不明白还有什么。但她还未开口，脸却先红了。"现在一切都明白了，他在学校里到底干了什么事。"她说，还自以为是地点了点头。"他偷了人家的东西！"

我没有多大反应，好像还在想似的，只是嘴里附和着。"噢，也许是吧。"

但她脸上的表情却表明，她觉得我对她的发现似乎太无动于衷了，于是又强调说："是他偷了信！"

她不理解我为何会无动于衷，原因当然是她不知道我心里是怎么想的，但我还是找了个理由让她相信我为什么会无动于衷。"我想迈尔斯做一件事总要有所收获吧！可惜的是，昨天晚上我放在桌子上的那封信，"我接着说，"对他并没有多大用处，因为我在信里仅仅提出要和主人见面的要求，别的什么也没提。迈尔斯做了这么一件事，得到的就这么一点，我想他一定会后悔的。昨天晚上他一定是想对我坦白这件事。"这时我觉得自己对一切都有了把握，完全能控制事态的发展了。"好了，这件事你就不用管了，"我说着就走到门口，催她快走。"我会叫他把一切都说出来的。他会来找我，会向我坦白的。只要他坦白了，他也就没事了。"

"那么你也就没事了，不是吗？"这可爱的女人一边说，一边吻我。我和她道别。"没有他，我也会让你没事的！"她临走时还大声说了一句。

22

然而，她刚一出发，我就想念她了，因为大麻烦随之而来。如果说我此前还很自信，还准备和迈尔斯单独相处，那么此时我差点失去了信心。确实，当我下楼看到格罗斯太太和弗洛拉乘坐的马车已驶出庄园时，我就开始被一种不安情绪困扰着。我对自己说，我现在要独自去面对那两个鬼魂了。而在这一天的其余大部分时间里，尽管我竭力想摆脱这种不安情绪，但我还是觉得自己的决定似乎太轻率了。我觉得这庄园其实并不大，尤其是当我发现这里稍有意外竟会引来这么大的混乱时，这种感觉特别强烈。刚刚发生的事情自然使这里的人都惊讶得目瞪口呆。格罗斯太太带着弗洛拉突然离开了——对这件事，不管我怎样解释，都没法使这里的人相信。男仆们和女仆们全都一脸茫然。这使我本来就很紧张的神经变得更加紧张，总觉得有必要想点办法来加以补救。总之，事情明摆着，我必须牢牢把稳船舵，这艘船才不会倾覆。为了做到这一点，可以说，那天上午我一直在沉思默想。我在想，我应该负起全部责任；我要让仆人们知道，一切都由我负责，而且我很有信心。在此后的一两个小时里，我神情严肃地把整个府邸巡视了一遍——我要让所有的人都知道，我已经做好了应对一切的准备。但我在这样做的时候，心里仍然忐忑不安。

直到吃午饭的时候，最不关心这件事的人竟然一直是小迈尔斯。我在巡视府邸时也没有看到他，而无论是我，还是他，心里都明白，昨天他弹钢琴是有意糊弄我，目的是为弗洛拉做掩护。当然，弗洛拉的被隔离、后来又和格罗斯太太一起突然离开，以及我和迈尔斯都没有按常规到教室里去，这些事情在整个庄园里也已经公开化了。我在下楼时顺便推开了他的房门，房间里没人。接着我了解到，他吃完早饭——当时有两个女仆在场——就出去了。据他自己说，他只是想出去散散步，但我想，他这么做是有意要表明他对我的态度。现在，格罗斯太太带着弗洛拉走了，我负起了监管庄园的职责，这一点他是不是接受姑且不管，重要的是他已经放弃了伪装。我不知道这对他来说意味着什么，但至少对我来说，这反而使我有了一种颇为奇怪的解脱感。既然事情已到这一地步，我这么说大概也不算过分，那就是我们不必再装模作样了，不必再相信这样一种神话——好像我还有什么东西要教他。他过去为了不让我有失面子，总是用一些小小的计谋哄骗我，让我相信我还是他的老师，而我呢，为了保住自己的面子，或许比他更用心计。确实，按他的水平，我给他上课已无法满足他的求知欲，我自己也感到非常吃力，曾不止一次求他放我，不要把我逼得喘不过气来。现在好了！他自由了，我也不用再管他了。就如我前面说过的，他前天晚上到教室里来找我时，我总觉得自己谈到的话题既无难度，又无新意。从那时起，我脑子里就一直有许多想法……就在我这么想的时候，他终于回来了，而我一看到这个漂亮的男孩，顿时又觉得很难把自己的想法告诉他。昨天发生的事情好像对他并没有什么影响，至少从表面看来是这样。

为了显示一下我现在是庄园的总管，我吩咐仆人把我和迈尔斯的午饭摆在他们称为"楼下"的主餐厅里。到了中午，我坐在那个布置得既豪华又沉闷的房间里等着迈尔斯。格罗斯太太讲的事情使我想起了我来这里后的第一个可怕的星期天，而那件事就发生在这个房间的窗外。眼下我就坐在这个房间里，不由得产生了一种新的感觉——我觉得我之所以至今还能保持镇静，全靠我的意志力，或者说，全靠我能承受这样一个事实——那就是，我不得不面对一种违背自然本性、因而令人恶心的东西。对此，我只能坚持，只能靠着这样的信念，即相信"常态"必然能战胜"变态",去面对这一考验,并把这一考验看作是一种努力,一种不寻常的、意味着人的自然本性所要求的那种虽无太多希望、却又不能不做的努力。正是为了这种努力,我不但要献出我自己(这符合人的自然本性),而且更需要机智和老练。我怎么才能比较策略地对他提到这件事情呢?换句话说,我怎么才能提到这件事而不至于最终弄得不可收拾呢?幸好,我很快就找到了答案:凭着迈尔斯那种罕见的机敏,我敢肯定他不会不懂我的意思。真的,就像平时做功课一样,他也一定会想出一种巧妙的方法来迎合我的。再说,昨天晚上我们一起度过那个默默无语的时刻,不是最好地证明了他那美好的希望还没有完全破灭吗?是的,帮助他的机会就在眼前。一个那么有天分、那么聪明的孩子,难道他会拒绝我的帮助?那不是太不合情理了吗?上帝给了他聪明才智,不就是要拯救他吗?那么,我一旦接触到他那最敏感的地方,他会不会反感呢?不过,当我们面对面坐在餐厅里时,他好像已经给了我明确的答复。烤羊肉摆上了餐桌,我把伺候的仆人打发走了。迈尔斯坐下前先站了一会儿,双手插在裤兜里,看着桌上的羊肉,好像突然想到了什么有趣的事情,但他接着说出的话却是:"亲爱的,她真的病得很厉害吗?"

"你是说小弗洛拉?哦,不很严重,很快会好起来的。到了伦敦,她就会恢复健康,只是这里对她不太合适。来吧,来拿你的羊肉。"

他很机灵地走了过来,然后小心地端着盘子走到自己的座位上去,但他坐下后接着问:"布莱庄园怎么突然变得对她不合适了?"

"当然不像你想的那么突然,早有人觉得这样了。"

"那为什么以前不把她送走?"

"什么以前?"

"就是在她病得不能走路前。"

我发现我的反应也很快。"她并没有病得不能走路,但要是这样下去的话,肯定会病成那样。现在把她送走正是时候,这样就不至于那样了。"哦,我回答得真得体!"而且还会使她完全康复。"

"明白了,明白了。"迈尔斯的应对也很得体。他低下头,开始用餐,动作大方而文雅,完全符合"餐桌礼仪"。其实从他回布莱庄园的那天起,这方面就用不着我这个家庭教师指导。看来,他被学校开除不管出于什么原因，反正绝对不会是因为他不懂规矩。他的举止像平时一样无可挑剔，但也可以说，他今天更注意自己的一举一动。显然，并非所有事情对他来说都是轻而易举的，他有时也需要有人帮助才能真正懂事。他静静地坐在那里，仿佛在等待着什么事情发生。我们这顿饭很快就吃完了；实际上，我只是做了做样子，几乎没吃什么。我吩咐女仆收拾餐桌。当女仆来收拾餐桌时，迈尔斯站了起来，而且和饭前一样，双手插在裤兜里站着，只是他背对着我，站在那扇高大的窗户前朝外望着。就在那里，我曾看到那个令我毛骨悚然的鬼魂。女仆在我们身边忙着，我们俩默默无语。这时我有一种奇怪的感觉，仿佛觉得我们像一对正在蜜月旅行的新婚夫妇，在旅馆侍者面前还有点害羞，不好意思讲话。等女仆一走，迈尔斯转过身来说："好了，现在就剩我们俩了！"

23

"哦，就算是吧，"我想我当时一定笑得很尴尬，"可也不全是。再说，我们也不喜欢这样。"我接着说。

"是的，我们不喜欢这样。再说，这里还有其他人。"

"确实如此——这里还有其他人。"我表示同意。

"不过，就算他们在这里，"他语气一转，接着说，双手依然插在裤兜里，双脚像生了根似的一动不动地站在我面前。"他们从根本上说却等于不存在，是不是？"

尽管我做了最大的努力，但我仍觉得自己回答得很含糊。"那就要看你说的'从根本上说'是什么意思了！"

"是的，"他却顺着我说，"全要看这个了！"说着，他又转过身去面对着窗户，还心事重重地朝前迈了几步。他站在窗前，把前额贴在玻璃上凝视着窗外一片萧瑟的秋天景象，还有那些死气沉沉的灌木丛。为了掩饰自己的情绪，我也总得找点"事情"做做，于是就找到了沙发。只要坐到沙发上，我就会平静许多，所以每当我心烦意乱时就会找沙发坐。此外，就如我前面已经说过的，每当我意识到两个孩子好像对我有点讨厌时，我总习惯把事情看得很严重。但是，眼下我看着迈尔斯的背影，却觉得他完全是一副无奈的样子，心里不由得想到——他并不讨厌我！我的这一想法在短短几分钟后就变得更加坚定，而且我还产生了这样一个固执的念头：他此刻厌恶的不是别人，恰恰就是他自己。那扇窗户的方格对他来说简直就是一种失败的象征。总之，我觉得他好像被什么事情困住了，正处于进退两难的境地。他看上去仍那么镇定自若，心里其实乱作一团——这一点我看得出，而且我还为自己能看出这一秘密而感到欣喜。他正透过窗格上的玻璃向外张望，是不是想看到什么隐秘的东西？——他是不是第一次意识到了那是一种罪恶？是的，确实是第一次，我发现有这样的迹象，而且是明显的迹象。他正在为这件事感到焦虑；不管他多么小心翼翼，尽量不流露出来，但我看得出来。他已经焦虑了一整天了，我想，不要看他仍像平时一样彬彬有礼，刚才还像个小绅士似的坐在餐桌前，其实正在努力克制着自己的情绪。然而，当他最后转过身来面对我时，却表明他不想再克制自己了。"是啊，我很高兴，布莱庄园对我来说倒很合适！"他说。

"这么看来，在这二十四小时里，你对布莱庄园的感情一下子增加了不少。我想，"我大胆地接着说，"往后你会对它越来越有感情的。"

"哦，是的，其实到目前为止，我一直过得很愉快。到四处转转——几英里外的地方我也去过。我从来没有觉得这样自在过。"

他的样子真的很自在，而且一点也不像是装出来的。我只能努力跟上他，也显得自在一点。"你是不是很喜欢这里的生活？"

他站在那里，微微一笑；接着，那句简短的反问终于脱口而出——"那你呢？"在我听来，这句反问比我以往听到的任何反问更具挑逗意味。不过，还没等我回答，他自己也意识到这么说似乎太鲁莽了，于是想补救一下，马上接着说："你能到这里来真是令人感动，因为就是现在你和我在一起，你其实也很孤独。不过，我想，"他补充说，"你是不太在意的！"

"不在意和你在一起？"我问。"亲爱的，就算我在意又怎么样呢？我不敢想象我会成为你的朋友——你总是避着我——但我还是觉得和你在一起是莫大的快乐。我留在这里，不就是为了这个吗？"

他双眼直视着我，脸上的表情变得严肃起来，可我觉得这是他最美的表情。"你留在这里，就为了这个？"他问。

"当然。我留在这里不走，就是因为我发现有件事对你至关重要，就是因为我觉得我可以为你做点什么。你不必为此感到惊讶。"说到这里，我的声音开始剧烈颤抖起来，而且我觉得自己根本无法克制。"你还记得吗？那天夜里，外面下着大雨，我到你房间里来，坐在你床边，我是怎么对你说的？我说，我为了你，不管什么事情都愿意做！"

"是的，是的！"他显然越来越激动，但又显然在竭力控制住自己。这一点他做得比我好，居然在我这么说的时候还笑了笑，好像我们只是在开开玩笑而已。"我想，你这么说，是要我也为你做点什么吧！"

"可以这么说。我确实要你为我做点什么，"我承认了，"可是，你知道，你并没有做。"

"哦，是的，"他故意做出一副很轻松的样子说，"你是要我告诉你什么事情。"

"就是那件事情。说吧，现在就说！你心里有什么事，你知道。"

"嗬嗬！你留下不走，原来就是为了这个？"

他好像若无其事地说，但从他的表情中我却看出他很紧张，甚至有点愤怒。但不管怎样，他至少做出了一种含蓄的让步，对此我简直喜出望外：没想到，我热望的东西竟然会不期而至！"是的，是的——我可以毫不隐瞒地说，我留下就是为了这个！"

他停顿了很长一段时间，我担心他改变了主意，又在想什么理由来回避，但他最后说的却是："你是说，要我现在——在这里说？"

"没有比现在和这里更合适的时间和地点了，"我说。但他却不安地环顾周围——哦，真是奇怪！在我的印象中，这是我第一次看到他这么惊慌，好像有什么危险正在逼近，好像他突然害怕起我来了——我一开始还想这也许是个可以利用的机会，但经过一番努力之后，我不得不痛苦地承认，我再怎么逼他也是徒劳。于是，我只好用一种近乎可笑的温和语调对他说："你是不是想走了？"

"是的，很想！"他大胆地说，还对我笑了笑，但笑得有点夸张——显然，他其实是应该脸红的，微笑只是想掩饰他内心的不安。他接着就拿起了他刚才拿着进来的帽子，还站在那里摆弄着，没有马上就走。看到他那副样子，虽然我刚刚还在为自己将要达到目的而感到高兴，现在却为自己的所作所为而感到内疚和恐惧了。不管怎么说，我这么做，对他总是一种侵犯，因为这不就是一个家庭女教师要把自己的意志强加于一个孤立无助的小男孩吗？这种行为若不说是犯罪，还能说是什么呢？因为除了美好的师生关系，我还试图和他……这或许是为了帮助他摆脱那种事情，但结果却把这个天性敏感的小男孩逼得不知所措，这不是很卑鄙吗？我想，我现在才明白了我们的处境，因为不管是我，还是他，眼睛里都闪着那种既热切又无奈的眼光，似乎都预见到了未来的可怕。所以，我们这才犹豫不决地相互兜着圈子，就像两个陌生的角斗士一样不敢轻易靠近对方。是的，那是因为彼此害怕！而正因为彼此害怕，我们才长时间拖延着，才没有彼此伤害。"我会让你满意的，"迈尔斯说，"我是说，我会把你想知道的事情都告诉你。只要你留下来和我在一起，我们俩都会很好的。我愿意——我愿意，但不是现在。"

"为什么不是现在？"

我的坚持使他转过身去，再次默默地朝窗外看了一会儿。在这过程中，我们俩谁也没有发出一点声音，房间里静得连一根针落地也能听到。接着，他又转向我，从他脸上的表情中可看出，外面显然有人在等他。"我得去找一下卢克。"他说。

难道我把他逼得如此走投无路，竟然使他说出这么粗心的谎话！我不由得为他感到难过。但难过归难过，他的谎话却使我说出了真话。我沉思着，一边织着花边（这是我坐到沙发上后从包里拿出来的），一边说："那好，你去找卢克吧，我等着你兑现自己的诺言。不过，我答应你离开，你也要满足我一个小小的要求。"

他觉得自己似乎已达到了目的，所以不在乎这样的讨价还价。"什么小小的……？"

"是的，很小很小。告诉我，"——哦，我虽然连头也没抬，仍埋头织着花边，但我却使出了杀手锏！——"昨天下午，你有没有从大厅的桌子上拿走我的信？"

24

正当我在想他会怎么回答我时，突然之间，我仿佛看到了什么东西，一下子紧张起来——我像遭到雷击一样，霍地从沙发上跳起来。我一把抓住迈尔斯，拼命把他往我身边拉；接着，我朝身边的家具上一靠，双手无意识地紧抓住迈尔斯，不让他转过身去朝窗外看。这时，那个鬼魂，就是那个我早先在这里看到过的鬼魂——彼得·昆特——正出现在窗外，样子活像牢门前的看守，站得笔直。接着，我看到他走到窗前，把脸贴在窗玻璃上朝里张望——我再次看到了他那张苍白的鬼脸。在看到这情景后，我顿时清醒过来，而且有了勇气；我相信，没有哪个女人在受到如此惊吓之后能够在这么短的时间就恢复理智，并做出反应。我意识到在这个突然降临的恐怖时刻，我应该采取的行动就是既要勇敢地面对那个鬼魂，同时还不能让迈尔斯知道那个鬼魂的到来。这时，我突然心生"灵感"——我一时想不出别的字眼——我觉得我完全可以随心所欲地凭直觉采取行动。就像为了一个人的灵魂而和一个魔鬼进行搏斗，我也清楚地意识这一点，因为我看到，就在我身边，在我颤抖的双手之间，有个活生生的灵魂——那个可爱的男孩——他的前额上已渗出了一层露珠似的汗水，而他那张和我的脸贴得如此之近的脸，却和那张贴在窗玻璃上的脸——彼得·昆特的脸——一样苍白。紧接着，我听到我脸旁的那张小脸发出一个声音，虽然声音并不低沉，听起来却像是从遥远的地方传来的，而我就像嗅到一股从远处飘来的幽香，把那声音一下子吸入了体内。

"是的——是我拿了那封信。"

听到这话，我发出一声愉悦的呻吟，同时俯下身把他搂进我的怀里，让他紧贴着我的胸脯。他一接触到我的胸脯，我就感觉到他那小小的身体突然热了起来，他那小小的心脏也开始怦怦乱跳。这时，我的双眼仍盯着窗外的那个鬼魂，只见他已改变了姿势，在那里走动着。我刚才说他像牢门前的看守，此刻他在窗前来回兜着圈子，更像是一只关在笼子里的野兽。我虽有了勇气，但我还不敢轻举妄动，还得克制住自己的激情。与此同时，昆特的那张脸又出现在窗玻璃上，这个无赖又一动不动地窥视着，好像在观察和等待着什么。由于此时我已确信不必把他放在眼里，而且可以保证不让迈尔斯意识到昆特的存在，我就问："你为什么要拿那封信？"

"我想看看你在信里说了什么。"

"你把信拆开了?"

"是的,我拆开了。"

这时,我把目光转到迈尔斯的脸上,同时稍稍把他放松了一点儿。在他脸上,那种可爱的表情已荡然无存,只有焦虑和不安。多么奇怪啊,当我达到目的之时,他竟失去了聪明和机智,好像他和世界间的联系一下子被我阻断了。他意识到眼前发生了什么事情,但他并不知道那究竟是什么;他更不知道我也面对着同样的事情,只是我知道那是什么。当我再次去看那扇窗户时,只看见窗外一片清朗的天空,那鬼魂不见了——难道说,我真的战胜了他?如果是这样,那还有什么可紧张和烦恼呢?窗外的鬼魂消失了,我觉得这无疑是我努力的结果,于是我继续努力,要获取全胜。"可你一无所获!"我不无得意地说。

他心事重重,难过地点点头。"确实一无所获。"

"一无所获,一无所获!"我高兴得几乎喊了起来。

"一无所获,一无所获。"他难过得只知道重复我的话。

我兴奋地亲吻他汗淋淋的前额。"那么,那封信呢?"

"我把它烧了。"

"把它烧了?"现在是最后的机会,我抓住这一机会问:"那你在学校里也这样做过?"

哦,这让他怎么回答呀!"在学校?"

"你也拿过别人的信?——或者其他东西?"

"其他东西?"他似乎在回忆非常遥远的过去,又似乎什么也想不起来。然而,他最后还是明白了。"你是说,我偷东西?"

我感到自己的脸一下子红到了耳根。我不知道当时怎么会对他这样一个小绅士提出这样的问题,甚至还指望他默认自己的堕落。"是不是就是这个原因,你才回不了学校?"

他似乎感到很惊讶。"我回不了学校,你知道?"

"我全知道。"

听我这么说,他睁大眼睛瞪着我,脸上露出极为震惊的神色。"你全知道?"

"全知道。那么,你有没有……?"我不好意思说出后面几个字。

但迈尔斯自己却说了，而且直截了当。"偷东西？没有，绝对没有。"

我的表情肯定已表明我完全相信他的话，但我的双手却仍然抱着他，还动情地摇着他，好像在质问他，既然如此，为什么还要让我在这几个月里一直为他苦恼。"那么，你究竟做了什么？"

他仰起头，痛苦而茫然地注视着天花板，又深深地吸了几口气，好像呼吸很困难似的，那样子就像一个沉在海底的人刚挣扎着浮出水面。"这……这……我只是说了一些事情。"

"只是说了一些事情？"

"但他们认为足够了！"

"足够把你开除？"

说实话，我还从未见过一个被开除的人像他这样，把自己被开除的原因说得如此轻描淡写！他显然在思考我的问题，但又做出一副既有点心不在焉又有点无可奈何的样子。"是啊，早知道我就不说了。"

"那你究竟对谁说了什么事情？"

他看上去好像在竭力回想，但又想不起来——好像全忘记了。"我说不出！"

他已经认输了，而且在对着我苦笑。其实，我这时应适可而止，不必再问下去了，但我当时有点忘乎所以——大概是太得意了吧！其实，我就是问到这里，他对我也已经很反感了。"你对所有的人都说了？"我接着问。

"不，只是对……"他好像很厌恶似的摇了摇头。"他们的名字我不记得了。"

"人数是不是很多？"

"不多——只有几个人，都是我喜欢的人。"

他喜欢的人？听他这么说，我不但没有解开疑团，反而更加糊涂了。糊涂之余，我又突然想到：会不会是别人错怪了他！想到这里，我吃了一惊，不由得悔恨起来。我一时觉得非常狼狈，心烦意乱。要真是别人错怪了他，那我还这样追问他，折磨他，又成了什么？我这么想着，不由得有点垂头丧气，于是手一松，放开了他。他深深地吸了口气，接着又转过身去，背对着我。他面朝窗户站着，窗外一个人影也没有。这时我觉得很痛苦，因为我再也没有什么理由可以使他转过身来了。"那么，他们是不是把你说的事情又告诉了别人？"过了一会儿，我问。

他听我这么问，马上朝前跨了一步，离我更远了。他仍然喘着气，虽然没有为我问的问题而生气，但看得出，他的情绪很抵触。和刚才一样，他又仰起头，但不是看着天花板，而是望着窗外灰沉沉的天空，仿佛除了一种不可言状的焦虑，他再没有什么东西可求助了。"哦，是的，"他尽管心神不宁，但还是回答说，"他们肯定把我说的事情又告诉了别人。告诉了他们喜欢的人。"他补充说。

虽然他的回答并不使我满意，但我还是顺着话题问下去。"而且还传到了……？"

"你是说，老师那里？哦，是的！"他回答得很干脆。"但我不知道他们会说出来。"

"你是说，老师吗？不，他们没说出来——什么也没说。正是因为这样，我才来问你。"听我这么说，他朝我转过身来，漂亮的小脸涨得通红。"是的，说出来不好听。"

"不好听？"

"是的，我有时说的事情是很不好听，他们是不会在给家长的信里说的。"

我不知道用什么字眼来形容我当时的内心矛盾——这孩子说出这样的话，真是令人有一种莫名的悲哀——只记得我当时随即用严厉的口吻说："真是胡来！"紧接着，我又用同样严厉的口吻对他说："那你到底说了什么？"

尽管使我感到愤怒的是那些不说明理由就开除他的人，但我严厉的口吻却使他又转过身去。然而，正当他转身之际，我突然尖叫一声，同时一跃而起，朝他直扑过去。因为就在这时，好像要及时阻止他认错，阻止他回答我的问题，那个可怕的痛苦制造者——那个鬼魂——又出现了，而且把他那张苍白的脸紧贴在窗玻璃上，凝视着我们。眼看自己将前功尽弃，我只觉得一阵头晕目眩，所以我才做了这样的疯狂举动，而这一举动顿时把眼前所有的危险全都暴露了出来。我看到迈尔斯显然从我的举动中觉察到了什么，好在即便在这时，他也只是感觉到有危险存在，而没有真的看到窗玻璃上的那张脸——也许，在他看来那里从来就没出现过什么，也说不定。但不管怎样，我却难以抑制内心的激情——我要把他从这种极度萎靡、极不符合人性的状态中解救出来！我一把抓住他，一边拼命把他搂进我怀里，一边对着窗外那个正窥视着我们的鬼魂大声喊叫："别过来！走开，走开！"

"她在这儿？"迈尔斯气喘吁吁地问，一边用他那双好像什么也没看见的眼睛盯着我说话的方向看。听他莫名其妙地说出"她"，我不由得一愣——"她？""是杰塞尔小姐！杰塞尔小姐！"他突然愤怒地喊叫起来。

我一阵茫然，但很快就想，那一定是他误会了——是因为我对弗洛拉的做法，使他误会了。但我没有就此罢休，既然他误会了，我就要把真相告诉他。"不是杰塞尔小姐！是他。就在那扇窗前——看了看我们。是他在那儿——那个胆小的魔鬼，但他再也不会来了！"

听了这话，迈尔斯的头转动了一下，好像一只迷惘的猎犬突然嗅到了什么气味。接着，他的身体神经质地抖动了一下，好像渴望阳光和空气似的。他脸色发白，怒视着我。虽然我分明觉得那鬼魂已使整个房间都变得鬼气森森，令人恐惧，但他却徒然地朝那扇窗户看了一眼，仿佛什么也没看见。"是他？"他神情疑惑地问。

这时，我已下定决心要得到全部证据，于是突然改变态度，严厉地质问他："你说的'他'，是谁？"

"彼得·昆特——你这个家伙！"他环视四周，脸上带着激动和哀求的表情，"你在哪儿？"

他的声音在我耳边回响；他终于说出了彼得·昆特这个名字，虽然他对这个名字仍那么向往，但这也表明我的一番努力没有白费。我对他说："现在他对你还算什么，亲爱的？——将来他还会算什么？你是属于我的！"接着我又对那鬼魂说："而你，已经永远失去了他！"为了证明和显示我是胜利者，我还对迈尔斯说："你看，他在那儿，就在那儿！"

然而，迈尔斯这时却浑身抽搐起来，他睁大眼睛死盯着那扇窗户，但除了宁静的天空，他什么也没看到。就在我为战胜那鬼魂而感到自豪之际，只听见迈尔斯突然发出一声惨叫，一声就像一只野兽坠入深渊时发出的那种凄厉的惨叫。我抱住他，紧紧地抱住他，好像他真的要从悬崖上掉下去似的。哦，是的，我抱着他，我不能让他掉进深渊——要知道，我是多么激动啊！但我很快就意识到了自己抱着的究竟是什么。现在，这里只有我和他了，在这宁静的天空下，他那颗小小的、惨遭蹂躏的心脏，却停止了跳动。

（刘文荣　译）

月光下的小路

[美] 安布罗斯·比尔斯　著

一、小乔尔·希特曼的陈述

我是世上最不幸的人。我富有、健康、受过良好教育、受人尊敬，还有很多令人羡慕的东西，但我时常觉得没有这些也许更好。那样的话，我或许还能生活得平静一点，而不至于像现在这样因为身心不和谐而苦痛不已。如果我不得不生活在穷困中，不得不为生计而奔走，说不定我也就不会去为这种说不清道不明的事情烦心了。

我是个独生子，父亲叫乔尔·希特曼，母亲叫朱莉娅·希特曼。我父亲是个家境富裕的乡村绅士，母亲呢，则是个多才多艺的漂亮女人。现在想来，父亲是很爱母亲的，但对她总有点妒忌，甚至苛求。我们家的房子在田纳西州，离纳什维尔只有几英里。那是一座很大的府邸，不怎么规则，也不怎么考究，而且地处偏僻，周围长满了树木。

那件事发生在我十九岁那年，当时我还是耶鲁大学的学生。有一天，我收到父亲发来的一份加急电报。里面虽没说明详情，但我还是听命于他，立刻动身回家。到了纳什维尔火车站，有个远房亲戚来接我，还告诉了我为什么要我火速回家的原因：我母亲莫名其妙被人虐杀了——既不知道出于什么动机，也不知道凶手是谁。

事情是这样的：

那天，父亲去纳什维尔，本打算第二天下午返回，但由于某些原因，他没办成事情，当天晚上就返回了。他回到家时天蒙蒙亮，因为没带钥匙，又不想吵醒熟睡中的仆人，他后来在给验尸官的证词中说，他就在屋外溜达，漫不经心地走到了屋子后面。当转过墙角时，他听到有人轻轻关门的声音，还隐约看到一个男人的身影一闪，迅速消失在树丛里了。他以为是哪个仆人擅自叫来的客人，便匆忙追了过去。但他搜遍了那个地方，却一无所获。他回到屋前，发现那扇门并没有锁，于是就进了屋，径直来到我母亲的房间。房间里一片漆黑，他一进房间，就被脚下的一堆东西绊倒了……细节我不想多说了，那是我可怜的母亲，有人用双手把她活活掐死了！

家里什么东西都没丢，仆人们都说什么声响也没听到。凶手没留下任何痕迹——哦，天哪，我险些忘了——除了她脖子上可怕的手印。

我退了学，回家陪父亲。父亲本来就是个沉默寡言的人，那件事情发生后，他更是陷入深深的沮丧中，对任何事情都失去了兴趣。只有突然听到关门声，才会引起他注意，但也非常短暂。有人或许会说，这是一种因不祥的预感而产生的忧郁和恐惧。是的，他每次受到这样的轻微惊动都会突然间睁大眼睛，有时还会脸色发白，然后又恢复原样，又陷入深深的忧郁。我要比他好一点，因为那时我还年轻——这一点很重要。年轻是最好的疗伤药和镇痛剂嘛！可是，后来发生的事情简直令人不可思议——我真不知道我当时是怎么面对那突如其来的巨大打击的！

就在那件可怕的事情发生后几个月，有一天夜里，我和父亲从城里走着回家。那时明月当空，夏夜里的乡间一片寂静。我们只听见自己的脚步声，还有就是纺织娘的低沉而悠长的鸣叫声。小路两边的树木投下黑黢黢的影子，树影间映出惨白的月光，看上去很恐怖。我们慢慢朝大门走去，屋子的前部笼罩在阴影里，周围也没有一丝亮光。就在这时，父亲突然停了下来，一把攥住我的胳膊，大声说：

"天哪！天哪！那是什么？"

"什么？可我什么也没听到！"我回答说。

"你看！看！"他用手指着小路的前方。

"可那里什么都没有啊？"我说。"好了，爸爸，我们进去吧。你病了。"

这时他已放开我的胳膊，一动不动地站在小路中央，身体僵直，双眼茫然地凝视着前面。月光照在他脸上，他的脸色苍白无比，还显露出一种难以言说的痛苦之情。我轻轻拉了拉他的袖子，但他却完全忘记了我的存在。接着，他开始一步一步往后退，双眼却依然愣愣地凝视着前方，好像被什么东西惊呆了。或许，那只是他想象中的东西——我这么想着，就侧转身去想把他拉回来。但不知为何，我的双脚竟像被钉住了一样停在原地。一开始我并不觉得恐惧，直到突然间感到一股彻骨的寒意，就像有一阵冰冷的风扑面而来，而且把我从头到脚都吹遍了。我甚至都感觉到它从我的头发间吹拂而过。

在那一瞬间，我猛地发现楼上的一扇窗户突然亮了起来。原来，那是一个仆人不知怎么突然惊醒了，也不知怎么就点亮了灯。然而，就在这时，当我再转身想找父亲时，他却踪影全无了。如今，这么多年过去了，我仍然没有他的一点音讯。

二、卡斯珀·格拉顿的陈述

今天，我还活着；明天，在这个房间里，将会有一具毫无知觉的尸体躺着。这具令人厌恶的尸体上会盖着一块白布，要是有人掀起这块白布，就会看到死人的脸上有一种满足的表情——因为他生前好奇得病态，现在他的好奇心终于得到了满足。当然，肯定有人会问，这人是谁？那就让我在这里写下我的名字吧——卡斯珀·格拉顿。这样就可以了。我这一生连我自己也不知道活了多少年，但我用这个名字却只有二十多年。是的，这是我自己为自己起的名字，因为对于一个没有名字的人来说，这点权利还是有的。要知道，人活在这个世上总得有个名字。尽管名字并不能表示你的身份，但至少可以避免和别人混淆。我过去曾一直被人用数字来称呼，那就很容易搞错。

譬如，有一天，在离这里很远的一个城市，我正走在街上，迎面遇到两个穿制服的男人。其中一个放慢脚步，怀疑地盯着我的脸看，还对他的同伴说："那人看起来很像767。"这个数字包含着多么熟悉而又多么可怕的东西啊！我不可自制地拔腿就跑，一直跑到筋疲力尽，才在一条小路上停下。

我从来没有忘记过那个数字，当它在我脑海中浮现时，总伴随着粗鲁的说话声、下流的嬉笑声和铁门的丁当声。所以，我有了一个名字，即使是我自己起的，也比一个数字强。在制陶工登记时，说不定我一人能占两个名额，那我将多富有啊！

我想请看到这张纸的人多多谅解，我在这张纸上写下的不是我的一生——那个我做不到。我只能记下一些零零星星的记忆，其中一些非常清晰，就像串在线上的亮晶晶的珠子，还有一些就模糊不清了，而且还很怪异，就像是夹杂着白色或者黑色的红色梦境，里面还有蓝色的鬼火在闪亮。

站在来世的门前，我要朝今生之路再看上最后一眼。那条路上分明留下了我二十年来的用流着血的脚踩下的足迹。它们穿越了穷困和痛苦，时而迂回，时而犹疑，像是一个背负重担的人蹒跚而行——"那么遥远，那么孤独，那么忧伤，那么缓慢！"

哦，这是诗人对我的预言，真令人钦佩，令人钦佩至极啊！

我心怀悲伤，想追溯我的起点——我知道我这痛苦的一生中有一些罪恶的插曲——但我的前半生却像一团雾，什么都迷迷糊糊。如今我虽是个老人，却只有二十年的记忆。

没有人记得自己出生时的情景，那总得由别人来告诉他。但对我来说，却不一样。我好像是在半途上出生的，好像一生下来就已经成年。此前的事，我知道得和别人差不多，结结巴巴也能说出来，但那与其说是记忆，不如说是梦。我只知道，从有记忆的那一刻起，我的身体和心灵就已经成熟了——这很怪，但也没办法，只能接受这一事实。在我的记忆里，我好像曾在一片树林里走着，衣衫褴褛、饥肠辘辘，脚还受了伤。我看到一所农舍，便走过去乞讨。那里有人要给我食物，问我叫什么名字。我知道人人都应该有名字，可我偏偏就是说不出自己叫什么。我尴尬至极，只好离开。夜幕降临后，我在树林里躺下，睡了一夜。

第二天，我走进了一座偌大的城镇，那地方叫什么我就不说了。还有后来的一些事，我也不说了，反正我这漂泊的一生无论在何时何地都一直为一种罪恶感和恐惧感所困。现在让我来试试看，能不能把这件事讲清楚。

我记得，那时我住在一个大城市附近，是个富有的农场主，还娶了一个女人为妻。对那个女人，我很爱，但不信任她。后来，大概在什么时候吧，我们有了一个孩子，一个聪明、活泼而充满希望的孩子。不过，他好像一直是个模糊的角色，从来就没有成为家庭中真正的一分子。

在一个不幸的夜晚，我觉得时机到了，我要证实妻子是否对我不忠——当然，我用的方法有点庸俗，就是人们常在小说中看到的那种。我对她说，我要到城里去一次，第二天下午才能回来。实际上，我在第二天凌晨就回到了家门口。我绕到屋子后面，打算从后门进去。那扇门已被我动过手脚，看上去是锁着的，其实一推就开。就在我走近那扇门时，忽然听到轻轻的开门声和关门声，还看到一个男人偷偷摸摸从我屋里出来，消失在黑暗中。我心怀嫉恨，想去抓住他。可是，还没等我看清楚，那人已无影无踪了。说实在的，我直到现在还无法确定，那真是个男人。

但当时我嫉恨得简直要发疯。作为一个男人，妻子的不忠使我感到极度羞耻，极度愤怒，更使我变得极度残忍。我冲进屋，上楼到了妻子的房间门口。门关着，但没有锁。房间里漆黑一片，但我很容易地到了妻子的床前。我用手一摸，床上空无一人，只铺着被子。

"她一定在楼下，"我想，"一定是听到声音，躲到客厅里去了。"我转身想下楼去找她，但情急之下走错了方向，没有走向左边的房门，而是走到了右边。黑暗中，我的脚无意中踢到了她——她正躲在墙角里瑟瑟发抖！还没等她反应过来，我的双手就掐住了她的脖子，不让她叫出声来；我的膝盖抵住她的身体，不让她挣扎。我既没有质问她，也没有指责她，就这样把她掐死了！就这样，一场梦结束了。

上面讲的虽是过去的事，但它并没有过去，因为那阴森恐怖的一幕始终在我脑海里上演着。是的，我曾多次设计，想证实妻子的不忠——这已经够痛苦了，而更为令人痛苦的是，我还不得不亲手杀死这个有罪之人。这之后，一切都变成了虚空。雨点打在污秽的窗玻璃上；雪花飘落在我褴褛的衣衫上；车轮在泥泞的路上咯咯作响……我又想起了我早年贫困而卑微的生活。如果说，那时曾有过阳光，我也不觉得温暖；曾有过鸟儿，也从不歌唱。

后来，我仿佛又做了一场梦。那也是在一个夜晚，我站在月光下的一条小路上，周围到处是树木投下的阴影。在我身边，好像还有一个人，但我不知道那是谁。这时，我看见有个白色的人影出现在一座大房子的阴影里；接着，那人影就沿着那条小路向我飘忽而来——那是我妻子！被我掐死的妻子！她穿着白色睡衣，脸上死气沉沉，脖子上还留着那道被掐的印痕。她愣愣地看着我，眼神里没有责备，没有仇恨，也没有威胁，但有一种比所有这些更加可怕的表情——她在对着我微笑！看着这阴森恐怖的鬼魂，我吓得连连倒退……哦，我写不下去了……太可怕了……哦，我想不起来了……请等一等……

好了，现在好一点了，但我还是什么也想不起来……好像那时只觉得眼前一片昏暗，头脑里一阵晕眩，好像事情一开始就结束了。

好了，现在总算好了——我又恢复了理智，又有了自制力，但这不是缓过气来，而是开始了某种形式的赎罪。我的悔过形式虽说经常在变，但其中有一种却是持续时间最长的，那就是沉默。但不管怎样，我只是将自己判刑而已。"你将为此受罪"——那真是一种愚蠢的处罚：刑期竟然由犯人自己来定。今天，我的刑期满了。

然而，不管是死是活，我都不得安宁。

三、已故朱莉娅·希特曼的灵魂通过一个招魂术士的陈述

那天我睡得很早，而且很快就沉沉入睡了。不知什么时候，我在一种莫名其妙的恐惧中惊醒——这种事，我想，大概也是生活中常有的。但不管我怎么对自己说，那没什么，我就是没法沉静下来，心里总觉得惶惶不安。我丈夫乔尔·希特曼不在家，仆人们都住在屋子的那一边——这种情况过去其实也常出现，我都觉得没什么可担忧的。但这次却不一样，那种莫名其妙的恐惧感变得越来越强烈，简直令人无法忍受。我躺在床上虽不想动，结果还是坐了起来，并点亮了床边的那盏灯。可和我期待的正相反，灯光不但没有为我壮胆，反而使我觉得更加害怕，因为我突然想到，灯光会从门缝里透出去，要是外面真有哪个可怕的家伙，那透出去的灯光就等于告诉他说我在里面。在这种时候，人往往会被想象中的恐怖弄得手足无措，因而总想找个地方躲起来，而且

总认为越是躲在暗的地方就越安全。这是一种绝望的策略，以为自己看不见对方，对方也就看不见你了。

于是，我熄了灯，蒙头钻在被子里。我尽管浑身颤抖，却一点声音也不敢发出来，紧张得甚至都忘了向上帝祈祷。按你们世上的算法，我那时蒙头钻在被子里一定有好几个小时，不过我们这里却没有什么"小时"，就连时间也不存在。

最后，那家伙果真来了。楼梯上传来轻轻的、时断时续的脚步声，很慢，好像犹犹豫豫，又好像看不清路，很可怕。但在我当时混乱的想象中，事情还要可怕，我想：那一定是个瞎眼的、愚钝的而又邪恶至极的家伙，恳求之类的做法对他是一点用也没有的。我甚至还想，客厅里的灯全都亮着，那家伙还要一路摸索着上来，那肯定是个瞎子。当然，这想法不仅愚蠢——其实客厅里的灯全都熄了——而且和我刚才对灯光的恐惧也自相矛盾。但一个人在这种时候还能怎么样呢？恐惧本身就是头脑发昏，就是白痴！凡是出于恐惧而做出的反应，显然都是有害无益的。这再清楚不过了。当我们还在世上时，我们都曾出于恐惧而躲藏在所谓的个人生活里，结果连我们自己也不了解自己，一个个地仿佛成了被人遗弃的孤儿。我们也曾渴望和自己所爱的人交往，但结果呢，我们连一句话也没说，因为不仅我们对他们感到恐惧，他们对我们也感到恐惧。不过，有时限制也会暂时取消，规则也会突然失效——怎么说呢？就是说，我们这些鬼魂有时会想告诫、安慰或者惩罚有些还活着的人——这时他们便会突然看到我们！我不知道，我们在他们眼里到底是什么样子，但我可以肯定，就是那些我们最希望抚慰或者最希望得到他们抚慰的人，一旦看到我们也会恐惧万分……

哦，请原谅我说话啰嗦，因为我曾是一个女人。我还要说，那些胡乱向我们乞灵的人，你们根本不明白，你们想要我们告诉你们那些未知的事情，其实是多么愚蠢的举动。要知道，我们所知道和能告知的东西，大多只能用我们的语言才能说出来，你们根本没法理解。所以，我们要想和你们交谈，就不得不用你们的语言，而你们的语言对我们来说已经那么陌生，表达起来已经那么费劲。你们总觉得我们属于另一个世界。不，我们的世界和你们的世界其实是同一个世界，只是我们这里没有阳光、没有温暖、没有音乐、没有笑声、没有小鸟的欢唱，也没有友情。哦，上帝啊！做一个鬼魂是件多么可怕的事情！我们不得不蜷缩在一个面目全非的世界里，既惊恐，又绝望。

不过，我当初却不是因为恐惧而死的。那个蹑手蹑脚摸上楼来的家伙，后来好像离开了。我听到他慌乱中走下楼梯的声音，心里想：他大概突然害怕了。我于是就从被窝里钻了出来，想去叫醒仆人。仁慈的上帝啊，我终于得救了！但是，没等我把颤抖的手放到门把手上，只听见那家伙又回上来了！这回，他的脚重重地踩着楼梯，脚步声既急促又响亮，几乎整个屋子里都能听到。我赶紧逃到墙角里，蹲在地上，心里默默地祈祷，愿上帝保佑我，又默默念着我丈夫的名字，愿他此刻来救我。然而，就在此刻，门被一把推开，我只觉得一阵眩晕。而等我清醒过来，却发现自己的脖子已被一双手死死地掐住，身体则被两个有力的膝盖压在地上，一点也动弹不得。接着，我的舌头便从嘴里慢慢吐了出来；接着，我就死了，就来到了现在这个世界。

是的，我不知道这是怎么回事。人死后所知道的，也就是他生前所知道的那些事情。一个人生前不管知道多少事情，死后是一点也不会有所增加的。他记忆里有多少事情，他所知道的也就这么多事情。因为在这里，既没有高地可攀登，也没有平原可眺望，我们不是蜷缩在阴暗之谷，就是潜伏在荒凉之地，只能窥视着你们这个疯狂而恶毒的世界。既然一切都已过去，我们怎么可能会有新的认知呢？

我接下来要讲的是一件发生在一天夜里的事情。我们知道那是夜里，因为那时你们都回到了屋子里，我们就会从隐蔽的地方出来，不是到过去住的屋子周围转转，就是朝哪个窗户里看看，甚至会钻进哪个屋子，注视着你们一张张熟睡的脸。在我对人世的爱和恨尚未完全消退之前，我还时常在我曾经住过的房子附近游荡。那里的变化那么大，而我也成了如今这个样子。我曾想方设法让我的丈夫和儿子知道我的痛苦和我对他们的爱意，但都属徒劳。通常，当我想这么做时，他们就从熟睡中醒过来了。所以，我有时也会铤而走险，大胆地在他们清醒的时候靠近他们，但他们一看到我就惊恐万状。我是那么希望他们能看我一眼，而结果却总是被他们的眼光吓得转身就走。

那天夜里，我没有找到他们，同时又害怕会遇到他们。他们不在屋里，我就在屋前等着，一直等到黎明时分，那时月光特别明亮。我们虽失去了太阳，但月亮不论圆缺仍属于我们。它有时在夜空里显现，有时在白天也能看到，但仍和在人世间一样，它总是升起了又落下。

我离开草坪，满心忧伤地游荡到了月光下的那条寂静的小路上。忽然，我听到我亲爱的丈夫在说话。听他的声音，他好像受了惊，而我们的儿子就在他旁边安慰着他。接着，他们站在一片树木的阴影里，和我靠得那么近！他们的脸就在我面前，而我看到我丈夫正瞪着双眼盯着我看。哦，他看到我了，终于看到我了！这时，我就像从噩梦中醒来，感到无比欣喜。我不再忧伤，不再惧怕。死亡的魔咒解除了！爱超越了生死界限！在万分欣喜中，我简直想高声喊叫："他看见我了！看见我了！他知道我是多么想见他！"不过，我还是克制住自己，面带微笑，步态尽量优美，慢慢地向他走去。我想扑到他的怀里，用我的爱给他以安慰；我还要跨越生死界限，握着我儿子的手和他说话。

可是，唉！他看到我却害怕得脸色发白，那样子简直就像猎物遇到了猎人一样。我朝他走去，他连连后退，最后竟然一转身蹿进树丛，逃得无影无踪了。

我那可怜的儿子呢，孤零零地站在那里，而我无论如何也没法让他知道我的存在。很快，由于他根本看不见我，他也就在我眼前永远消失了。

（邢　楠　译　刘文荣　校）

后　来

[美] 伊迪丝·华顿　著

1

"哦，那儿当然有鬼，不过你们永远也不会知道。"

十二月的黄昏时分，玛丽·博伊奈正等着仆人到书房里来点灯。此刻她回想起六个月前在明媚六月的花园里听到的这句话。虽是嬉笑中顺口说出，她现在却敏锐地感觉到了其中的重要含义。

说这句话的是他们的表姐艾丽达·斯戴尔。当时，他们坐在潘波纳庄园的草坪上喝茶。潘波纳庄园最显著的特征，就在于它独特的藏书楼。玛丽·博伊奈和她丈夫到英国来，是打算在南部或西南部乡村租一座庄园。他们直接向艾丽达请教，因为她成功地处理了自己的事情。可是，他们又近乎任性地一次次拒绝艾丽达提出的一个个明智建议。结果，艾丽达只好说了一句："那好吧，在多塞特郡有个莱隐庄园，是雨果的一个表亲的产业。你们花不了几个钱，就可以把它租下来。"

她随即解释了为什么很便宜就能租下这座庄园的原因——它离车站很远，既没有电灯，也没有暖气和其他必需的生活设施。然而，恰恰因为这样，两个生性浪漫的美国人动了心。他们只想找到一座不同凡响的古老庄园，至少生活多么不方便，他们觉得无所谓。

"只有住起来很不舒服，我才觉得是真正住在老房子里，"爱德华·博伊奈——他比他妻子更好奇——还诙谐地说，"要讲究所谓的'生活设施'，那我就不到这里来了，只要到房展上去就行了，那里有的是设施齐全的新别墅。"

随后，他们就以这种幽默诙谐的态度提出了各种各样的问题和形形色色的要求，且还不肯轻易相信他们的表姐推荐的这座庄园真是都铎时代的。直到她向他们保证，那里没有取暖设备，那里的乡村教堂真是泥地的，那里的取水方式不但原始而且还常常会没水，他们才罢休。

"那真是太古老了，简直出乎意料！"爱德华·博伊奈听艾丽达这么说，欣喜不已。接着，他一改脸上欣喜的神情，装得很正经地问："那么鬼呢？你为什么不告诉我们，那里还有鬼！"

这时，他妻子玛丽也和他一起笑了起来。不过，尽管笑着，她还是很细心的，因为她注意到，艾丽达回答这个问题时语调突然降了下来。

"哦，要知道，多塞特郡到处都会闹鬼。"

"是啊，是啊。不过，那不一样。我们并不想看到十英里外别人家的鬼。我们想在自己的庄园里有一个鬼。莱隐庄园里有没有鬼？"

爱德华的回答使艾丽达又笑了起来。接着，她就顺口说出了那句话：

"哦，那儿当然有鬼，不过你们永远也不会知道。"

"永远也不会知道？"爱德华打断了她。"可那到底是怎样的鬼，它存在却永远也没有人会知道它的存在？"

"我说不清，只是有这样的传说。"

"就是说，有一个鬼，可没人知道，只有关于这个鬼的传说？"

"唔……你们不会明白的，除非到了后来，很久很久以后的后来。"

"除非到后来？"

"是的，很久很久以后的后来。"

"可是，既然有人发现了这个鬼，为什么没有在庄园里流传开来？为什么这个鬼还能继续隐匿下去？"

对此，艾丽达只能摇摇头。"别问我了。不过，确实是这样。"

"我突然想到……"玛丽大声说，声音好像来自某种洞穴深处的预言，"是这样的：事情突然发生，只是到了后来，人们才相互问：'原来是那个鬼？'"

她为自己的想法感到震惊，而她的声音仿佛来自坟墓，使另外两个原本在说笑的人也变得严肃起来。她还看到艾丽达脸上掠过一道阴影，眼睛里也有同样惊讶的神情。"我想，是这样的，只能等着……"

"噢，就那么等着！"爱德华打断了她，"这个鬼也真有趣，要人到后来才回想起它，而要是那人后来死了，它也就没趣了。好了，我们为什么不能谈点别的呢，玛丽？"

不过，后来表明，事情并非如此，因为和斯戴尔夫人谈话后不到三个月，他们就搬进了莱隐庄园。实现了一心向往的那种生活，而且还开始实行原先设想的一大堆计划。当然，还要处理日常生活中的许多琐事。

现在是十二月的黄昏，玛丽坐在空荡荡的壁炉旁，从那古色古香的窗户中望出去，只觉得那些暮色中的小山丘是那么荒凉，那么孤寂。此时此刻，她再次沉浸在感伤的回忆中。她，玛丽·博伊奈，不惜离开纽约，最近十四年来一直跟着丈夫住在美国中西部一个破烂而令人窒息的小城镇上。她丈夫爱德华·博伊奈通过承包一个又一个工程，最后竟得到了整座蓝星矿山。突如其来的巨大财富，使玛丽头晕目眩，也使她和她丈夫有闲暇享受和品味各种各样的生活。他们并不认为过那种无所事事的懒散生活有什么好处，正相反，他们要体验一种身心协调而又富有意义的生活。玛丽对绘画和园艺很有兴趣，也很有品位，而爱德华呢，则一心想写一部有影响的经济学著作。既然两人都有事情想做，就算过起隐居生活也不会太冷清。他们不可能真的远离尘嚣，也不可能真的生活在对往日的回忆之中。

多塞特郡一开始就吸引了他们，因为它地处偏僻。他们亲昵地称它为"静谧温馨之乡"。尽管那地方远离城市，但博伊奈夫妇却令人惊异地觉得，这样的距离算不了什么。尽管古老的莱隐庄园设施简陋，但他们从不觉得住在那里有什么不方便。

"正因为这样，"爱德华有一次还兴致勃勃地解释说，"我们才觉得更有意思。这好比吃一块只涂了一层黄油的面包，原汁原味。"

他们对莱隐庄园确实感到心满意足。这座灰沉沉的庄园尽管很古老，但在他们看来依然生机勃勃。庄园门口还留有往日乡村集市的遗迹，这更加使博伊奈夫妇觉得意蕴丰富，因为数百年来的光阴和过去几十代人的生活都隐隐约约地在此显现。或许，这儿的生活也有点懒散：一个又一个小时很容易被打发在紫杉围绕的青绿鱼塘间；一天又一天的时光就像秋天的细雨一样无声无息地消失在大地里。然而，就在这平静得像一池清水似的生活中，有时却会波澜骤起，会有一种莫名其妙的情绪突然袭来。在某一时刻，玛丽会突然产生强烈的情绪波动。

这种情绪波动，就是在十二月的黄昏，当她坐在藏书室里等着仆人来点灯时最为强烈。她从椅子上站起身，站在壁炉边的阴影里。她丈夫总是在午后到小山丘上去散步。她不久便注意到，在这段时间里，他喜欢一人独处。长期的共同生活使她猜测，丈夫大概为写书所困，要用下午这段时间潜心思考上午所写的东西。显然，那本书的写作不像她想象的那么顺利，他双眼四周因思虑过度而起了皱纹，而他当初在承包工程时却不是这样的。那时，他常常会累得快要病倒，但从不"烦恼"，额头上也不曾有过那么多皱纹。

可是，从他读给她听的那些章节——包括书的前言和各章的概要——来看，他对写这本书是有充分准备的，而且对自身的写作能力也深信不疑。这就使她深感困惑了。既然他的"工作"看来并不怎么困扰他，那他到底为何烦恼呢？是不是他的健康出了问题？看来也不是，因为自从搬到多塞特郡后，他的身体还好了许多，精力充沛，脸色红润。只是在最近一个星期，她才发现他好像变得有点不对劲。这使她一见不到他就觉得心神不定，而当着他的面，她又觉得无话可说，倒像是她有什么秘密瞒着他。一想到他们之间竟会有秘密，她不禁打了个寒颤，不由得朝她身后的那个又大又暗的房间看了一眼。

"难道是因为这屋子里……？"她沉思起来。

这座房子里确实像深藏着许多秘密。每当夜幕降临时，这些秘密就会化作层层叠叠的阴影，仿佛就要从低矮的天花板上落下来，从影影绰绰的墙壁上渗出来，或者从壁炉周围的那些陈旧的雕饰上浮现出来。

"哦，是啊——这屋子里闹鬼。"她自忖。

那个鬼魂，就是艾丽达说的那个绝不会为人所知的鬼魂，他们在最初搬入莱隐庄园的那一两个月里还拿它来逗乐过一番，后来就渐渐把它忘了，因为他们只把它当作一种虚构，一种不可信的想象而已。

虽然玛丽在礼节性拜访周围邻居时还向他们打听过这事，但得到的只是一个模糊的回答："有人是这样说过，夫人。"其他就说不出什么了。看来，那个鬼魂真有点扑朔迷离。过了一段时间，博伊奈夫妇还开玩笑说，要是没有那个鬼魂的话，他们搬到这儿来还真有点不合算了。不过，他们仍一致认为，莱隐庄园可谓美轮美奂，根本用不着那个鬼魂来锦上添花。

"我想，那个鬼一定太胆小了，没勇气出来露露面。"玛丽笑着得出了这样的结论。

"或者，说得确切一点，"爱德华用同样的口气说，"是因为这一带的鬼太多了，它都找不到机会出来让人们承认它是个鬼。"这之后，他们就再也没有谈起过自己屋子里的那个无形的伙伴。他们要谈的事情太多了，根本没注意到不谈这件事有什么损失。

现在，玛丽站在壁炉前，觉得他们早先的好奇心又复苏了，而且还有一种新的感受，一种似乎总有什么神秘事物潜藏在他们身边的新感受。毫无疑问，这房子里有鬼魂，虽然它深藏不露，其实一直和他们朝夕相处。倘若真有人能和这座房子里的鬼魂交往的话，那这个人不但会对它的秘密惊骇不已，而且还会为它保守秘密，因为只有他一个人能看到那个鬼魂。玛丽在上午是从不到她丈夫的房间去的，怕打扰他写作。也许，就在那个房间里，丈夫已感觉到了那个鬼魂的存在。也许，他正默默地享受着那个鬼魂带来的恐怖场面。玛丽对幽灵学有所了解，她知道，当一个人遇到鬼魂时，是不可以向别人讲述的，因为这样做有失幽灵世界的礼仪，就如在我们这个世界，一个男人若在俱乐部遇到一位偶尔出现在那里的淑女，也是不可以在别人面前乱说的。但是，这样的解释——"若不是为了享受恐怖带来的快感，他为什么会那么希望这庄园里有鬼呢？"——并没有使玛丽真正相信，她随即又想到，既然在莱隐庄园有人就是遇到了鬼，自己也不会知道，那么爱德华也不会例外。

"很久很久以后的后来。"艾丽达曾说。哦，难道爱德华一来这儿就遇到了它，到了最近一星期才明白了怎么回事？她开始回想他们刚来这儿时的情景。最初回想到的是些琐事，如开箱子、放家具和整理书籍，等等；接着想到，他们曾在这座屋子里到处察看，还发现了许多令人惊喜的地方。想到这里，她突然想起发生在十月初的一个下午的一件事。那时，他们已不再像刚来时那样兴奋，而是开始慢慢细看这座古老的房子了。那天，她（就像小说中的女主人公一样）无意间扳了一下墙上的一块护壁板，没想到那块护壁板竟像一扇门似的打开了，露出一道窄窄的、隐秘的楼梯，而这道楼梯又通往屋顶上的一个隐秘的地方。从那个隐秘的地方望出去，风景特别美妙。她欣喜地跑到爱德华的书房，把他从书桌旁拉起来，要他去看她的新发现。她至今还记得，他俩站在屋顶上的一条狭窄的横档上——他还用手搂着她，生怕她掉下去——朝远处起伏不平的山丘眺望，接着又往下看，看到鱼池和鱼池周围的紫杉树以及攀爬在紫杉树上的藤蔓，还看到草坪和草坪上的雪松。

"哦，看这边！"他一边说，一边轻轻把她搂进怀里。她完全被眼前的景色吸引住了：灰色的庭院围墙、大门两边的铜狮子、林荫里的一条蜿蜒的小路，简直就像一幅令人心驰神往的风景画。然而，正当他搂着她观赏这幅画时，她感觉到他的手松开了。只听见"哦"的一声，她扭头看了他一眼。

是的，她现在记起来了，她看到他脸上闪过一道不安的暗影。顺着他的视线，她又看到一个男人的身影——那人好像穿着宽松的浅灰色衣服，正沿着那条林荫小道朝庭院走来。看他东张西望的样子，他好像是个刚到这儿的陌生人。至于那人的模样，玛丽由于近视，只看到一个模糊而灰暗的轮廓，但从服饰看，他好像是个外国人，至少不是当地人。她丈夫看到那个人显然比她紧张得多——他把她往一边一推，说了声"等一等"，就转身冲下楼梯走了，甚至都没想到要和她一起下去。

她觉得有点头晕目眩，随后也小心翼翼地下来了。当她下到屋顶阁楼时，不知为何又停了下来，把身体俯在栏杆上朝下望着屋前的庭院。就这么望着，她忽然听到下面传来关门的声音，于是就像被人猛推了一把似的，从顶楼直冲下去。

通往庭院的门开着，庭院里静悄悄的，空无一人，只有和煦的阳光。书房的门也开着。她侧耳倾听，里面好像一点动静也没有。她于是就快步走了进去，只见她丈夫呆呆地坐在那里。但听到她的脚步声，他又马上装得好像在整理书桌上的文件。

他还猛地抬起头，似乎对她的突然闯入感到很惊讶。接着，他又一改神态，脸上忧心忡忡的神情突然消失，换了一种若无其事的表情。

"那个人是谁？"她问。

"谁？"他重复了一下，好像对这个问题迷惑不解似的。

"就是我们刚才看见的男人。"

他的反应好像很平静。"男人？噢，我刚才好像看到了彼得斯，就下来想和他谈谈马厩排水沟的事，没想到等我下来，他就不见了。"

"不见了？这怎么可能呢？我们在上面看到他时，他好像走得很慢啊。"

爱德华耸了耸肩。"我也这么想，但就在那么短时间里，他却不见了踪影。"

事情就是这样，当时她也没觉得什么。再说，他们在屋顶上第一次看到远处的麦尔顿山后，满脑子想着要去登山，眼前的这件小事也就被置之脑后了。然而，她现在却无意间想起了这件事，而且还觉得这件事本身就是一种不祥的预兆。爱德华突然从屋顶上跑下来，说是去追一个干活拖拉的泥瓦匠，这事本来也是很自然的。那时，他们确实经常要和装潢设计师、园丁、管道工和泥瓦匠之类的人打交道，而且往往要自己去找他们，和他们约好时间，还要在家里等他们，有时偶然遇到他们，马上把他们拉来解决某个小问题，也是常有的事。再说，那个人远远望去，也确实很像是泥瓦匠彼得斯。

然而，当她现在回想起那时的情景时，特别是回想起当时丈夫的神情时，她觉得事情并不那么简单。为什么他远远看到彼得斯就那么激动？既然马厩里的排水沟那么重要，他那么急于要和彼得斯商量这件事情，那他后来没找到彼得斯，又为什么像是松了口气似的？她当时没有想到这些。现在仔细想想，玛丽恍然大悟：原来真有怪事在等着她，当初只是时间未到，所以她浑然不知。

2

怀着这样的想法，玛丽朝窗户走去。现在，书房里渐渐暗了下来。她突然觉得外面的世界已是那么幽暗，唯有朦朦胧胧的一点微光。

她凝视着窗外的庭院，而就在较远处的那片阴影里，她看见个小小的人影浮现出来，看上去就像是灰暗世界里的一个更加灰暗的污点，而且它很快就变得越来越大，离她越来越近。她的心顿时怦怦乱跳。"鬼！"

那人影离她还有一段距离。她这时想到，那命中注定的一刻终于来了，那人影肯定就是两个月前她在屋顶上远远看到的那个男人——他现在要向她露出真容了，要让她知道他根本不是什么彼得斯。人影越来越近，她的神经绷得越来越紧。然而，几乎就在她想发出一声尖叫时，那模糊的人影已变得清晰可见了——她眼睛再近视也不会认错，那原来是她丈夫。她转身下楼去迎接他，等他进屋后，又把她刚才那些想法告诉了他。

"真是荒唐，"她在门口笑着对他说，"不过，我忘不了！"

"忘不了什么？"当他们面对面站着时，爱德华问。

"就是当你在这莱隐庄园遇到鬼时，你自己是不会知道的。"

她把手搭在他衣袖上，而他好像很疲倦，又好像在想什么事情，对她的动作没做出反应。

"你是说，你遇到它了？"他等了一会儿才问。

"哪里？事实上，我觉得是你遇到它了，亲爱的。我总觉得你……"

"我？你是说刚才？"他挪开手臂，对她的微笑报之以微微一笑，然后就从她身边走开了。"是吗，亲爱的？不过，你最好不要这样想。"

"那好，我不想。我放弃。可你呢，有没有这样想？"她突然转身问他。

这时，管客厅的女仆一手端着一盏灯，一手拿着一沓信，朝他们走来。爱德华从女仆手里接过信时，那灯光正好照在他脸上。

"你呢，有没有这样想？"女仆离开后，玛丽又问他。

"什么这样想？"他胡乱地回答，同时拆着手里的信，好像心不在焉。在灯光下，她看到他显然紧锁着眉头。

"好啦，我们不要再想什么鬼不鬼了。"她试探着说，但心里还是有点慌。

她丈夫把信件放到一边，慢慢朝壁炉走去。

"我从来就没这样想过。"他说着，顺手拿起了一张报纸。

"哦，当然，"玛丽仍不肯罢休，"但问题是，根本就谈不上有没有想过，因为就是遇到了，也要到后来才会知道。"

他翻动报纸，发出"沙沙"的声音，好像没在听她说。但过了一会儿，他突然抬起头问："你知道那'后来'要过多久？"

　　玛丽这时已坐在壁炉边的一张凳子上，正看着她丈夫——由于是对着灯光，她只看到他的侧影，而且是黑乎乎的——听他这么问，她微微一惊。

　　"不知道。你知道?"她反问，显然又想试探试探他。

　　爱德华把已经翻皱的报纸合上，接着又漫不经心地翻开。

　　"哦，上帝啊! 我的意思是，"他好像有点不耐烦了，"这儿有没有相关的传说，或者习俗?"

　　"就我所知，没有。"她回答说。她本想加上一句："你怎么想问这个?"但她看到女仆送来茶水和第二盏灯，便打住不说了。

　　灯光驱散了阴影，房间里又像白天一样明亮了，玛丽的感觉也好了一点，因为她总有一种压抑感，总觉得有什么东西正无声无息地向她逼近，尤其是在黄昏，当她一个人的时候。她默默地想着心事，但过了一会儿，当她抬起头来看到她丈夫的那副样子时，不由得吃了一惊。他坐在离她较远的一盏灯旁边，在专心致志地读着信。那些信真的那么吸引他吗? 还是他有意想避开她，免得她再问什么问题? 她看着他，越看越觉得他有什么秘密瞒着她。他脸上的那些由于写作的劳累而产生的皱纹也仿佛消失不见了。好像对她的目光有一种感应，当她注视着他时，他竟然也抬起头来看了她一眼，而且在目光相遇时，他还对她微微一笑。

　　"哦，真想喝杯茶!"他说。"这儿有你的信。"

　　她走到他身边，接过他递给她的信，同时把手里的茶杯递给了他。然后，她坐回到自己的凳子上，无精打采地拆开信，看了起来。

　　看着看着，她突然跳起来，信掉到了地上，手里举着一张剪报对丈夫大声说："爱德华! 这是什么! 你看这上面写的是什么!"

　　几乎是在同时，他也站了起来，好像早已料到她会叫起来似的。但接着，两人却隔着桌子和椅子对视了好一阵子，简直像是两个敌人相遇时在揣度着对方。

　　"什么'什么'? 你吓得我都跳了起来。"最后，爱德华好像有点恼怒但仍笑着说。与此同时，他朝她这边走来，但脸上掠过一道忧虑的阴影，好像预感到某种事情是不可避免要发生的。无论是他的嘴角，还是他的眼睛，都显露出一种警觉的神情——这使她觉得，他似乎知道自己正被某种无形的东西纠缠着。

她的手抖得厉害，几乎没法把那张剪报递给他。

"是《沃基沙观察报》的一篇文章，有个叫埃维尔的人对你提出了指控，好像是关于蓝星矿山的。其他的事我不太懂。"

她说话时，他们的目光对视着，而使她惊讶的是，他听了她的话不但没有更加紧张，反而一下子松了下来。

"哦，原来是这件事！"他草草看了看那张剪报，就把它折了起来，好像那不过是一张没用的废纸。"今天下午也真是的，玛丽，你怎么了？我还以为是什么坏消息呢。"

她直挺挺地站在他面前。他镇定自若的样子，使她那种不可名状的恐惧感消退了不少。

"这事你知道？那么，没事吧？"

"我当然知道，当然没事。"

"可到底是怎么一回事？我不明白。为什么这个人要指控你？"

"唔，不值一提的小事。"爱德华把那张剪报往桌上一丢，轻松地坐到壁炉边的扶手椅上。"你想听吗？这可不怎么有趣——是和蓝星矿山有关的商业纠纷，如此而已。"

"那么，埃维尔是谁？我从来没有听你说起过这个人。"

"噢，这家伙是我的一个合作伙伴——是我帮了他一把……我曾跟你说起过他。"

"那一定是我忘了，"她徒劳地回想着。"既然你帮过他，那他为什么还要指控你？"

"哦，大概是哪个律师给他出的主意吧。这事说起来还很复杂，我想你是不会感兴趣的。"

他的话使他的妻子感到很懊丧。她总是声称她看不起那些对丈夫的工作毫不关心的美国太太，但她却发现，她自己其实对丈夫处理的各种业务也很难产生兴趣。此外，她还生平第一次感觉到，他们生活中的所有享受都是靠她丈夫的苦心经营获得的。他们的豪华休假就是为了让他从紧张的事务中暂时脱身，让他放松放松，没想到，就在这样的休假中，竟然还要遇到这种稀奇古怪的事情。所以有一两次，她甚至都怀疑他们当初决定到这儿来是不是对。但不管怎样，不管她对丈夫的感觉如何，至少到目前为止还只是她的猜测，甚至是她的想象。

她又看了丈夫一眼。他脸上沉着镇定的神情多少使她放心了一点，但她仍觉得有必要问问清楚，以打消自己的顾虑。

"可你对他的指控一点也不担心吗？你为什么从不说起这件事？"

他马上回答了这两个问题。"我一开始没跟你说，是因为我一点也不担心——它对我毫无妨碍。后来我没跟你说，是因为那已经是过去的事了。给你写信的那个人看的是早就过期的《沃基沙观察报》。"

她兴奋得发抖。"你的意思是说，官司结束了？他输了？"

爱德华稍稍迟疑了一下，回答说："他撤诉了——就么回事。"

但她还是不放心，还是很认真地问："他撤诉是因为他觉得官司打不赢？"

"哦，他没机会。"爱德华回答说。

她有点听不懂，但一时又想不出怎么问他。

"那他撤诉有多久了？"

他想了想，又显出了刚才那种犹疑不决的样子。"我也刚得知消息；不过我一直在等着。"

"刚得知消息？从那些信里？"

"嗯，其中之一。"

她不再说了。她丈夫随即走到她身边，坐了下来。他伸出手臂环抱着她，她感觉到他握住了她的手，慢慢抬起来，贴在他自己的面颊上。她感觉到他的体温，看到他那双清澈的眼睛正注视着她，脸上还带着微笑。

"这么说，没事了——不会有事吧？"她问，逐渐打消了顾虑。

"放心吧，保证没事！"他笑着说，同时紧紧地搂住她。

3

后来，她回想起那以后发生的种种不可思议的事情，觉得当时最奇怪的就是她突然间有了一种安全感，变得毫无戒心了。

当她在昏暗的房间里醒来时，这种感觉就在空气中弥散；当她下楼去用早餐时，这种感觉也伴随着她；它甚至随着壁炉里的火苗一起跳跃，而且反照在亮铮铮的咖啡壶上，和那把乔治一世时代留下来的布满花纹的茶壶上。前些日子，她一直忧心忡忡，一直有一种莫名的恐惧感。特别是在她和丈夫谈论那张剪报时，她更有一种不祥之感，总觉得丈夫很可能拖欠着大笔债务，到时候会弄得身败名裂；到时候，命运会以一种迂回的方式把他们拥有的一切再度化为乌有。不过，她现在已不再担心，那种事似乎非常遥远，几乎是不可能的了。

她过去确实不太关心丈夫生意上的事情，但现在她相信，她应该凭自己的直觉信任丈夫。再说，丈夫也有权要求她信任。这就彻底打消了她的顾虑，再也看不到有什么威胁了。她从未像现在这样，觉得丈夫是那么自信，对自己的财产那么有把握。所以，自那次谈话后，她就一切都听从他了。

那段时间，天气晴朗，她每天都一个人到花园里去散步。当阳光洒在她身上时，她仿佛觉得夏天都快到了。爱德华整天坐在书桌旁——她每次经过书房门口时，总能看到他嘴里叼着烟斗，神色安详地坐在那里写作。现在，她每天上午都有自己的事情要做。在这温暖的冬天，她独自在庄园里巡视，心情很好。她看着眼前的景象，再次产生了要把这座古老而优雅的庄园好好整修一番的念头。她先去了果园，那里的梨树已形成一道树篱，鸽子在扑打着翅膀，一切都那么平静而美好。这时，她想到种花的暖房可能有点问题，想到他们正等着修理工从多尔切斯特坐火车来修理暖房的锅炉，便信步朝暖房走去。但是，当她打开暖房的门时，却皱了皱眉头。扑鼻而来的不是花香，而是一股浓烈的怪味。石竹花全都发白了，死气沉沉，早先移植来的一些外国花卉也都枯萎了。她得记一下，暖房里的花都不行了，可那个锅炉修理工却至今没来！天气好得出奇，真是难得，她想还应该到其他地方去看看，于是就走到了花园后面的高尔夫球场上。那是一大片松软的草地，草地尽头有一座小山，站在那儿可以远远看到他们住的那幢房子，以及房子正面的鱼塘和鱼塘周围的紫杉树。此时，那幢房子正沐浴在温暖的阳光中，窗户开着，房顶上的烟囱里正冒出缕缕青烟，显得那么祥和，那么温馨，使她不由得想到：这地方虽然传说有鬼魂出没，但她相信那鬼魂肯定不是邪恶的，而是像人们常对孩子说的那样，是好的鬼魂，善意的鬼魂，它就像守护神一样暗中守护着这个地方，守护着他们。她相信，她和爱德华住在这里，一定会平安无事。

正当她这么想的时候，她听到身后有脚步声，便转过身去。她希望看到园丁正陪着那个从多尔切斯特来的锅炉修理工朝她走来，但她却只看到一个人，一个还算年轻、但面容消瘦的男人。虽然她还没有把那人的相貌看得清清楚楚，但她一眼就看出肯定不是锅炉修理工。那陌生人也看见了她，并停下脚步，对她脱帽致意。看他的举止，好像是个绅士，她想，也许是个游客，无意间走进了庄园，他脱帽就是想表示歉意。其实，莱隐庄园在这一带颇有名气，有些游客还会有意进来看看。玛丽想看到那人慌乱地藏起自己的照相机，或者干脆举起照相机大拍一通，这样也就证实了她的猜测。但是，那人却一点也没有这样的举动。于是，她就走过去问："先生，您到这儿来找谁？"话虽说得彬彬有礼，但态度却很生硬。

"我是来拜见博伊奈先生的。"那人回答。不是他的口音而是他的语调，使玛丽隐约觉得他好像也是美国人。于是，她打量了他一下。他戴着一顶宽边软帽，帽檐当着光，使他的脸在阴影里显得模糊不清，而玛丽又是近视眼，所以她只觉得那人看上去好像很严肃，好像是那种举止有礼而心眼颇多的"办事员"。

过去的经验使玛丽知道，对这种人最好不要怠慢。但她又不想让他在这种时候去打扰她丈夫。

"你是和博伊奈先生约好的？"她问。

他犹豫了一下，显然没想到她会这么问。

"不，确切地说，没有约好。"他回答。

"那他恐怕不会见你，现在是他写作的时间。要不，你留个口信，或者晚点再来？"

那人又抬了抬帽子表示歉意，接着说了句"那就隔日再来拜访"，就走了。看他的神情，他好像不是有事相求，倒好像是来讨债似的，玛丽看着他的身影在紫杉树下渐渐远去，又抬头看看那幢正沐浴在冬日阳光下的房子，心里这么想。她觉得有点后悔：为什么不问问他是从哪儿来的？为什么不先去问问丈夫见不见他？这样不是更好吗？然而，那人已经消失在密密重重的紫杉树林里了。而就在此时，园丁陪着从多尔切斯特来的锅炉修理工出现在她面前。于是，玛丽就和那个留着胡子、皮肤黝黑的锅炉修理工谈了起来，接着还带他去暖房看那个需要修理的锅炉。这样，整整一个上午也就过去了。

她从暖房匆匆赶回住所，本想丈夫一定着急了，一定会在门口等她。没想到，庭院里只有一个小花匠在筛石子。进了门厅，里面寂静无声。她想，丈夫或许还在书房埋头写作。她不想打扰他，就转身进了客厅，坐到一张书桌前认真计算修理锅炉所需的费用。她自己也觉得很怪，为什么竟会同意那个修理工的要求，愿意花那么多钱来修理那东西。不知为什么，她觉得自己近来心情好了许多，用起钱来也大方多了，而更为重要的是，她不像前些日子那样对这幢房子感到担忧了；恰恰相反，她觉得这里既舒适又优雅，很值得好好装修装修。

玛丽盘算着自己的装修计划，这时管客厅的女仆翠梅尔前来传话，说厨房里的仆人已把午餐准备好了。她正在埋头写着什么，便漫不经心地咕哝了一声。翠梅尔对她的漫不经心好像有点不满，有意在客厅门口来回走了几圈。接着，她听到翠梅尔的脚步声消失在走廊里了。

于是，玛丽把她正在写的东西往前一推，站起身就朝书房走去。她要到书房去叫丈夫一起用午餐。到了书房门前，见门关着，她犹豫了一下。这个时候了，他怎么还在写？往日好像不是这样的。要是他还在写，她不想打扰他，但她觉得情况有点异样，不免有点担心。正当她犹犹豫豫时，翠梅尔又来说，餐厅里已把餐具摆好了。这让她下了决心，推开门，进了书房。

书桌前空荡荡的，不见爱德华坐在那里。玛丽环顾四周，想看看丈夫是不是在书架旁，或者在哪个角落里翻看着什么东西。但是，不管她朝哪里看，就是不见丈夫的踪影。于是她走出书房，找到翠梅尔说："博伊奈先生在楼上，去告诉他午餐准备好了。"

翠梅尔犹豫了一下，她本想听从夫人的命令，但又知道夫人的命令显然是错的，所以她只好慌乱地回答说："夫人，不是我不想去，可博伊奈先生……他不在楼上。"

"不在楼上？你怎么知道？"

"是的，我知道，夫人。"

玛丽看了看钟。"那他到哪儿去了？"

"他出去了。"翠梅尔终于说了出来，而且她的神情似乎在说：你早该问了，这我知道。

但玛丽还在自以为是地想，爱德华一定是到花园去接她了，只是没有找到她。她还认为爱德华肯定没有走前门，而是走房子南边的那扇门出去的。于是她转身穿过大厅，朝南边的直接通往花园的那扇玻璃门走去。

这时，跟在她身后的翠梅尔终于忍不住了。"请原谅，夫人，博伊奈先生没有从那里走。"

玛丽转过身来。"那他是从哪儿走的？什么时候走的？"

"是从前门走的，还开了车，夫人。"翠梅尔总是一次只回答一个问题。

开了车走的？在这种时候？玛丽走出大门，走到庭院里的那条车道上来回看了看。那里空无一人。她回到房子里，楼上楼下都看了，没有爱德华的踪影。

"博伊奈先生有没有留下口信？"她问。

翠梅尔又犹豫了一下，最后说："没有，夫人。他是和一个先生一起走的。"

先生？什么先生？玛丽猛地转过身来，好像突然听到了一个惊人的消息。

"就是那个来拜访博伊奈先生的先生，夫人。"

"那先生是什么时候来的？翠梅尔，你为什么不早告诉我！"

玛丽急于想问清楚丈夫去了哪儿，这时肚子又饿，所以在女仆面前也有点失态了，显得有点慌张。不过，即便这样，玛丽还是注意到了翠梅尔的眼神里流露出一丝轻蔑。

"我说不上到底是什么时候，夫人，因为不是我让那先生进来的。"她回答说，好像并不计较夫人对她的苛责。

"不是你让他进来的？"

"是的，夫人。门铃响的时候，我在更衣，埃格妮斯……"

"那就去问埃格妮斯！"玛丽打断了她。

但翠梅尔还是很有耐心地往下说："埃格妮斯也不知道，夫人。她在点那盏从镇上新买来的灯时，烫着了手。"玛丽早先就注意到了，翠梅尔对那盏灯很不满意。"所以，多科特夫人就派厨娘去了。"

　　玛丽又看了看钟，已经两点多了！"那你去问一下厨娘，博伊奈先生出去时有没有留下口信？"

　　说完，她自己去了餐厅。不一会儿，翠梅尔就来餐厅告诉她，厨娘说那先生是下午一点左右来的，博伊奈先生跟他出去时没有留下口信；厨娘不知道那先生的名字，因为他在门口要求见博伊奈先生时，是把自己的名字写在一张纸上的，然后把纸折起来交给厨娘，厨娘不敢翻开来看，就直接交给了博伊奈先生。

　　玛丽用完了午餐，还在为丈夫的不辞而别感到困惑。她不知道他为什么要出去，也不知道他什么时候会回来。她坐在客厅里，当翠梅尔为她送来咖啡时，她觉得有点不安。爱德华在午餐时间里一声不响地出去——这不是他的一贯做法。再说，他一碰到那个身份不明的先生就跟着他走了——这更加叫人难以理解了。当初，爱德华还是个工作繁忙的工程师时，作为妻子的玛丽是知道丈夫随时都会被人叫走的；对此，她都已经习惯了。但是，自从爱德华有了自己的产业后，他们的生活就变得像修道士一样有规律了。也许是为了弥补过去的那种动荡不定和随便凑合的生活，爱德华后来特别注重生活规律。他不仅说服妻子放弃了各种各样的幻想，而且还一再宣称，最美好的生活就是那种平静而有固定习惯的生活。

　　不过，无论过哪种生活，人总会遇到某些意外的事情。毫无疑问，爱德华固然刻意要过有规律的生活，但总有一些事情是他无法预料的，因而他的生活规律偶尔被打乱也在所难免。玛丽接着想，可能是他为了节约时间，送那个先生到火车站去了，利用路上的时间和他谈谈；或者，如果不是送到火车站的话，他至少想送送那个先生。

　　想到这里，她好像不怎么焦虑了。她去找园丁，继续和他商量怎么改建暖房的事。谈完后，她又走着到一英里外的乡村邮局去了一次。等她返回时，天色已近黄昏。

　　她走在山边的小路上，心里想，爱德华此时应沿着公路驱车回家了；他们不可能在路上相遇，但她相信，他肯定比她早回到家里。所以，她一进门，甚至都没有先问问翠梅尔，就直奔书房。然而，书房里依然空无一人，而凭她的记忆，她又马上注意到丈夫书桌上的书和纸丝毫没有被人动过，仍和中午的时候一样放在那儿。

骤然间，一种不可名状的恐惧感袭上她心头。她走进这房子时，已把外面的大门都锁上了。此时，她孤独地站在那间既寂静又阴暗的房间里，仿佛觉得有什么东西潜伏在暗处，而且就在她身边，连它的呼吸声似乎都能听见。她瞪大双眼，尽管近视得厉害，但仍觉得自己在那阴暗的角落里隐约看到了什么——某种不属于这个世界的东西，正阴森森地注视着她，还慢慢地在向她逼近。她一阵惊慌，一把抓住摇铃的绳索，拼命拉了起来。

急促的铃声顿时响彻整幢房子。翠梅尔"砰"地推开门，冲了进来，手里还提着一盏灯。但她马上发现，房间里和平时没什么两样，并没有什么紧急事情要她前来救助。她松了口气，而玛丽此时也镇静了下来。

"我想，这时你得给博伊奈先生送点茶了。"她说，极力掩饰自己打铃的真相。

"是的，夫人。不过，博伊奈先生不在。"翠梅尔说着，把手里的灯放在桌上。

"他没回来？你是说，他回来后又出去了？"

"不，夫人。他没回来过。"

那种无名的恐惧感再次袭来，而且玛丽明白，这次它来了就死缠住她不放了。

"他和那个先生出去后就一直没回来？"

"是的，一直没回来。"

"你们说那先生到底是谁？"玛丽喘着气说。她两耳嗡嗡作响，但她仍敏锐地注意到有什么东西在暗中听她说话。

"那我说不上来，夫人。"翠梅尔站在灯旁边，她的脸顷刻间似乎也不那么丰满红润了，似乎也被同样的恐惧笼罩住了。

"厨娘一定知道，不是厨娘让他进来的吗？"

"她也不知道，夫人。因为那先生把那张纸折了起来，厨娘没看到那上面的名字。"

尽管焦躁不安，玛丽仍然注意到，她们说到那个神秘的来客时神情都有点怪。与此同时，她突然想起了那张折起的纸。

"他在纸上写了名字！那张纸在哪儿？"

她赶紧走到书桌前，在一大堆书和文件里乱翻。她一眼看到旁边有一封她丈夫尚未写完的信，他的笔还放在上面。好像是他正在写信，那人来了，他放下笔就匆匆跟着那人走了。

"'亲爱的帕维斯，'谁是帕维斯？'我刚刚收到你告知埃维尔死讯的信。我想那就再也没什么麻烦了，我们安全了……'"

她把信放到一边，继续搜寻那张纸。丈夫的手稿、书和信都杂乱地堆在一起，好像是受了惊吓或者匆忙离开时随手扔在那里的。只是，那里面并没有那张折起的纸。

"厨娘看到过那人。快把厨娘叫来！"她突然想到自己怎么这么愚钝，竟然连这一点也没有想到。

翠梅尔一听到命令，转身就走，好像巴不得离开这个房间。当她回来时，紧张不安的厨娘跟在她后面。玛丽这时已恢复了镇定，立刻开始盘问厨娘。

那个绅士是个陌生人，是的——这她知道。但他说了什么？而最重要的是，他是什么模样的？第一个问题，厨娘很容易回答。她说那先生没有说什么话，只是说要拜访博伊奈先生，后来就在一张纸上写了点什么，要她马上给博伊奈先生看。

"这么说，你不知道他写的是什么？那你怎么说他写的是他的名字？"

厨娘说她确实不知道他写了什么。不过，她说她觉得写的是名字，因为当时她问他是谁，他就在纸上写了起来。

"那么，你把这张纸交给博伊奈先生时，博伊奈先生说了什么？"

厨娘说她想不起博伊奈先生说过什么了，好像什么也没说，因为当她把那张纸交给他时，他只是打开看了看。接着，她又说，她想起来了，当时她拿着那张纸进书房时，那先生就已经跟她一起进来了，所以她就退了出来。

"既然你说你从书房退了出来，那你又怎么知道他们后来一起出去了呢？"

听了这问题，厨娘顿时变得语无伦次了，而且连口齿也不清了，幸好有聪明伶俐的翠梅尔在一边转述，玛丽总算听出了一点东西。那时，也就是当厨娘穿过门厅往回走时，她听到身后好像有声音，于是回头看，看到博伊奈先生跟着"那先生"从前门出去了。

"那好，既然你见过'那先生'两次，你肯定可以告诉我，他是什么模样的。"

对这个问题，厨娘又是结结巴巴说不清楚了。只见她脸涨得通红，说要她到前门去把客人领进来，是她从来没做过的事，她一开始就紧张得头发晕，所以什么都记不得了。但在一阵气喘吁吁的回想之后，她还是"挤"出了几句话。"他的帽子，夫人，看上去……要是用您的话说……'与众不同'……"

"与众不同？怎么不同？"玛丽突然激动起来，因为就在这时，她脑子里顿时浮现出了她上午在花园里遇到的那人的影子。

"你是说，他的帽檐很宽？脸色苍白？看上去还算年轻？"玛丽逼问厨娘。她嘴唇发白，语调简直就像在审问厨娘。

这时的厨娘已被玛丽吓得目瞪口呆了，但她即使能措辞恰当地回答玛丽的问题，对玛丽来说也没什么用了，因为玛丽此时已经完全清楚——"那先生"就是她在花园里遇到的那个陌生人！为什么她一开始没有想到呢？不用说，就是那人带走了她丈夫。但问题是，那人是谁？为什么爱德华会跟他走？

4

突然间，就像在黑暗中看到有人露齿一笑，她想起了一句话。他们总是说，英格兰那么小。"在这弹丸之地，怎么会迷路？"

是的，在这弹丸之地，怎么会迷路？那曾是她丈夫的口头禅，而眼下，当地警察局全体出动，连夜打着手电筒从这个海岸搜到那个海岸，也没发现爱德华·博伊奈的一丝踪迹。爱德华·博伊奈的名字已传遍每个城镇和村落，他的肖像在村镇上到处张贴（这对她来说是多么痛苦啊！），简直就像通缉犯。现在，经过这一番搜寻，已证明这个人口稠密的小岛就像斯芬克司一样始终是一个深不可测的谜。它仿佛心怀恶意，眼看着失踪者的妻子那么痛苦，就是不让她得知丈夫的一点消息，而且还以此为乐。

爱德华·博伊奈失踪已有两个星期。在这期间，没有任何关于他的消息，也没有找到任何可探知他去向的蛛丝马迹。就连那些尽管虚妄、却至少能给人一点希望的谣言传闻，后来也烟消云散了。除了一个头脑混乱、不知所措的厨娘，没有人看见他确实是跟着一个没有人见过的"先生"离开了庄园。询问住在附近的所有的人，没有一个人说那天在莱隐庄园附近看到过陌生人，也没有一个人说那以后在附近的村子里，或者在公路上，或者在火车站，见到过爱德华·博伊奈——无论是他独自一人，还是和什么人在一起，都没人见过。他就像融化在幽暗阴森的黑夜里一样，完全被这个阳光灿烂的英格兰吞没了，而且还是在中午。

就在警方竭力寻找爱德华·博伊奈的同时，玛丽焦急地查看着丈夫留下的文件和书信，希望从中找到一点线索，发现一些疑点，就像在黑夜里希望看到一线曙光。然而，就算爱德华·博伊奈的生活中真有什么不为人知的秘密，如今也已经像那个陌生人写的那张纸条一样消失得无影无踪了。除了他在神秘失踪时正在写的那封信，其他文件里肯定没有任何有用的线索，而那封信，玛丽读了又读，接着又把它交给警方，好像也看不出有什么疑点。

"我刚刚收到你告知埃维尔死讯的信。我想那就再没有什么麻烦了，我们安全了……"——就那么两句话，而这里提到的"麻烦"也很容易解释。玛丽曾收到过一张剪报，是一篇有关她丈夫在蓝星煤矿的一个合伙人对他提出指控的报道。这里唯一提供的新的信息是，尽管他曾向妻子保证说，那项指控已经撤销，实际上他在写这封信之前一直都很担忧。信里说的埃维尔就是指控他的那个人，而信是写给一个叫"帕维斯"的人的。为了弄清这个帕维斯的身份，玛丽和警方花了好几个星期，打了无数个电报，才从各方了解到他的一些情况。但也仅仅知道他是沃基沙市的一个开业律师，除此之外再没有任何关于埃维尔指控案的新消息了。显然，此案并没有直接牵涉到帕维斯，他只是爱德华·博伊奈的代理律师，当他得知埃维尔的死讯后，就写信告诉了爱德华·博伊奈，如此而已。他还公开声明，他不知道爱德华·博伊奈在那封没写完的信里会要求他做什么。

这样的结果真是令人沮丧，而这却是玛丽和警方两个星期来的唯一收获。随后几个星期，紧张的调查渐渐地松懈下来，也没有发现任何新的线索。虽然玛丽知道警方还会继续调查，但她预感到他们也不会有什么新发现，最后也会像她一样因失望而泄气。这些天来，仿佛突然从裹尸布下跑出一个怪物，把时间也吓得迅速逃离——日子飞快地过去，但过了一阵子，生活又会恢复往日的节奏。人们对神秘可怕事件的反应大凡如此。毫无疑问，这件神秘失踪案一开始确实吸引了许多人的注意力，但随着时间一小时一小时、一星期一星期过去，它的吸引力便越来越小；这之后，它就慢慢地、但不可避免地从人们的意识中消失了。

就是玛丽·博伊奈，对这件事也开始渐渐淡忘。虽然她时而还会想起，甚至还会对它加以思考和猜测，但她想起这件事的频率却越来越低，对它的思考和猜测也变得越来越没有新意。有好些时候，她甚至有一种无法抗拒的疲倦感，好像中了某种毒似的，头脑很清醒，身体却无法动弹。她意识到，她对突如其来的打击已慢慢地适应，甚至感觉麻木了。她接受了这一既成事实，并把它看作是她命中注定要承受的磨难。

她就这样一小时接着一小时、一天接着一天地过下去，直到她对什么事都变得无动于衷，听之任之。她漠不关心地观望着她往日熟悉的日常生活在她身边进行，仿佛成了一个尚未开化的原始人，文明社会对她来说即便不是毫无意义，也不再给她留下什么印象了。她渐渐地把自己看作是生活的附着物，就如车轮上的一根轮辐，只是随着车轮的转动而转动；她甚至觉得自己只是房间里的一件家具，既没有知觉，又积满了灰尘，而且像其他家具一样任人搬来搬去。她仍然住在莱隐庄园里，尽管她的朋友再三敦促她、医生也嘱咐她"换个环境"，但她宁愿在这座寂静的庄园里让自己变得一天比一天冷漠。她的朋友都以为她拒绝离开是因为她相信她丈夫总有一天会回来的；有人甚至还想当然地把她的生活说得哀婉动听，简直就像一个浪漫故事。然而，她其实根本就没有这样的信念；她遇到的事情之离奇，甚至都使她不可能对它抱半点希望。她相信爱德华·博伊奈永远也不会回来了——他消失了，彻底消失了，就像被死神带走一样，再也不可能回来了。她把所有关于她丈夫离奇失踪的那些形形色色的解释——不管是媒体的解释、警方的解释，还是她自己的解释、猜测，乃至于想象——都统统置之脑后。她实在太疲乏了，她甚至对恐惧和担忧也已经麻木不仁，脑海里一片空白，只知道一个事实，那就是：她丈夫失踪了。

是的，她丈夫究竟出了什么事，她永远也无法知道，别人也永远不会知道。但是，那座庄园知道，那幢房子知道，那个书房知道。她在那里度过了无数个孤寂漫长的夜晚——正是在那里，上演了那最后一幕；正是在那里，那个陌生人不知说了什么，爱德华·博伊奈便起身跟他走了。是的，她脚下的地板上曾回响着他的脚步声，那书架上的书曾目睹过他的面孔，甚至那古老阴暗的墙壁有时似乎也想说出它们曾听到的秘密；然而，它们全都默默无语，她也知道它们将永远默默无语。莱隐庄园是座沉默的庄园，它永远不会泄露自己的秘密，也永远无法收买，因为它永远是守口如瓶的同谋——而这正好验证了那个关于它的传说。现在，玛丽就这么坐着，在它那种不祥的沉默中坐着，和它面面相觑。她知道任何人都无法得知真相，任何努力都是徒劳一场。

5

"我没说这不光彩，也没说这光彩，这是生意。"

玛丽听那人这么说，抬起头来看着他。

半小时前，当她接到一张写着"帕维斯先生"字样的名片时，她马上想起了这个名字。自从她读了她丈夫那封没写完的信后，这个名字就似乎成了她意识的一部分。她走进书房，看到有个长相一般、有点秃顶、戴着金丝边眼镜的男人在等着她，不禁打了个寒颤，因为她知道，她丈夫失踪前一刻想联系的，就是这个人。

帕维斯彬彬有礼而又直截了当地说了他来访的目的。他属于那种看着手表处世行事的人。他说他"匆匆赶来"英国是为了生意上的一点事，但他觉得既然到了多尔切斯特，就不能不来"拜访博伊奈夫人"，因为他不得不冒昧地询问她一下，她对鲍伯·埃维尔的家人有何打算。

听他这么说，玛丽不由得紧张起来，同时又觉得莫名其妙。难道，这个人真的知道爱德华那几句没写完的话是什么意思？不过，她先要他解释一下，她和鲍伯·埃维尔的家人到底有何关系？她话一说出，就马上注意到他好像很惊讶，好像还不太相信她对此事竟会一无所知。难道真的像她自己所说，知道得那么少？这可能吗？

"是的，我几乎一无所知……所以我恳求你，把真相告诉我。"她说这话时声音都有点颤抖了。于是，那位客人就一五一十地把整个事情都讲了出来。此时，玛丽的头脑再混乱，感觉再迟钝，心里再怎么偏袒丈夫，她也知道她听到的是有关蓝星矿山的惊人一幕。原来，她丈夫是靠投机发财的，而且是靠攫取他人产业获得成功的；原来，蓝星矿山本是鲍勃·埃维尔的产业，爱德华·博伊奈只是他的一个合作伙伴，但鲍勃·埃维尔为人忠厚，最后竟成了爱德华·博伊奈的牺牲品：后者用各种手段排挤鲍勃·埃维尔，这样才拥有了整座矿山。

听到这里，玛丽惊叫起来，但帕维斯却镇静地看了她一眼，还要她冷静。

"是鲍勃·埃维尔太不精明了，就这么回事。要是他够精明的话，他也会用同样的手段对付博伊奈先生的。这种事在生意场上天天发生，我觉着这很符合生物学家所说的适者生存的法则。"帕维斯说。显然，他对自己能想出这样的类比感到很得意。

但玛丽却为自己接下来要问的问题感到畏惧，所以话一到嘴边，就觉得一阵恶心。

"这么说——你是说我丈夫做了不光彩的事情？"

帕维斯还是很镇静，好像在沉思。"哦，我不是这个意思。我没说这不光彩，"他说，同时朝书架看了一眼，好像要从那一排排的书里找到理论根据似的。"我也没说这光彩，这是生意。"他终于找到了根据，而且觉得很容易理解。

玛丽坐在那里，既痛苦又恐惧地看着他。这个人看上去简直就像是某种邪恶势力的冷酷无情的使者。

"可是，埃维尔先生的律师好像并不认为爱德华做错了什么。我想，埃维尔先生一定是听了律师的建议，才撤销了对爱德华的指控。"

"哦，是的，他们知道从法律上讲博伊奈先生并没有犯法。所以，指控撤销后，埃维尔先生彻底绝望了。要知道，他投在蓝星矿山的钱大部分是银行贷款，根本没有退路。所以，当他得知连官司也没法打之后，他就只好朝自己开了一枪。"

玛丽只觉得恐惧感像潮水般向她涌来，简直要把她整个儿都吞没了。

"朝自己开了一枪？为了这件事，他自杀了？"

"是的，他自杀了。不过，准确地讲，他的自杀并不很成功，因为他到两个月后才死去。"帕维斯不动感情地说，听上去好像是电话留言。

"你是说，他想自杀，失败了？后来，又一次自杀？"

"不，就一次。"帕维斯冷冷地说。

他们面面相觑，一言不发地坐着。他摆弄着眼镜，好像在思考；她垂着双手，神情紧张而身体僵硬。

"可是，既然你早就知道这些，"最后还是她先开口，但声音低得几乎只有她自己才能听见，"那当初我丈夫刚失踪时，我写信问你，你为什么说你什么都不知道？"

帕维斯一点也不显得尴尬，而是很坦率地说："是啊，博伊奈先生的信没写完，我当然不知道他想说什么——严格地说，就是这么回事。不过，我当时即使知道，也不便说。指控撤销后，埃维尔那边的事也就结束了。至于博伊奈先生失踪，那时我确实帮不了你什么忙，现在也一样。"

玛丽仍看着他。"那么你现在为什么要告诉我这些呢？"

帕维斯还是很镇静，没有半点迟疑。"哦，刚才一开始和你谈话时，我还以为你是知道一点的——我是指埃维尔的死——因为这件事全曝光了，人们都在谈论。后来我发现你真的一点也不知道，所以我就把详情告诉了你。"

见她没有说话，他接着说："要知道，埃维尔死后，事情有多糟！埃维尔太太是个要强的女人，她去找了份工作，还把缝纫活带回家做。我想她当时就有点心脏病，而她还要照顾孩子和卧床不起的婆婆。最后，她实在撑不住了，才不得不向人求助。这又让人想起了那场官司，连报纸上也开始谈论起来。这样，有人便开始为她捐款，要知道鲍勃·埃维尔生前还是很有人缘的。但是，当许多并不认识埃维尔的社会名流的名字都出现在捐款单上时，人们开始觉得奇怪，为什么……"

帕维斯突然不说下去了，而是在衣袋里摸索起来。"这儿，"他接着说，"这儿有一张剪报，是《哨兵报》的——当然，文章写得有点夸张，但我觉得还是应该让你看看。"

　　玛丽从他手里接过那张折叠着的剪报，慢慢地打开。这时她想起了那天晚上，也是在这个房间里，她曾读了《沃基沙观察报》的一张剪报，而且感到忧心忡忡。现在，她一打开《哨兵报》的剪报，一眼看到大字标题就使她一惊——"博伊奈受害者的遗孀被迫请求资助！"看着这样的标题，她觉得她的眼睛在发痛。剪报上还附了两张照片。一张是她丈夫的——那是她最喜欢的一张照片，是他刚到英格兰时拍的；照片上的他站在楼上她卧室里的书桌旁，正对着她微笑。然而，她觉得自己无论如何也没有勇气读这样的文章，便痛苦地闭上了眼睛。

　　"真是很抱歉，要是你觉得这有损你的名誉的话……"她听到帕维斯这么对她说，便努力睁开眼睛。这时，她看到了另一张照片。那是一个还算年轻的男人，身材很好，穿着棉布衣服，戴着一顶宽檐帽，他的面孔在帽檐的阴影里显得模糊不清。这个人？她在哪里见过？她困惑地紧盯着照片看。她的心怦怦跳，耳朵里都只听见自己的心跳声。接着，她叫了起来：

　　"就是这个人——就是他来找我丈夫的！"

　　帕维斯被她惊得从沙发上跳了起来，而她却一阵晕眩，瘫倒在沙发上。帕维斯俯下身惊恐地看着她。她挣扎着坐了起来，并捡起了刚才落在地上的那张剪报。

　　"就是这个人！我肯定在什么地方见过这个人！"她几乎是在凄厉地尖叫。

　　接着她又听到帕维斯的声音，但仿佛是从很远的地方传过来的：

　　"博伊奈夫人，你看起来不太舒服。要我去叫什么人吗？要不，我给你倒杯水？"

　　"不，不，不！"她拦住他，双手紧紧攥着那张剪报，像发了疯似的。"我告诉你，就是这个人！我知道是他！他在花园里和我说过话！"

　　帕维斯从她手里接过剪报，凑到眼镜前看了看那张照片。"这不可能的，博伊奈夫人。这是鲍勃·埃维尔。"

　　"鲍勃·埃维尔？"她两眼直愣愣地看着书房的那一端，"那么，来找他的就是鲍勃·埃维尔。"

　　"来找博伊奈先生？在他死了的那一天？"帕维斯困惑地低声说。

他见她要站起来，忙俯下身，像兄长似的按住她，又像哄孩子似的对她说："你知道，埃维尔已经死了！你是不是忘了？"

玛丽呆呆地盯着那张照片看，好像根本没听见他在说什么。

"难道你忘了，博伊奈先生那封没写完的信是写给我的——就是那天你在他书桌上发现的那封信？他是在得知埃维尔的死讯后才动手写那封信的。"她意识到帕维斯说这些话时声音居然也有些颤抖。"你一定记得的！"他想使她恢复记忆。

不，她没有失去记忆，而正因为她没有失去记忆，她才感到恐惧万分。埃维尔死后一天，她丈夫就失踪了，而埃维尔就是那天在花园里和她说话的那个人。她抬起头，慢慢地环顾书房四周。她仿佛看到，就在这个房间里，就是照片上的这个男人，在那天中午叫走了她丈夫，而那时她丈夫正在写信。她竭力回忆着，隐约想起了一句快要忘记的话，就是艾丽达·斯戴尔在潘波纳庄园的草坪上说的那句话——"哦，那儿当然有鬼，不过你们永远也不会知道。"

而那时，她和她丈夫甚至都还没有见过莱隐庄园，更不会想到他们有一天真会住到这儿来。

"他就是和我说话的那个男人。"她又说了一遍，又朝帕维斯看了看。帕维斯正竭力掩饰着自己的不安，尽力装出一副既宽容又怜悯的样子，但他的嘴唇却已经发白了。

"他以为我疯了，可我没有疯。"她想，而且忽然间有了一个能证明她没疯的办法。

她静静地坐着，努力控制住她哆嗦的嘴唇，直到她相信自己的声音已恢复正常，她才开始讲话。她直视着帕维斯说："你能不能回答我一个问题？鲍勃·埃维尔是什么时候自杀的？"

"什么时候？什么时候？"帕维斯结结巴巴，一时竟想不起来了。

"是的，确切的日期。请你想一想。"

她觉得他好像很害怕回答她的问题。"我想知道这个日期自有我的道理。"她轻声说，但态度很坚决。

"好，好，我想想，只是我记不大清了，大概是两个月前吧，我想大概是的。"

"我要知道确切的日期。"她又说了一遍。

　　帕维斯低头看看手里的剪报。"我们来看看这儿，"他还想敷衍她，"哦，有了，是十月下旬，是……"

　　但她打断了他。"是二十日，是不是？"

　　他瞥了她一眼，承认说："是的，是二十日。这么说，你早知道了？"

　　"但我现在才知道，"她仍凝视着他，"在那个星期天，二十日——就是在那一天，他第一次出现。"

　　"第一次出现？"帕维斯的声音轻得几乎听不见。

　　"是的。"

　　"这么说，你见过他两次？"

　　"是的，两次。"她轻声回答，眼睛却睁得很大。"第一次是十月二十日。我记得很清楚，因为那天我们在家里第一次远远望见了麦尔登山。"

　　说到这儿，她心里不由得感到庆幸：要不是因为有这件事，她或许早就把那件事忘得干干净净了。

　　帕维斯仍端详着她，好像要阻断她凝视远方的目光。

　　"我们是从屋顶上看到他的，"玛丽接着说，"他沿着那条林荫道朝我们这里走来，穿着和这张照片上一模一样。是我丈夫先看到了他，而且很紧张，赶紧从屋顶上跑了下来，想去看清楚究竟是不是他，但那儿什么人也没有。他消失了。"

　　"埃维尔消失了？"帕维斯的声音开始颤抖。

　　"是的，"他们两人的声音都低得几乎听不见，"我本来也想不通这究竟是怎么回事，现在我明白了：那时他就想到这儿来，可他还没有死——他到不了我们面前，所以他不得不等了两个月。后来，他再一次来了——后来，他就把爱德华带走了。"

　　她说着，还朝帕维斯点点头，脸上的神情就像小孩子破解了难题后那样欣喜而得意。然而，刹那间她又绝望地抬起双手，紧紧抱住自己胀得快要裂开的脑袋。

　　"哦，我的上帝！我想起来了！那天是我告诉他爱德华在书房里写作——是我把他引到这里来的！"她尖声叫了起来。

　　她只觉得四面的墙壁在摇晃，在坍塌，在向她压来，只觉得帕维斯的声音离她很远很远，就像隔着一大片废墟，在拼命喊她，又伸出手来拼命想抓住她。然而，不管他怎么喊叫，她都听不清他在喊什么；不管他怎么抱住她，摇她，她都没有反应。她只觉得天旋地转，头脑嗡嗡作响，而在这晕眩和嘈杂中，她却清晰地听到了一句话，就是艾丽达·斯戴尔在潘波纳庄园的草坪上说的那句话：

"你们不会明白的，除非到了后来，很久很久的后来。"

（沈　睿　译　刘文荣　校）